여립아 여립아

여립아 여립아

박이선 장편소설

프롤로그

    정여립을 생각하면 항상 마음에 빚을 진 느낌이었다.
    조선시대 역모죄에 연루되면 그 일족은 뿌리까지 뽑혀 흔적도 없이 사라졌다. 역적이 살던 집을 허물고 불로 지지는 것도 모자라 땅을 파서 연못을 만들었다. 그리고 그에 대한 온순한 평가는 용납되지 않았고 이름을 거론하는 것조차 금기시되었다. 역사에 남아 있는 정여립의 모습은 전제 왕권에 도전한 반역도이며 어려서부터 포악한 이미지로 덧칠되어 있었다.
    하지만 조선왕조실록과 혼정편록, 연려실기술, 대동야승 등 기축옥사에 관련된 역사의 내용을 천천히 살펴보면 정여립에 대한 오해가 상당했음을 깨닫고 시대를 앞서 간 그 사상에 놀라움을 금치 못하게 된다. 조선의 정여립은 영국 올리버 크롬웰 보다 앞선 공화주의자로 평가받아 마땅한 인물이다. 시대를 앞선 그 사상이 조선시대에 어울리지 않았던 것뿐이다.
    이러한 인물이 제대로 조명 받지 못하고 묻혀 있다는 사실이 안타까웠다. 어떻게 하면 그를 지금 이 순간 살아 있는 인물로 불러올 수 있을까. 그것은 소설 밖에 없었다. 나는 정여립이 대동계 무사들과 말 달리고 공부하던 죽도를 찾아 그 숨결을 느껴보고 싶었다. 병풍처럼 둘러친 천반산 죽도를 찾아 수차례 밤을 보내고 찬 이슬로 젖어 있는 모래사장을 거닐면서 아침을 맞이했다. 그가 꿈꾸던 세상은 어떤 것이었을까.
    몇 년에 걸친 작업이 끝나고 이제 소설을 세상에 감히 내놓게 되었다. 아무쪼록 책을 읽는 독자들이 정여립과 대동계에 대한 이해의 폭을 넓히고 그 이름을 한 번씩 불러보기를 희망한다.

2018년 1월 24일
박이선

| 목차

태인현의 퇴역 무관 · 8

갈의(葛衣)를 입은 사나이 · 36

애첩(愛妾) 애복 · 62

희대의 풍운아, 송익필 · 92

대동계로 모여드는 사람들 · 112

정해왜변(丁亥倭變)과 대동계 · 136

편지 소동 · 160

떠도는 참설(讖說) · 174

소문의 근원지 · 198

무르익은 감 · 220

충(忠)이냐 불충(不忠)이냐 · 238

잇따른 서인의 흉사(凶事) · 260

전하, 역모이옵니다 · 288

기지개를 켜는 사람들 · 312

정여립이 도주하다 · 344

무너진 대동(大同)의 꿈 · 368

태인현에는 향교가 있어서 유생들이 성리학을 공부하고 있었고 제법 큰 마을에는 서당을 열어 몰락한 양반이 양인의 자제들을 모아서 글공부를 시켰다. 그 가운데 송간만이 무예를 병행해서 가르치고 있는 것이었는데 이는 비웃음을 사기에 충분했다.

태인현의 퇴역 무관

늦은 밤에 가을비가 잠시 내려서일까. 마당에는 낙엽이 제법 많이 떨어져 있었다. 첫닭이 기세 좋게 목청을 높여서 새벽을 알렸지만 자리를 털고 일어나 불을 켜는 집은 보이지 않았다. 외양간에 매어놓은 소들이 눈을 껌벅이면서 하얀 입김을 내뿜고 어젯밤 먹었던 쇠꼴을 천천히 되새김질했다. 마루 밑에서 밤새도록 귀를 쫑긋거리며 집을 지키던 누렁이는 몸을 잔뜩 웅크렸다. 똬리를 틀고 주둥이를 다리 사이에 푹 집어넣은 채 가끔씩 눈을 감았다 떴다 하면서 끙끙거릴 뿐, 지나다니는 사람이 보이지 않았기 때문에 늦잠을 자 볼 요량인 것 같았다. 하루가 다르게 쌀쌀해지는 날씨는 머지않아 가을이 끝나고 겨울이 시작될 것임을 알려주고 있었다. 어느 집에선 가래 끓는 해소 기침을 하는 소리가 들렸다. 나이 들수록 잠이 줄어드는 노인네가 단잠에 빠진 며느리를 깨우는 것이다. 그래도 꿈쩍 않는 작은방을 향해 몇 번인가 기침을 내뱉고 요강을 끌어다가 달그

락거리면서 시원하게 오줌을 누고 날이 밝기를 기다린다. 이 마을에서 가장 먼저 일어나는 사람은 며느리도 아니고 대갓집 종도 아닌 송간이었다.

 1585년(을유년. 선조18년) 11월 초순 전라도 태인현의 한 마을에 송간의 집이 있었다. 본채는 방 두 칸에 부엌이 딸린 삼 칸이고 조금 떨어진 곳에 사랑채와 마구간으로 쓰이는 별채가 조용히 내려앉은 초가집이다. 송간은 어두움이 채 가시지 않았지만 거침없이 방문을 열어젖혔다. 어느새 상투를 정리했는지 제멋대로 흘러내린 머리카락이 하나도 없었고 차가운 날씨임에도 불구하고 홑저고리 차림에 바지를 올려 입었는데 대님을 야무지게 쳐서 단정한 모습이었다. 얼굴은 약간 갸름한 편에 어깨가 떡 벌어지고 키가 커서 한눈에 보기에도 힘깨나 쓰게 생겼다. 쌍꺼풀 없는 눈에 코가 오똑하고 얼굴이 길쭉해서 못생긴 편이 아니었다. 그는 마루에 걸터앉아 들메끈을 조이고 주위를 한번 둘러본 후에 어젯밤 딸이 길어다 놓았을 물동이에서 물 한바가지를 퍼 벌컥벌컥 들이켰다. 마당으로 내려선 후에 고개를 좌우로 몇 번 흔들고 어깨를 돌리면서 몸을 푸는가 싶더니 기지개를 켜듯이 양손을 쭉 폈다. 정지한 상태에서 둥글게 원을 그리며 손을 천천히 내리고 기마 자세를 잡았다. 주먹을 쥐고 바람 소리가 나도록 힘차게 내지르고 발을 뻗어 허공을 향해 올려 차기를 여러 차례, 그리고 그대로 내리찍었다. 팔과 다리를 이용해 충분히 몸을 푼 다음에는 다리를 구부리고 쪼그렸다 펄쩍 뛰면서 보이지 않는 상대의 공격을 방어하는 것이 아무래도 무예를 수련하는 모양이었다. 그의 발이 힘차게 움직일 때마다 어젯밤 내린 비에 젖어서 마당에 바짝 붙어 있던 낙엽들이 날아올라 어지럽게 휘날렸다. 간혹 굳게 다문 입술을 비집고 나직하지만 절도 있는 기합 소리가 새어나와 어둠을 몰아내고 있었다. 온몸에서 뿜어져 나오는 열기와 입김으로 어느새 마당은 훈훈한 기운이 감돌았다. 그가 처음에 시작했던 것처럼 양손을 위로 들어 올려 숨을 깊게 들이마시고 천천히 내뱉으면서 수박 단련을 끝냈을 때 작은 방문이 덜컥 열렸다.

"날이 많이 쌀쌀해졌습니다."

아내 박씨가 불도 켜지 않은 어두운 방안에서 머리단장을 끝내고 나왔다. 박씨는 남편의 무예 수련을 방해하지 않기 위하여 남편이 밖으로 나갔을 때부터 지금까지 조용히 이부자리를 개고 몸단장을 하였던 것이다.

"어제보다 많이 추워졌소. 물이 차가울 텐데."

송간은 이마에 송골송골 맺힌 땀을 손등으로 쓱 닦으면서 차가운 물에 손을 담글 아내 걱정부터 했다. 하지만 거기까지였다. 큰방에는 노모와 자식들이 있었기 때문에 더 이상 애정을 나타내기 어려웠다. 아니 송간은 아내를 향해서 단 한 번도 살가운 말을 해준 적이 없었다. 그것은 그가 타고난 무인의 성품 때문이기도 했지만 양반으로서 당연한 처신이었다. 어머니는 엄격한 분이었다. 몰락한 가문일망정 집안의 규율을 세우고 가풍을 이어가는데 있어서 한 치의 흐트러짐도 보이지 않았기 때문에 그 또한 자연스레 몸가짐을 단정히 할 수 있었다. 아내 박씨는 요즘 살맛이 났다. 남편이 스물아홉 늦은 나이에 무과에 급제하여 종9품의 권관이란 말직으로 북방에서 3년 동안 경비를 하다가 벼슬을 버리고 집으로 돌아온 지 2년째였기 때문이다. 남편이 없는 동안 박씨는 몇 마지기 되지 않는 전답을 부치고 삯바느질을 하면서 시어머니를 봉양하고 어린 자식들을 키웠다. 북방에서 전란이 났다는 소식을 바람결에 들을 때마다 얼마나 가슴이 조마조마하고 밤잠을 이루기 어려웠던가. 노모는 날마다 정화수를 떠놓고 손을 비비면서 자식의 무운장구를 기원했다. 특히 1583년(계미년, 선조16년) 2월에 여진족 니탕개가 난을 일으켰다는 소식은 박씨의 마음을 얼어붙게 만들었다. 남편이 인편에 소식을 전해올 때까지 박씨는 허공을 딛는 것처럼 정신이 없었고 곧잘 놀랐으며 물건을 떨어뜨리기까지 했다. 입신양명도 소용이 없었다. 그저 남편이 무사하게 돌아와서 자식들 출가시키고 오순도순 사는 것만 바랄 뿐이었다. 그런데 니탕개의 난이 평정된 이듬해 거짓말처럼 남편이 돌아왔던 것이다. 집에 잠시 다니러 온 것이 아니라 아예 관직을 버리고 돌아온 것이라고 했다. 박씨는 왜 벼슬을 버렸는지 묻지 않았다. 그럴 만한 사정이 있었을 것이라고 짐작할 뿐이었고 그녀는 차라리 잘 되었다 싶은 마음이었다.

"세숫물을 데워서 곧 내오겠습니다."

"그럴 필요 없소. 지금 건원보에는 벌써 얼음이 얼었을 것이오. 거기에 비하면 이까짓 찬 기운쯤 무에 대수겠소."

　건원보는 송간이 권관으로 있던 곳으로서 함경도 경원 아래에 있는 최전방 전초 기지다. 그가 처음 배치된 곳은 두만강 하류 조산보였는데 그곳에서 1년을 봉직하고 건원보로 옮겨 갔다. 세종 때 두만강 유역에 6진을 설치하여 삼남 주민을 이주시키고 방비를 하였으나 야인으로 불리던 여진족은 교화되지 않았고 국경을 침범하기 일쑤였다. 6진은 한양에서 멀리 떨어진 곳이라 관심 밖이었다. 거리도 너무 멀어 군수물자의 조달이 원활하게 되지 않았기 때문에 무관들이 고군분투할 수밖에 없었다. 게다가 조정은 날이 갈수록 붕당이 격화되어 사소한 일을 가지고도 대립을 하였고 임금은 조정 관리들을 손바닥 뒤집듯이 갈아 치워서 행정력이 집중되기 어려웠다. 개국 이후 200여 년 동안 외침 없이 평온한 상태를 유지하느라 국경 수비의 중요성은 간과되기 예사였고 정치의 전면에 나서기 시작한 사람들이 왕도 정치를 구현하기 위해서 임금에게 간언하다가 결국 당을 만들고 자기 당이 아닌 사람들은 거들떠보지 않게 되었다. 국경에서 외적을 방비하는 무관들도 조정에 연줄이 없으면 미관말직으로 늙어가는 경우가 많았다.

　"일어났느냐?"

　큰 방에서 어머니 황씨의 목소리가 들렸다.

　"어머니, 기침(起枕)하셨습니까. 소자 문안드리옵니다."

　송간과 박씨는 방문 앞에 가서 허리를 굽혔다. 잠시 후 황씨가 방문을 열고 나왔다. 머리는 참빗으로 곱게 빗어서 쪽을 지었고 비녀를 깊숙이 꽂아서 언제나 흐트러짐이 없는 모습이었다. 아마 아들이 마당에서 수박을 수련할 때부터 일어나 있었을 것이다.

"오냐, 오늘부터 서당을 열기로 했다지?"

"그러하옵니다. 가을걷이가 끝났기 때문에 동리 아이들이 배우기에 적당하고 여러 사람들이 서당을 열라고 재촉하고 있습니다."

"남의 자제를 맡아 가르친다는 것은 자신의 학문을 닦는 것보다 더 어려운 법이니 각별히 유념하도록 하여라. 작년에는 도중 작파한 학동들이 세 명이나 되지 않았느냐."

"소자 명심하겠사옵니다."

어머니의 말이 끝나기를 기다려 며느리 박씨가 데운 세숫물을 대령했다. 송간이 서당을 여는 것은 고향에 돌아온 후 올해로 두 번째인 셈이었다. 어머니가 말하는 것은 무예 수련을 두고 하는 말이었는데 글 읽기를 마치고 송간이 가르쳐 주는 무예를 두고 트집 잡는 학부형이 몇 명 있었다. 자식들 문맹이나 깨우쳐 주려고 서당에 보냈지 누가 싸움질을 가르치라고 했느냐면서 중도에 학동을 보내지 않아 잠시 서당의 분위기가 소란스러웠던 것이다. 그들은 송간에게 대놓고 말할 처지가 되지 못해 다른 핑계를 대었지만 왜 그만두는지 뻔히 알 수 있는 일이었다. 그래도 송간은 무예 수련을 과목에서 빼지 않았고 남아 있는 십여 명의 학동들은 따분하게 글만 읽는 것보다 오후에 네 식경씩 하는 무예 수련을 재미있어 했다.

방에서 부스럭거리는 소리가 나더니 딸 수연이 눈을 부비며 인사를 했다. 박씨는 그 모습을 보고 눈살을 찌푸렸다. 몇 년 후에 시집가야 할 처녀가 저렇게 게을러서야 어디다 쓸지 걱정이 되는 얼굴이었다. 하지만 황씨는 손녀가 귀여운지 얼굴에 웃음을 지었고 수연은 할머니 뒤로 숨고 말았다. 수연은 이제 열세 살이었다. 아들 철은 일곱 살로 아직 이불속에서 꿈을 꾸고 있는 모양으로 방 안으로 찬바람이 몰려들자 더욱 이불을 끌어당겼다. 수연보다 세 살 작은 아들이 또 있었는데 돌을 넘기지 못하고 죽는 바람에 철에게 집안의 기대가 모아지고 있는 셈이었다. 아침을 마치고 숭늉을 들이켜고 있을 때 어머니 황씨가 송간에게 물었다.

"학동들은 몇 명이나 받을 생각인고?"

"작년보다 늘어날 것 같습니다. 벌써 맡아달라고 청한 학부형만 해도 십오 명에 이릅니다."

아들의 말을 듣고 황씨는 잠시 말이 없었다. 작년에 십여 명의 학동들이 몰려와서 사랑채가 꽉 들어찼던 기억이 떠올랐다. 좁은 방에 옹기종기 모여앉아 글을 읽는데 앞사람의 발바닥 위에 책을 올려놓아도 틈이 없을 정도였다. 황씨는 늘어나는 학동들을 어떻게 수용할 것인지 자못 걱정되는 표정이었다.

"걱정하지 마십시오. 태인현의 호방(戶房)이 둘째 아들을 맡기면서 사랑채를 내놓았습니다. 집에서 멀지 않으니 어머니께 문안드리기에 좋고 능히 이십 명은 수용할 수 있어 글을 가르치기에도 불편이 없을 것입니다."

"그래?"

황씨는 얼굴빛이 밝아졌다. 호방은 현(縣)의 현감을 보좌하여 세금을 징수하고 재정을 관리하는 임무를 맡고 있었기 때문에 그를 통해서 세금을 줄인다든지 이권을 얻으려는 사람들이 생기기 마련이었다. 그 와중에 호방은 뒷돈을 챙길 수 있었고 살림살이가 넉넉한 편이었다. 보다 넓은 곳을 택하여 서당을 연다는 것은 가르치기에도 좋아 보였다. 학동들은 아침을 집에서 먹고 오지만 점심과 저녁은 서당에서 해결했다. 학부형들이 쌀이나 잡곡을 보내고 김치며 채소를 가져와 찬에 보태는 것이 상례였기 때문에 밥을 굶어 가며 공부하는 학동은 없었다. 게다가 서당에 가면 또래 친구들과 놀이도 하고 여러 가지 재미있는 일들이 많이 생겨서 공부만 빼면 심심치 않은 편이었다. 집에 남아 있으면 산에 가 나무하랴, 쇠죽 쑤랴, 여러 가지 잔심부름에 시달렸으므로 부모를 졸라서라도 서당에 가고 싶어 하는 아이들이 많았다.

"그런데 호방과는 뜻이 잘 맞더냐?"

성격이 강직한 아들이 호방의 사랑채에 기거하며 서당을 개설한다는 것이 믿기지 않는 표정이었다.

"호방은 서당에 대하여 일체 관여하지 않고 사랑채만 내주기로 했습니다. 저도 여러 차례 생각하고 내린 결정이오니 어머니께서는 심려하지 않아도 좋을 듯합니다."

"음, 엄연히 알아서 했을라고."

 부엌에 있던 수연에게 밥상을 내주고 며느리 박씨가 슬며시 끼어들었다.

"아무래도 제가 수연을 데리고 가서 거들어야겠습니다."

"그래야겠지. 학동들은 한창 클 나이 아니냐. 손이 많이 필요할 게다."

 수연은 부엌에서 귀를 쫑긋 세우고 히죽 웃음을 지었다. 어머니를 따라 호방네 집에 가서 부엌일을 거들다 보면 박동후를 만날 수 있으리란 기대 때문이었다. 동후는 어머니의 먼 친척뻘 되는 집의 자제로 키가 훤칠하고 얼굴이 잘 생겨서 마을 계집아이들의 입방아에 곧잘 오르내리고 있었다. 송간이 책보를 챙겨서 집을 나선 후에 할머니와 어머니는 밭에 가서 시래기를 좀 장만해온다고 소쿠리를 들고 나갔다. 그리고 두 식경이나 지났을까. 누군가 사립문 밖에서 인기척을 하고 들어오는 소리가 들렸다.

"훈장님. 소인 문안드립니다."

 동후다. 수연이 부엌에서 고개를 빼고 바라보았을 때 두 사람의 눈길이 마주쳤다. 순간 수연의 볼이 빨개지면서 자라목이 들어가는 것처럼 얼굴을 감추고 말았다. 가슴이 쿵쾅거리고 숨이 가빠지는 것이 심장병을 앓는 사람과 같았다. 동후는 책보에 싼 싸리매를 한 움큼 손에 들고 다른 손에는 기다란 나무 막대기를 들고 있었다. 싸리매는 부모들이 내 자식을 매질하여 사람으로 만들어 달라는 뜻으로 나긋나긋하고 쉽게 부러지지 않는 싸리나무로 만든 회초리다. 동후의 목소리를 듣고 방에 있던 철이 후다닥 뛰어나왔다.
"형!"
"오래간만이다. 훈장님은 안보이시는구나."
"서당에 가셨어요."
"아 참. 서당을 옮긴다고 했는데 내가 깜박했네."
동후는 미리 외워왔던 말을 중얼거리듯이 술술 내뱉으면서 눈길을 부엌으로 돌렸다.
"그곳이 어디니?"
"몰라. 누나가 알 텐데. 누나야, 형한테 말 좀 해줘."
부엌에 숨어 있던 수연은 얼굴을 내밀지 않을 수 없었다. 양손으로 얼굴을 한번 매만지고 옷매무새를 가다듬은 다음 천천히 나와서 동후 앞에 섰다. 무명 적삼에 남치마를 입고 허리까지 치렁치렁 내려온 머리꼬리를 따서 진한 자줏빛 댕기를 맨 모습이었다. 고개를 살짝 숙였지만 귓불까지 발그레 달아오른 것을 감출 수 없었다. 동후는 힐끗 수연을 바라보더니 이내 고개를 돌린다.
"아버님은 호방댁 사랑채로 가셨습니다."
수연의 목소리가 떨린다. 옆에 있던 철이 동후가 들고 있는 기다란 나무 막대기를 가리키면서 물었다.
"형, 이거 칼이야? 한 번 만져 보자."
철은 동후가 건네준 나무칼을 들고 이리저리 허공을 향해 몇 번 휘둘렀다. 동후는 웃으면서 그 모습을 바라보고 수연은 버릇없는 동생 때문에 무안한 표정이었다.

"철아, 그러면 안돼. 어서 돌려드려."

"이거 멋지다. 나도 아버지한테 칼 만들어달라고 해야지."

"어서!"

누나가 눈을 부라리면서 나지막이 소리치자 철은 마지못해 칼을 돌려주었다. 동후는 오누이의 모습이 재미있는 듯 웃음을 흘리다가 수연과 눈이 마주치고 말았다. 두 사람의 눈동자가 동그랗게 커지고 서로 눈길을 어디에 두어야 할 지 몰라 난처했다.

"험험, 이제 그만 가볼게."

당황한 동후가 어른처럼 헛기침을 하고 사립문을 향해 걸음을 옮겼다. 멀어지는 동후를 바라보면서 철의 눈동자는 나무칼에 고정되고 수연은 뒷모습이 사라질 때까지 눈을 떼지 못한다. 지금까지 학동들 가운데 책보를 들고 이쪽으로 온 사람은 없었다. 총명한 동후가 서당이 옮겨진 줄 모르고 왔을까? 수연은 자기 앞에서 어른 행세를 하는 동후의 당황한 얼굴과 기다란 나무 막대기를 칼인 양 꼭 쥐고 걸어 나가는 뒷모습에 괜히 웃음이 나왔다. 핑계도 이렇게 좋은 핑곗거리가 없었을 것이다.

송간은 서당을 열자마자 바로 공부를 시작했는데 작년에 왔던 학동들이 거의 대부분이었지만 새로이 온 아이들도 있었기 때문에 저녁에는 교재로 쓸 책을 필사본으로 만드느라 정신이 없었다. 동후처럼 기다란 나무 막대기를 가지고 와서 벽에 세워 놓고 언제 무예를 배울까 고대하는 축도 몇 명 있었다. 송간은 공부가 어느 정도 궤도에 오르기 전까지는 무예를 가르치지 않을 생각이었다. 무예를 하루에 네 식경씩 배워도 학동 자신이 스스로 연마하지 않으면 소용없는 일이었고 공부에 지장을 주면서까지 할 필요는 없었다. 며칠 지나지 않아 서당은 자리를 잡았고 박씨와 수연은 매일같이 와서 밥을 준비하느라 분주했다. 보통 소금에 절인 김치에 시래기 무침, 시래기 된장국이 전부였지만 학동들은 좌우로 몸을 흔들면서 글을 읽느라 금방 배가 고파졌다. 시장기를 반찬 삼아 잡곡이 섞여서 시커먼 밥 한 그릇을 뚝딱 비워냈다. 공부는 집중적으로 행해졌기 때문에 글을 깨우치지 못한 학동들도 보통 보름 만에 천자문을 뗐고 소학과 명심보감, 통감, 사서와 삼경으로 공부의 깊이를 더해 갔다. 그중에서도 소학(小學)은 공부의 깊이를 막론하고 틈틈이 공부해야 할 교재였다. 대부분의 학동들은 통감까지 배우기만 해도 많이 배웠다는 소리를 들을 수 있었다.

"인륜지중(人倫之中)에 충효위본(忠孝爲本)이니 효당갈력(孝當竭力)하고 충즉진명(忠則盡命)해야 한다. 이 말이 무슨 뜻인지 알겠느냐?"

방 한쪽에서는 천자문을 암송하는 학동들이 무리를 짓고 있었고 송간 앞에는 열명 가량이 훈장의 질문에 답을 하고 있었다. 아직 배강(背講)은 하지 못하고 면강(面講)을 하는 수준이었는데, 면강은 책을 보면서 읽는 임문강독(臨文講讀)이다. 아무도 선뜻 나서서 말하는 학동이 없었다. 서로 눈치만 보면서 고개를 더욱 깊이 숙일 뿐이다. 그때 동후가 입을 열었다.

"네. 사람이 지켜야 할 인륜 가운데에서 충과 효가 근본이 되니, 효를 행함에 있어서는 마땅히 힘을 다해야 하고 충성은 목숨을 다해야 한다는 말씀입니다."

"옳다. 남아는 나라가 위기에 처했을 때 한 몸 돌보지 않고 나가 싸워야 한다. 외적들을 물리치지 못하면 이 강토가 짓밟히게 되고 소중한 가족을 지키지 못하게 되는 것이다. 하지만 효를 행함이 없이 충을 행할 수 없으니 너희들은 효를 행함에 있어 한 치의 흐트러짐도 없어야 한다. 알겠느냐?"

송간은 흐뭇한 표정을 지으면서 학동들에게 풀이를 해주었다.

"훈장님, 무예 수련은 언제부터 하게 되는 것인지요."

스승의 말이 끝나기를 기다려 동후가 물었다. 다른 학동들이 공부 잘하는 동후에게 한 번 물어보라고 주문했을 것이 분명하다. 송간은 동후의 말을 듣고 좌중을 둘러보면서 미소를 지었다.

"보름부터 하게 될 것이다. 그때는 저 아이들이 천자문을 뗄 것이고 어느 정도 서당 분위기에 익숙해지기 때문에 수련하기에 좋다. 예로부터 보름은 무인들이 무예를 단련하기에 좋은 날이었느니라."

"달이 밝기 때문이옵니까?"

"그렇다. 불을 밝히지 않아도 삼경이 되기 전까지는 충분히 수련을 할 수가 있는 것이지. 오늘은 이것으로 마치겠다."

벌써 날이 어두워져 있었다. 절반가량은 집으로 돌아가고 나머지는 남아서 책을 읽고 공부하다가 잠 자기도 했다. 훈장이 책을 필사(筆寫)하느라 여념이 없는 동안 낮에 배웠던 구절들을 암송하고 서로에게 물어가면서 공부를 보충하는 것이었다. 하지만 훈장이 돌아가면 책을 집어던지고 서로 드잡이를 하면서 방바닥을 뒹구는가 하면 어디 가서 곶감을 빼먹을까 궁리를 했다. 서당은 그야말로 또래끼리 우의를 쌓고 좁은 식견이나마 세상 돌아가는 이야기를 할 수 있는 곳이었다.

"훈장님은 무관이신데 왜 여기에 계신 걸까?"

호방의 아들 희동이 어머니가 주신 마 소쿠리를 방 가운데 놓고 까먹으면서 말을 꺼냈다. 누군가 아는 체를 했다.

"니탕개의 난을 평정하셨으니까 오신 거겠지."

"바보야. 야인(野人)이 어디 니탕개만 있다든? 다른 놈들이 또 난을 일으키면 그때는 어떻게 할래?"

"그때는 또 칼을 차고 나가시지 않을까."

"그게 아니야. 훈장님은 벼슬이 떨어져서 내려오셨대. 아버님이 하시는 말씀을 들었다."

그때 동후가 불쑥 나섰다.

"넌 알면서 왜 말을 꺼냈니? 훈장님이 벼슬을 버린 것이 고소하다는 말이야?"

"그게 아니고 사실이 그렇단 말이다."

"훈장님이 내려오신 것은 그럴 만한 사정이 있었을 거야. 제대로 알지도 못하면서 이러쿵저러쿵하지 마라."

"뭐라고?"

동후의 말에 희동은 마가 목에 얹혔는지 숨을 몰아쉬며 얼굴이 벌게졌다. 둘은 나이가 동갑이고 공부하는 것이나 힘이 비슷해서 서로 부딪히는 일이 한두 번 아니었다. 어찌 보면 가장 친한 사이가 될 수도 있었는데 왜 으르렁거리는 것일까. 그것은 바로 수연이 때문이었다. 올해부터 서당을 옮기게 된 이유도 따지고 보면 학생 수가 많아져서 그렇다고만 보기 어려웠다. 희동이 아버지를 통해 서당 개설에 관한 이야기를 듣고 떼를 쓰다시피 졸라서 유치한 것이었는데, 가장 중요한 이유는 수연을 보다 가까운 곳에서 보고 자신의 영향력을 나타내 보이고 싶었기 때문이었다. 희동은 틈날 때마다 밤참을 내오고 재미있는 화제와 놀이를 통해 학동들을 휘어잡고 있었다. 하지만 동후는 그것이 은근히 불만스러워서 대놓고 말하지는 못했지만 희동에게 나가는 말투가 삐딱해지기 일쑤였다. 두 사람이 또 얼굴을 붉히자 친구들이 서둘러 진화에 나섰다.

"아서라, 아서. 너희들은 왜 견원지간처럼 항상 으르렁거리니? 이쯤에서 그만두자."

"훈장님 칼을 본 사람 없지?"

다른 친구가 말을 받았다. 친구들은 눈을 동그랗게 뜨고 말을 꺼낸 친구에게 눈길을 집중했다.

"언젠가 어머니 심부름으로 훈장님 댁에 갔다가 한 번 봤는데 굉장히 크고 번쩍번쩍 날이 서 있더라."
"그래? 얼마나 큰데?"
"이 만큼."
친구는 양팔을 벌려 칼의 길이를 가늠해주면서 설명을 했다.
"훈장님이 방안에서 칼을 닦고 계셨어. 마침 문이 열려져 있기에 우연히 보게 된 거지. 인기척을 듣고 훈장님이 눈을 들어 쏘아보는데 나는 간이 떨어지는 줄 알았다. 그렇게 무서운 눈빛을 본 적이 없었거든. 얼마나 시퍼렇게 날이 서 있었는지 한번 휘두르면 적들의 목이 추풍낙엽처럼 떨어질 것 같더라."
다른 친구들도 장검을 들고 쏘아보는 훈장의 얼굴을 떠올리며 자라처럼 목을 움츠렸다. 잠시 후 홀어머니를 모시고 사는 방배가 그건 아무것도 아니라는 투로 말을 이었다.
"난 훈장님이 말을 타면서 활을 쏘는 것도 봤다."
"어디서?"
"어머니와 밭에서 김을 매고 있는데 어디선가 말발굽 소리가 들리더니 훈장님이 바람같이 말을 타고 달려왔어. 나는 무서워서 풀숲에 얼른 숨었지. 훈장님은 등에 걸친 전통에서 화살을 뽑아 오십보도 더 떨어진 소나무에 겨누고 쏘았다. 단 한 발도 빗나가지 않고 모두 명중되더라."
"이야, 정말 대단하구나."

소년들은 마치 그 자리에 있었던 것처럼 눈을 말똥거리며 연신 감탄을 쏟아냈다. 밤이 깊어가는 것도 아랑곳하지 않고 도란도란 이야기를 하다가 한 명씩 자리를 잡고 잠 속으로 빠져들었다.

수연은 날마다 어머니와 함께 밥을 지어내느라 바쁜 나날을 보내고 있었다. 함지박을 이고 우물가로 가서 씻고 뜨물을 받아다가 시래기를 넣고 국을 끓이고 채소를 다듬고 설거지를 하다 보면 시간이 어떻게 지나가는지 모를 지경이었다. 희동은 수연을 가까이에서 자주 보는 것이 너무 좋았다. 그래서 갖가지 핑계를 대서 부엌을 기웃거렸는데 수연은 못 본 체하며 눈길을 주지 않았다. 점심 무렵에도 희동은 어머니에게 저녁에 먹을 밤참을 부탁한다는 구실을 만들어 부엌을 힐끗거렸다. 다행히 수연이 혼자 부엌에 쪼그리고 앉아서 나뭇가지를 톡톡 분질러 가며 솥에 불을 때고 있었다.

"어머니는 어디 가셨소?"

갑자기 들려오는 소리에 수연은 화들짝 놀라면서 일어섰다. 부엌은 어두웠고 햇볕을 등지고 있는 희동의 모습이 검게 보였다.

"곧 오실 거에요."

"어머니 오시면 내가 다녀갔다고 전해주시오."

희동보다 수연이 두 살 어렸지만 하대를 할 수는 없었다. 남녀의 구별이 엄연한데다 수연은 양반의 규수였기 때문에 존대를 했다. 살림살이는 관아에서 호방을 맡고 있는 아버지의 덕택으로 희동의 사정이 좋았지만 집안으로 보면 수연에게 뒤처졌다. 희동은 무슨 말을 할 것처럼 입술을 실룩거리다가 이내 발걸음을 돌렸다. 수연은 희동이 사라지자 다시 치마를 뒤에서 쓸어가지고 바닥에 쪼그리고 앉아 부지깽이로 불을 뒤적거렸다. 웬일인지 희동과 대면하는 것은 부담스럽고 마음이 편치 못했는데 그것은 사람을 바라보는 희동의 눈길 때문이었을 것이다. 수연을 볼 때마다 희동의 눈동자는 고정되어 있지 않고 좌우로 바쁘게 움직였다. 마치 그것은 어쩔 줄 몰라 하는 희동의 마음을 보여주는 것 같았다. 수연은 그런 눈빛이 싫었다. 마치 자신의 온몸을 구석구석 훑어보는 듯한 불쾌한 마음이 들었고 마음이 불안해지기까지 했다.

보름이 되자 말 한 필이 더해져서 서당 식구가 늘었다. 송간이 타고 온 말이 서당 밖에 서서 학동들이 힘차게 글을 읽을 때마다 덩달아 푸르륵 바람소리를 냈다. 학동들은 마른 풀을 뜯어 오고 집에서 소여물로 들어갈 작고 보잘것없는 무 뿌리를 가져와서 먹였다. 그때마다 말은 커다랗고 맑은 눈망울로 먹이를 주는 소년을 물끄러미 응시하다가 입술을 비죽거리면서 받아먹었다.

"뒤에서 얼쩡거리지 마라. 뒷발에 차이면 큰일 난다."

송간은 학동들에게 주의를 주었다. 학동들은 이제 글공부보다 말에 관심이 더 가는지 공부를 하다가도 밖에서 푸르륵 소리가 들리면 누가 먼저랄 것도 없이 그 쪽으로 고개를 돌렸다. 점심을 먹은 후에 송간은 말을 끌고 학동들과 함께 멀지 않은 동산으로 갔다.

"지금은 아녀자들이 말을 타고 외출하는 것이 법으로 금지되었지만 고려 때만 해도 보통으로 있는 일이었다. 그 만큼 말과 친숙했다고 볼 수 있는데 문풍(文風)이 강해지면서 말을 타는 것은 아름답지 못하고 무인(武人)이나 타는 것으로 여기게 되었다. 하지만 북방 야인(野人)들은 남녀노소를 불문하고 말을 잘 타고 달린다. 아이가 세 살만 되어도 말안장에 앉아서 놀 수 있을 정도이니 짐작할 수 있겠지?"

훈장의 말에 학동들은 귀를 쫑긋 세우고 쥐죽은 듯이 조용한 가운데 경청한다. 솔밭을 빠져나가는 바람 소리가 쏴아 들리고 뒤에 서 있는 학동은 발을 곧추세우며 고개를 뺀다.

"민간에서도 농사에 쓰임이 되는 소를 귀하게 여길 뿐 말은 천시하고 있는 실정이다. 그래서 말을 제대로 탈 줄 아는 사람이 드물고 더욱 거리감을 느끼게 된 것이야. 너희들은 오늘부터 말과 친숙해져야 한다. 먼저 말을 사랑하는 마음을 갖고 두려움을 없앤 다음에야 비로소 탈 수 있다."

소나무 사이로 바람이 불어와서 송간의 수염이 휘날린다. 송간의 교육 방식을 두고 말이 없는 것은 아니었다. 태인현에는 향교가 있어서 유생들이 성리학을 공부하고 있었고 제법 큰 마을에는 서당을 열어 몰락한 양반이 양인의 자제들을 모아서 글공부를 시켰다. 그 가운데 송간만이 무예를 병행해서 가르치고 있는 것이었는데 이는 비웃음을 사기에 충분했다. 향교 만화루에 모여 앉은 유생들은 송간을 두고 무반(武班)은 어쩔 수 없다며 조롱했고, 다른 서당에서도 상

종하기 어려운 사람으로 치부하고 있었다. 특히 향교의 훈도(訓導)는 양반집 자제들로 이루어진 15세 가량의 교생들 앞에서 말하기를, 부지런히 학문을 갈고 닦아 과거에 급제하고 입신양명하여 가문을 빛내거라. 무반들처럼 몸이나 쓰는 예(藝)는 배울 필요가 없다고 하면서 은근히 송간을 깎아내렸던 것이다. 하지만 송간은 그런 말에 개의치 않았고 자신의 방식에 불만을 갖지 않는 사람들의 자제를 받아 가르치는 것을 즐거움으로 여기고 교육에 열중했다. 학동들도 따분한 글공부만 하는 것보다 무예를 배움으로써 동문간의 의가 돈독해졌고 군문(軍門)에서 볼 수 있는 엄격한 질서가 잡혔다. 다른 서당의 분위기는 어수선하고 훈장이 회초리로 방바닥을 내리치면서 호령하는 것이 보통이었지만 송간이 운영하는 서당의 분위기는 엄숙하면서도 규율이 서 있었다. 훈장이 큰소리를 내며 학동들을 야단치지 않았다. 그래도 학동들은 훈장을 매우 두려워하고 존경하였기 때문에 글공부를 게을리 할 수 없었다.

 한 번은 이런 일이 있었다. 어머니의 심부름으로 관아에 들러 아버지를 만나고 나오던 희동이 나지막한 초가집들로 이어진 좁은 골목 어귀에서 향교 교생들에게 얻어맞았던 것이다. 희동은 높다랗게 쌓은 돌담 너머에 있는 향교가 궁금했다. 그래서 튀어나온 돌을 딛고 올라서서 고개를 쑥 내밀었는데 마침 교생들이 햇볕바라기를 하고 있다가 불쑥 솟아오르는 희동을 발견하고 우르르 쫓아 나왔다.

 "네 이놈. 무엄하게 어딜 기웃거리느냐?"

그중에 희동의 얼굴을 아는 교생이 있었던 모양이다.
"이 놈은 아전의 자식이 아닌가. 무반이 가르치는 서당에서 글공부를 한다네."
"그래? 그렇다면 손 좀 봐줘야겠군."
태인현에서 방귀 꽤나 뀐다는 유생 김대립의 아들 기수가 희동의 멱살을 잡고 사정없이 따귀를 때렸다. 힘으로 한다면 희동이 어떻게 해볼 수 있었겠지만 양반의 자제들인데다 향교에 있는 교생들이 있기 때문에 대책 없이 얻어맞을 수밖에 없었다. 몇 마디 말대꾸를 했는데 오히려 화만 돋울 뿐이었다.
"그게 아닙니다. 저는 단지 무엇이 있나 궁금해서 한 번 살펴본 것뿐입니다."
"오냐, 공부를 어떻게 하는지 궁금했다는 말이더냐? 이런 괘씸한."
뒤이어 송간을 욕하는 말들이 쏟아져 나왔다.
"보잘것없는 선생에게 글공부랍시고 하더니 버릇까지 버렸군 그래. 고작 무과에 급제한 것도 자랑인 모양이지? 무반이면 무반답게 전장에나 나가 있을 일이지 감히 훈장질을 해?"
교생이 손을 번쩍 들어 다시 희동의 따귀를 후려치려던 찰나 누군가 그의 손을 붙잡았다.
"도련님, 그거 놓고 말씀하시오."
동후가 지게를 지고 서 있었다. 나무를 한 짐 해다가 팔고 돌아가는 길에 툭닥거리는 소리를 듣고 골목을 돌아왔을 때 멱살을 잡힌 채 얻어맞고 있는 희동을 보았던 것이다. 손을 잡힌 기수는 얼굴이 붉으락푸르락해져서 손을 빼려고 용을 써보았지만 동후는 그 손을 놓지 않았다.

"유학을 공부하는 분들이 남의 스승을 이렇게 모욕하고 죄 없는 사람에게 몰매 주어서야 되겠습니까? 경서에 그런 가르침이 있다는 말은 들어보지 못했습니다."

"뭐가 어쩌고 어째? 이런 괘씸한 놈을 봤나. 어서 이 손을 놓지 못할까."

"놓지 않으면 어쩌시렵니까?"

"경을 칠 테다. 이 놈!"

동후는 기수의 손을 놓지 않고 더욱 옥죄었는데 난처해진 것은 희동이었다. 대충 따귀 몇 대만 맞으면 될 것으로 생각하여 참고 넘어가려고 했던 것이 동후가 끼어들어 복잡해진 셈이었다.

"동후야."

희동은 어서 그 손을 놓고 사과하라고 눈짓을 하였다. 하지만 동후는 요지부동이었다.

"양민을 이렇게 폭행하라고 나라에서 학전(學田)을 준 것은 아닐 것입니다. 어서 사과하시오."

"네 놈이 정녕 경을 치고 싶은 게냐? 어서 이 손을 놓아라."

말은 이렇게 하면서도 통증으로 인해 눈살을 찌푸리고 있었다. 다른 교생들이 달려들어 가까스로 기수의 손을 빼냈다. 하지만 동후의 완력을 눈앞에서 보았던지라 감히 어떻게 하지를 못하고 고래고래 소리만 지를 뿐이었다. 밖이 소란해지자 훈도가 나왔다.
"무슨 일이기에 밖이 이렇게 소란스러우냐?"
그제야 교생들은 천군만마를 얻은 것처럼 뒤로 물러서며 약간의 과장을 섞어 자초지종을 이야기했다.
"네 놈들이 향교를 우습게 여기지 않고서야 이렇게 무엄한 짓거리를 할 수 있겠는가. 너희들의 훈장에게 단단히 따져야겠다."
훈도는 교생들의 말만 듣고 동후와 희동의 말은 전혀 귀담아듣지 않았다. 일이 이렇게 마무리되고 동리로 돌아오는 길에 희동은 동후에게 원망 섞인 말을 비쳤다.
"네 일도 아닌데 괜히 나서서 일만 커져 버렸다."
"스승님을 욕하는데 어떻게 참고 있을 수 있겠니?"
"나도 속에서 화가 치밀었지만 참았다. 교생들 건드려서 좋을 일 없잖아."
"미안하다."
동후는 자책하듯이 지게 작대기로 땅바닥을 콕콕 찍었다.
"오히려 미안한 것은 나다. 내가 일을 만들지 않았으면 너도 조용히 지나갔을 텐데."
희동은 동후를 바라보면서 씩 웃는다. 그제야 동후도 얼굴이 펴지고 집으로 돌아오는 동안 장터에서 보았던 일과 아까 손목을 잡힌 채 어쩔 줄 몰라 하던 기수의 얼굴을 이야기했다. 저녁 무렵 둘은 훈장에게 나아가 낮에 무슨 일이 있었는지 고했다. 당장이라도 불호령이 떨어질 줄 알았는데 가만히 이야기를 듣고 있던 송간은,

"알았으니 글을 읽도록 해라."

학동들을 물렸을 뿐 특별한 말이 없었다. 이튿날 향교에서 사람이 왔다. 송간은 의관을 정제한 후에 말을 타고 향교로 갔다. 명륜당에는 훈도와 학장을 비롯해 교생들이 정좌하고 앉아서 들어오는 송간을 쏘아보고 있었다.

"그대가 송 권관이오?"

"네. 그렇습니다."

훈도는 생원시나 진사시에 합격한 사람이 보통이었으므로 무과에 급제하여 권관이란 미관말직에 봉직하였던 송간의 관직을 불러줌으로써 당신은 무반이라는 것을 인식시키려 하였다. 향교의 교수관은 종6품의 교수(敎授)와 종9품의 훈도(訓導)로 구분하여 임명하도록 되어 있었지만, 전국의 군현에 수령을 파견하기도 어려운 실정에서 유생들이 기피하는 교직에 교수관을 충원하기란 쉽지 않은 일이었다. 문과 급제자들은 중앙 관직으로 나가는 것을 선호했고 지방의 교직에 봉직하는 것을 꺼려했다. 그래서 지역의 생원과 진사 중에서 학식이 있고 덕망 있는 사람을 골라 교생들을 가르치도록 하는 일이 많았다. 말하자면 비전임 교수인 셈이다. 지금 명륜당에서 송간에게 묻고 있는 훈도 또한 이런 경우였는데 관립 향교에서 양반

의 자제들을 가르치고 있다는 자존심 때문에 동리에 있는 서당쯤은 하찮게 보고 있었다.

"권관이 가르치는 서당의 학동들이 향교에 와서 무례를 범한 것은 알고 있소?"

"약간의 문제가 있었다는 소리를 들었습니다."

"약간의 문제?"

훈도의 눈꼬리가 치켜 올라갔다. 무슨 일이 있었는지 뻔히 알고 있으면서도 약간의 문제 정도로 말하는 것이 귀에 거슬렸던 것이다.

"교생들이 특별한 이유 없이 몰매를 때렸던 것으로 알고 있습니다."

"몰매라니. 경전을 공부하는 우리 교생들이 서당 학동을 몰매 주었단 말이 정확하오? 도둑놈처럼 돌담을 기어올라 향교로 침입하려던 학동을 붙잡아서 혼내준 것이 몰매이고 억울하다면 권관은 도대체 무엇을 가르치는 거요?"

잠시 교생들 사이에서 수군거리는 소리가 들렸다. 가운데 앉아 있는 교생 김기수는 고개를 숙이고 있었다. 불려 와서 해명을 하고 있는 송간은 그의 아버지 김대립의 처조카였던 것이다. 그는 희동의 따귀를 때렸던 것을 후회하며 사태가 조용히 해결되기를 바라고 있었지만 일은 전혀 엉뚱한 방향으로 전개되는 중이었다. 송간은 시비조로 힐난하는 훈도를 바라보면서 천천히 입을 열었다.

"예기 예운편에 이르기를, 대도지행야(大道之行也) 천하위공(天下爲

公)이라 했습니다. 학문은 공(公)것일진대 훈도께서는 어찌 그것을 차별하여 교생들에게는 잘못이 없고 학동들에게만 잘못이 있다고 하십니까. 무릇 학문을 하는 사람은 교만에 빠지지 않도록 경계해야 할 것입니다."

"지금 나를 가르치려는 것이오? 학동들이 향교를 침입하려던 것은 모른 체 할 셈인 모양이군."

훈도는 송간의 입에서 예기에 관한 말이 나오자 심히 당황스러웠다. 그래서 그는 대화의 방향을 교생들과 학동들 간의 다툼, 그리고 일개 서당의 학동이 교생에게 대들고 모욕 주었던 일로 바꾸고 싶었다.

"선현여능(選賢與能) 강신수목(講信修睦)이라 했습니다. 무릇 어질고 능력 있는 사람을 뽑아서 신의를 가르치고 서로 화목하기를 가르친다고 했지요. 그래야 고인부독친기친(故人不獨親其親) 부독자기자(不獨子其子)할 것이 아니겠습니까?"

"뭐라?"

훈도는 말문이 닫혀서 더 이상 말을 할 수가 없었다. 그저 두 눈을 부릅뜨고 수염을 바르르 떨면서 천연덕스럽게 말하는 송간을 쏘아보기만 할 뿐이었다. 교생들은 일이 어떻게 돌아가는지 영문을 알지 못하고 난감한 기분이 들었다. 훈도가 일개 훈장을 단단히 혼내주는 것을 보고 내심 통쾌한 기분에 젖으려고 했는데 거꾸로 훈장에게 가르침을 받고 있는 형국이니 얼굴이 화끈거리기까지 했다.

"제대로 배운 사람이라면 제 부모만을 부모로 여기지 않고, 제 자식만을 자식으로 여기지 않을 것입니다. 제가 보기에 훈도와 교생들은 이 가르침까지 아직 이르지 못한 것으로 생각되는군요. 그래서 교생들은 아무 잘못이 없다고 생각하며 일개 서당의 학동들을 잡아다 혼쭐내고 그것을 당연하다고 여기는 것 아니겠습니까?"

사실이 그랬다. 촌구석에서 교생들을 가르치는 훈도가 예기를 공부했다 하더라도 송간을 나무라기 위해 적당한 구절을 머릿속에서 끄집어내어 물 흐르듯이 인용하기에는 무리가 있었다. 말을 마치고 송간은 자리를 털고 일어났다. 그리고 허리를 굽혀 공손하게 인사를 하고 뒤도 돌아보지 않은 채 명륜당을 빠져나갔다. 훈도는 그가 사라질 때까지 거친 숨을 몰아쉬었다. 무안해서 붉어진 얼굴색은 쉽사리 돌아오지 않았고 교생들도 뒷머리를 떡메로 얻어맞은 것처럼 멍한 기분이었다. 이 일은 향교에서 없었던 일로 덮어두려고 했지만 교생들의 입을 통해서 마을로 번져나갔다. 교생 김기수의 아버지 김대립은 처조카 송간이 향교에 가서 훈도의 코를 납작하게 만들어주었다는 말을 듣고 분개했다. 평소 그는 송간이 무과에 급제하여 북방으로 떠날 때도 그까짓 무과가 대수냐면서 비웃었던 사람이다. 하지만 송간의 학식이 보통 아닌 것으로 드러난 이상 처조카라고 해서 함부로 대할 수가 없었다. 그저 마음속으로 괘씸한 생각을 갖고 언젠가 본때를 보이리라 다짐하는 것이었다.

 괭이를 세워놓고 땀을 닦으려고 할 때 누군가 밭두 렁을 가로질러 오는 것이 보였다. 갈의(葛衣)를 입은 중년의 사내, 키가 훤칠하고 골격이 장대한 것이 한 눈에 보기에도 무예를 수련한 사람임을 알 수가 있었다. 머리에는 갓을 썼는데 긴소매의 푸른 도포차림이 아니었다.

갈의(葛衣)를 입은 사나이

 이듬해인 1586년(병술년. 선조19년) 입춘이 지나고 농사 준비가 슬슬 시작되자 송간은 서당을 닫았다. 겨우내 하얀 눈으로 뒤덮여 있던 들판이 갈색 속살을 드러내고 날씨가 많이 풀려서 낮에는 황토 길이 질척거렸다. 시냇가의 얼음이 녹고 맑은 물이 흘러가면서 대지를 적셨다. 부지런한 쑥은 미처 녹지 못한 눈을 비집고 고개를 내밀었으며 산에서 푸득거리는 산새들도 벌써 새끼 칠 준비를 하고 있었다. 햇살이 따사로운 날, 마루에 앉아서 곧 새끼를 낳을 모양인지 배가 부풀어 오른 누렁이와 함께 먼 산을 바라보던 송간의 어머니 황씨는 낯선 손님을 맞았다.
 "뉘신지요?"
 "네, 저는 김제 사는 교생 최팽정이온데 송 권관을 뵈러 왔습니다."
 키가 작달막하고 얼굴이 온순해 보이는 사람이었다. 황씨는 경계심을 풀고 안으로 안내했다.

"지금 없다오. 거름을 지고 밭에 갔으니 곧 돌아올 것이오."

"그럼 기다리지요."

최팽정은 마루에 걸터앉아서 주위를 둘러보았다. 여느 농사꾼의 집과 다를 바 없었으나 사랑채에 붙은 외양간이 특이했다. 첫째 칸에는 소가 눈을 껌벅이면서 되새김질을 하고 있었고 다음 칸에는 갈기가 잘 다듬어진 말 한 필이 우뚝 서서 최팽정을 바라보고 있었다. 그것을 보고 최팽정은 알 듯 모를 듯 미소를 지었다. 황씨의 말대로 잠시 기다리자 송간이 발채가 얹힌 지게를 지고 들어왔다.

"손님이 찾아왔구나."

궁금한 눈빛으로 바라보는 송간을 향해 황씨가 말해주었다. 말이 끝나기 무섭게 최팽정은 토방 아래로 내려서면서 인사를 했다.

"김제 사는 교생 최팽정이라 합니다."

"송간입니다. 무슨 일로 저를 찾아오셨는지요."

"잠시 드릴 말씀이 있어서…."

최팽정은 말꼬리를 내리면서 황씨를 바라보았다. 황씨는 알겠다는 듯 사랑채로 손짓을 하며 송간을 떠밀었다.

"손님이 왔는데 밖에 세워두고 맞아서야 되겠느냐. 어서 안으로 들어가거라."

두 사람은 방에 마주 앉았다. 얇은 문풍지를 뚫고 들어온 햇살이 뿌옇게 흩어지면서 방안을 밝게 만들었다. 방안의 따뜻한 기운은 두 사람이 처음 본 사이인데도 분위기를 어색하지 않게 만들어주고 있었다.

"혹시 향사회라고 들어보셨는지요."

"이 나라에서 글을 읽는다는 사람치고 향사회를 모르는 사람이 있겠습니까?"

송간은 시큰둥한 표정을 지었다. 원래 향사회는 중국 주나라에서 향대부들이 공직에 나아갈 후보자를 임금에게 추천하기 위해 3년 주기로 행했던 활쏘기 행사다. 단순히 활만 쏘는 것이 아니라 공직에 나아가려는 사람들은 그 뜻을 바르게 해야 한다는 상징적 의미가 내포된 것이다. 그런데 향사회가 조선으로 들어오면서 매년 봄과 가을에 열리기는 했지만, 그 뜻이 변질되어 유생들이 지역의 원로들을 공경하고 대접하는 의미의 경로잔치쯤으로 되어 있었다. 학문을 논하는 것도 잠시 즐겁게 마시고 노는 것이었다. 송간이 알고 있는 향사회는 이런 것이었기 때문에 표정이 밝을 리 없었다. 최팽정은 미소를 지으면서 말을 이어갔다.

"그럼 금구 구릿골의 대동계도 들어 보셨겠군요."

송간은 고개를 끄덕였다. 금구는 태인에서 오십 리(里)였고 구릿골은 모악산 금산사 쪽으로 들어가는 길에 있었다. 송간은 타고난 무인이었기 때문에 인근 지역에서 무슨 활쏘기라든가 무인들의 소소한 행사가 있는 것까지도 항상 관심을 두고 있었다. 그에게 대동계는 낯선 이름이 아니었고 언젠가 한번 끼어보고 싶은 마음까지도 있었던 것이다. 그런데 지금 눈앞의 사내가 대동계를 들어보았느냐고 묻고 있다.
"거기서 오셨소?"
"그렇습니다. 송 권관의 명성을 듣고 우리 계원들이 한번 초빙하고자 저를 이렇게 보냈습니다."
"계주(契主)가 누구십니까?"
"계주랄 것은 달리 없고 대동계를 이끌고 있는 사람은 있습니다. 정 수찬 어른이신데 그 분이 꼭 만나고 싶어 하십니다."
"정 수찬이라면?"
"홍문관 수찬으로 계시다 작년에 내려오신 정여립입니다."
"그 분의 자가 인백(仁伯)이외까?"
"그렇소. 혹시 정 수찬 어른에 대해서 들어보신 적이 있는지요."
"듣긴 들었소만."
어찌된 일인지 송간의 대답이 시원하지 않았다. 최팽정은 짐작한다는 표정으로 송간의 얼굴을 물끄러미 살폈다.
"권관께서 무슨 말을 들었는지는 모르겠소. 하지만 사람이란 만나보고 그 됨됨이를 판단하는 것이지 남의 말만 듣고 섣불리 예단하면 안 됩니다."
"예단하지 않습니다."
"그렇다면 왜 그러시는지요?"
"아니외다. 이만 물러가시지요. 저도 가 보고 싶지만 집안에 밀린 일이 있어서 시간을 내기가 어렵습니다. 보시다시피 농사철이 막 시작되어 할 일이 많습니다."

"이런 낭패가 있나."

최팽정은 먼저 자리를 털고 일어서는 송간을 바라보면서 낙심한 표정을 지었다. 워낙 정여립에 대하여 좋지 않은 소문이 많기 때문에 송간이 이러는 것을 이해할 수는 있었다. 그래도 언제쯤 시간이 될 것이라거나 다음에 찾아뵌다는 말이라도 있었으면 좋겠는데 농사일을 핑계로 미루는 것을 보니 답답한 마음이 들었다.

"오늘은 그냥 돌아가겠습니다. 수찬 어른께서 권관의 재주를 귀히 여겨서 꼭 한번 만나보고 싶어 하시니 다음에는 거절하지 마시오."

"…."

최팽정이 돌아가고 난 후 송간은 얼마 전 김대립이 했던 말을 떠올렸다. 문중에 혼사가 있어 갔다가 거나하게 술에 취한 김대립이 김극관, 김극인 형제와 나누는 대화를 우연찮게 들었던 것이다. 송간은 김대립의 처조카인데다 관직을 갖지 않고 농사나 짓고 있는 무반이었으므로 그 자리에 낄 수가 없었다.

"인백이 요즘 하고 다니는 꼴을 보니 멀지 않아 평지풍파가 일 것이오."

"무슨 말이라도 들으셨습니까?"

김극관이 물었다. 김대립은 술잔을 요란하게 내려놓으면서 수염을 쓱 닦고 날선 말을 쏟아내기 시작했다.

"그 자가 입신양명했을 때에도 처족을 하찮게 여기더니 낙향해서는 순 무뢰배들과 어울려 다니면서 놀이를 한다고 하니 그게 될 말이외까?"

"하긴 인백이 처가를 업신여기긴 했지요. 그래서 우리도 인백을 곱게 생각하고 있지 않습니다."

이번에는 김극인이었다. 이들은 정여립의 처족들로서 배경을 등에 업고 벼슬길이나 뚫어볼까 내심 바라고 있었는데, 여립이 단 한번도 그들의 손을 잡아주지 않았던 일을 괘씸하게 생각하고 있었다. 오히려 면박을 당하지 않은 것이 다행이라면 다행이었다.

"언제 우리가 그 놈 덕을 보려 했더냐? 차라리 소쇄원에 줄을 대는 것이 빠를 것이다."

"형님, 그래도 사람 사는 정리가 있지 않겠습니까? 이 세상에 나와서 혼자 힘으로 모든 것을 다 이루는 사람이 어디 있는지요. 서로 도와가며 살아야 하는 것인데."

"잊어라. 인백은 이미 우리 사람이 아니다."

김극관은 동생 극인을 바라보면서 손사래를 쳤다.

"지금 조정에서 동인이 득세하고 있다만 머지않아 세상은 바뀌게 될 것이야."

"그래야지요. 임금께서도 이제 염증이 나지 않았겠습니까?"

"권불십년이라고 했다. 동인이 십 년 동안 세력을 잡았으면 이제 서인에게 넘어올 때가 된 것이지."

김극관은 술잔을 들고 잔 속에서 일렁이는 송강 정철의 얼굴을 떠올렸다. 형제가 소쇄원을 드나들게 된 것은 나름대로 계산이 있었기 때문이다. 소쇄원은 전라도 창평(지금의 담양)에 있는 동산으로 집이 보기 좋게 배열된 정원이다. 조광조의 제자 소쇄 양산보가 지은 소쇄원에는 기대승, 고경명, 송순, 김성원, 정철과 같은 많은 문객들이 드나들면서 화려한 유학의 문화를 꽃피우고 있었다.

송강 정철의 큰누나는 인종의 숙의가 되었고 둘째 누나는 부제학 최홍도의 부인, 작은누나는 왕실이었던 월산대군의 손자 계림군의 부인이 되었다. 왕실과 사돈을 맺고 집안은 부족할 것 없이 풍족했으며 활기가 넘쳐흘렀다. 막내였던 정철은 세자와 처남지간이었던 덕분에 궁으로 출입이 어렵지 않았고, 두 살 터울의 또래인 경원대군과 곧잘 어울려 놀았다. 훗날 명종이 된 이가 바로 경원대군이다. 하지만 문정왕후가 수렴청정을 하면서 집안은 하루아침에 풍비박산이 나고 말았다. 아버지 정유침은 당시 열 살이던 정철을 데리고 유배 생활을 하게 되었다. 나중에 유배가 풀렸을 때 잔인한 권력의 속성에 진저리가 난 정유침은 전라도 창평에 자리를 잡았고, 정철이 혼인하고 학문의 기초를 닦은 것도 그곳이었다.

어려서부터 냉혹하기 이를 데 없는 권력의 속성을 온몸으로 체득한 정철은 과거에 급제하고 승승장구하여 서인의 영수로 주목받기에 이르렀다. 하지만 동서 붕당이 심각한 시기에 선조의 총애를 받기는 했어도 정치 역정이 순탄할 수는 없었다. 그때마다 정철은 창평으로 세 차례 내려가서 자연을 벗 삼고 임금을 그리워하는 가사를 짓기도 하며 서인의 모사꾼으로 일컬어지던 송익필과 머리를 맞대었다. 사미인곡과 속미인곡은 정철의 충성심과 권력에 대한 끊임없는 지향이 반영된 것이다.

  송익필은 이이, 성혼, 정철과 교류하면서 서인의 모사꾼 또는 제갈공명으로 여겨졌던 사람이다. 그는 창평의 소쇄원을 출입하면서 한때 서인으로 여겼던 정여립이 동인으로 전향한 것에 대하여 어떠한 방법으로든지 손을 봐줘야겠다고 생각했다. 그러던 차에 정여립의 처족이라는 김극관 형제가 소쇄원에 줄을 대기 위해서 노력한다는 것을 알고 소쇄원의 주인인 양산보의 손자 양천경에게 받아들이라고 권유했던 것이다. 김극관 형제는 정여립이 처족에게 소홀하게 대하는 것이 서운했고 서인의 눈에 들기 위하여 정철과 송익필이 필요로 하는 정여립에 관한 정보를 자세하게 전달하였다. 송간이 들었던 이야기는 이러한 배경에서 투덜거리는 정여립 처족들의 불평이었던 셈이다.

  "인백이 율곡 선생을 배신하고 동인의 괴수 이발에게 붙어서 제대로 살 수는 없을 것이다."

  "그렇지요. 군사부일체라고 했는데 스승을 저버린 놈은 제 부모를 버린 것이나 마찬가지입니다."

  "암, 그렇고말고. 언젠가는 처가를 업신여긴 대가를 치르게 될 날이 오겠지."

김극관은 여기까지 말하고 가래를 끌어올려 저 멀리 내뱉고 말을 이어갔다.

"게다가 취첩까지 했다는데 그 과정이 구려서 차마 입에 담지 못할 정도구나. 도의적으로도 인간 말종이 아닌 바에야 어떻게 그런 짓거리를 할 수 있겠느냐."

"그것은 또 무슨 말씀입니까?"

"인백의 이웃에 어떤 아전의 딸이 젊은 나이에 남편을 여의고 어머니와 함께 홀로 살고 있었는데, 살기가 어렵지 않아서 재가할 뜻이 없었다고 한다. 평소 흑심을 품고 있던 인백이 그녀를 겁탈하고자 했으나 여자가 워낙 완고하여 뜻을 이루지 못했다고 하지. 그래서 놈이 꾀를 내어 그 집 아래에 강도가 들었다고 거짓 고변을 하여 노비들을 모두 잡아가게 했다는구나. 그 다음 텅 빈집에서 울고 있는 여인을 겁탈하고 마침내 첩으로 삼았다고 하니 그 사실을 알고 있는 선비들 가운데 침을 뱉지 않는 사람이 없다."

"카악!"

형의 말을 듣더니 이번에는 김극인이 가래를 끌어올려 침을 길게 내뱉었다. 송간은 이들의 대화를 듣고 정여립에 대한 인상이 좋지 않게 굳어졌다. 그렇다고 송간이 그들과 친밀한 관계는 아니었다. 송간은 몰락한 무반의 자손으로 업신여김을 당했고 있어도 그만 없어도 그만인 존재에 불과했다. 성격이 올곧은 그의 마음에서 권력의 향배에 따라 당을 바꾸고 스승까지 저버렸다는 정여립을 용납하기 어려운 것은 당연했다. 최팽정은 송간에게 거절을 당하고 돌아간 후 다시 얼굴을 내밀지 않았다.

어느덧 배꽃이 흩날리는 완연한 봄이 되었다. 그날도 송간은 밭에 가서 돌멩이를 주워 내고 풀뿌리를 캐서 땅을 일구고 있었다. 괭이를 세워 놓고 땀을 닦으려고 할 때 누군가 밭두렁을 가로질러 오는 것이 보였다. 갈의(葛衣)를 입은 중년의 사내. 키가 훤칠하고 골격이 장대한 것이 한눈에 보기에도 무예를 수련한 사람임을 알 수가 있었다. 머리에는 갓을 썼는데 긴소매의 푸른 도포 차림이 아니었다. 어딘가 어울리지 않는 모습이었기 때문에 송간은 그가 올라오기를 기다렸다.

"어험, 날씨 좋구려. 비가 오면 씨 뿌리기에 제격이겠소."

"뉘시온지요?"

"길 가는 과객이오. 잠시 쉬어가리다."

그는 밭가의 커다란 바위에 털썩 주저앉았다. 그리고 송간을 향해 이것저것 물어보기 시작했다.

"보아하니 무반인 것 같은데 왜 이렇게 향리에 처박혀 계시오?"

"세상살이가 어디 뜻대로 된답디까? 농사짓는 것도 재밌고 기후만 제대로 맞춰 준다면 남아가 해볼 만한 일이지요."

"엇허허. 대답 한 번 시원하구려. 농자는 천하의 근본인데 갈수록 민생이 피폐해지고 있으니 그게 걱정이지."

"흐린 날이 있으면 개인 날도 있는 법 아니겠습니까. 노형께서도 뜻이 꺾여서 이리저리 흘러 다니시는 모양인데 적당한 곳에 자리를 잡으시지요."

"걱정을 해주니 고맙소. 그나저나 목이 컬컬한데 어디 먹다 남은 탁주라도 없소?"

"곧 보릿고개가 닥칠 터인데 탁주가 있을 리 있겠습니까? 노형은 심사가 편한 모양이군요. 탁주 타령 하시는 것을 보니."

"천성이 그런 것을 어쩌겠소. 나중에 탁주 한 잔 합시다."

사내는 자리를 털고 일어나더니 왔던 길을 터벅터벅 걸어 내려갔다. 송간은 별 싱거운 사람 다 보겠다는 표정으로 호리병에 담긴 물을 한 모금 들이켜고 다시 땅을 일구는데 열중했다. 산에서는 철 이르게 나온 뻐꾸기가 뻐꾹뻐꾹 울어대고 이제 막 피어오르기 시작한 야생화가 꽃봉오리에 팽팽하게 힘을 주고 있었다. 송간은 밭가에 서서 쉬지 않고 파 온 고랑을 돌아보았다. 뿌듯한 기분이 들었다. 괭이를 던져 놓고 참나무로 엮은 소쿠리를 지게에 올리고 내려갈 차비를 할 때 아들 철이 헐레벌떡 뛰어 올라왔다.

"아버지. 손님이 오셨습니다."

"뉘라더냐?"

"모르겠어요. 집에서 기다리고 계세요."

"알았다. 이만 내려가자꾸나."

철은 아버지가 들려준 호리병을 들어 남아 있는 물을 홀짝 마시고 강아지처럼 뒤를 졸래졸래 따라간다. 송간은 혹시 저번에 왔던 최팽정이란 사내가 또 왔을까 생각했다. 하지만 집에서 기다리고 있는 사람은 다른 사람이었다. 호리호리한 몸집에 키는 적당했고 얼굴이 준수하게 생겼다.

"고부사람 교생 한경입니다."

"송간이라 합니다. 무슨 일로 저를 찾아오셨는지요."

"송 권관을 만나보고 싶어 하는 어른이 있어서 뫼시고 왔습니다."

송간은 일단 손님을 사랑으로 안내했다. 한경이 자리에 앉기를 기다려서 송간은 그 사람이 누구인지 물었다.

"미천한 저를 만나고자 하는 사람이 누구요?"

"정 수찬 어른입니다."

한경의 말에 송간의 눈꼬리가 치켜 올라갔다. 역시 최팽정과 같은 일당이었고 끈질기다는 생각이 들었다.

"왜 기분이 상하셨소?"

"일전에 충분히 말씀을 드렸는데 이렇게 또 오시다니."

"송 형의 마음은 짐작합니다. 하지만 사람을 보지 않고 남의 말만 듣고 판단해버리면 실수할 때도 있는 법이라오."

송간은 자기보다 나이가 대여섯 살은 더 먹어 보이는 교생이 송 형이라고 불러주자 당황스러웠다. 교생이면 양반이 아닌가. 같은 양반이라고 해도 보잘것없는 무반에 비교할 수가 없었고 나이 또한 많으니 하대를 해도 충분할 터였다. 송간이 우물쭈물하고 있을 때 밖에서 수연의 목소리가 들려온다.

"아버님, 손님이 또 오셨습니다."

고개를 돌려 보니 사립문을 걸어 들어오는 손님은 밭에서 보았던 그 사내다. 양손에 커다란 술병을 들고 히죽 웃으면서 마치 오랜 지기를 찾아오는 표정이다.

"아니, 노형!"

"또 만났구려. 술 생각이 날 것 같아 내가 술을 구해왔소. 한 잔 합시다."

송간은 수연에게 어서 술상을 보라고 일렀다. 잠시 후 술상을 마주하고 세 사람이 마주 앉았다.

"어찌된 일입니까? 함께 오셨다는 손님, 그러니까 정 수찬 어른이 노형이오?"

어리둥절한 표정의 송간을 보고 한경은 고개를 끄덕이며 빙그레 웃었다. 송간은 황급히 자세를 바로 하고 정여립에게 머리를 조아렸다.

"실수가 많았습니다. 이 누추한 곳까지 오시다니."

"아니네. 송 권관이 만나주지 않기에 내가 찾아갔던 것뿐이지. 껄껄."

정여립은 술병을 들어 넘치도록 부어 준다. 세 사람은 술잔을 쭈욱 들이켠 다음 김치보시기에 담긴 시커먼 무 뿌리를 우걱우걱 씹는다.

"송 권관. 나에 대해서 무슨 소리를 들었는가?"

"듣기는 들었습니다만."

"그랬을 테지. 세상이 하도 뒤숭숭하고 남의 잘못을 들추어야 자신의 빛이 난다고 여기는 세상이니 말이야."

"그런데 왜 저를 찾아오셨습니까?"

"그야 송 권관과 함께 일을 해보고 싶기 때문 아니겠는가. 이 어지러운 세상에 기개 있는 무인이 이렇게 괭이 자루만 쥐고 있는대서야 어떻게 나라 꼴이 제대로 돌아가겠나."

"무슨 일이시온지요?"

송간은 정색을 하고 물었다. 그런데 정여립은 웃으면서 술잔을 들어 한 모금 마시고 되레 송간에게 질문을 돌렸다.

"송 권관, 무과에 급제하여 관직에 나간 것으로 알고 있는데 왜 돌아왔는가?"

"말씀드리자면 깁니다."

"괜찮네, 나도 낙향한 선비이니 감출 것이 무에 있겠는가. 한 번 말해 보게."

송간은 반쯤 남아 있던 술을 마시고 다시 잔을 받아놓은 후에 이야기를 시작했다. 그가 무과급제 후 종9품의 권관이란 말직을 받아 봉직한 곳은 함경도 건원보였다. 1583년(계미년. 선조16년) 2월 9일, 한창 추위가 기승을 부리고 있을 때 야인(野人)으로 오랑캐 취급받던 여진족의 추장 니탕개가 얼어붙은 두만강을 건너 1만 기병을 앞세우고 경원부와 안원보의 성을 함락시켰다. 개국 이래 특별한 외침이 없었던 조정은 당황했고 무신 오운과 박선을 조방장으로 삼아 용사 80명을 먼저 보내고 경기감사였던 정언신을 우참찬 겸 순찰사로 임명하여 소요를 진압하도록 하였다. 그리고 선조는 방비를 제대로 하지 못한 경원부사 김수와 판관 양사의를 목 베라고 지시하였는데 마침 큰 눈이 내려서 인마가 통행할 수 없을 정도였고 지원군은 제때 도착하기가 어려웠다. 국경에서는 온성부사 신립, 훈융첨사 신상절이 결사적으로 저항해서 적의 공격을 잠시 멈추게 할 수 있었다. 조정은 목숨을 걸고 싸우는 국경의 사정에 아랑곳하지 않고, 북병사 이제신이 김수와 양사의의 목을 3일이나 지나서야 벤 것은 왕명을 무시한 것이라면서 전방의 장수 북병사 이제신의 처신을 두고 입방아를 찧어댔다. 결국 이제신은 일개 병졸로 강등되어 백의종군했고 1년 후 인산진에서 죽고 말았다.

한양에서 화창한 날씨를 즐기며 단오의 여흥을 음미하던 5월 6일 여진족이 전열을 가다듬어 2만 기병으로 2차 공세를 펼쳤다. 경원에서 보병 위주의 조선군은 죽기 살기로 대항했지만 어찌해 볼 도리가 없었다. 정언신과 신립은 빈약한 기병으로 적과 일진일퇴를 거듭하며 공방전을 거듭하였다. 다행히 당시 병조판서를 맡고 있던 이이의 활약으로 인해 군수 보급이 제자리를 잡았고 야인들은 물러가기 시작했다. 그런데 북병사의 서장을 받고 이이가 병력을 충원하고 군량을 왕실과 종친들에게서 출연 받아 보냈던 것은 미봉책에 불과했다. 전란이 가라앉자 언제 그랬냐는 듯 이이의 처신을 문제 삼아 탄핵하라는 요구가 빗발쳤다.

이순신이 훈련원 봉사로 봉직하다 건원보로 배치된 때는 7월이었다. 이순신은 휘하 장졸들과 비밀리에 작전을 전개하여 적장 울지내(鬱只乃)를 생포하는데 성공했다. 권관 송간은 그때 이순신의 휘하 군관으로서 울지내 생포 작전에 직접 참여했던 것이다. 적장을 잡고 장졸들은 너무 기뻐서 그동안의 노고를 모두 잊을 수 있었다. 조정에서도 오랫동안 잡지 못해 골머리를 앓고 있던 적장을 생포하자 크게 고무되어 이순신을 5계급 승진시켜서 훈련원 참군(정7품)으로 임명했다. 그런데 총사령관인 북병사 김우서가 상소하기를, 미리 고하지 않고 작전한 것은 군율 위반이므로 문책해야 한다고 장계를 올렸다. 조정은 이순신에게 내린 상을 취소하고 건원보 권관(종9품)으로 강등하였다. 그때 송간은 한순간에 승진과 강등을 경험한 이순신을 보고도 도울 수 있는 방법이 없었다.

"차마 뭐라고 드릴 말씀이 없습니다. 적장을 생포하는 작전은 비밀이 가장 중요한 법인데 그것을 미리 알리지 않았다고 해서 이렇게 좌천시키는 법이 어디 있습니까?"

"아니네, 장수는 군율에 따라야 하는 법, 자네는 훌륭한 무관이야. 개의치 말고 본분에 충실하게나."

오히려 송간을 격려해주는 것이었다. 그리고 이순신은 부친상을 당해서 돌아갔다. 송간은 변방에서 적을 쫓고 숱한 작전을 치르는 동안 점점 회의감에 빠져들었다. 함께 전장을 누비던 동료 군관들이 하나둘씩 조정의 연줄을 타고 빠져나갔으며 힘없고 기댈 곳이 없는 사람들만 남아서 예전과 같이 국경을 수비하고 있었다. 전란이 있을 때만 비천한 신분의 병력들이 충원되고 군마와 군량미가 마지못해 지원되었을 뿐 제대로 돌아가는 것이 없었다. 그가 권관 벼슬을 버리게 된 것은 죄를 뒤집어썼기 때문이었다. 찬바람이 몹시 불던 12월. 건원보에서 당직을 하고 있을 때 전방의 목책을 수비하던 십여 명의 장졸들이 야인들의 기습을 받은 일이 있었다. 송간은 기습을 당했다는 보고를 접하고 만호에게 즉시 출병을 요청했지만 적의 함정일지 모른다는 핑계로 허락하지 않았다. 결국 이튿날이 되어서야 목책을 살펴볼 수 있었는데 장졸들은 처참하게 죽어 있었다. 송간은 분을 참지 못하고 만호에게 쫓아가서 왜 출병을 허락하지 않았느냐고 따져 물었다. 그런데 만호는 오히려 송간에게 잘못을 뒤집어씌웠다.

"당직 군관으로서 적의 기습이 있었다면 바로 조치를 한 연후에 보고를 할 일이지 부하들을 죽이고 와서 상관에게 대드느냐?"

송간은 상관에 대한 불경죄와 수비 실패의 책임을 물어 장형(杖刑) 60대에 처해지고 강등되었다. 너무 억울했다. 그는 이순신처럼 속으로 울분을 삼키고 묵묵히 종군할 수 없었다. 전란을 극복하는데 온힘을 쏟았던 병조판서 이이가 탄핵되고, 적장 생포 작전을 성공시킨 이순신도 강등되었으며, 군관들은 조정의 연줄을 잡기에 혈안이 되어 있었고, 조정의 권신들은 상황을 이용해서 자기 몫을 챙기기에 여념이 없었다. 게다가 억울한 죄목까지 뒤집어썼으니 밤잠을 이루지 못할 지경이었다. 그는 장형으로 인한 독이 올라 온몸이 퉁퉁 부었고 정상적으로 군무를 수행할 수 없을 지경이 되었다. 송간은 어쩔 수 없이 칭병사직을 청했고 무리 없이 받아들여져서 군문을 벗어나게 되었다. 고향으로 내려올 때는 눈물이 앞을 가렸지만 차라리 마음이 편했다.

"고생이 많았네. 자네는 무관으로서 최선을 다한 것이야. 세상이 훌륭한 무관을 버렸구먼."

송간의 말이 끝나자 정여립은 술잔을 들어 권하면서 따뜻하게 위로했다. 송간은 그때의 분이 다시 차오르는 듯 술을 벌컥벌컥 마셔 버리고 술잔을 내려놓았다. 눈이 벌겋게 충혈 되어 있었다.

"그럼 이번에는 제가 여쭙겠습니다."

"말해 보게."

"수찬께서는 스승을 배신하고 당을 바꾸었다고 들었습니다. 그게 사실이온지요."

"그것이 궁금한가?"

"그렇습니다. 남아로서 배신이란 있을 수 없는 일 아니겠습니까?"

"오해가 있는 듯하이. 나도 그 부분에 대해서 자네에게 해줄 말이 있군. 자네는 당(黨)을 무엇이라고 생각하는가?"

"…."

"당이란 것은 정치적인 뜻이 같은 사람들끼리 그 이상을 실현하기 위하여 뭉치는 것을 말하지. 현재 조정에는 동인과 서인이라는 두 개의 당이 있네. 자네가 보기에는 내가 서인에 속했다가 동인으로 변절한 것으로 보이겠지. 그것 때문에 세상 사람들이 나를 비난하는 것도 잘 알고 있어."

정여립은 술잔을 채워주는 한경에게 눈길을 한 번 주고 입술을 축인 다음 천천히 말을 이어갔다.

"자네도 서당에서 학동들을 가르치고 있으니 대도지행(大道之行)이면 천하위공(天下爲公)이요, 대도기은(大道旣隱)이면 천하위가(天下爲家)라 하는 뜻을 알 걸세. 큰 도가 행해질 때는 사람들이 천하를 공(公)으로 삼고, 도가 은폐되면 사람들이 천하를 사가(私家), 즉 개인적인 소유물로 삼는다는 것 아니겠는가. 나는 학문도 마찬가지라고 생각하네. 자네가 어떻게 받아들일지 모르겠네만 난 서인에 속한 적도 동인에 속한 적도 없네. 세상이 나를 동인이니 서인이니 편당하고 난도질하여 욕을 하지만 나는 나라와 백성을 위한다면 어떤 학문이든지 받아들였어. 그것이 어느 당의 소유물이 되고 다른 당은 그르다는 생각에 동조하지 않았네. 내가 서인을 찾아가서 이이, 성혼, 송익필, 정철과 교류한 것은 학문적인 교류였지 정치적으로 그 당에 들어간 것이 아니었단 말일세."

"저는 동의하기 어렵습니다. 결국 율곡 선생의 천거를 받아 요직에 나아간 것이 아니었습니까?"

"자네는 내가 은혜를 원수로 갚았다는 뜻이구먼."

"틀린 말이 아니지요."

"나는 식년시에서 을과2등으로 급제를 했네. 그러니까 정묘년 (1567. 명종22년)에 진사가 되고 성균관에서 공부를 계속하던 경오년 (1570. 선조3년) 봄이었지. 당시 34명이 급제를 했는데 을과는 8품 관직을 받는 게 일반적이야. 그런데 나는 종9품의 말단직인 성균관 학유에 임명되었지. 자네도 녹을 먹어봐서 알겠지만 출세에는 가문과 사회적 배경이 있어야 하네. 내 경우 가문이 뛰어나지도 않아. 부친께서 익산 현감을 지냈지만 소싯적에는 가난하기 짝이 없었네. 뒤를 받쳐줄 가문이 없었다고 봐야겠고 사회적인 배경도 마찬가지. 그 배경이란 것이 지금은 어느 당이냐 하는 것으로 회자되고 있는데 내가 서인으로 분류되던 이이를 찾아간 것은 동정서사(東正西邪)란 말이 공공연히 나돌던 때였어. 동인은 옳고 서인을 그르다는 인식이 팽배하고 동인에서 세력을 잡고 있을 때 이이를 찾아간 것이 줄을 대기 위해서란 말인가. 줄을 대려면 동인에 댔어야지. 그렇지 아니한가?"

"그건 그렇습니다."

"그리고 그때는 이이도 서인으로 분류되던 때가 아니었네. 줄곧 동서 붕당을 해결해보려고 양쪽에서 욕을 얻어먹어 가면서 좌충우돌했으니까. 난 서인을 찾아가서 당을 지었던 것이 아니야. 또한 지금 동인의 영수로 일컬어지는 이발은 내 친구일세. 내가 서인이 되었다면 친구를 배신한 셈 아니겠나. 그런데 그 당시 나에게 친구를 배신했다는 말은 일절 없었어. 내가 서인에 속했던 사람들과 학문을 교류하고 이제 동인에 속한 사람들과 학문을 교류하며 국정을 걱정한다고 해서 그게 무슨 잘못이란 말인가. 오히려 욕을 먹어야 할 것은 편당(偏黨)이지 불편부당(不偏不黨)이 아니야."

송간은 정여립의 말에 마땅히 대꾸할 말을 찾지 못했다.

"서인은 훈구 세력으로부터 시작되어 유교적 도의와 의리를 최우선시 하는 성리학이 기본이고, 동인은 비교적 젊은 사람들이 많아서 양명학까지도 무리 없이 받아들이고 있어. 이쪽 학문을 한다고 해서 우리 편이고, 저쪽 학문을 하다고 해서 저쪽 편이란 생각은 옹졸하고 편협한 것이네. 난 병법은 물론 천문학, 잡술에까지 관심을 가지고 공부를 했는데 그럼 난 어느 당에 속해야 하는가? 오히려 동인과 서인 양쪽에서 이단아로 취급받기 딱 십상이지."

정여립은 말을 마치고 술을 한 모금 마시며 수염을 쓰다듬었다. 송간은 속으로 적이 놀라서 뭐라고 말할 수가 없었다. 성균관에 입학하여 문과에 급제하고 임금과 국사를 논하던 사람이 병법은 물론이요 천문학과 잡술까지 공부했다는 것은 뜻밖이었던 것이다.

"이제 조금 이해가 되었는가?"

"그렇습니다. 제가 세상에 떠도는 말만 듣고 오해를 하고 있었던 모양입니다."

"다행이구먼. 그럼 내 술을 한 잔 더 받게."

정여립은 술병을 들어 송간의 잔에 그득히 채워 주었다. 송간은 술을 마시면서 눈을 껌벅이고 잠시 무엇인가 생각하는 듯하더니 술잔을 내려놓았다.

"이것까지 여쭈어도 될는지 모르겠습니다만 미진한 구석이 남아 있으면 측간에 다녀와서 뒤를 닦지 않은 것처럼 개운치가 않아서."

"말해 보게."

송간은 조용히 앉아 있는 한경을 한 번 바라보고 말을 계속한다.

"취첩(取妾)에 대한 것입니다."

"취첩?"

"네, 수찬 어른에 대한 소문 중에서 가장 좋지 않은 소문이 바로 취첩에 대한 것이니 말이 나온 김에 말씀해주시지요."

"내가 아녀자를 억지로 겁탈하고 첩으로 삼았다는 그 소리 말인가?"

정여립이 노골적으로 물어오자 송간은 난감한 기분까지 들었다.

"내 입으로 구구절절 말하기가 그렇구먼. 나중에 여기 한경에게 물어보게나. 아주 자세하고 흥미진진하게 이야기해줄 걸세. 껄껄."

"하긴 그렇겠지요. 낯부끄러워서 내놓고 말하기가 쉽겠습니까?"

송간은 은근히 비아냥거리는 투로 말한다. 그때 꾸어다 놓은 보릿자루처럼 조용히 앉아 있던 한경이 끼어들었다.

"여보시오. 송 형. 말씀이 지나치시오. 수찬 어른께서 직접 말씀하지 않는 것은 감출 것이 있어서가 아니라 남녀 간에 관한 이야기를 당사자가 자세히 말하는 것이 아름답지 않기 때문입니다. 절대로 부끄러운 일이 없으니 그리 알고 오해를 푸시오."

"알겠습니다. 그런 일까지 여쭈어서 송구스럽습니다."

"아닐세, 아니야. 자네는 성격이 확실하니 처음부터 확실하게 해두고 넘어가자는 것이지. 하지만 내가 분명하게 말해둘 것은 세간에 떠도는 것처럼 나는 음흉한 놈이 아니고 계획적인 취첩이 아니란 사실이네. 우리는 오래 전부터 알고 있었으니까. 이 정도면 대충 이야기가 된 것 같은데…. 송 권관, 우리 함께 일해보지 않겠는가?"

"제가 무슨 힘이 될 수 있을지 모르겠습니다."

"자네처럼 실전 경험이 있고 강직한 무인이 절대적으로 필요한 시절이네."

정여립은 그윽한 눈빛으로 송간을 바라본다. 이미 송간의 마음은 정해져 있는 것이나 마찬가지였다. 대화를 하는 동안 정여립의 됨됨이에 감동하였고 넓은 식견에 압도당했던 것이다. 남아로 태어나서 자신의 진가를 알아주는 사람이 있다면 그를 위해 목숨까지도 바칠 수 있는 일 아니던가. 송간은 자리에서 벌떡 일어나 손을 맞잡고 넙죽 엎드려서 정여립에게 절을 올렸다.

"수찬 어른, 저를 받아주십시오."

"이 사람, 일어나게. 내가 자네를 찾아서 여기까지 왔지 않은가."

"제가 불민하여 어른을 알아보지 못하고 무례하게 굴었던 점을 용서해 주십시오."

정여립은 송간의 두 손을 잡아 일으켰다.

"이제 힘을 모아서 대동(大同) 세상을 열어가세. 도탄에 빠져서 신음하고 있는 백성의 한탄소리가 들리지 않는가. 우리가 밑거름이 되고 씨가 되어서 만세토록 번영하는 나라를 만들어야지."

어느새 송간의 눈에서는 눈물이 주르륵 흘러내리고 있었다. 정여립도 감격에 찬 눈빛으로 송간의 두 손을 잡은 채 놓을 줄을 몰랐다. 멀리 서산에 붉은 색 염료를 뿌려놓은 것처럼 노을이 지고 그 빛이 방안으로 스며들었다. 조용히 앉아 있던 한경의 얼굴에 미소가 번져가고 있었다.

여립과 애복의 인연은 이렇게 스러지는 것 같았다. 그렇다고 해서 여립의 마음속에서 애복이 완전히 지워진 것은 아니었다. 그가 등과하고 성균관 학유로 봉직할 때 애복은 스무 세 살 아까운 나이로 친정살이를 하고 있었고, 여립이 임금에게 간언하는 정언이 되었을 때 애복은 서른네 살이었다.

애첩(愛妾) 애복

　금구 구릿골은 모악산 자락에 자리잡아 아늑한 기분이 들었다. 후백제를 창건한 견훤이 머물렀던 금산사는 지척이었고 서쪽으로 드넓은 평야가 끝을 알 수 없을 정도로 펼쳐져 있었다. 대동계원들은 평소 생업에 종사하다가 매월 보름날이 되면 음식을 챙겨 가지고 구릿골로 모여들었다. 장날도 아닌데 전주, 김제, 고부, 태인, 금구, 정읍, 순창에서까지 사람들이 전날부터 행로를 잡았다. 단출하게 괴나리봇짐을 달고 오는 사람들은 선비들이요, 봇짐을 얼러 멘 사람은 보부상이요, 지게에 짐을 올리고 작대기를 팔에 낀 채 걸음을 재촉하는 사람은 농부요, 의젓하게 말을 타고 또각또각 몸을 흔들면서 주위 풍광을 구경하는 사람은 무인이요, 탁발을 접어둔 채 장삼을 걸치고 큰 걸음을 걷는 사람은 승려요, 일을 마치고 뒤늦게 텅 빈 길을 달려가는 사람은 노비였다. 때로는 나귀를 타고 종을 앞세운 채 점잖게 수염을 쓰다듬으면서 찾아오는 유생도 있었다. 이들이 모여든 구릿골은 장바닥처럼 들썩거리고 피워 놓은 모닥불을 중심으로 팔짱을 끼거나 쪼그려 앉은 사내들이 불을 뒤적이면서 이야기꽃을 피웠다. 보름날이 밝아야 회합이 열리는데도 미리 도착한 사람들은 정여립의 집에서 잠을 자거나 이웃의 행랑을 빌려 새우잠을 자는 것을 마다하지 않았다. 모닥불이 잦아들고 하나둘씩 잠자리를 찾아 사라질 때 정여립의 사랑방에서는 촛불을 켜 놓고 회의가 진행 중이었다. 태인의 송간, 고부의 한경, 김제의 최팽정, 남원의 조유직이 정여립을 중심으로 부채꼴 모양으로 앉아 있었다.

"아무래도 장소를 옮겨야 할 것 같네."

정여립이 운을 뗐다.

"이곳은 사람들이 접근하기에 좋은 곳이기는 하지만 무예를 닦기에는 적합하지가 않은 곳이야. 게다가 개인적으로 처족들이 많이 있는 곳이라서 운신의 폭이 제한적이기도 하고."

"맞습니다. 김씨 일족이 사사건건 트집을 잡고 있어 여간 성가신 게 아닙니다. 일전에도 낯선 무뢰배들이 동리에 출입하면서 물을 흐린다고 따지러 왔더군요."

김씨 일족이란 정여립의 처가 쪽 사람들을 말한다. 특히 김대립, 김극관, 김극인은 정여립을 중심으로 사람들이 모여드는 것을 극도로 경계하고 있었으며 무슨 일을 하는지 보고 들었다가 보름날이 지나면 창평 소쇄원으로 쪼르르 달려갔던 것이다. 정여립이 태어난 곳은 전주성 남문 밖이었는데 15세에 아버지 정희증이 익산 현감으로 나가면서 객지생활을 했다. 나이가 들어 금구에 사는 김씨와 혼인을 하였고 홍문관 수찬에서 물러나 낙향했을 때 자리 잡은 곳은 금구 구릿골이었다. 아무래도 처가 쪽 집안과 가까이 붙어 있었기 때문에 더부살이하는 기분도 들었고 활동의 폭이 좁아질 수밖에 없는 실정이었다.

"따로 염두에 두고 계신 곳이 있습니까?"

송간이 굵직한 목소리로 물었다.

"음, 누이가 진안 소리실로 출가를 해서 가본 적이 있는데 천반산과 죽도의 풍광이 좋고 산세가 깊어서 무예를 연마하기에 더 없이 좋더군. 신라 화랑들도 명산대천을 찾아다니면서 수련을 했지 않은가."

"너무 외진 곳에 있으면 사람들이 쉽게 찾아오기 힘들지 않겠습니까?"

"그럴 수도 있겠지. 하지만 앞으로 대동계는 한곳에서만 여는 것이 아니라 듬직한 계원을 중심으로 하여 여러 곳을 운영할 필요가 있네. 대동계는 전국적으로 필요한 것이니까."

정여립이 잠시 말을 마쳤을 때 남원의 조유직이 나섰다.

"옳은 말씀입니다. 진안이라면 산악 지대로 무예를 수련하기에 더 없이 적합하고 무주, 장수, 남원은 물론이요, 영동, 금산, 거창, 함양, 진주, 산청에서도 사람들이 모이기에 좋습니다."

이때까지 조용히 있던 한경도 거들었다.

"금산사는 미륵불이 있는 곳입니다. 미륵을 기다리는 사람들에게 괜한 기대감을 품게 할 필요는 없지요. 저도 진안으로 가는 것에 찬성합니다."

한경의 말을 듣고 좌중은 잠시 찬물을 끼얹은 듯 침묵이 흘렀다. 자씨보살(慈氏菩薩)로 불리는 미륵(彌勒)이 와서 석가모니가 미처 구제하지 못했던 중생들을 구원한다는 것이 바로 미륵신앙이다. 막중한 조세, 공납, 군역의 의무를 지고 변화 가능성이 없어 보이는 현실 속에서 하루하루 연명해나가는 민초들에게 미륵은 구세주나 마찬가지다. 미륵이 현현(顯現)하기만 하면 세상은 뒤집어지고 억압받던 사람들이 구원을 받으며 착취하던 사람들이 그 업보에 따라 심판을 받는다는 믿음. 이 한가지만으로도 고통 받는 민초들을 더욱 미륵에게 매달리도록 만들었다. 한경은 시간이 흐름에 따라 미륵과 정여립이 동일시되는 현상을 지적한 것이다.

"빨리 옮겨야겠군."

얼굴이 어두워진 정여립은 조용히 말을 내뱉었다. 날이 밝고 구릿골 벌판에는 백여 명의 장정들이 모였다. 송간은 말을 타고 다니면서 사람들을 나누고 열을 지어 세웠다. 잠시 후 정여립이 말을 타고 와서 커다란 바위로 훌쩍 뛰어내렸다.

"여기까지 오시느라 수고가 많았소. 오늘 우리가 여기에 모인 것은 육예(六藝) 가운데 하나인 사(射)를 수행하기 위함입니다. 그동안 갈고 닦은 실력을 아낌없이 발휘하고 서로 친목을 도모하기 바라오."

정여립의 말이 끝나고 백 보와 이백 보 거리에 과녁이 세워졌다. 이제 궁술에 입문한 사람들은 백 보 거리에 있는 과녁을 겨냥하였고 제법 숙달된 사람들은 이백 보 과녁을 노렸다. 서로 간의 경쟁심을 고양하기 위해서 청룡, 백호, 주작, 현무로 편을 나누고 송간, 한경, 최팽정, 조유직이 각 편의 접주(接主)를 맡도록 했다. 장정들은 자기 접의 화살이 명중될 때마다 자리에서 벌떡 일어나 환호성을 질러댔다. 정여립이 사신도(四神圖)를 따라 편을 나눈 것은 무예를 숭상하고 활을 잘 쏘았던 고구려의 기상을 이어받기 위함이었다. 그리고 사신(四神)은 우주의 질서를 나타내는 상징적인 동물이므로 대동계(大同契)는 천리(天理)에 어긋나지 않으며 잘못된 것을 바로잡아 천리를 추구한다는 뜻도 포함하고 있었다.

"관중이오!"

저 멀리 떨어진 과녁 뒤편에 몸을 숨기고 있던 장정이 깃발을 흔들면서 외치는 소리가 들렸다. 그때 일단의 장정들이 함성을 지르면서 일어섰다. 이번 활쏘기는 최팽정이 맡았던 접이 우승을 하였다. 장정들에게 둘러싸여 최팽정이 정여립의 앞으로 걸어 나왔다. 정여립은 술잔에 술을 가득 따라서 내민다.

"잘했네. 갈수록 궁술이 발전하고 있으니 흐뭇하구먼."

"고맙습니다. 모두 이들 덕택입니다."

최팽정은 술잔을 높이 들고 뒤에 서 있는 장정들에게 공로를 돌렸다. 경기에 진 사람들은 부러움의 눈길을 교환하면서 농을 걸기도 하고 웃으며 치하해주었다. 궁술이 끝나고 무인들의 시범이 이어질 차례였다. 송간이 늠름하게 말에 올라타서 한 손에 활을 들고 발뒤축으로 힘차게 말의 옆구리를 걷어차더니 바람처럼 언덕 너머로 사라졌다. 잠시 후에 말발굽 소리가 요란하게 들리고 송간이 말을 타고 달려오면서 한손에 활을 들고 시위를 힘껏 당겨 조준하였다. 사람들은 숨을 죽이고 간이 오그라드는 심정으로 지켜보고 있었다. 시위를 떠난 화살은 정확하게 과녁에 꽂히고 환호성이 구릿골을 가득 메웠을 때 송간은 연이어 두 번째, 세 번째 화살을 날려 보냈다. 화살 세 개는 모두 정확하게 과녁에 명중하였다.

"대단하군. 과연 야인을 섬멸했던 장수의 기개가 돋보이는 궁술이야."

정여립이 감탄을 금치 못하고 있을 때 동후와 희동은 어른들 뒤에서 손에 땀을 쥐고 있었다. 누가 시킨 것은 아니었지만 한창 신체 발달과 힘 자랑에 관심이 많을 나이여서 서너 명의 친구들과 함께 무리를 지어 새벽부터 길을 떠나왔던 것이다. 동후와 희동은 태인 향교에서 교생들에게 봉변을 당한 후로 친하게 되어 둘도 없는 사이가 되었다. 형편이 넉넉하지 않은 동후를 위해 희동이 여러모로 신경을 써주었고 구릿골에서 먹을 점심까지도 다 챙겼다.

"동후야, 정말 굉장하다. 한 발도 빗나가지 않고 모두 과녁에 꽂혔어."

애첩(愛妾) 애복

"그래, 나도 가슴이 막 벅차오른다."

소년들은 또 무슨 시범이 보여질까 발을 곤두세우고 고개를 길게 뺐다. 송간 다음에 나온 사람은 황해도에서 온 박익이란 무인이었다. 보통 키에 몸집이 크지 않았지만 군살 없이 쭉 빠진 풍채였다. 그는 칼을 두 손으로 들어 올리며 정여립과 사람들 앞에서 머리를 살짝 조아리고 천천히 걸어 나갔다. 그리고 시퍼렇게 날이 선 칼을 스르릉 뽑아 올려서 휘두르기 시작했다. 제자리에서 전후좌우를 사정없이 찌르며 베고, 몇 걸음 재빠르게 전진하면서 내리치고, 발을 들어 상대의 턱을 가격하는 것처럼 몸을 빙글빙글 돌리며 칼을 휘두르는데 마치 한 마리의 학이 춤을 추는 것 같았다. 사람들은 숨을 죽이고 눈앞에서 펼쳐지는 검술에 넋을 잃고 있었다. 박익이 휘두르는 칼날에 하늘이 낱낱이 찢겨져서 꽃잎이 되고 휙 불어오는 바람에 나풀거리면서 내려앉았다. 박익이 검술을 마쳤을 때 그의 이마에는 땀방울이 송글송글 맺혀 있었다.

"역시 박 공이오. 검술은 그대를 따를 사람이 없을 것이네."

정여립의 칭찬에 박익은 수줍은 미소를 지었다. 박익이 물러간 후에 남원 사람 조유직이 데리고 온 승려 도잠의 선무도가 선보였다. 특별한 무기를 들지 않고 온몸을 이용한 선무도의 품새를 선보이는 것으로 그가 땅바닥을 딛고 달려갈 때 흙먼지가 자욱하게 피어올라서 눈을 똑바로 뜨지 않고는 화려한 선무도의 진면목을 제대로 볼 수 없을 지경이었다. 뒤이어 창술에 일가견이 있는 사람이 창을 휘둘렀고, 니탕개의 난에서 위력을 떨쳤던 승자총에 대한 소개가 있었다. 무예 시범이 끝나고 정여립이 다시 바위로 올라갔다.

"정말 수고 많았소. 하나같이 뛰어난 무예를 가지고 있어서 마음이 든든합니다. 돌이켜보건대 문(文)과 무(武)는 서로 조화롭게 발전되어야 하는 것을 알 수 있소. 무가 문을 누르면 무인이 득세하여 서로 정권을 잡기 위해 피비린내 나는 싸움을 하느라 문화가 쇠퇴하는 것이고, 반대로 문이 무를 억누르면 국방이 소홀해져서 외침을 당할 수밖에 없는 것이오. 작금의 실정을 살펴보면 북방에서는 야인들이 세력을 키워가고 남쪽 바다 건너에서는 왜구들이 심심찮게 노략질을 하고 있는 형편입니다. 우리가 대동계를 만들어 무예를 연마하는 것은 육예(六藝)중에서 어느 하나라도 소홀히 하지 말자는 뜻에 다름 아니며, 활쏘기는 육예에 있어서 결코 폐할 수 없는 것이오. 현재의 제승방략 아래서는 지원군이 올 때까지 적에게 대항하기 어렵기 때문에 우리 스스로 방위 능력을 갖추어야만 합니다."

개국 초기 각 군현은 하나의 전투 단위 부대가 되어 평시에 훈련을 하고 유사시에 적을 물리치는 진관 체제하에 있었는데, 군역 기피자가 속출하고 대립제가 성행하는 등 민생이 도탄에 빠지면서 병역 자원을 충분하게 확보하기 어렵게 되자 제승방략 체제로 개편했던 것이다. 제승방략 체제는 여러 군현이 병력을 집결하고 힘을 모아 적을 격퇴하는 개념이다. 양 체제가 가진 장단점이 있었지만 평시에 군현단위의 병력 충원과 훈련이 제대로 되지 않는다면 아무리 좋은 방법을 도입한다 하더라도 취약할 수밖에 없었다. 각 도의 군사령관격인 병마절도사의 군영에는 상시 주둔하는 군사의 수가 200명도 되지 않았다. 군현의 경우에는 사정이 더 심각했다. 군사의 수가 적었고 훈련이 제대로 되지 않았으며 왜구의 침범이 빈번한 남쪽 해안의 요새에도 100명이 수비하는 곳을 찾아보기 힘들었다. 그러므로 왜구들이 조금만 몰려와도 우왕좌왕 도망치기 바빴고 뒤늦게 인근 군현에 연락하여 군사를 소집해야 했다. 정여립은 이러한 문제점을 직시하고 나름대로 향토 방위 체제의 필요성을 말한 것이다.

"우리나라에 앞선 유학자가 많이 있지만 예학(禮學)만을 할 뿐이요, 활 쏘는 공부에 이르러서는 이제야 처음으로 있게 되었습니다."

정여립이 바위에서 내려오자 조유직이 좌중을 둘러보면서 말했다. 그의 말에 많은 사람들이 고개를 끄덕이고 여기저기서 동의하는 소리가 흘러나왔다. 사람들은 흩어져서 주먹밥을 꺼내 늦은 점심 먹을 준비를 하였다. 정여립은 집에서 내온 술과 음식을 풀어 장정들을 배불리 먹이도록 조처하고 인근 수령들이 보내온 물목을 살펴보았다. 그가 여러 고을에 편지를 띄워 필요한 물건을 말하면 형편이 닿는 대로 보내왔는데, 정여립의 명성을 듣고 행여 다른 사람보다 뒤처질까, 제때에 다 미치지 못할까 걱정하는 사람이 있을 정도였다. 따지고 보면 유사시에 자기들을 위해 싸워줄 용병으로 생각해서 적당히 치사를 하는 정도였지만 참여하는 사람이 많아서 계의 운영에 부족하지 않았다. 그래서 대동계의 회합이 있는 날이면

배고픈 거지들도 주위를 기웃거리다가 배를 채우고 돌아갔다. 동후와 소년들은 사람들 사이를 비집고 나아가서 송간 앞에 이르렀다.

"스승님, 저희들 왔습니다."

낯익은 목소리에 송간이 고개를 돌렸다. 잠시 놀란 얼굴이었지만 금방 얼굴이 환해졌다.

"아니, 너희들이 여기에 웬일이냐?"

"네, 저희들도 대동계에 참여하고 싶어서 새벽같이 달려왔습니다."

"녀석들도 참, 요즘 일이 바쁠 텐데."

"부모님께 말씀드리고 왔습니다. 저는 오늘 할 일까지 어제 부지런히 해서 마쳤고 희동은 관아에 나가서 일을 배우고 있습니다."

"그래? 그거 잘 되었구나. 일은 할 만하더냐?"

송간은 희동을 바라보면서 물었다. 이제 소년티를 벗고 열여섯 청년이 되어가고 있는 것이 대견스러운 모양이었다. 아전은 대를 이어서 하는 경우가 많아서 별 다른 일이 없는 한 희동도 태인현의 호방이 될 게 분명했다.

"아직 배우고 있는 중이라 모든 것이 서툴게 느껴집니다. 아버님이 시키는 대로 할 뿐이지요."

"호방은 중요한 직책이다. 어떻게 수령을 보좌하느냐에 따라서 송덕비가 세워지기도 하고 욕을 먹기도 하는 것이지. 나랏일을 보는 데 있어 사감을 가지고 해서는 절대 안 될 것이다."

"명심하겠습니다. 스승님."

송간은 눈길을 동후에게 돌린다. 아버지 없이 어머니를 모시고 사는 동후가 항상 마음에 걸리고 그의 총명하고 올바른 행동거지 때문에 관심이 가는 것이다.

"너는 어찌할 생각이냐?"

"틈틈이 공부하고 무예를 수련해서 무과에 응시해 볼 생각입니다."

"음, 열심히 하거라."

송간은 음식을 나르는 하인을 불러 소년들에게 한 상 걸게 차려 주라고 말하고 자리를 떴다. 소년들은 입이 찢어지고 귀에 걸릴 것처럼 좋아서 싸 온 주먹밥은 꺼내지도 않은 채 우르르 몰려 앉아 먹기 시작했다.

"아직 술은 못하지?"

하인이 묻는다.

"못 하는 것은 아니지만 어른들이 많이 계셔서 먹을 수가 있나요."

"생각나면 나중에 나한테 오거라."

하인은 소나무 뒤쪽을 가리키고 소년들은 서로 눈짓을 하면서 히죽 웃는다. 화창한 봄날의 대동계 회합은 이렇게 끝나고 사람들은 삼삼오오 짝을 지어 제각기 왔던 곳으로 떠나갔다. 날이 어두워지자 정여립은 본채로 들어가고 사랑방의 불은 늦게까지 꺼질 줄 몰랐다. 술상을 앞에 두고 앉아서 한경이 얼큰해진 얼굴로 말했다.

"오늘 수고 많았소. 술이 남았으니 모두 비워 버립시다."

최팽정이 술잔을 내밀며 말을 받는다.

"두 사람의 무예가 출중하더이다. 송 형은 주몽의 활솜씨를 이어 받은 듯하고 박 형은 조자룡도 울고 갈 검술이었소."

"과찬의 말씀입니다."

송간과 박익은 쑥스러운 표정을 지었다. 벌써 적잖은 술을 마셔서 모두 취기가 올랐고 분위기는 한결 부드러워진 상태였다. 서로 얼굴을 마주보고 회합을 준비하다 보니 백년지기인 것처럼 친밀감이 느껴져서 부담 없이 농을 걸기도 했다.

"그런데 한 형, 전부터 궁금한 것이 하나 있는데."

"고부에 감춰 놓은 계집이 몇 명인가 궁금하오? 아니면 이 놈의 세상이 언제 뒤집어지나 그것이 궁금한 것이오?"

"그게 아닙니다. 전에 한 번 수찬 어른께 여쭈었을 때 한 형께 물어보면 잘 말해줄 것이라던 바로 그것입니다."

"오호라, 취첩에 관한 것이구먼."

그때 갑자기 최팽정이 껄걸 웃으면서 말을 받았다.

"아직 송 형은 모르고 있는 모양이군요. 박 형은 알고 있소?"

박익은 고개를 가로저었다.

"말이 나온 김에 한 형이 제대로 한 번 말씀해 주시오. 언제 들어도 흥미진진하고 재밌는 얘기라서 나도 귀를 청소하고 들어야겠구려."

"거 참, 벌써 몇 번이나 말을 하는지 모르겠소. 궁금하다니 풀어

줄 수밖에."

　한경은 손을 들어 수염을 한 번 쓰다듬고 마을마다 돌아다니면서 겨우내 이야기보따리를 풀어내는 이야기꾼처럼 입담을 풀어내기 시작한다. 정여립이 살았던 곳은 전주성 남문 밖이다. 이웃에는 아전의 딸 애복이 살고 있었는데 정여립보다 한 살 어렸다. 어릴 때는 곧잘 어울려서 소꿉놀이를 하고 홍시를 따서 나눠 먹기도 하는 사이였다. 소년기로 접어들어 둘은 서먹해진 관계가 되었지만 그때부터 연모의 정을 느끼게 되었던 것이다. 여립과 애복은 서로를 그리는 사이가 되었으면서도 볼 일이 드물었다. 하지만 우연찮게 골목에서 마주친다거나 사람들의 눈을 벗어났을 때에는 그윽한 눈빛을 주고받는 애틋한 관계였다. 아버지 정희증이 익산 현감으로 나간다는 소리가 있을 때 여립은 열다섯 살이었다. 그는 늦은 밤에 애복을 상여집으로 불러내서 조용히 만났다. 상여집은 초상이 났을 때 꺼내서 쓰는 상여를 보관하는 곳으로 평소 사람들의 발길이 뜸하고 접근하기를 꺼려하는 곳이었다.

"이제 이 곳을 떠나게 되었구나."
"어쩔 수 없잖아요. 도련님은 장차 입신하여 출세를 해야 할 분이니 언제까지 여기에 머물 수는 없습니다."
"너를 두고 가는 마음이 안타까워 차마 발길이 떨어지지 않는다."
　여립의 말에 애복은 고개를 돌리고 옷고름을 들어 눈물을 찍어냈다. 애복은 결코 맺어지지 못할 사이란 것을 알고 있었다. 양반의 자제와 아전의 딸이 가시버시 한다는 것은 꿈도 꿀 수 없는 일이었지만 앞으로 여립을 보지 못하게 될 것이란 사실이 가슴을 아프게 후벼 왔다.

"어쩌면 좋으냐?"

"…"

여립은 아무것도 할 수 없는 자신이 너무 무기력하고 슬프게 느껴졌다. 생각 같아서는 애복을 데리고 아무도 없는 곳으로 도망가서 밭을 일구든지 고기를 잡든지 상관없이 사람들의 눈을 피하고 싶었다.

"우리 도망갈까?"

한참 동안 말없이 어두운 땅바닥을 발로 툭툭 차던 여립이 애복을 바라보며 말했다. 애복은 화들짝 놀랐다.

"아니 될 말씀이어요. 행여 꿈에라도 그런 말씀은 마세요. 앞길이 구만리장천 같은 도련님을 막고 싶지 않아요. 저는 때가 되면 아무에게나 시집을 가서 살면 되겠지만 도련님은 저와 같을 수 없습니다."

"왜 안 된다는 말이냐?"

"시간이 흐르면 저는 잊힐 것이고 도련님은 더 격조 있고 지체 높은 가문의 여인과 혼인하게 될 것이에요. 그러니 더 이상 마음 쓰지 마세요."

"애복아!"

여립은 애복의 손을 끌어당겨 꼭 안았다. 애복은 새처럼 팔딱거리는 가슴을 주체하지 못하고 여립의 품에 안겨서 쌔근쌔근 숨을 몰아쉬었다.

"난 말이야. 절대로 널 잊을 수가 없을 것이다."

"저도 그래요."

애복은 손을 살그머니 빼서 여립을 껴안았다. 여립의 겨드랑이 사이로 빠져나간 손이 넓은 여립의 등에서 길을 잃은 새처럼 이리저리 헤매다가 자리를 잡았다.

"하지만, 하지만 저를 잊으세요."

기다란 애복의 속눈썹이 파르르 떨리고 금방 눈물이 어렸다. 여립은 어흑 소리를 내면서 애복을 절대로 놓지 않으려는 것처럼 껴안은 손에 힘을 주었다. 시간이 얼마나 흘렀을까. 애복은 칭얼대는 아이를 떼어놓듯이 여립의 손을 하나씩 풀어냈다. 그리고 옷고름을 들어 눈물 자국을 깨끗이 닦은 다음에 여립을 바라보았다.

"이제 돌아가겠습니다. 저는 도련님의 마음을 언제까지고 간직하며 도련님께서 뜻을 이루시길 빌겠어요."

"가지 마라."

여립은 애복을 불러 세우고 소매 속에서 자줏빛 댕기를 꺼냈다. 어머니가 누이를 위해 끊어 놓은 비단 댕기였다. 그는 몰래 댕기를 들고 와서 가냘픈 애복의 손에 쥐어 주고 손을 놓지 않았다. 애복은 언제까지고 여립과 함께 있고 싶었지만 억지로 손을 빼고 떨어지지 않는 발걸음을 뗐다. 집으로 돌아와서 여립이 건네준 댕기를 펼쳐 보니 뒤에 작은 시구가 적혀 있었다.

'情與碧波長(정여벽파장)'

황진이가 좌찬성을 지냈던 소세양에게 보낸 이별의 시에 나오는 구절이다. 임을 그리며 사무치는 정은 푸른 물결처럼 끝이 없다는 뜻이다. 애복은 여립의 마음이 담긴 댕기를 손에 쥐고 방바닥에 엎드려서 한참을 울었다. 그 후 여립은 인사도 없이 아버지를 따라 마을을 떠났다.

애복이 18세 되던 해 봄, 아버지는 역참에서 일하는 사람에게 시집을 보내버리고 말았다. 감영에서 군역에 종사하다가 몸을 상해서 물러난 사람이었는데 역참에서 말을 관리하게 된 것은 일종의 보상이었다. 어디에서 왔는지 근본을 알 수 없고 특별한 가족이 없는 사람에게 애복이 시집을 가게 된 것은 의외라고 할 수 있었다. 역졸은 천성이 부지런하고 착한 사람이었다. 관아를 드나들면서 애복의 아버지 눈에 뜨이게 되었고 그만하면 제 식구를 고생시키지 않으리라는 생각이 들어 애복의 남편으로 삼았던 것이다.

그래도 아전이라면 나름대로 챙겨놓은 재물이 있었을 것이고 딸에게 글공부까지 시켜온 애복의 아버지가 이런 결정을 내리게 된 이유는 현령 때문이었다. 새로 부임한 현령은 자신의 출세에 쓴 비용을 충당하기 위해서 육방 관속을 닦달하기 시작했다. 제대로 눈치를 살피지 못한 아전은 견디기 힘들 만큼 추궁을 받았고 그 자리를 노리는 약삭빠른 사람에게 자리를 넘겨주어야 했던 것이다. 애복의 아버지도 현령의 비위를 맞추느라 현민들에게 나쁜 소리를 들어가며 일을 했지만 부족하여 결국에는 가산을 덜어내기 시작했다. 하루빨리 현령이 바뀌기만 기다리면서 자리를 보존하는 것이 최고였다. 애복에게는 위로 언니가 두 명 있었다. 나이 차가 많지 않아서 언니들이 출가하고 애복이 시집을 갈 때에는 이것저것 재고 따질 겨를이 없었다. 그저 아무나 사람이 좋으면 시집을 보내고 밥 굶지 않기만을 바랄 뿐이었다. 그래서 역참에서 일하는 역졸과 애복을 짝 지었던 것인데 남편은 천성이 좋아 아내의 속을 끓이지 않았다. 남편은 역참에서 일하는 관계로 출장이 잦은 편이었다. 먼 곳으로 말을 끌고 가거나 끌어오며 필요한 공문서 수발까지 담당했다. 그는 집으로 돌아올 때마다 아내를 위해 장터를 뒤져서 작은 선물이라도 하나 사 오곤 했다.

"양귀비가 따로 있을까. 이걸 꽂으면 양귀비가 부럽지 않을 것이네."

옥으로 만든 비녀를 슬그머니 내밀면서 남편은 수줍은 소년처럼 조심스럽게 말을 꺼냈다. 감히 쪽에 꽂아볼 수 없는 옥비녀, 애복은 캄캄한 밤중에 투박한 나무 비녀를 빼고 옥비녀를 꽂아보면서 남편의 사랑을 느끼는 것이었다. 그런데 혼인한 지 삼 년째 되던 해, 남편이 충청도에 출장을 다녀온 후부터 시름시름 앓기 시작했다. 그곳에서 무슨 병을 얻어왔는지 약을 써도 낫지 않고 더욱 병세가 깊어지더니 몹시 무더웠던 여름, 애복이 물을 길러 다녀온 사이에 피를 한 바가지나 쏟아놓고 마구간 옆에 쓰러져 죽었다. 남편은 피붙이가 없어서 애복이 역참에 붙어 있기는 어려웠다. 조촐한 장례를 치르고 애복은 살림이 줄어버린 친정으로 돌아와 생활하게 되었는데 그나마 다행인 것은 딸린 자식이 없다는 점이었다. 부모는 어디 재취 자리라도 찾아서 치워버리려고 했다. 하지만 애복이 죽어도 싫다고 주저앉는 바람에 이러지도 저러지도 못하는 사이에 세월이 흘러버렸다.

여립과 애복의 인연은 이렇게 스러지는 것 같았다. 그렇다고 해서 여립의 마음속에서 애복이 완전히 지워진 것은 아니었다. 그가 등과하고 성균관 학유로 봉직할 때 애복은 스무 세 살 아까운 나이로 친정살이를 하고 있었고, 여립이 임금에게 간언하는 정언이 되었을 때 애복은 서른네 살이었다. 그녀는 아버지를 여읜 후 어머니를 봉양하면서 호젓하고 가난한 생활을 하고 있었다. 그때 여립은 금구에 집을 지어 이사를 했기 때문에 고향에 갈 일이 별로 없었다. 그런데 어느 해 늦가을 시제(時祭)를 모시기 위해 옛집을 찾았다가 우연히 애복을 만난 것이었다.

"애복아."

여립은 자기도 모르게 애복을 불렀다. 애복은 우물가에 다녀오던 길이었는지 빨랫감을 옆구리에 끼고 어찌할 바를 모르면서 발길이 그대로 얼어붙고 말았다. 간신히 정신을 차리고 다소곳이 머리를 조아리면서 고개를 돌렸다.

"어인 일이냐?"

"…."

"상부(喪夫)했다는 말은 들었네. 여기에 있을 줄은 몰랐구먼."

"송구스럽습니다."

"아닐세. 송구할 것이 무에 있나."

애복은 여립을 제대로 바라보지 못하고 자리를 피해버렸다. 어릴 때 보았던 모습 그대로였다. 다만 허리까지 치렁거리던 댕기가 사라지고 곱게 빗어 올려 쪽을 지었다는 것, 처녀적의 앳된 얼굴에 완숙미가 더해져서 단아해 보인다는 것이 달라 보였다. 여립은 그날부터 사흘 동안 고향에 머물면서 애복을 만나기 위해 노력했다. 결국 이튿날 마을의 불이 완전히 꺼졌을 때 두 사람은 다시 상여집에서 만났다.

"이러시면 아니 되옵니다."

"안될 것은 또 뭔고. 얼굴이나 한 번 보고 가자는 것이며 그대를 다시 만나니 그동안 내가 무엇을 하고 살았는지 회한이 서리는군."

"입신하시어 국사를 돌보신다는 말씀은 들었습니다."

"그대는 아직도 홀로 모친을 모시는가?"

"네."

"고생이 많겠네."

여립은 애복의 얼굴을 자세히 바라보고 싶었지만 어둠은 그것을 허락하지 않았다. 어둠 속에서 두 사람은 잠시 침묵으로 흘러간 세월의 흔적을 닦아 냈다. 그리고 화로를 뒤적여 작은 불씨를 찾아내서 불을 붙이듯이 숨어 있던 연모의 불꽃을 피워 올렸다.

"많이 생각했다. 어디서 어떻게 살고 있는지, 어떻게 변했는지, 그리고 나를 생각하고 있는지."

"많이 변했지요. 나리도 변했고 저도 변했습니다."

"아니, 변한 것은 없다. 세상이 변했을 뿐이야."

"남편이 세상을 뜨고 난 후 의지할 곳은 아무 데도 없더군요. 남편은 좋은 사람이었어요. 항상 저를 위해서 신경을 써 주고 나리가 생각나지 않도록 해주었습니다."

"고마운 사람이군."

"남편이 죽었을 때 저도 그만 죽으려고 생각했습니다. 그런데 사람 목숨이 질겨서 그런지 친정으로 돌아오게 되었지요."

"이렇게 다시 만나게 된 것은 다행스런 일이지."

"부모님은 어느 집 소실로 들어가라고 성화였지만 남편을 생각해서도 그렇고, 나리를 생각해서도 그럴 수가 없었습니다. 차라리 죽겠다고 했지요."

"나는 너를 잊어본 적이 없다."

"저도 나리를 많이 생각했습니다. 멀리서 이곳 상여집을 바라볼 때마다 생각이 나서…."

"정녕 그랬단 말이냐?"

애복은 고개를 끄덕였다. 이것으로 두 사람의 마음은 확인된 것이다.

"하지만 나리가 가시는 길은 나라를 위한 길이요, 저는 한낱 아녀자에 불과합니다. 어찌 사감(私感)을 앞세워서 나리의 앞길을 막을 수 있겠습니까?"

"무슨 말이냐. 공허한 마음으로 어찌 국사를 돌볼 수 있으리."

"부디 저를 잊으시고 국사에 전념하소서. 소싯적 나리께 받은 댕기만 해도 저에게는 과분합니다."

애복은 허리를 굽히며 여립에게 간청했다. 하지만 한 번 흔들리기 시작한 여립의 마음은 쉽게 가라앉지 않았다. 갑자기 아버지를 따라 익산으로 갈 때 애복에게 쥐어 주었던 댕기가 떠올라서 그의 마음은 열다섯 소년으로 돌아가고 말았다. 여립은 이튿날에도 애복을 만났으며 이제부터 자신이 그녀를 돌봐 주어야겠다는 생각을 굳혔다.

"그러지 마셔요. 나리께 짐이 될 것입니다. 저는 이렇게 얼굴을 다시 본 것만으로도 만족합니다."

애복은 사양했다. 부족할 것이 없는 여립이 첩을 들이게 되면 처첩 간의 갈등이 생기기 마련이고 그것은 여립에게 심적 부담으로 작용할 것이 분명하기 때문이었다. 사대부가 첩을 들인다고 해서 크게 허물될 일은 아니었다. 풍류를 즐긴다는 명목으로 기방을 출입하는 사람이 부지기수고 능력만 되면 한 명이 아니라 두 명, 세 명까지 첩을 들이는 사람도 있었다. 하지만 여립은 애복을 첩으로 쉽게 들이지 못했다. 첫째는 애복의 완고한 고집 때문이었다. 아무리 설득해도 마다했으며 앞으로는 절대 찾아오지 말라는 말을 끝으로 만나 주지 않았다. 둘째는 처가의 입김이었다. 익산 현감으로 나가 있던 정희증은 가산에 크게 신경 쓰지 않아서 살림살이가 넉넉한 편이 아니었다. 여립의 혼인 시기가 되었을 때 여러 곳에서 매파를 보내왔는데 금구 김씨 일족이 가장 적극적이었다. 그들은 오랫동안 김제와 금구에서 드넓은 평야를 일구어 전답과 노비가 많았다. 하지만 문과 급제자가 드물었기 때문에 저력 있는 가문으로 행세하기에는 어딘가 허전한 감이 있었다. 그래서 그들은 명문가와 혼인을 하여 문벌을 키우려고 하였고 그들의 입김을 불어넣어 주기에 적당한 혼처를 찾는데 열중하였다. 이러한 김씨 일족에게 정여립은 그야말로 아귀가 정확히 맞는 상대였다. 일단 재산이 없어 처가의 신세를 질 수밖에 없는 처지였고 총명하고 건장한 여립의 모습은 사내 중의 사내라고 일컬을 만했다. 당사자의 의중보다 부모와 가문의 입장에 따라서 정해진 사람과 혼인을 하는 것은 당연했고 그것을 거역할 수 없었다. 여립의 마음속에 애복이 있다 해도 발설하지 못하고 결코 이룰 수 없는 사랑이었다.

 신부의 집으로 청혼서와 사주를 보내는 납채(納采), 신랑의 집으로 납폐(納幣)와 전안(奠雁)할 날짜를 정해 택일단자(擇日單子)를 보내는 연길(涓吉), 다시 신부의 집으로 납폐서와 혼수품을 보내는 납폐(納幣)가 거의 형식적으로 이루어졌다. 여립은 초행에 나서 기러기를 바치고 맞절을 할 때 처음 신부의 얼굴을 보았다. 신부는 긴 속눈썹으로 눈을 덮고 혼례가 치러질 동안 다소곳한 모습이었다. 번잡한 절차가 끝나고 신방(新房)에 들었을 때 여립은 속이 타는 듯 벌컥벌컥 술을 들이켰다. 그리고 일렁이는 촛불 건너편에 앉아서 깎아 놓은 목석처럼 움직이지 않는 신부의 얼굴을 한 번 힐끗 바라본 다음 고개를 돌렸다. 신부는 미색이 아니었지만 박색도 아니었다. 밖에서 기웃거리던 사람들이 지쳐서 모두 물러가고 사방이 고요해졌을 때도 여립은 여전히 술을 마셨다. 그리고 문득 달려들어 신부의 족두리를 벗겨 주고 연두색과 자주색이 적절히 조화된 원삼을 풀어준 다음 그대로 자리에 뻗고 말았다. 원치 않는 혼인을 결행한 처족에 대한 일종의 시위였는데 신부는 어이가 없었다. 기대했던 첫날밤이 이렇듯 허무하게 끝나고 자신의 존재가 무시된데 대하여 울분과 슬픔이 밀려왔다.

  두 사람의 신혼은 이렇게 시작되었다. 혼인한 후에 여립은 부인을 각별히 아낀다거나 멀리하는 기색 없이 일정한 거리를 두고 대했다. 김씨는 딸을 연이어 낳고 네 번째로 아들 옥남을 낳았다. 아들을 뒤늦게 생산할 때까지 김씨는 항상 마음이 가시밭길을 걷는 것처럼 편치 못했다. 그래도 김씨의 성정이 무던하고 집안을 돌보는데 있어 마음을 다했으므로 큰소리가 나지 않았고 여립은 집안에 대한 걱정을 않고 바깥일에 전념할 수 있었다. 여립도 부인 김씨에 대해서 시간이 흐름에 따라 위하는 마음이 생겼고 항상 존중하는 태도를 취했다.

애복을 만난 여립은 김씨에게 첩에 관한 이야기를 꺼낼 수 없었다. 김씨에게 부족한 것은 오직 하나, 남편의 사랑을 깊게 받지 못했다는 것이다. 그것 말고 나무랄 데가 없는 부인을 둔 채 첩을 들인다는 것은 여립이 쉽게 결정하기 힘든 일이었다. 여립이 속으로 끙끙 앓고 있을 때 김씨가 여립에게 물었다.

"밖에 무슨 일이 있으십니까? 요즘 안색이 좋지 않습니다."

"아니오, 조정이 혼란하여 잠시 그렇게 보인 것 같으니 너무 염려하지 마시오."

"하실 말씀이 있으면 부담 갖지 말고 하세요."

"내가 부인에게 무슨 부담을 가지겠소. 집안을 잘 다독거리고 내조를 잘해 줘서 항상 고맙게 생각하고 있소이다."

"정녕 그렇사옵니까?"

갑자기 김씨가 정색을 하며 여립을 바라보았다. 여립은 날카로운 송곳에 심장을 콕 찔린 것처럼 안색이 새파랗게 변했다. 천성적으로 거짓말을 못하는 여립은 상대에게 정곡을 찔렸을 때 어떻게 변명하여 빠져나가지를 못하고 당황한 기색이 그대로 얼굴에 나타난다.

"그, 그게 무슨 말이오?"

"당신은 제가 집 안에만 틀어박혀 있다고 해서 바깥일을 전혀 모르고 있다고 생각하시는 모양이군요. 저도 알고 있습니다. 요즘 당신의 안색이 왜 그리 파리하며 안절부절 자리를 잡지 못하는지 알고 있다는 말입니다."

"도대체 무슨 말을 하는지 모르겠소."

여립은 손을 내저으면서 뒤로 물러앉았다.

"전주 남문 밖에 애첩을 숨겨 두고 있다는 소리는 무엇입니까? 첩을 들일 것이면 당당히 들일 일이지 왜 숨겨두고 그러십니까? 아무려면 제가 취첩(取妾)을 투기할까 봐서요? 그게 두려우시면 애당초 취첩을 하지 말았어야지요."

"부인이 그것을 어떻게 알았소?"

"지금 그게 중요하십니까? 저도 여자일진대 첫날밤에도 그렇게 무시하고 이제 첩으로 저를 능멸하시니 참으로 분합니다."

역시 김씨도 여자였다. 눈은 불이 쏟아지는 것처럼 타올랐고 입술은 한 마디 말을 끝낼 때마다 바르르 떨렸다. 그만큼 인내하고 화를 참고 있다는 뜻이었다. 여립은 마땅히 둘러댈 말을 찾지 못하고 한다는 말이 오히려 김씨의 화를 돋우었다.

"그게 아니오. 소싯적부터 알고 있던 이웃이니 괘념치 마시오."

"뭐라구요?"

"소실이나 첩을 받아들일 사람이 아니니 염려하지 않아도 된다는 뜻이오."

바로 이 부분에서 김씨의 분노가 폭발하고 말았다. 남편의 말인즉슨 어렸을 때부터 서로 알고 지내며 사모하는 마음까지 있었다는 말이 아닌가. 게다가 소실이나 첩으로 들어앉을 생각도 없는 사람이라면 남편이 누차 그것을 권유했었을 것이란 추측도 가능했다. 차라리 기방에 가서 하룻밤, 아니 석 달을 치마폭에 쌓여 지낸다 해도 이렇게 분하지는 않을 것 같았다. 자기와 혼인하기 전부터 서로 알던 사이고, 자식까지 줄줄이 낳아 놓은 상태에서 과거 애모의 정을 꺼내 쓰다듬고 있는 남편이 얄미웠다. 김씨는 그대로 휙 돌아앉아 입을 닫아버리고 여립의 얼굴을 바라보지 않았다. 난감해진 것은 여립이었다. 구구절절 변명하기가 쉽지 않은 일이고 모양새도 좋아 보이지 않았다. 그는 나중에 시간이 지나면 자연스레 해결될 것으로 생각하고 자리를 떴다. 그런데 금구에 있는 처족들은 좋은 먹잇감을 발견한 것처럼 집요하게 여립의 행실을 물고 늘어졌다.

"제 놈이 입신양명한 것이 다 뉘 덕이더냐? 그 공을 잊고 본처를 박대하고 취첩할 궁리를 하다니 심히 부끄러운 일이다."

그때부터 여립에 대해서 좋지 않은 소문이 꼬리를 이었다. 과부의 절개를 꺾기 위해 여립이 고군분투하고 있다는 둥, 보쌈을 하려다가 실패하였다는 둥, 결국 음모를 꾸며서 과부를 겁탈하였다는 차마 입에 담지 못할 소리들이었다. 여립이 어찌할 바를 알지 못하고 속으로 애만 태우고 있을 때 친구 이발이 찾아왔다.

"이 사람, 대보."

대보(大甫)는 인백(仁伯)과 함께 여립의 또 다른 자(字)다.

"사람이 왜 그렇게 고지식한가? 명망가의 사대부로서 취첩이 큰 허물도 아니거늘 세상에 떠도는 해괴한 이 소문은 다 무엇이냔 말일세. 일이 이 지경이 되도록 내버려두면 잠잠해질 것으로 생각하는 모양이지? 기왕지사 일이 이렇게 된 거 과수댁을 보쌈하든지 들어앉히게나. 이미 자네 얼굴에는 온갖 똥물이 다 튀어서 혼자 모르쇠 하고 있어도 세상은 절대로 믿지 않을 걸세."

 사실이 그러했다. 소문은 정여립 뿐만 아니라 애복 또한 큰 곤경으로 빠트렸다. 마을에서 얼굴을 들고 다니기 어렵게 되었기 때문에 직접 나서서 발명(發明)한다고 해서 믿어줄 사람도 없었다. 여립은 고민했다. 애복을 들어앉힌다면 그야말로 세상의 소문을 확증해 주는 것이 될 것이고, 이대로 내버려둔다면 뒤가 구려서 그럴 것이란 억측을 생산시킬 가능성이 있었다. 여립은 수일 동안 고뇌하고 번민한 끝에 결단을 내렸다. 애복을 취한 것이다. 전주에 집을 마련하고 애복의 거처를 마련했으며 간간히 애복에게 들러 회포를 풀고 정을 나누었다. 이 일로 인해 금구의 처족들은 분개했으나 이미 퍼질 대로 퍼진 소문이어서 새로울 것은 없었다. 대동계원들은 이런 사실을 알고 있었기 때문에 풍문에 의해 정여립을 불신하거나 오해하지 않았다. 오히려 금구에 있는 김씨를 큰마님, 전주에 있는 애복을 작은마님이라고 부르면서 깍듯이 대했다.

 "허허, 그런 일이 있었던 것도 모르고."

 한경의 말이 끝나자 송간은 그제야 꿈속에서 깨어난 것처럼 머리를 좌우로 흔들면서 한탄 섞인 말을 내뱉었다.

 "송 형도 이제 작은마님을 잘 알아 모셔야 할 것이오."

"여부가 있겠습니까. 세간의 오해는 모두 무지에서 비롯되거나 악심(惡心)에서 발로되었다는 것을 뚜렷이 알겠습니다."

"특히 악심이 문제요. 수찬 어른에 대해서 학문적으로나, 정치적으로나, 인간적으로 적대적인 관계에 있는 사람들은 골방에 틀어박혀서 지금 이 순간에도 그럴 듯한 소문을 만들어내고 있으니 참 걱정입니다."

한경이 걱정스런 표정으로 송간을 바라본다. 송간은 고개를 끄덕이며 동의하는 표정을 지었다. 술자리에서도 유독 말이 없는 박익이 젓가락을 내려놓으며 물었다.

"그러면 큰마님과 작은마님은 무리 없이 지내십니까? 처첩 간의 분쟁은 나라님도 못 막는다는 말이 있는데."

최팽정은 그런 말이 나올 줄 알았다는 얼굴로 웃음을 짓는다.

"걱정 마시오. 처음에는 큰마님이 수찬 어른을 본체만체 하더니 지금은 쌀이며 과일을 작은마님께 보내주고 있습니다. 정말이지 큰마님의 심덕은 부처도 울고 갈 정도라오."

"부럽습니다."

"예끼, 그럼 박 형도 첩을 들이시구려. 여기 말리는 사람 하나도 없으니. 왓하하."

최팽정은 호방하게 웃음을 터뜨리면서 술잔을 높이 들었다.

"자, 한 잔 듭시다. 송 형과 박 형의 궁금증이 풀린 것을 축하하며."

"좋지요."

사랑방에서는 웃음소리가 끊이질 않았고 주거니 받거니 하는 와중에 춘삼월의 밤이 깊어가고 있었다.

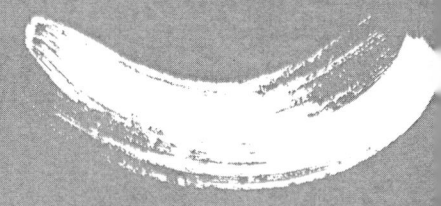

선조는 상소의 내용이 너무 터무니없고 황당해서 크게 신경 쓰지 않았다. 하지만 조헌은 꾸준히 상소를 올렸고 그 배후에 송익필이 있어서 분위기를 조성하는 것이었는데도 이것을 아는 사람은 아무도 없었다.

희대의 풍운아, 송익필

　대동계가 점차 확대되어 가고 있던 시기, 송익필은 시기각각 다가오는 불안에 몸을 주체할 수가 없었다. 송익필의 자는 운장(雲長)이고 호는 구봉(龜峰)이다. 정여립이 대동계의 회합 장소를 금구 구릿골에서 진안 죽도(竹島)로 옮겼는데 송익필이 젊은 시절 학문을 닦던 곳은 죽도에서 불과 오십 리 정도밖에 떨어져 있지 않은 곳이다. 전라도 동북부 산악 지대에 우뚝 솟은 운장산으로부터 장중하게 흘러내린 능선이 구봉산을 이루고 곳곳에 명경지수와 같은 물이 흐르는 계곡을 만들었다. 송익필은 구봉산과 운장산 일대를 오가면서 학문에 전념하여 그의 호와 자가 산 이름으로 후세에도 고스란히 남게 되었다.
　송익필은 정여립보다 열 살 정도 많고 이이, 성혼, 정철과 학문을 교류하며 좌장 노릇을 하였다. 사람을 사귈 때는 장유유서를 앞세워서 신분이 높거나 낮거나를 가리지 않고 형님과 아우 취급을 했는데 그 이유는 그의 신분이 크게 내세울 것 없었기 때문이다. 송익필의 아버지 송사련은 관상감판관(觀象監判官)으로 있던 1521년(신사년, 중종16년)에 안처겸 형제들을 역모 혐의로 무고하여 정3품 당상관에까지 벼슬이 오르고 그 가족들은 부귀영화를 누리게 되었다. 송익필 형제들이 문명(文名)을 날리게 된 배경에는 아버지의 역모 고변이 자리 잡고 있었다. 안처겸은 고려 때 성리학을 들여온 안향의 후손이고 송사련도 안처겸 형제들과 함께 훈구 세력을 성토했던 인물이다. 성리학적 가풍에서 성장한 안향의 자손들은 대대로 과거에 급제하여 문벌을 이루었는데, 중종 때 좌의정을 지냈던 안당이 현량과라는 과거제를 도입하여 인재를 등용하고, 중종반정에서 공을 세운 정국공신들의 위훈을 삭제하자고 주장하여 공신들의 위기감을 키웠다. 하지만 중종은 안당과 조광조를 중심으로 한 신진세력들을 견제하기 위하여 밀지를 내렸다. 결국 조광조는 귀양을 가서 사약을 받았고 안당은 조광조와 같은 인물을 살피지 않고 기용했다는 죄목으로 파직되었다. 안당에게는 처겸, 처근, 처함이라는 세 아들이 있었다. 세 아들은 조광조와 신진 세력을 몰아낸 훈구 세력을 성토하고 정국을 비판하였다. 그들은 기회를 봐서 임금의 눈과 귀를 가리고 시국을 호도하는 훈구 세력을 몰아내자고 결의하기에 이르렀다. 그때 뜻을 같이했던 송사련이 발을 빼 역모를 고변함으로써 신사무옥이란 일대 참화가 벌어졌던 것이다. 결국 송익필이 누렸던 부귀영화는 아버지 송사련이 강직한 선비들을 무고하고 죽음에 이르게 한 결과 얻어진 것이었다. 송사련은 안당의 가솔들을 종으로 삼아 호령하며 자식 교육에 열정을 쏟았다.

여기서 송사련이 안당 일족을 무고한 원인은 무엇일까. 그것은 송익필의 할머니 감정이란 여자의 애매한 신분 때문이었다. 본래 감정은 안당의 아버지 안돈후의 첩 중금이란 여자가 데리고 온 계집종이다. 다시 말해서 송익필의 할머니 감정은 안당의 집안에 딸린 종의 신분이었다. 감정은 스스로 중금의 딸인 것처럼 행세하였으나 행실이 방자하고 못되게 굴어서 쫓겨났는데 양인 행세를 하면서 송사련을 낳았다. 송사련은 어머니에게 안당 집안의 피가 섞여 있다고 믿었고 자신의 반은 양반이라고 생각했다. 즉 서얼이라는 말이다. 그의 가슴속에 언젠가는 어머니를 내쫓았던 안당 가문을 무너뜨리고 말겠다는 복수심이 숨어 있었을 것은 불문가지다. 이러한 집안 간의 갈등이 내재되어 송사련이 안당 가문을 한순간에 쓸어버리는 역모를 고변하기에 이르렀던 것이다.

하지만 시간이 흐를수록 상황이 묘하게 돌아갔다. 살아남은 안당의 후손들이 명예 회복에 나서 안당의 직첩을 돌려받고 시호까지 받았다. 그들은 한 발 더 나아가 송사련의 어머니 감정은 자기 집안의 계집종이었으므로 종의 자손인 송사련 일족은 당연히 자신들의 노비라는 주장을 여러 경로를 통해 하기에 이르렀다. 이제 다급해진 것은 송사련. 그는 자신이 무고했던 안당 가문이 되살아나자 쓰러지고 말았다.

정여립이 낙향하여 대동계를 조직하고 그 세력을 확장시켜 나가고 있을 즈음, 송익필은 서얼에서 노비로 추락하느냐 마느냐 하는 일생일대의 기로에 서 있었던 것이다. 이때 송익필의 나이는 51세였다. 한때 그는 율곡 이이의 천거를 받아 관직에 진출해 볼 꿈도 꾸었지만 선조가 허락하지 않아서 포기하고, 제자들을 받아 학문을 전수하고 있었는데 성리학과 예학(禮學)에 통달하여 당대 최고의 학자로 칭송받게 되었다. 그는 비슷한 나이 또래의 이이, 성혼, 정철과 교류하며 서인의 막후에서 정신적 지주 역할을 마다하지 않았다. 이는 네 사람 가운데 송익필의 나이가 제일 많기도 하지만 그의 학문적 성과와 지략 때문이다. 송익필 아래로 조헌, 김장생, 김집과 같은 문하생이 몰려들었고 이들은 서인에 둥지를 틀게 되었다.

"여립이 군사를 조련한다?"

1585년(을유년. 선조18년) 가을, 나날이 옥죄어오는 신분상의 위협을 피하기 위해 전라도 창평의 소쇄원을 찾았던 송익필이 금구의 김극관 형제의 말을 듣고 조용히 읊조린 말이다. 그는 단풍이 들어 만산홍엽으로 물들어 가는 소쇄원 건너편 산을 바라보며 상념에 잠겼다. 간간히 불어오는 서늘한 가을바람에 수염을 날리면서 다시 읊조리기를 반복했다.

"여립이 군사를 조련한다."

송익필의 눈이 가늘게 좁혀들고 얼굴에는 알 듯 모를 듯 미소가 번져갔다. 그는 붉게 물들어가는 산을 바라보면서 선문답 같은 말을 내뱉었다.

"단풍의 혈색이 좋아서 비바람이 불면 핏물이 떨어지겠구나."

그때 소쇄원에서 공부하는 문객이 와서 아뢴다.

"선생님, 송강 선생님께서 돌아오셨습니다."

"그래, 어디 계시냐?"

"조금 전 사랑으로 드셨습니다."

송익필은 자리를 털고 일어서서 신발을 미처 꿰지도 못하고 허둥지둥 계단을 내려갔다. 한양에서 내려온 그는 정자에 앉아 단풍을 바라보다 쥐새끼처럼 소쇄원을 들락거리는 김극관 형제로부터 정여립의 대동계 소식을 듣고 마음이 바빠진 것이었다. 정철은 소쇄원의 주인 양천경·양천회 형제와 함께 단풍놀이를 다녀오는 길이었다.

"어서 오십시오. 구봉."

"송강, 그동안 잘 계셨는가? 한가하게 단풍 구경 다니는 것을 보니 팔자가 편한가 보이."

"무슨 말씀을 그리 하십니까. 율곡이 세상을 뜨고 난 후로 의지할 곳이 없어 자연을 벗 삼아 술잔을 기울인 것뿐입니다."

정철과 이이는 동갑이었다. 성혼은 한 살이 많았고 송익필은 또 한 살이 많았다.

"지금 한가하게 풍류나 즐길 때가 아니네."

"그렇지요. 아직도 안정란이 소장을 제출하려고 기를 쓰고 있답니까? 참 끈질긴 놈이군요."

 안정란은 안당의 후손으로 장예원에 소장을 제출하여 송사련 가문을 파멸시키고 노비로 환원시키고자 목숨을 내놓은 사람이었다. 겉으로는 안씨 집안과 송씨 집안 사이의 싸움으로 보였지만 뒤를 지원하는 것은 권력을 잡고 있는 동인과 서인 간의 싸움이었다. 정철이 창평으로 내려온 것은 올 봄이었다. 서인의 영수로 인정받으며 율곡이 죽은 후에 대사헌에 올랐으나 밀려났던 것이다. 그는 창평에 머물면서도 권력에 대한 지향을 멈추지 않고 있었다. 어려서 맛보았던 화려한 궁중 생활, 그리고 달콤하면서도 냉혹한 권력의 양면성을 알고 있는 정철에게 있어 권좌에서 멀어진다는 것은 참을 수 없는 고통이었다.

 "어쩌면 상황을 일순간에 뒤집을 수도 있을 것 같네."
 "그게 무슨 말씀이십니까?"
 정철은 눈을 동그랗게 뜨고 송익필을 응시한다.
 "동인들 말일세. 권불십년이라고 하지 않던가. 만산홍엽을 자랑하는 나무도 이제 조금 있으면 낙엽이 다 떨어지고 앙상한 가지만 남긴 채 북풍한설에 몸을 떨어야 하는 것처럼, 지금 서슬이 퍼런 동인들도 그렇게 된다는 말이지."
 "참 알아듣지 못할 말씀만 하시는군요."
 "두고 보면 알게야."
 송익필의 말에 정철은 약간 짜증 섞인 표정을 짓는다. 두 사람은 잠시 말을 멈추고 방안을 감도는 이상한 기운에 몸을 맡겼다. 잠시 후 문밖에서 하인의 목소리가 들린다.
"어르신, 주안상을 봐왔습니다. 들일까요?"
"오냐."
문이 열리고 두 사람이 커다란 교자상에 음식을 걸게 차려서 들고 들어온다. 둘이 먹기에는 과분해 보이고 두어 사람 불러도 괜찮을 듯싶었다.
"모처럼 오셨으니 소쇄원의 주인을 불러야겠습니다."
"아니네, 지금 이 술상은 우리의 앞날을 축하하는 것이나 다름없어. 오늘 마음껏 취해보세나."
"거 참, 알아듣게 말씀해 주시면 좋으련만."
"성질이 급하시구먼. 술부터 한 잔 받게."
송익필은 눈부시게 하얀 백자 술병을 들어 넘치도록 맑은 술을 부어준다. 정철은 술을 좋아하는 사람이다. 얼마나 술을 좋아하는지 조정에서도 문제가 된 것이 여러 번이었다. 1582년(임오년. 선조15년)에 사헌부가 도승지로 있던 정철의 술주정을 문제 삼아서,
"도승지 정철은 술주정이 심하고 광망(狂妄)하니 체직시키소서."
했으나 선조가 윤허하지 않아 넘어간 일이 있었고, 1583년(계미년. 선조16년)에 정철이 예조판서로 있을 때에도 사헌부는 임금에게 아뢰기를,
"예조판서 정철은 술을 좋아하고 실성하여 지난날 승진 발탁했던

일에 대하여도 아직까지 물의가 많은데 반년도 채 못 되어서 또 갑자기 종백(宗伯)으로까지 초수하니 물정이 온편치 못하게 여깁니다. 개정하소서."

 간언했으나 임금은 역시 윤허하지 않았다. 그만큼 정철에 대한 선조의 사랑은 아직까지 식지 않고 있었다. 정철이 강원도 관찰사로 재임할 때에도 술로 인한 좋지 않은 일이 많았고 그의 성격이 옹졸하여 도민들의 원성이 자자했다. 오죽하면 어민들이 이름도 모르고 쓸모없는 고기를 잡았을 때 몽둥이로 내리치며 '이놈, 정철아!' 하면서 때려죽일까.

 "도대체 무슨 말씀이십니까? 궁금해서 술이 넘어가질 않습니다."
 정철은 연거푸 두 잔의 술을 비워 버리고 송익필을 바라본다. 송익필은 미소를 지으며 술을 천천히 들이켜고 바짝 다가앉았다.
 "자네 정여립을 어떻게 생각하는가?"
 "뜬금없이 그게 무슨 말씀이십니까? 한때 학문을 교류하며 뜻을 같이했던 우리를 배신한 박쥐같은 놈 아닙니까. 갑자기 그놈 얘기는 왜 꺼내서서 술맛 떨어지게 하시는지요."
 "그렇지, 한때는 우리를 찾아와서 공자를 논하고 예를 논하던 놈이 동인으로 붙어 버렸으니 우리에게는 치명적인 타격 아닌가."
 "그놈 생각만 하면 지금도 이가 갈립니다. 경연에서 율곡을 공격하고 박순에 이어 나까지 공격을 하기에 그 자리에 있기가 민망하여 자리를 피한 적도 있습니다. 한때 여립이 말하기를, 공자가 다

익은 감이라면 율곡은 반 쯤 익은 감이다. 이 반쯤 익은 것이 다 익지 않을 수 있겠는가 하면서 율곡이야말로 진정한 성인이라고까지 했었습니다."

"어디 그것뿐인가. 신사년(1581. 선조14년)에 사헌부가 이조좌랑 이경중을 논핵하여 파직시키고 후임을 인선할 때 여립이 물망에 올랐었지. 그때 후임자 자천권이 있는 이경중이 여립은 학문을 강론하는 것으로 행세하여 세상 사람들을 속이고 있다면서 결사반대하여 좌절된 일이 있지 않은가. 당시 동인의 유성룡과 이발은 매우 불쾌하게 여겼지만 만일 여립이 이조좌랑이 되었더라면 아마 우리 서인들 씨가 말랐을 것이네."

송익필의 말에 정철은 산 넘어 갔던 화가 돌아와서 치밀어 오르는 것처럼 얼굴이 붉으락푸르락 연거푸 술잔을 비워댔다.

"또 있네. 계미년(1583. 선조16년)에 임금께서 인재를 구할 때 율곡이 이렇게 말했었지. 지금 인재가 적고 문사 중에는 쓸 만한 인물을 얻기가 더욱 어려운데, 정여립은 많이 배웠고 재주가 있는데 남을 업신여기는 병통이 있기는 하지만, 대현(大賢)이하로서야 전혀 병통 없는 사람이 어디 있겠습니까 하면서 추천을 했단 말일세."

"불과 이 년 전의 일을 제가 모르겠습니까. 그때 임금께서는 여립을 칭찬하는 자도 없지만 헐뜯는 자도 없으니 어디 쓸 만한 자라고 할 수 있겠는가, 대체로 인재 등용에 있어서는 그 이름만 취하는 것은 옳지 않고 시험 삼아 써 본 뒤에야 알 수 있다고 했지요. 참으로 현명한 판단이라 아니할 수 없습니다."

"임금께서는 여립의 불통과 교만함을 익히 알고 있었던 것이야."

"전에 여립이 정언으로 있을 때 임금께서 아끼는 강원감사 박민헌에 대해서 물었던 일이 있습니다. 강상 사건의 용의자를 박민헌이 사랑하는 기생의 말만 듣고 불러다가 석방해버렸다는 것으로 의금부에 구속된 일이 있었는데, 여립은 임금 앞에서 대놓고 말하기를, 기생의 말만 듣고 그대로 따랐다면 종놈과 무엇이 다르겠습니까 라고 하여 용안을 어둡게 만들었지요. 어디 그뿐입니까. 전라도 사정을 묻다가 한때 전주부윤으로 있었던 김첨경에 대하여 물었을 때도 여립은 부정적으로 말했습니다. 물론 김첨경이 우유부단하고 나약하기는 하지만 대인관계가 원만하고 경학에도 밝은 인물이 아닙니까. 그래서 임금도 아꼈는데 여립이 욕을 하였으니 그것은 곧 임금을 능멸하는 것이나 마찬가지입니다."

"그렇지, 그래서 조정에서 밀려난 것 아니겠는가."

정철은 경연 자리에서 정여립과 언쟁을 벌일 때 학문적으로나 관직으로나 인생의 선배인 자신을 대우해주지 않고 신랄하게 비판했던 그를 결코 잊을 수가 없었다. 술기운 때문이었을까. 정철은 술이 들어가면 말이 많아지고 소싯적 기억까지 새록새록 떠올라서 밤새는 줄 모르고 이야기를 하는 성격이다.

"게다가 율곡이 세상을 떴을 때 뭐라고 그랬습니까? 잘 아실 겁니다."

"암, 알고말고."

"놈이 경연에 입대하여 어전에서 지껄이기를, 이이는 나라를 그르친 소인이라고 했습니다. 추앙받는 유학자를 죽은 다음에 오국소인(誤國小人)으로 격하시키고 욕을 했으니 온전할 리가 없지요."

"배은망덕한 놈!"

"오죽했으면 임금께서 이이가 살아 있을 때는 네가 지극히 추존하다가 지금에는 어찌하여 이런 말을 하는가라고 하면서 화를 냈을까요."

"천성이 간악하지 않고서야 어떻게 사람의 탈을 쓰고 그럴 수 있겠는가?"

"제 말이 그 말입니다. 그런데도 그놈은 애초에 이이의 심술을 몰랐다가 나중에야 알고서 죽기 전에 이미 절교했다고 하니 지나가던 강아지가 웃을 일이지요."

"임금께서 정여립을 오늘날의 형서(邢恕)라고 한 것은 이미 그 놈의 이중성을 꿰뚫어 보았던 것이야."

형서는 누구인가. 중국 북송(北宋) 때 사람으로 자는 화숙이며 정자(程子)의 문하에서 배웠으나 뒤에 스승을 배반한 사람이다. 송익필과 정철은 율곡을 정여립의 스승으로 생각하고 있는 것이다. 그러므로 정여립이 중간에 등을 돌리고 조정에서 비판한 것을 형서와 같이 생각하고 있는 것이며 이는 선조도 같은 마음이었다. 송익필과 정철은 술을 거나하게 마시고 정여립을 도마 위에 올려놓은 생선처럼 마음껏 칼질을 하고 있었다. 가뜩이나 서인이 위축되어 있는데 자신들과 같은 당이라고 생각했던 정여립이 등을 돌리고 나갔으니 배신감이 하늘을 찔렀던 것이다. 주자성리학적인 관점에서 볼 때 의리와 도덕을 중요시하는 그들에게 배신은 있을 수 없는 일이었다. 서인들은 정여립을 배신자로 낙인찍으며 권력에서 밀려난 설움과 울분을 쏟아붓고 있었다. 사실 그들의 최대 정적은 정여립이 아니라 이발과 유성룡이 되어야 마땅했다. 하지만 이발은 동인의 영수로 커서 함부로 건드릴 수 없었고 유성룡은 예조판서로 있었기 때문에 조정에 힘이 없는 상태로 비판하기에는 역부족이었다. 그래서 서인들은 임금과 틈이 벌어져서 벼슬이 떨어지고 낙향한 선비 정여립 정도는 아무런 제약 없이 흔들 수 있으리라 생각했다.

"어쩌면 여립이 우리에게 천재일우의 기회를 가져다 줄 것 같네."

"그것은 또 무슨 말씀이십니까?"

"자네, 혹시 여립에 대해서 들은 풍문이 있는가?"

"여립은 이미 낙향했지 않습니까. 조정을 떠났으니 하릴없이 글을 읽던지 아니면 기방 출입이나 하면서 세월을 보내겠지요."

"허허, 이 사람 송강. 캄캄하구먼."

송익필은 한심스럽다는 표정을 지으면서 혀를 끌끌 찼다.

"여립이 군사를 조련하고 있다네."

"군사요? 저도 대동계인지 뭔지 하는 것에 대해서는 익히 들어 알고 있습니다. 구봉은 지금 그것을 두고 말씀하시는가 본데 여립이 하는 일은 관에서도 모두 알고 있으며 지원까지 해주고 있는 실정입니다."

"그럼 여립이 군사를 조련하는 목적이 나라를 위해서 한다고 생각하는가?"

"그 속마음까지야 모르겠지만 수상쩍은 기운이 느껴졌다면 관에서 두고 볼 리가 없지요."

정철은 송익필이 말하는 것을 짐작할 수 있었지만 그것은 가당치도 않는 말이라는 듯 고개를 좌우로 흔들었다. 송익필은 가만히 정철을 바라보다가 술잔을 채워주면서 은근한 말투로 묻는다.

"만약에 말일세, 이건 만약이야. 여립이 역모를 꾸미고 있다면 어떻게 될까?"

"으하하핫!"

정철은 도저히 참지 못하고 웃음을 터뜨리고 말았다.

"구봉, 지금 누가 권력을 휘두르고 있습니까. 서인입니까 아니면 동인입니까? 동인들이 조정을 좌지우지 하고 있는데, 여립이 서인을 떠나 동인에 들면서 무슨 이유로 역모를 꾸민단 말씀입니까? 괜한 소리 마십시오. 무고죄는 역모 고변 만큼이나 중죄라는 것을 잘 아실 텐데요."

"물론 지금은 아닐 수도 있겠지. 하지만 누구든지 주위에 사람들이 모여들고 추켜세우게 되면 허황된 꿈도 꿀 수 있는 것이며, 여립의 충성심이 확고하다 하더라도 철없는 놈들이 새로운 세상을 펼쳐

보자고 분탕질할 수도 있는 것이야."

"뭐 그런 일이 절대 없을 것이라고 장담할 수는 없겠지요."

"바로 그걸세."

"네?"

"내가 보기에 여립은 언동이 다소 과격하다손 치더라도 역모를 꾸밀 정도의 위인은 아니야. 그럴 만한 이유가 없지."

"이유가 없지요."

"하지만, 여립의 주변 인물들은 충분히 역모를 꿈꿔 볼 수도 있는 일이야. 대동계를 보면 양반, 중인, 양인, 천민은 물론 경상도와 황해도에서까지 여립을 보기 위해 찾아온다고 하네. 황해도는 반정의 기운이 높은 곳인데 그놈들이 왜 천리를 마다하지 않고 찾아올까?"

송익필의 말은 점점 구체성을 띠고 있었다.

"내가 보기에 정여립이 역모를 꾸밀 가능성은 충분하다고 보네. 첫째는 이조좌랑에서 밀리면서 조정에 반감을 품었고, 둘째는 임금에 대한 충심보다 사심이 앞서 있으며, 셋째는 여립이 했던 말들이 매우 위험한 정치적 발언이란 것이고, 넷째는 선비가 낙향하였으면 임금이 불러줄 때까지 기다릴 일이지 왜 군사 조련을 하느냐 이 말일세. 이 정도면 정황상 충분히 있을 수 있는 일 아닌가?"

정철은 갑자기 등줄기에서 소름이 돋는 것을 느낀다. 송익필의 아버지 송사련은 안처겸 형제의 역모를 고변하여 일약 당상관으로 승진하고 부귀영화를 누리더니, 이제 그의 아들 송익필도 정여립의 역모 고변을 준비하고 있다는 것을 느낄 수 있었기 때문이다. 앞에 앉아서 천연덕스럽게 역모의 정황을 이야기하는 송익필이 무섭게 느껴졌다. 이 같은 인물이 서인에 있어 다행이지 동인 편에 섰다면 어떻게 되었을까. 생각만 해도 오금이 저리고 오싹해지는 것이었다. 하긴 요즘 송익필의 사정이 매우 어려워서 그의 제자들이 발 벗고 나서 안정란의 소송을 막아 보려고 노력 중이었지만 신통치 않다는 것을 감안할 때, 송익필이 역모 고변을 통해 사태의 반전을 꾀할 수 있다는 생각은 충분히 할 수 있는 일이었다.

"구봉, 아무리 그래도 신중하게 생각해야 합니다. 자칫하다가는 멸문지화를 당할 것이오."

"내가 물러설 곳이 어디 있겠는가."

"이건 구봉 혼자만의 문제가 아니라 서인 전체의 사활이 걸린 문제란 말입니다."

"걱정 말게. 모두를 살리는 일이 될 것이니."

"살 방도가 있다는 말씀입니까?"

"그렇네. 여립을 역모죄로 엮어 넣기만 하면 그가 속해 있는 동인은 한순간에 무너질 것이고 그 자리는 당연히 우리 서인들에게 넘어오겠지."

정철은 침을 꿀꺽 삼킨다. 소쇄원에서 한가하게 단풍이나 구경하면서 임금이 불러주기만을 기다리는 것도 지쳐가고 있었는데 상황을 반전시킬 수 있다는 말에 귀가 솔깃해지는 것은 당연했다. 그는 갑자기 취기가 싹 달아나는 것을 느끼며 앞으로 바짝 다가앉았다.

"그럼 당장 불충한 무리들을 뿌리 뽑읍시다."

"서두르지 말게나. 덜 익은 감을 털면 땡감밖에 더 떨어지겠나. 그건 떫어서 먹지도 못하고 뱉어야 하네. 감이 익어 홍시가 되고 스스로 떨어질 때까지 기다려야지."

순간 정철은 온몸에서 힘이 스르르 빠져버리는 것을 느낀다.

"기다려야 한다면 지금까지 하신 말씀은 아무런 소용이 없군요. 그놈들이 역모 꾸미기를 하염없이 기다려야 할 테니. 아마 우리가 제사상을 받은 후가 될 지도 모르겠습니다그려."

"무턱대고 기다릴 수는 없겠지. 우리가 도와야지."

"돕다니요. 여립이 역모를 하도록 돕자는 말씀이외까?"

"그렇지."

"구봉, 술이 좀 과한 것 같소."

"난 취하지 않았네. 자연스럽게 역모 고변이 들어갈 수 있도록 우리는 그놈들을 부추기고 때만 노리면 된다는 말일세."

"방법이 있습니까?"

"있다마다. 먼저 조헌을 통해서 지속적으로 상소를 올리게 하고, 여립의 주위에서 참설이 흘러나오도록 소문을 퍼트리며, 무뢰배들이 더욱 모여들도록 만드는 것이지. 나중에 공을 탐낸 놈이 역모를 고변하기만 하면 그때 우리가 나서서 일거에 때려잡자는 말이야."

"그럴 듯 하군요. 얼마나 기다려야 되겠습니까?"

"삼 년이면 충분할 듯 하이."

"삼 년이라."

"그동안 동인들의 득세를 참아왔는데 그까짓 삼 년쯤이 대수겠나."

"알겠습니다. 저는 구봉의 생각에 따르겠습니다만 저쪽에서 절대 눈치를 채지 못하도록 해야 합니다."

"여부가 있겠는가. 일단 조헌에게 편지를 띄우세."

 단풍이 붉게 물들어가던 1585년(을유년. 선조18년) 가을 소쇄원에 마주 앉은 송익필과 정철은 술잔을 기울이며 머리를 맞대고 마음을 모았다. 정철이 쓴 편지를 받아본 조헌은 비분강개했다. 조헌은 경기도 김포에 사는 평범한 교생의 아들로 태어나 농사를 지으면서 글공부에 전념하였고 1567년(정묘년. 명종22년)에 문과에 급제하여 관직에 나섰다. 나이는 정여립과 같았으나 성균관 입학과 문과 급제는 빨랐고 이이, 성혼의 문하에 들어 학문을 익혔기 때문에 자연스레 서인 쪽에 서게 되었다. 조헌은 성품이 강직하고 의리와 도덕으로 무장된 사람이었기 때문에 한 번 옳다고 생각하면 물러설 줄 몰랐고, 아니라고 생각하면 절대로 타협하지 않는 인물이었다.

 송익필이 조헌에게 상소를 맡긴 것은 바로 이러한 이유 때문이었다. 저돌적이고 직선적인 성격이 마음에 들었던 것이다. 조헌은 1574년(갑술년. 선조7년) 5월에 질정관이 되어 성절사 박희립을 따라 북경에 다녀왔음에도 국제적인 안목을 갖추지 못하고 오로지 성리학적 도의와 명분에 사로잡혀 있었다. 선배 문인들의 격려와 부추김, 그리고 조헌의 강직한 성품 때문에 그의 인생은 상소로 점철되었다 해도 과언이 아니었으니 안타까운 일이다.

하지만 이렇게 강직한 성품은 임진란 때 의병을 조직해서 싸울 수 있도록 하는 원동력이 되었다. 조헌은 1572년(임신년. 선조5년) 임금이 절에 향을 내리는 것을 반대하는 상소를 올리는 바람에 교서관 정자에서 파직되었다가 등용되고, 1574년(갑술년. 선조7년)에 질정관이 되어 북경을 다녀온 후 내직에 있다 통진현감으로 나갔을 때 죄인을 장살한 것이 문제되어 탄핵을 받고 부평에 2년간 유배되기도 하였다. 그는 도끼를 들고 엎드리며 상소를 올리기도 해서 선조는 한때 조헌을 총애했지만 후에는 골칫거리였다. 그래서 조헌의 상소를 불살라 버리기도 했고 1589년(기축년. 선조22년)에는 선조가 조헌을 보고 말하기를,

"조헌은 간귀로 그 마음이 몹시 흉참한데도 아직까지 현륙을 모면한 것은 다행이다."

고까지 했다. 간귀는 인간 요물이란 뜻이고 현륙(顯戮)이란 죄인을 사람들의 통행이 빈번한 장거리에서 죽이고 그 시체를 군중에게 보이는 것을 말한다. 이는 선조가 얼마나 조헌의 상소로 인해 골머리를 앓았는지 잘 보여주는 것이다. 아무튼 조헌이 저격해야 할 인물로 정여립이 선택된 것은 불행한 일이었다. 정여립이 서인에게 등을 돌리고 나가자 비분강개한 조헌은 스승 율곡을 배반하였다는 장

문의 상소를 올렸고, 한발 더 나아가 정여립에게 찬역의 기미가 있다는 내용의 상소까지 올리기 시작했다. 선조는 상소의 내용이 너무 터무니없고 황당해서 크게 신경 쓰지 않았다. 하지만 조헌은 꾸준히 상소를 올렸고 그 배후에 송익필이 있어서 분위기를 조성하는 것이었는데도 이것을 아는 사람은 아무도 없었다.

그는 왕도정치를 표방하는 조정 신료들 사이에서 임금의 권위를 세우기 위해 인재를 대접하는 척하다가도 얼마 지나지 않아 갈아치웠다. 총명한 인재가 한 자리에 오래 있다 보면 세력을 만들기 마련이고 그들은 임금의 잘못을 지적하고 분에 넘치는 행동을 한다고 믿었기 때문이다.

대동계로 모여드는 사람들

개국 이래 조선의 백성은 세종·성종과 같은 성군이 나왔을 때는 비교적 평안한 삶을 유지할 수 있었지만 시간이 흐를수록 국력은 쇠퇴해지고 깊이 뿌리내린 문벌 귀족과 관리들의 횡포 때문에 신음하게 되었다. 조정 신료들은 피폐한 백성을 살피지 않고 연산군 때 무오사화와 갑자사화를 일으키더니, 중종 때 기묘사화, 명종 때 을사사화를 통해 반대파를 숙청하였다. 이러한 와중에 조정에 줄을 대서 출세하려는 지방 수령들이 생겨나는 것은 당연했다. 수령의 토색질과 신분적 차별에 반발한 임꺽정이 명종 때 황해도 구월산 일대에서 난을 일으킨 것도 따지고 보면 더 이상 물러설 곳이 없는 백성들의 절박한 저항이었다.

하지만 선조에 이르러서도 변한 것은 아무것도 없었다. 선조는 애초 왕이 될 가능성이 없던 인물이었다. 왕실인 덕흥대원군의 셋째 아들로 태어나 왕좌를 꿈꾸지 않았는데 명종이 후사 없이 승하하자 갑자기 임금이 되었던 것이다. 그래서 선조는 왕가의 정통을 계승했다는 명분이 약했고 이런 열등의식은 그의 정신세계를 지배하게 되었다. 그는 왕도 정치를 표방하는 조정 신료들 사이에서 임금의 권위를 세우기 위해 인재를 대접하는 척하다가도 얼마 지나지 않아 갈아치웠다. 총명한 인재가 한 자리에 오래 있다 보면 세력을 만들기 마련이고 그들은 임금의 잘못을 지적하고 분에 넘치는 행동을 한다고 믿었기 때문이다. 그래서 임기를 채우지 못하고 옮겨 다니는 관리들이 많을 수밖에 없었다. 지방관아의 아전들은 오고가는 수령의 뒤치다꺼리를 하느라 세월을 보내다 실정을 모르는 수령들을 허수아비처럼 세워 두고 사익을 챙기기 일쑤였다. 여기서 죽어나는 것은 백성들이었다.

  대동계가 금구 구릿골에서 진안 죽도(竹島)로 옮겨간 것은 1585년(을유년, 선조18년)과 1586년(병술년, 선조19년) 사이였다. 농사가 끝난 늦가을부터 죽도에 서실을 짓고 드넓은 모래사장 뒤에 여러 채의 집을 지었다. 죽도는 천반산 끝자락에 있는 곳으로 대나무가 많고 산을 휘돌아 흐르는 강물이 외딴섬처럼 기묘한 형상을 만들었기 때문에 붙여진 이름이다. 어디서 소식을 들었는지 오가는 사람들이 적잖더니 죽도에 아예 적을 두고 글공부를 하며 무예를 수련하는 문객의 숫자가 늘어났다. 겨우내 경향 각지에서 모여든 사람들은 신분을 불문하고 통성명을 하였으며 정여립을 중심으로 뭉치게 되었다. 황해도 안악의 교생 변숭복, 신천 향교의 김세겸, 전라도 운봉의 승려 의연, 도사 지함두가 이 시기에 합류한 사람들이다. 과연 이들이 어떤 인물들인지 한 번 살펴보자.

변승복은 발이 빠른 사람이고 교생이었음에도 학문에만 치우치지 않고 활달한 기상으로 사람 사귀기를 싫어하지 않았다. 산길을 호랑이가 뛰듯이 걷고 검술 또한 용맹하고 거칠다 하여 범이란 별명이 붙어 있었다. 사람들은 그를 변범이라고도 불렀다. 그는 황해도 안악에 살면서 임꺽정의 난을 바로 옆에서 목도한 사람이다. 백성들이 왜 도적 임꺽정에 환호했으며 탐관오리들의 재물을 털어다가 나눠 줄 때 칭송하였는지 원인을 제대로 알고 있었다. 임꺽정이 잡혀 죽었을 때 변승복은 어린 나이였는데도 큰 재미를 잃어버린 것 같아서 사흘 동안 밥을 제대로 먹지 못할 정도였다. 그에게 대동계 소식이 들려온 것은 구월산 패엽사에 들렀을 때다. 패엽사는 한 때 임꺽정의 일당들이 드나들던 절이고 주지는 의엄이었다. 변승복이 허전한 마음을 달래기 위해 잠시 발걸음을 했을 때 이상한 소리를 들었다.

"내가 아는 사람 가운데는 세상이 싫어서 돌아다니는 사람들이 많은데 변 공께서도 그러한 사람이 될 생각이신지요?"

"엇허허, 그렇게 보이십니까? 세상을 싫어하지도 좋아하지도 않소."

"소승은 하도 괴상한 사람들을 많이 만나봐서 그런지 교생의 눈에서 비치는 의기를 읽을 수가 있습니다."

"스님께서 만났던 괴상한 사람들 이야기나 해 주시오."

변승복은 심심파적 시간이나 보낼 요량으로 의엄에게 물었다.

"세상살이에 밥맛을 잃고 떠돌아다니는 처사가 한 명 있다오. 그는 가 보지 않은 곳이 없고 많은 사람을 만났으며 천기를 읽는 재주가 있는 모양입디다. 처사가 말하기를 천기가 호남으로 뻗혀 있다고 하더군요."

"천기가 호남으로 뻗혀 있다면 이 나라의 기가 쇠했단 말이오?"

변승복은 흥미를 느끼는지 눈을 동그랗게 뜬다. 의엄은 바랑 속에서 탁발해 온 주전부리를 꺼내듯이 이야기를 이어간다.

"네. 국초부터 점치는 사람들 사이에서는 이씨 성 다음에는 정씨 성 가진 사람이 나라를 열 것이라는 소리가 있지 않습니까?"

"그건 알고 있습니다. 하지만 정감록이라는게 어디 믿을 수가 있어야지."

"소승도 마찬가진데 처사의 말에 따르면 천기가 호남으로 뻗어 나가고 있기 때문에 조만간 성인(聖人)이 날 것이라고 하더군요."

"성인?"

"저도 들은 소리에 불과합니다."

두 사람의 대화는 이렇게 끝났다. 변승복은 항간에 떠도는 참설쯤으로 여겨버리고 며칠 후 향교에 나가서 강론에 참여하였다. 강론이 끝나고 몇몇 교생들이 모여 앉아 환담을 나누는데 세상을 떠난 율곡에 대한 이야기가 나왔다. 과거에 급제하지 못하고 지방에 틀어박혀 공자왈 맹자왈 하고 있는 선비들이라 할지라도 중앙의 동향은 항상 관심권에 있었고 동서 붕당의 바람으로부터 자유로울 수 없었다.

"율곡 선생이 세상을 떴으니 장차 이 나라가 어디로 갈지 참 걱정이오."

"니탕개의 난도 율곡 선생이 없었다면 쉽게 진압하지 못했을 겁니다. 수만의 기병으로 밀고 오는데 어떻게 막을 수 있었겠소?"

"그런데 율곡 선생이 세상을 뜨자마자 재빠르게 등을 돌리는 약삭빠른 선비들도 있다던데, 이 놈의 세상이 망하려고 그러는지 원."

"정여립을 두고 하는 말이군요."

"그렇소. 절교를 하려면 살아생전에 할 일이지 스승이 죽자마자 뛰쳐나가서 칼을 겨누는 그런 무뢰배가 어디 있겠소?"

"그 소리는 나도 들었습니다. 그 자가 계를 조직해서 시중잡배들을 끌어모으고 활이나 쏘면서 음주가무를 즐긴다고 하던데."

"유학을 배우고 나랏일을 돌봤다는 선비가 그 모양이니 강상의 도가 무너질 모양이외다."

한쪽에서 교생들의 이야기를 듣고 있던 변승복은 갑자기 머릿속을 스치는 것이 있었다. 며칠 전 패엽사의 주지 의엄이 했던 말이 떠올랐던 것이다. 천기가 호남으로 뻗어나가고 있으며 정씨가 나라를 열 것이라는 소리가 범상치 않게 여겨졌다. 그는 궁금한 것이 있으면 참지 못하는 성미다. 고을에서도 준족으로 이름이 높아서 한양을 사나흘이면 왕복할 수 있었기 때문에 전국의 웬만한 곳은 다 돌아다녔을 정도다. 이튿날 그는 괴나리봇짐을 꾸려서 간단하게 지고 전라도를 향해 걸음을 옮겼다. 금강을 따라 내려와서 강경에 이르렀을 때 그는 젓국 냄새가 진동하는 주막으로 들어갔다. 군산에서 공주까지 오가며 장사를 하는 장사치와 고기 잡는 어부, 그리고 농투성이들이 모여 시끌벅적했다. 주모는 뜨끈한 국밥과 막걸리를 내왔다. 오랫동안 걸어서 밑바닥이 너덜거리는 짚신을 한쪽에 벗어놓고 평상 위에 걸터앉아 발을 탈탈 털 때 맞은편에 앉은 중년의 남자가 불쾌한 표정을 지었다. 게걸스럽게 국밥을 퍼먹다가 변숭복이 먼지를 날리고 냄새나는 발을 상 아래로 쑥 들이밀었기 때문이었다.

"보아하니 양반이신 모양인데 종자(從者)도 없이 홀로 길을 떠나신 모양이군요. 점잖게 방으로 들어가시지 좁은 평상에는 왜 기어오르십니까?"

말투가 자못 시비조다. 변숭복은 아무 말 없이 사내를 바라보았다. 얼굴은 동그랗고 귀가 커서 턱까지 내려와서 흔들거렸으며 가늘게 찢어진 눈이 매섭게 보였다. 다부지게 생긴 체격이 힘깨나 쓰게 생긴 모습이었다. 그런데 특이한 것은 머리를 자르지도 않았는데 장삼을 걸쳤다는 점이다. 떠돌아다니면서 중 행세를 하는 모양이었다.

"미안하게 됐네."

변숭복은 앞으로 밀어 넣었던 발을 슬그머니 뺐다. 그제야 사내는 눈길을 거두고 쿵 헛기침을 하더니 다시 국밥을 먹기 시작했다. 변숭복은 뜨거운 김이 솟아오르는 국밥 뚝배기를 저어서 간을 보고 술잔에 막걸리를 따랐다. 전라도까지 오기는 왔지만 어디 가서 정여립을 찾을까 걱정이 되고 조바심이 밀려왔다. 그때 맞은편에 앉은 사내가 말을 걸어온다.

"거, 막걸리가 아주 시원하게 보입니다. 불쌍한 백성에게 한 잔 적선하시고 공덕을 쌓으시지요."

능청스럽기 짝이 없는 사내. 조금 전의 실례를 핑계 삼아 술 한 잔 얻어 마시겠다는 속셈이 훤히 눈에 보였다. 다른 양반이라면 당장 호통을 치고 한바탕했을 테지만 변승복은 빙그레 웃으면서 그에게 술잔을 내밀었다.

"드시게."

"고맙습니다."

사내는 목젖이 방아를 찧는 것처럼 꿀꺽꿀꺽 소리를 내면서 술잔을 비웠다. 그리고는 입술을 쓱 훔치더니 변승복에게 잔을 내밀었다.

"이번엔 제가 한 잔 따라 올리겠습니다."

변승복은 무례했던 행동을 용서하라는 뜻으로 받아들였다. 사내는 평상에 걸터앉아 떠날 채비를 하면서도 엉덩이를 떼지 않았다.

"어디까지 가십니까?"

"전주에 간다네."

"저와 방향이 같군요. 괜찮으시다면 동행해도 되는지요."

"좋을 대로 하시게나."

사내는 변숭복이 마음에 든 모양이었다. 그는 묻지도 않은 통성명을 한다.

"저는 지함두라 합니다. 한양에서 태어나 전국을 떠돌며 풍류를 즐기고 명산대천을 찾아 도를 닦고 있지요."

"황해도 안악 교생 변숭복이라 하네."

식사를 마치고 두 사람은 눈이 내려 하얗게 변한 평야를 가로질러 걸어간다. 먹구름이 몰려와서 하늘이 어두워지더니 옥구를 지날 때부터 함박눈이 내리기 시작한다. 변숭복은 길에서 지체하다가 얼어 죽겠다는 생각이 들었는지 발걸음을 빨리했다. 지함두도 노상에서는 처지지 않는 걸음이었지만 시간이 갈수록 사이가 멀어졌다.

"나으리, 함께 갑시다. 내 다리에서는 요령 소리가 요란한데 나리는 나는 듯이 걷는군요."

그때마다 변숭복은 지함두가 따라오기를 기다렸다가 다시 발걸음을 재촉했다. 지함두는 투덜거리면서 따라붙었고 다행히 눈이 그치자 변숭복의 걸음도 느릿해졌다.

"그런데 전주에는 무슨 일로 가십니까?"

지함두는 숨을 헉헉거리면서 물었다.

"누구 좀 만나려고 간다네."

"아는 사람입니까?"

"아니, 해서에서 소리를 듣고 한번 만나볼까 하고 가는 길인데 쉽게 찾을 수 있을지나 모르겠군."

"저도 그렇습니다."

"자네는 누구를 찾아가는가?"

"정 수찬 어른입니다."

"정 수찬?"

"네. 홍문관 수찬으로 계시던 정여립 어른을 만나볼까 하고 내려오는 길에 나리를 만난 것이지요."

지함두의 말에 변숭복은 걸음을 멈추었다.

"정여립이라 했는가? 나도 그 어른을 찾아가는 길일세."

"세상에 이런 인연도 있군요. 내가 오늘 새벽에 점을 쳐보니 길한 일이 생기고 귀인을 만날 것이란 점괘가 나오더니 나리를 만난 것 같습니다."

지함두의 천연덕스런 말에 변숭복은 웃음을 지었다. 지함두는 변숭복이 모르는 여러 가지 사실들을 알고 있었다. 모두 정여립에 대한 것이었으며 한 마디로 대단한 사람이었다. 그들은 금구 구릿골에 갔다가 헛걸음을 하고 전주를 거쳐 진안 죽도에 가서야 정여립을 만날 수 있었다.

"문안드립니다. 저는 교생 변숭복이옵고."

"저는 처사 지함두입니다."

정여립은 갈의를 입고 머리를 질끈 동여맨 채 말을 타고 죽도를 한 바퀴 돌고 오는 길이었다.

"어서 오시게. 천리를 마다 않고 와 주어서 고맙네."

저녁 무렵 정여립의 소개로 두 사람은 한경, 최팽정, 조유직, 박익, 도잠 등과 통성명을 하였다. 그리고 널찍한 죽도 서실에 마주 앉았다.

"제가 듣기에 수찬 어른께서는 뜻있는 사람들과 교류하면서 널리 세상을 위해 힘쓰고 계시다는 말을 들었습니다. 그런데 저는 수찬 어른이 무슨 일을 하시는지 잘 몰라서 이렇게 왔습니다."

"특별히 하는 일은 없네. 그저 사람들을 사귀면서 대동(大同)을 꿈꾸는 것이지."

"그렇다면 지금이 난세란 말씀이십니까?"

"그건 자네가 어떻게 생각하느냐에 달린 것이지."

변숭복이 이렇게 물었던 것은 이유가 있었다. 자고로 대동(大同)세상은 이상향으로서 중국의 삼황오제(三皇五帝)가 통치하던 시대다. 대동을 꿈꾸는 사람들은 세상이 대동(大同)에서 소강(小康)으로 진행되고 난세(亂世)에 이른다고 보았다. 난세는 다시 변혁하여 대동으로 순환하는 것인데, 대동을 꿈꾼다는 것은 지금을 난세로 보고 있다는 말에 다름없었기 때문에 변숭복이 물은 것이었다. 변숭복은 마땅히 할 말을 찾지 못했다. 만약 정여립이 지금이 난세냐고 물어본다면 뭐라고 대답할 것인가. 그렇다고 대답하자니 자칫 위험한 정치사상을 가지고 있다며 오해받을 수 있었고, 아니라고 대답하자니 돌아가는 세상이 너무 한심스러웠기 때문이다. 변숭복이 우물쭈물하고 있을 때 지함두가 나섰다.

대동계로 모여드는 사람들

"지금 세상은 난세지요."

방에 있던 사람들이 모두 지함두를 바라본다. 옷차림이 괴상하고 귀가 크기 때문에 어디 돌아다니면서 점이나 쳐 주고 밥술이나 얻어먹으려니 생각했었는데 말이 너무 당돌한 것이다.

"아마 여기에 모여 있는 분들도 지금이 성군 치세라고는 생각지 않을 것입니다. 난세가 아니고서야 이렇게 모여서 대동을 이야기하겠습니까?"

그것은 맞는 말이었다. 분통 터지는 현실을 보고 가만히 있는 것은 참을 수가 없어서 뜻이 맞는 사람들과 이야기하고 말을 달리다 보면 마음이 개운해졌다. 그렇다고 특별한 목적이 있다고 보기는 어려웠다. 지함두의 말을 듣고 정여립이 입을 열었다.

"자네는 왜 그렇게 생각하는가?"

"임금께서는 어진 인재를 골라 쓸 줄 모르고, 조정 대신들은 당파에 치우쳐서 백성들의 사정을 돌아보지 않으며, 얼마 전 니탕개가 분탕질을 벌였던 것처럼 국방이 안돈되지를 못하니 지금이 난세가 아니고 무엇이겠습니까? 백성들은 도탄에 빠져서 신음하고 있습니다."

지함두의 거침없는 말에 좌중은 물을 끼얹은 듯 조용했다. 뭐랄까. 당연한 말이고 모두 마음속에 품고 있는 생각이었지만 지함두의 입을 통해서 들으니 왠지 떫은 감을 씹은 것처럼 떨떠름했던 것이다. 정여립도 묻기만 했을 뿐 특별한 말을 하지 않았다. 사람들이 흩어져서 방으로 돌아갔을 때 송간과 한경이 정여립에게 말했다.

"아무래도 지함두라는 사람이 좀 과격한 것 같습니다."

"저도 그리 생각합니다. 곁에 두시면 괜한 오해를 불러일으킬 것 같아서 걱정이 됩니다."

"아닐세, 지함두는 누구나 품고 있는 생각을 표출한 것뿐이네. 속에 감추질 못하고 내뱉은 것을 뭐라고 할 수 있겠는가. 자네들이 잘 다독거려서 쓸 만한 사람으로 만들어야지. 그리고 내가 보기에 총기가 있어 보이는구먼."

이렇게 해서 변숭복과 지함두는 죽도서실에 머물게 되었다. 승려 의연은 구월산에 들렀다가 변숭복이 들었던 것과 비슷한 이야기를 듣고 찾아온 사람이다. 전라도 운봉의 의연과 구월산 패엽사의 주지 의엄은 형제처럼 지내는 사이로, 묘향산에서 휴정(休靜) 서산대사를 스승으로 모시고 불법을 공부한 바 있었다. 함께 공부한 유정(惟政)과는 동문이다. 유정은 훗날 기축옥사에 혐의가 있다 하여 투옥되어 고초를 받게 되지만 임진왜란에서 승병을 이끌고 싸운 사명대사이다. 의엄은 의연이 묘향산에 있는 스승을 뵙고 구월산으로 찾아왔을 때 반가운 마음으로 물었다.

"큰스님은 잘 계시던가?"

"그렇지. 원체 강건하신 분이니 아직도 정정하시네."

"여보게 의연, 자네가 있는 곳은 전라도 운봉인데 그쪽에서 성인이 나셨다는 소리를 못 들었나?"

"성인? 불도를 닦는 사람이 참설에 혹해서 이제 동네방네 다니면서 점괘나 봐주는 모양이군 그래."

"그게 아닐세. 나도 들은 소리가 있어서 하는 말이지."

"도대체 무슨 소리를 들었기에?"

의엄은 변승복에게 해주었던 것과 같은 말을 의연에게 되풀이했다. 의연은 짚이는 것이 있었다. 전주에 사는 정여립이란 사람이 계를 조직해서 반상을 가리지 않고 사람들을 불러 모아 육예를 공부한다는 것이었다. 의연은 그때까지 정여립을 만나보지 못하고 풍문을 접한 수준이었으나 황해도에서 괴상한 소문으로 발전한 것을 보고 흥미를 느꼈다.

"누가 그런 소리를 전해주던가? 여기 앉아서 천리 밖을 볼 수는 없을 것이고."

"가끔 여기에 와서 묵어가는 사람 가운데 조 생원이란 사람이 있는데 세상살이가 싫어서 밥맛을 잃고 천지를 떠도는 사람이야. 그는 역법에 능하고 도가 트여서 정감록을 꿰고 있는데 곧 세상이 뒤집어진다고 하더군."

"정녕 그 말을 믿는 겐가?"

"믿기보다 하도 세상이 수상쩍으니 그런 말도 귀에 들어오는 것이지."

"말조심하게. 그런 말이 새나가면 의금부에 끌려가서 뼈도 못 추릴게야."

의연은 패엽사를 나와 곧장 전주로 길을 잡았다. 그리고 운봉으로 돌아가기 전에 죽도서실을 찾아갔던 것이다. 그는 정여립을 만나 인사를 하고 의엄에게 들었던 말과 떠도는 소문 가운데 좋지 않은 것들을 전했다.

"수찬 어른의 성씨가 정(鄭)이오니 세상에 떠도는 풍문에도 관심을 기울여야 할 것으로 생각합니다. 그렇지 않아도 민간에 정감록이 횡행하면서 정도령을 기다리는 사람들이 있는데 수찬 어른과 연계되면 좋을 것이 없습니다."

정여립은 의연의 말을 듣고 한 번 크게 웃었다. 정감록에서 말하는 정도령으로 자신이 거론되는 것이 재미있는 표정이었다. 하지만 한경의 생각은 달랐다.

"수찬 어른, 의연 스님의 말을 흘려버릴 일이 아닙니다. 금구에서도 미륵을 기다리는 사람들 때문에 엉뚱한 소리가 있었지 않습니까? 이제 정감록에 나오는 정도령이 수찬 어른이라고 온 세상이 믿기라도 하는 날에는 그야말로 피바람이 일 것입니다."

그제야 정여립은 정색을 하고 말했다.

"알겠네. 일리 있는 말이야. 백성들이 미륵을 기다리고 정도령을 기다리는 이유가 무엇일까? 우리는 이 점을 깊이 생각해야 하네. 물론 나는 미륵이 될 수도 없고 정도령은 더욱 아니야. 세상 사람들이 자기 희망대로 높였다 내렸다 하는 것이지. 아무튼 그런 참설이 나돈다는 것은 좋은 징조가 아니므로 각별히 처신에 신경을 쓰겠네."

의연이 죽도서실을 오가게 되면서 전라도 광양 옥룡사에 있는 설청 스님도 길을 트고 인사를 했다. 세상에서 보면 주자를 따르며 유학을 하는 사람으로서 천시 받는 승려들과 교류하는 것만 해도 크게 흠잡힐 일이었다. 하지만 정여립은 사람을 가리지 않았으며 자신을 찾아오는 사람들에게 음식과 잠자리를 제공했다. 죽도서실에는 여러 종류의 사람들이 들락거렸다. 때로는 관에서 필요한 물품을 전달하기 위해 찾아오기도 했고, 보름날 밥술이나 얻어먹을 요량으로 들러본 사람, 도대체 정여립이 누구인지 얼굴이나 보려고 온 사람, 송익필이 사주하여 동태를 살피러 온 사람들이 섞여 있었다. 그들을 하나하나 살펴서 받아들일 수는 없는 노릇이었기 때문에 오가는 것은 자유로웠다.

변숭복은 황해도를 부지런히 오가면서 함께 공부하던 교생 김세겸을 데리고 왔다. 김세겸은 학식이 높고 진중한 성격으로 정여립이 매우 신임하여 그에게 사람들의 글공부를 맡길 정도였다. 그리고 경상도 진주 사람 박문장은 문무를 겸비하였는데 특히 봉술과 창술에 능해서 그를 따를 사람이 없었다. 얼굴이 하얗고 코가 오똑하며 호리호리한 키에 전립을 쓰면 고귀한 기품이 흘러서 다시 돌아보는 이가 많았다. 박문장의 나이는 송간보다 다섯 살 아래인지라 항상 형님이라고 부르면서 따라다녔다. 그는 말을 타고 산청을 올라와서 함양을 지나고 육십령을 넘어 고원에 자리한 장수의 험준한 산세를 뚫고 죽도를 오갔다. 덕유산 자락 육십령에는 산적들이 출몰해서 행인들의 노자를 털어 동엽령 쪽으로 달아나기 일쑤였다. 박문장도 산적들과 한번 조우한 일이 있었다. 샌님처럼 생긴 박문장이 전립을 쓰고 말에 흔들리며 육십령 고개에 접어들었을 때 숨어 있던 산적들이 커다란 칼을 들고 앞을 가로막았다.

"멈춰라!"

"누구냐?"

"이 놈 간덩이가 크구나. 우리를 보고도 눈을 똑 바로 뜨고 되묻다니. 살고 싶으면 가진 것을 모두 내놓고 가거라. 그러면 목숨은 살려줄 것이다."

십여 명의 산적들은 숫자만 믿고 박문장에게 다가서서 위협했다. 하지만 박문장은 조금도 동요하지 않고 말을 받았다.

"입산하기 전에는 농토를 일구어 먹고 살던 백성들이었을 텐데 이렇게 도적질을 하고 있으니 참 가련하구나."

"네 이놈!"

두목은 박문장을 위협한다고 해서 굽힐 놈이 아니란 것을 알고 벼락처럼 호통을 치며 부하들과 함께 달려들었다. 산적들은 대부분 박문장의 말대로 땅을 파서 먹고 살던 농투성이들이었다. 괭이를 잡던 손으로 칼을 잡았다고 해서 칼을 괭이 쓰듯 할 수는 없었고 어설프게 보였다. 그래도 두어 명은 어디서 무술을 배웠는지 제법 단련된 자세가 보였다. 박문장은 잠시 뒤로 말을 물러서게 하는가 싶더니 어느새 기다란 봉을 빼서 달려오는 두목의 명치를 찌르고 뒤통수를 사정없이 때려버렸다. 두목은 그대로 기절해서 입에 거품을 물었다. 이 장면을 바라보던 산적들은 혼비백산하여 꽁무니를 빼고 멀찌감치 떨어진 수풀에 몸을 숨긴 채 두목이 어떻게 되나 살펴볼 뿐이었다. 잠시 후 두목이 깨어났을 때 박문장은 말에서 내려 일으켜 세웠다.

"백주대낮에 사람을 해치고 도적질을 하였으니 죽어 마땅하다."

"아이고, 장군님. 제발 목숨만 살려주십시오."

"용서고 뭐고 따질 필요 없다. 관아로 끌고 가서 요절을 내줄 테다."

두목은 땅바닥에 무릎을 털썩 꿇고 닭똥 같은 눈물을 뚝뚝 흘렸다.

"장군님, 다시는 도적질을 하지 않겠습니다. 우리들은 저 아래 거창과 무주에 살던 백성들인데 사또의 토색질을 견디다 못해 산으로 들어와서 화전을 일구고 살았습니다. 올해는 흉년이 들어 어쩔 수 없이 도적질을 하게 된 것이오니 제발 용서해 주십시오. 다시는 도적질을 하지 않겠습니다."

박문장은 마음이 여려서 도적을 관아로 끌고 가지 못했다. 오히려 눈물범벅으로 통사정하는 두목의 말을 끝까지 들어주더니 한숨을 푹 내쉬면서 이렇게 말했다.

"오냐, 내 오늘 일은 없었던 것으로 하마. 하지만 다시 도적질을 하다 걸리면 그 때는 봉이 아니라 창으로 꿰어서 고기산적을 만들어 줄 것이다."

"여부가 있겠습니까요."

그 후로 육십령에는 산적들이 출몰하는 일이 줄어들었고 저 멀리 박문장이 말을 타고 오는 것을 보면 온 산이 조용하게 변했다. 박문장에게는 육십령 도령이라는 별명이 따라 붙었다.

정여립을 중심으로 하여 죽도서실에서는 한경, 최팽정, 조유직, 변숭복, 김세겸이 문인(文人)의 축을 이루고, 송간, 박익, 박문장이 무인(武人)의 축을 이루었으며, 도잠, 의연, 설청이 승려의 축을 이루고, 도사 지함두는 가느다란 눈을 떴다 감았다 하면서 여러 가지 의견을 내놓고 있었다. 대동계에 관한 소문이 퍼지자 황해도에서도 사람들이 많이 몰려왔다. 안악에서 수군(水軍)으로 있던 황언륜과 방의신은 죽도를 한번 다녀간 후에 변숭복을 통해서 가르침을 받았고, 중인(中人) 박연령은 김세겸의 집을 드나들다가 대동계를 접하고 황해도에 살면서 사람들을 모았다. 그리고 천연은 지리산에 사는 승려였는데 8척 장신에 힘이 좋았다. 기대승과 이황이 사단칠정 논쟁을 벌일 때 영남과 호남을 오가면서 편지 수발을 했을 만큼 유학자들과의 친분이 두터웠고 불법과 유학에 고루 밝았다. 남원 사람 신여성은 경상도 함양에 사는 명의(名醫) 유의식으로부터 의술을 배워 널리 인술을 펼치다가 뒤늦게 합류한 사람이었다. 죽도로 대동계를 옮긴 후 자리가 완전히 잡혀가자 인근 수령들은 정여립의 명성과 대동계의 환심을 사기 위하여 매월 보름날이 가까워오면 부족한 것이 무엇인지 물어서 물품을 보내왔다. 전주 판관 성천지는 부윤으로 있던 남윤경의 허락을 얻어 죽도에 있는 정여립에게 대장장이를 보냈는데, 이는 무예 수련에 필요한 화살촉과 말굽을 만들고 날이 무뎌진 칼이나 창을 손질하라는 뜻이었다. 그리고 진안현에서도 돼지를 두 마리 사 보내 장정들이 포식을 한 일도 있었다. 관아에서 이렇게 대동계를 밀어준 것은 단순히 정여립의 명망 때문만은 아니었다. 그것은 여립의 힘을 두려워했기 때문이고 수령이 해야 할 일 중 하나를 대동계가 해주고 있었기 때문이다. 대동계가 금구에 바탕을 두고 있을 때 여립은 무관 백광언과 사귀어 보고자 했지만, 백광언은 좋지 않은 정여립의 소문에 휘둘려서 거절했다. 그 후에 함경도로 임지를 옮기게 되었는데 사람들은 백광언이 정여립의 말을 듣지 않아 함경도로 좌천된 것으로 오해하였던 것이다. 수령들 가운데는 혹시 자기도 밉보이지나 않을까 전전긍긍하는 사람도 있었다.

또한 수령은 항상 수령칠사(守令七事)란 덕목에 소홀하지 않아야 했다. 수령칠사는 경국대전 이조 고과조에 실려 있는 것으로서 농업과 누에치는 것을 성하게 하는 농상성(農桑盛), 호구와 인구를 늘리는 호구증(戶口增), 학교와 교육에 힘쓰는 학교흥(學校興), 군사에 대한 훈련을 하고 군정에 힘쓰는 군정수(軍政修), 역의 부과를 공평하고 균등하게 하는 부역균(賦役均), 소송을 공정하고 간명하게 하는 사송간(詞訟簡), 백성들의 교활하고 간사한 버릇을 그치게 하는 간활식(奸猾息)의 일곱 가지를 말한다. 여기서 군정수는 수령의 지역 방위 능력을 검증하는 잣대이기도 했다. 그런데 대동계가 나서서 무예를 닦고 병기를 수리하는 일에 한몫을 해주고, 양민들도 자발적으로 참여하게 되니 수령으로서는 자연스레 군정에 대한 짐을 덜게 되었던 것이다. 또한 대동계가 학문을 장려하므로 지역에 문풍(文風)이 성해지고 그 모든 것은 수령의 덕으로 돌아가게 되었다. 수령이 앞다투어 나서니 눈치 빠른 부자들도 뒤질세라 물품을 내놓았고 노비들이 대동계에 다녀올 수 있도록 허락하였다. 어떤 과부는 재산을 털어 대동계에 희사했을 정도로 인기가 높았다.

조정에서도 정여립의 대동계를 모르지 않았다. 지방의 수령은 관할 구역 내에서 일어나는 특별한 동향을 정기적으로 보고하도록 되어 있었고, 수시로 어사가 행차하여 수령이 제대로 다스리고 있는지 감찰하였으므로 조정에서는 정여립이 만든 대동계를 알고 있었다. 그래서 정여립을 김제 군수와 황해도 도사로 천거하기까지 했다. 두 건 모두 선조가 윤허하지 않아 무위로 돌아갔지만 대동계가 비밀 군사 조직이었다면 절대로 있을 수 없는 일이었다. 탁상에서 글공부만 한 것이 아니라 실제 행동으로 옮긴 정여립의 실천성을 높이 산 정개청은 편지를 보내서 이렇게 칭송하였다.

"지금 세상에서 식견이 높고 밝은 사람은 오직 존형(尊兄) 뿐입니다."

정개청은 정여립보다 열다섯 살이나 많았지만 과거 교정청에서 함께 일할 때 여립의 인품을 잘 알고 있었기 때문에 이러한 편지를 보냈던 것이다. 존형(尊兄)이란 말은 같은 또래 사이에서 상대방을 높여 불러주는 호칭이다. 정개청이 볼 때 자기보다 훨씬 나이가 어린 정여립을 존형이라고 부르면서까지 인정해준 것은 유학자들이 여립의 현실 참여를 높이 사고 있었음을 알 수 있다.

어느 날 정여립이 서실에서 접장들을 모아놓고 물었다.

"병법에서 가장 기본은 무엇이라고 생각하는가?"

접장들은 쉽게 대답을 하지 못했는데 송간이 대답했다. 무과에 급제하여 함경도 건원보에서 권관으로 실전을 경험한 무관 출신이었기 때문에 무엇이 중요한지 알고 있었다.

"군율(軍律)입니다."

"왜 그러한가?"

"제 아무리 무예가 뛰어나고 좋은 무기를 가졌다 하더라도 군율이 없으면 일사분란하게 움직일 수가 없고 장수는 적시 적소에 군사를 배치하기 어렵습니다. 한 번 명령이 떨어지면 퇴각 명령이 있을 때까지 죽더라도 그 자리를 사수해야 하는 것이 군사입니다. 군율이 흐려지면 제멋대로 행동하기 때문에 절대로 이길 수 없습니다."

"옳다."

정여립은 흐뭇한 미소를 지었다.

"대동계원들은 군사가 아니다. 무예를 익히기 위해서 온 사람, 심심파적으로 참여한 사람, 분위기에 휩쓸려서 구경 온 사람들도 있다. 그리고 무예가 뛰어난 사람, 이제 막 시작하는 사람, 관심이 아예 없는 사람도 있는데 이들을 어떻게 통솔해야 할 것인가 하는 문제에 있어서 가장 중요한 것은 군율을 세우는 것이야. 일단 보름날 대동계에 온 사람은 절대적으로 군율을 따라야 하며 따르지 않는 사람은 가차 없이 돌려보내야 하네. 우리가 진법 훈련을 하는 이유는 바로 여기에 있는 것이지. 진법 훈련을 통해 접장들은 유사시 군사를 통솔하는 능력을 키우고 진법을 익히며, 계원들은 엄중한 군율을 지키고 한 몸과 같이 움직이면서 군사로서의 자각을 하는 것이다."

"그렇지 않아도 접장들이 소임을 다해 내고 있습니다."

"음, 여기서 무예를 익힌 사람들은 고향으로 돌아간 후에 생업에 종사하며 작은 대동계를 만들어야 하네. 이렇게 크고 작은 대동계가 온 나라에 생기면 전란이 일어났을 때 관군을 도와서 능히 나라를 지킬 수가 있는 것이지. 우리는 그 씨앗을 뿌리는 것이고 바탕을 만들어주는 사람들이다."

"명심하겠습니다."

매월 보름날 모여든 사람들의 숫자가 600여 명에 달할 때도 있었다. 이렇게 많은 사람들을 통제하려면 군율이 있어야 함은 당연했다. 지함두는 새로운 사람이 올 때마다 명부를 작성하여 나이와 재주에 따라 편제하는 것을 도왔다. 접장들은 자기의 휘하에 들어온 장정들을 데리고 훈련을 하였고, 점심을 먹기 전에 모든 사람들이 참여한 대규모 훈련을 하는 것으로 진법 훈련을 마쳤다. 오후에는 수박 수련을 하고 무리를 나누어서 말 타기, 검술, 궁술, 봉술 및 창술, 승자총 사격을 고루 경험할 수 있도록 하였다.

해질 무렵 훈련이 모두 끝나면 음식과 술을 풀어서 먹고 마셨다. 둥근 보름달이 높게 떠서 천반산 아래 죽도의 강물과 하얀 모래사장을 비추었다. 흥이 오른 사람들은 모래사장에 모닥불을 피워놓고 덩실덩실 춤을 추기도 했다. 반상의 구별이 엄격한 조선에서 어떻게 공사 천민이 어울려 훈련하고 놀 수 있었는지 참으로 이해할 수 없는 일이었다. 이 모든 것을 가능하게 한 것은 정여립이었다. 그는 훈련을 시작하기에 앞서 이렇게 말했던 것이다.

"이 세상에 큰 도가 행해지면 천하에 어찌 주인이 따로 있겠는가. 천하는 공물(公物)이요 우리 모두의 것이다. 나라의 근본은 무엇인가. 백성이 없고서는 조정도 없고 임금도 없는 것이다. 만일 전란이 벌어지면 누가 우리 가족을 지켜주고 재산을 보전해줄 것인가. 조정과 임금만 바라보고 손 놓고 있을 것인가. 우리는 스스로 자각(自覺)하고 자강(自强)하여 우리 가족을 지키고 이 나라를 지켜야 한다. 매월 보름날 이곳에 모여 육예(六藝)를 수련하는 것은 나라의 근본인 백성들로서 당연히 해야 할 일이다."

이 말을 듣고 반상의 구별을 하는 사람이 있을 수 없었다. 모두 한 뜻이 되어서 땀을 흘리고 함성을 질렀으며 흙먼지 속에서 더불어 달렸다. 그리고 훈련이 끝나면 함께 술과 음식을 먹고 정을 나누었다. 죽도에서 일어나기 시작한 기운은 바람을 타고 경향 각지로 퍼져나갔다.

삼십여 명의 무사들이 함성을 지르며 쏟아져나갔다. 이미 기를 꺾인 왜군들은 당황해서 숨어 있던 곳을 빠져나와 몇 놈은 산줄기를 타고 몇 놈은 바다를 향해 내달리기 시작했다.

정해왜변(丁亥倭變)과 대동계

 조정은 성리학적 관점에서 왕도 정치의 실현에 의견을 같이한 사림들끼리 편 가르기와 다툼이 심해지고 있었다. 동인과 서인으로 나뉜 사람들이 유학 본래의 의미를 잊어버리고 자신들의 학풍에 대한 자존심과 학연으로 얽힌 복잡한 유대 관계를 바탕으로 하여 서로를 흠집 내면서 국력을 소진하는 것이었다. 하루가 멀다 하고 서로를 탄핵하는 상소를 올렸고 받아들여지지 않으면 사직하는 것을 자랑으로 생각했다. 급기야 동인의 영수 이발이 서인의 영수 정철의 수염을 잡아당기고 정철은 이발에게 침을 뱉는 사태로까지 발전되었다. 서로 먼저 도발했다고 주장하며 책임을 덮어씌웠고 양측의 감정은 이미 상할 대로 상해서 도저히 회복 불능이었다. 이들은 니탕개의 난 때도 전란을 우선 극복하기 위해 힘을 모으기 보다는 잠시 숨을 돌리고 으르렁거렸을 뿐이었다. 난이 평정되자마자 서로를 탄핵하느라 정신이 없었다.

이 모든 것은 선조에게도 일말의 책임이 있었다. 붕당이 심해진 것은 선조가 왕좌에 오르면서부터다. 이조전랑에 대한 인선을 매끄럽게 처리하지 못하였기 때문에 학연을 중심으로 뭉친 사림들이 동인과 서인으로 나뉘어 국정을 난도질했던 것이다. 선조는 한쪽으로 힘이 쏠리는 것을 싫어해서 신하들에게 관직을 내렸다가 거두고 장기판의 말을 움직이듯이 이리저리 옮기는 것을 좋아했다. 관직을 제수 받은 신하들은 미처 업무를 파악하기도 전에 짐을 싸기 일쑤였기 때문에 전문성이나 주관 있는 정책을 바랄 수 없었다. 몇 년 전 함경도에서 니탕개의 난이 일어났을 때 병조판서로 있던 이이가 대충 수습을 하였지만, 이이가 죽고 난 후에는 국방에 대한 관심이 식어 버리고 성리학적 관점에서 도의에 어긋난다, 의리가 없다, 그게 무슨 명분이냐면서 상소를 올리고 받아들여지지 않으면 사직함으로써 임금을 압박하였다. 이런 와중에 백성들은 민생을 돌보는 이가 적어 공납을 바치느라 등골이 휠 지경이었고, 군역과 요역에 동원되어 양인으로 태어난 것을 한탄하고 있었다. 어떤 사람은 견디다 못해 노비가 되기를 자청하기도 했다.

세종 때 이종무를 보내서 왜적의 소굴인 대마도를 정벌한 이후 노략질이 뜸해졌으나 조선은 점점 문약(文弱)해지고 국방에 대한 관심이 식고 있었다. 이 틈을 타 왜구들은 경상도와 전라도 해안을 노략질하면서 우리 백성을 잡아가기도 하고, 고기잡이를 하던 도중 표류한 조선인을 귀화시켜서 앞잡이로 삼았다. 사을화동(沙乙火同), 사부로, 긴지로, 마고지로는 이런 인물들이었다. 이들은 조선 양민으로서 당했던 설움과 수탈에 대한 분노가 가득 차 왜구들의 앞에서 조선을 노략질하는데 앞장섰다. 왜구들은 숫자가 그리 많지 않았지만 배를 타고 어디로 상륙할지 알 수 없었기 때문에 방비를 제대로 할 수 없었고, 해안을 경비하는데 상시 군사를 배치하기 어려워서 군사의 수가 100명도 되지 않는 곳이 부지기수였으며 제대로 훈련이 되지 않았고, 먼지 쌓인 병장기는 무기고에서 녹이 슬고 있었다. 이 즈음 북방에서는 여진족이 힘을 키워가며 명나라를 노리고, 바다 건너 일본은 도요토미 히데요시에 의해 통일을 눈앞에 두고 있었다. 도요토미 히데요시는 국내의 복잡한 정치 상황을 타개하고자 외부로 눈을 돌리기 시작했고 조선 침공을 준비했다.

하지만 조선은 일본의 정세에 대하여 어두웠다. 1586년(병술년. 선조19년) 6월 전라우수사가 장계를 올려 말하기를,

"정의현감(旌義縣監) 김대이가 적의 대선(大船) 1척과 만나 접전하다가 잡지 못하였는데 적의 계략을 헤아릴 수 없습니다. 왜가 엿보다가 우리의 빈틈을 타고 와서 침략할 걱정이 없지 않으니 방비하는 모든 일을 날로 새롭게 하여 변고에 대비하도록 특별히 신칙하소서."

하였으나 선조는 비변사에 이렇게 전교하였다.

"김대이와 별조방장(別助防將) 어득수는 군법을 두려워 않고 심상히 여기는 타성에 젖어 적선을 잡지 못했으니 매우 경악스럽다. 아

올러 잡아 가두라."

 해전은 장비와 충분히 훈련된 수군이 있어야 승리로 이끌 수 있는 법인데, 적선이 왜 나타났는지, 왜 잡지를 못했는지, 부족한 것은 무엇인지 살펴보지 않고 최일선에서 싸우는 장수를 잡아가두는 것을 능사로 알았다. 이러니 방비하는 군사들과 수령은 적선이 나타나도 못 본 체 하며 괜한 장계를 올려 처벌받는 것을 두려워하게 되었다.

 1587년(정해년. 선조20년). 추웠던 겨울의 끝자락을 잡고 남풍이 불어오기 시작하던 2월 24일에 갑자기 바다에서 표류했던 제주 사람 네 명을 대마도주가 배에 태워서 호송해준 일이 있었다. 선조는 대마도주의 충성심을 칭찬하고 특별히 상을 내리기까지 하였다. 상대의 마음을 풀어놓기 위하여 왜(倭)는 이렇게 인도적 행동을 했던 것일까. 사흘이 채 지나기 전인 2월 26일 전라감사는 급박한 장계를 올렸다. 왜적선 18척이 흥양(興陽) 지경을 침범하여 방어하던 녹도권관 이대원이 전사하였다는 보고였다. 정해왜변이 터졌던 것이다. 조정은 신립을 방어사로 삼아 군관 30명을 거느리고 그날로 나가도록 조치하였다. 왜적은 더욱 대담해져서 이튿날인 2월 27일에 가리포의 수군기지를 침범하여 병선(兵船) 4척을 탈취하였고, 첨사 이필은 왼쪽 눈에 화살을 맞아 퇴각하였다. 상황이 심상치 않게 돌아가자 선조는 김명원을 전라도 순찰사로 삼아 대비토록 하였는데, 왜군은 손죽도에서 승리하고 선산도를 약탈하였으나 내륙 깊숙이 침범하지 않은 채 수평선을 넘어갔다가 이쪽저쪽을 찔러대고 있었다. 특별한 저항을 받지 않으면 상륙해서 사람을 죽이고 재물을 약탈하며 내륙을 타고 올라오는 등 기세를 올렸다. 적이 나타났다는 보고를 받고 뒤늦게 군사를 모아 출동하면 이미 사라지고 없는 경우가 많았다.

왜변이 쉽게 진정될 기미를 보이지 않자 전주 부윤으로 있던 남언경이 낙안을 방비하고, 남원 부사는 순천을 나누어서 방비하게 되었다. 다급해진 것은 전주 부윤 남언경이었다. 감영에 있는 정병은 200명 남짓이었고 소집된 군사들은 군사훈련보다 노역에 동원되느라 제대로 훈련받지 못한 오합지졸들뿐이었다. 그래서 남언경은 정여립에게 호소했다.

"대보, 지금 시국이 급박하게 되었다네. 오늘 비변사에서 전령이 왔는데 왜군이 쉽게 물러나지 않아 나보고 낙안까지 내려 가라는구먼. 대보가 도와주면 큰 힘이 될 것이니 무사들을 소집해서 관군을 돕도록 해주시게."

"당연히 도와야지요. 그런데 상황이 그렇게 심각합니까?"

"그런 모양일세."

정여립은 대동계가 활성화되도록 하는 일에 전주 부윤 남언경이 허락하여 대장장이와 필요한 물품을 지원받았던 일을 떠올렸다. 이번에는 정여립이 도울 차례였다. 게다가 남언경은 서경덕의 제자였다. 정여립도 기일원론(氣一元論)을 주장한 서경덕의 화담 학풍을 접했기 때문에 평소 남언경에게 남다른 정을 느끼고 있었던 것이다.

정여립은 남언경을 만나고 애복의 집으로 갔다.

"나리, 무슨 일 있습니까? 얼굴색이 좋지 않아 보입니다."

애복은 아랫목에 방석을 깔아주며 정여립의 표정을 살핀다.

"음, 왜적이 물러나지 않고 있으니 걱정일세. 부윤께서 대동계를 움직여서 관군을 도우라고 부탁하더군."

"그럼 나리께서도 출전하시는 겁니까?"

"글쎄, 사직하고 낙향한 선비가 군사를 이끌고 나가는 것도 모양새가 좋지 않고 조정의 눈이 예사롭지 않아서 걱정이네."

"너무 걱정하지 마세요. 나라를 위한 일인데 무슨 일이야 있겠습니까."

"자네는 내가 걱정되는 모양이군."

"저는 이제 한을 풀었습니다. 나리께서 저를 이토록 아껴주시니 지금 당장 죽어도 여한이 없지요."

"정녕 그러하냐?"

"그렇사옵니다."

애복은 그윽하게 바라보는 여립의 눈을 제대로 바라보지 못하고 고개를 숙인다.

"그리고 여기만 계시지 말고 본댁에도 가십시오. 나리께서 고루 사랑을 주셔야 형님의 마음이 상하지 않을 것입니다. 옥남 도련님도 그것이 마음에 쓰이는 모양입니다."

"옥남이 그렇게 말했느냐?"

"아닙니다. 한 번도 그런 기색을 한 적이 없습니다만 사람의 마음은 다 같은 것 아니겠습니까. 부디 저의 말씀을 유념해주세요."

옥남은 여립의 아들이었다. 이제 열다섯으로 아버지를 닮아 키가 크고 얼굴이 준수하게 생겼으며 하루가 다르게 힘이 붙어 웬만한 장정들과 씨름을 겨루어도 지지 않을 정도였다. 옥남은 애복에 대하여 악심을 품지 않고 친어머니 대하듯 하였기 때문에 애복은 자식을 낳을 생각을 감히 하지 못했다. 애복은 옥남을 통해서 형님으로 모시는 김씨의 됨됨이를 알 수 있었다. 아직 한 번도 얼굴을 보지 못했지만 철마다 먹을 것을 보내주고 옥남이 하는 행동을 보면 항상 송구스러웠던 것이다. 옥남은 전주에서 글공부를 하며 아버지를 따라 진안 죽도를 오가고 있었다.

"애복아."

정여립은 조곤조곤 말하는 애복을 바라보다가 사랑스러운 마음이 물밀 듯이 밀려와서 참을 수가 없었다. 가냘픈 손을 살풋 잡고 끌어당겨 안았다. 애복은 여립의 품에 안겨서 콩닥거리는 자신의 심장소리에 귀를 기울였다. 사랑했던 사람, 그리워했던 사람의 품에 안겨 있으니 지금 이대로 시간이 멈추었으면 좋겠다는 생각이 들었다. 그때 밖에서 지함두의 목소리가 들렸다.

"수찬 어른, 소생 지함두입니다."

두 사람은 화들짝 놀라 서로를 밀쳐내고 아무 일도 없었던 것처럼 옷매무새를 매만졌다.

"들어오시게."

지함두는 눈치가 빨라서 발갛게 홍조를 띤 애복과 헛기침을 연신 쏟아내고 있는 정여립의 얼굴을 보며 미소를 지었다. 애복은 지함두의 인사를 받는 둥 마는 둥 하고 서둘러 일어섰다.

"차를 내오겠습니다."

"이거 제가 흥을 깬 것은 아닌지요?"

능청스럽게 물었다. 정여립은 남몰래 음식을 먹다 들킨 아이처럼 안절부절 엉덩이를 들썩거리면서 괜히 아랫목을 이리저리 쓸고 다닌다.

"아닐세, 그래 통문은 띄웠는가?"

"네, 접장들에게 연통했으니 내일쯤이면 모두 모일 것입니다."

"수고했네. 이럴 때 쓰려고 그동안 우리가 무예를 연마했던 것이지. 이제 대동계가 얼마나 필요한지 그 필요성을 세상 사람들이 모두 알게 될 것이네."

"이 모든 것이 수찬 어른의 혜안(慧眼) 덕분입니다."

"그것은 나 혼자 할 수 있는 일이 아니지. 어림도 없어. 자네들이 도와주지 않았으면 대동계는 몽상으로 끝나고 말았을 것이야."

"그런데 수찬 어른, 이번에 함께 가실 겁니까?"

"그렇지 않아도 그것을 고민해봤는데 내가 가는 것은 무리가 있겠네. 마음 같아서는 용마를 타고 함께 가고 싶네만 어렵겠어."

"무슨 말씀인지 잘 알겠습니다."

"송간과 박익, 그리고 박문장이 있으니 걱정할 것은 없을 것이네. 자네와 변숭복이 오가면서 연락을 맡으면 내가 여기에 있어도 부족함이 없을게야."

지함두는 고개를 끄덕였다. 발 빠른 변숭복이라면 전주와 낙안을 오가는데 사흘이면 충분할 듯싶었던 것이다. 정여립과 지함두가 왜적을 맞이하여 어떻게 할 것인가에 대하여 숙의할 때 송간은 고향에서 농사를 준비하고 있었다. 대동계 회합이 있는 보름을 전후해 며칠간 집을 비우고, 정여립이 부르지 않으면 집에서 농사를 지으며 태인 지경의 장정들을 모아서 작은 대동계를 운영했다. 송간이 밭에 거름을 뿌리고 집으로 돌아왔을 때 통문(通文)을 든 장정이 기다리고 있었다.

"무슨 일인가?"

"네, 수찬 어른께서 급히 전달하라고 하셨습니다. 그럼 저는 갈 길이 바빠서 물러가겠습니다."

장정은 송간에게 허리를 숙여 인사를 하고 뭐라 말할 틈도 주지 않고 바람처럼 사라졌다. 송간이 방으로 들어가서 봉해진 편지를 뜯어보니 익숙한 필체로 정여립이 전하는 말이 있었다. 전주 부윤이 왜적을 격퇴하러 낙안으로 내려가게 되었는데 대동계의 도움을 요청하므로 거절할 수가 없다. 우리가 힘을 기른 것은 이러한 때를 대비함이 아니겠는가. 쓸 만한 무사들을 모아서 내일 전주로 오라는 내용이었다. 송간은 편지를 다 읽은 후에 머리에서 발끝까지 번개에 맞은 것처럼 쩌르르 경련이 이는 것 같았다. 함경도 건원보에서 권관으로 있을 당시 야인을 쫓기 위해 말달리던 그때의 감동이 그대로 되살아났다. 송간은 편지를 서책 사이에 끼워 넣고 저녁을 맞았다.

"조금 전에 왔던 손님은 무슨 일로 왔다더냐?"

어머니가 물었다.

"네. 수찬 어른이 보낸 사람입니다. 전라도와 경상도 해안에 침범한 왜적이 물러가지 않고 계속 분탕질을 하므로 조정에서 관군을 파견할 모양인데 이번에 저도 가게 되었습니다."

대수롭지 않게 말하는 송간의 말에 방안에 있던 식구들이 모두 놀랐다. 따로 밥상을 차려놓고 딸 수연과 겸상을 하던 아내 박씨가 숟가락을 내려놓고 남편을 바라본다. 뭐라고 말을 하기는 해야겠는데 말이 나오지 않는 모양으로 입만 씰룩거릴 뿐이었다. 수연이 아버지와 어머니를 번갈아 바라보더니 대신 말을 꺼냈다.

"아버지. 이번에 가시면 언제쯤 돌아오시어요?"

"그건 잘 모르겠구나. 조정에서 이미 순찰사와 무사들을 파견해 놓았다. 우리는 전주 부윤을 따라가서 합류하는 것이니 오래 걸리지는 않을 것이다."

"이미 관직에서 물러났는데 꼭 가서야 하는 거에요?"

"나라가 위기에 처하면 관직이 무슨 소용이냐? 한때 관직에 몸담았던 사람으로서 모른 체하는 것은 있을 수 없는 일이다. 그것이 무반의 길인 게야."

말은 수연에게 하고 있었지만 상대는 아내 박씨와 어머니였다. 어머니는 알았다는 듯이 한숨을 피유 내쉬고 아들에게 말한다.

"오냐, 다녀오거라. 여기 걱정은 하지 말고 네 몸이나 잘 챙겼으면 좋겠구나."

"어머니, 아무 걱정 마십시오."

아내 박씨는 숭늉을 가져온다는 핑계로 자리에서 일어섰다. 부엌에서 숭늉을 끓이기 위해 아궁이에 마른 나뭇가지를 톡톡 분질러 넣는 동안 일렁이는 불에 얼굴이 달아오르고 자기도 모르게 눈물이 흘러내렸다. 무인의 아내라는 것이 이렇게 힘든 역할인 줄 미처 몰랐다. 관직을 받고 북방에서 봉직하는 동안 하루도 편한 잠을 잘 수 없더니 이제 왜적을 맞아 또 전장으로 나가야 한다는 사실을 쉽게 받아들이기 힘들었다. 그래도 남편에게 눈물을 보일 수는 없었다. 그녀는 옷고름을 들어 눈물을 닦고 아무렇지도 않은 표정으로 숭늉을 들여갔다.

이튿날 날이 밝기가 무섭게 송간은 마구간에서 말을 끌어냈다. 말은 싸움터로 나가는 것을 아는 것처럼 연신 콧바람을 뿜어내며 고개를 좌우로 흔들었다. 송간은 갈기를 쓸어주고 손바닥으로 등의 털을 곱게 쓸어주었는데 그때마다 가죽이 부르르 떨렸다.

"스승님."

동후가 사립문을 밀고 들어오면서 송간에게 머리를 숙였다.

"아침부터 웬일이냐?"

"대동계가 왜적과 싸우러 간다는 말을 들었습니다. 저도 따라가게 해주십시오."

그새 무사를 모집한다는 소문이 동후의 귀에까지 들어간 모양이었다. 대동계는 정여립을 중심으로 하여 각 지역에 대접장(大接長)을 두고 그 아래 소접장(小接長)을 두었다. 소접장은 일정한 수의 계원들을 이끌고 있었으므로 위에서 내린 영은 접장들을 통해 순식간에 계원에게까지 전파될 수 있었다. 동후는 밤에 친구들과 모여서 새끼를 꼬다가 이 소식을 들었던 것이다.

"저도 싸우고 싶습니다. 친구들도 모두 함께 가겠다고 합니다."

동후는 서당에서 공부를 할 때와 마찬가지로 친구들의 의견을 전하는 대표 역할을 하고 있는 셈이었다. 송간은 빙그레 웃는다.

"안된다."

"왜 아니 되옵니까?"

"올 해 너의 나이가 몇이냐?"

"열일곱입니다."

"아직 공부에 전념할 때지. 섣부르게 나설 자리가 아니야. 돌아가서 내 뜻을 전하고 열심히 공부하거라."

"스승님."

"왔으니 들어와서 아침이나 같이 먹자꾸나."

송간은 동후를 불러 방으로 들어갔다. 두 사람의 이야기를 듣고 있던 수연은 뛰는 가슴을 진정시킬 수가 없었다. 굵직한 동후의 목소리가 들렸을 때 자기도 모르게 자리에서 벌떡 일어났고 어두운 부엌 벽에 바짝 붙어 문틈으로 동후의 얼굴을 살펴보았던 것이다. 동후는 늠름하게 자라고 있었다. 떡 벌어진 어깨, 여드름이 핀 얼굴, 그리고 거뭇해지는 코밑의 수염은 이제 소년이 아님을 보여주었다. 그런데 아버지가 아침을 같이 먹자면서 방으로 데리고 들어갔으니 놀란 가슴은 이제 진정되지 못하고 졸졸 흐르는 개울물에 물레방아가 쉬지 않고 방아를 찧는 것처럼 콩닥거렸다. 수연은 간신히 마음을 가다듬고 밥상을 안으로 들였다. 동후는 할머니와 아버지, 그리고 동생 철과 함께 앉아 있었다.

"철아, 넌 이리 와서 먹어라."

어머니가 철을 부른다.

"왜요?"

"형이 왔으니 넌 우리랑 같이 밥을 먹자."

"싫어요. 동후 형이랑 함께 먹을래요."

철은 아홉 살로 아직까지 철이 덜 들었다. 막내라고 할머니가 오냐오냐 해주어서 제 하고 싶은 대로 하는 것이 항상 어머니의 마음을 상하게 만들었다.

"그래, 오늘은 어머니께로 가거라."

송간이 점잖게 말한다. 그제야 철은 입을 비죽거리면서 엉덩이를 방바닥에서 떼지도 않고 자리를 옮긴다. 수연은 덜덜 떨리는 손으로 간신히 밥상을 들여 주고 부엌에 쪼그리고 앉았다. 들어갈까 말까 망설이는 것이다. 도저히 동후와 함께 밥을 먹을 자신이 없었는데 어머니가 부르는 소리가 들린다.

"수연아, 솥에 물 부어놓고 그만 들어 오거라."

"네."

"어서 들어 오래두!"

수연은 치마를 당겨서 한번 감아 돌리고 조용히 문가에 앉았다. 동후는 밥을 먹으면서 수연을 못 본 체하였다.

"언제 이렇게 컸누. 어릴 때 말발굽에 차일 뻔한 일이 있었는데 이제 보니 다 컸구나. 장하다."

할머니는 대견스럽고 옹골진 표정으로 밥을 우물거리는 동후를 바라보았다. 수연의 어머니 박씨도 동후를 빤히 쳐다보고 철은 뭐가 그리 좋은지 히죽거린다. 동후는 시선이 집중되자 얼굴이 발개지고 자기도 모르게 고개가 숙여졌다. 허리를 꼿꼿이 펴고 묵묵히 식사를 하던 송간이 입을 열었다.

"어험, 동후 너는 앞으로 크게 쓰일 것이다. 그러니 아무 생각 말고 공부에 전념해야 한다. 모두 전장으로 나가 버리면 여기를 누가 책임지겠느냐?"

동후는 스승의 말을 듣고 고개를 들다가 문가에 앉은 수연과 눈이 마주쳤다. 수연의 맑은 눈동자가 점점 커져서 동그랗게 되더니 이번에는 수연이 고개를 푹 숙인다. 순간 동후의 가슴은 불이라도 맞은 듯 뜨겁게 달아올랐고 젓가락질을 하는 손이 떨려서 제대로 식사를 못할 지경이었다.

"네, 알겠습니다."

"오냐. 너를 믿으니 친구들에게도 잘 전해주거라. 돌아와서 공부가 소홀하면 회초리로 때려줄 테다."

아침을 먹고 송간은 부인이 곱게 다듬어 놓은 푸른색 철릭을 입고 가슴에 붉은 광다회를 두른 다음 전립을 쓰고 어머니께 하직인사를 올렸다. 그리고 훌쩍 말에 올랐는데 안장에는 기다란 장검과 활이 걸려 있었고 말이 움직일 때마다 소리를 내면서 흔들렸다. 송간이 마을을 떠날 때 그를 따르는 장정은 열한 명이었다.

전주 부윤 남언경은 정여립의 통문을 받고 하룻밤 사이에 전주성 남문 앞에 모여든 무사들을 보고 깜짝 놀랐다. 보기에도 힘깨나 쓰게 생긴 우락부락한 무사들이 저마다 칼과 활을 들고 있었는데 그 숫자가 무려 2백 명이 넘었다. 감영에 있는 군사의 수와 비슷했다. 남언경은 정여립의 손을 잡고 감격에 차서 목이 메는 듯한 소리로 고마움을 표했다.

"대보, 정말 고마우이. 자네가 날 살렸네."

"무슨 말씀이십니까? 응당 해야 할 일을 한 것뿐이고 저들은 부윤을 도와 왜적을 물리칠 것입니다."

군사를 점고(點考)하는 동안 정여립은 송간을 따로 불렀다.

"낙안으로 가서 대동계를 이끄는 것은 자네와 접장들이네. 난 이곳에 남아 지함두와 변승복을 통해서 연락을 취할 터이니 무슨 일이 생기면 바로 연락하게."

"알겠습니다."

"왜군을 접해본 적이 있는가?"

"아직 없습니다."

"음, 자네는 북방에서 야인과 실전을 치러 보았으니 누구보다 싸움에 능할 것이야. 하지만 이번에는 야인이 아니라 수전(水戰)에 능한 왜군이라는 것을 명심하게. 왜군은 오랫동안 전쟁을 하면서 싸움에 단련된 놈들이네. 특히 단병접전(短兵接戰)에 능한 놈들이니 일정한 거리를 유지하면서 접전하는 것이 유리할 것이야."

"저도 그렇게 생각하고 있습니다. 야인들을 대적할 때는 군마(軍馬)가 많이 필요했습니다. 기병 없이 보병으로만 야인들을 상대하기에는 역부족이었습니다."

"이번에도 군마가 많이 필요한 것인가?"

"아닙니다. 이번에는 군마보다 병선(兵船)이 많이 필요합니다. 왜군은 수전에 능한 놈들이라 바다를 이용해서 이동하며 기습을 하는데 어디에서 불쑥 나타날지 알 수 없지요. 바다로 오는 적은 바다에서 막아야 하는 법입니다. 그래야 우리의 피해를 줄일 수 있고 백성들의 희생을 막을 수 있는 것이지요."

"병선이라."

"수군은 성격이 다른 군종입니다. 병선을 건조하는데 상당한 시일이 걸리고 막대한 국고가 지출되어야 하며 수군의 조련은 수전에 능한 장수가 맡아야 합니다."

"음."

"하지만 수찬 어른께서도 아시다시피 지금 국고가 충분치 못하여 수군을 충분히 양성하지 못한 상태입니다. 왜군이 제집 안마당처럼 바다를 누비는 것은 우리가 수군 양성에 소홀했기 때문입니다."

"하긴 왜군이 쳐들어오면 상륙시켜서 충분히 섬멸할 수 있다는 방왜육전론(防倭陸戰論)이 중종조부터 힘을 받고 있었으니 안타까운 일이지. 려말(麗末)까지만 해도 수군이 대단했었는데 다 어디로 가버렸는지 모르겠군."

정여립은 침통한 표정을 지으면서 수염을 쓰다듬었다. 송간은 잠시 침묵을 지키다가 다시 입을 열었다.

"죽기를 각오하고 싸우면 왜 승산이 없겠습니까? 반드시 적을 물리치고 돌아오겠습니다."

"장하네. 부윤께서 대동계에서 쓸 총과 화살을 비롯하여 병장기를 충분히 공급해주겠다고 했어. 군수(軍需)는 신경 쓰지 않아도 될 게야. 그리고 대동계원과 정병을 혼합편성하고 병법에 밝은 자를 골라 영장(領將)을 삼기로 했으니 부윤과 잘 상의해서 처리하게."

"알겠습니다."

오시(午時)까지 멀리 있는 대동무사들이 합류하였는데 지함두가 점고 하였을 때 3백 명이 약간 넘었다. 점심을 먹은 후 전주부윤 남언경과 정여립은 남문에 올랐다. 늠름하게 도열해 있는 장정들을 보니 벌써 왜군을 모두 섬멸한 것 같은 기분이 들었다. 남언경은 떨리는 목소리로 출전의 의미를 말하고 소속 군관을 시켜 군사를 통솔할 영장(領將)을 호명하도록 했다. 이미 대동계의 무사들과 관군이 회의를 거쳐 영장을 뽑아놓은 상태였기 때문에 군사들 앞에서 발표하는 절차였다. 한명씩 호명될 때마다 앞으로 나와 기립했다.

군사들의 편제는 오위진법에 따라 5명이 1개의 오를 구성하고, 5개의 오가 모여서 대를 이루며, 다시 5개의 대가 모여서 여를 만들고, 2개의 여가 모여서 통이 되며, 4개의 통은 위를 구성하고, 5개의 위가 모이면 군이 되는 식이었다. 전주부윤은 실전을 경험한 전직무관 송간과 대동계의 접장들의 실력을 인정해서 대정과 여수로 삼았다. 대정은 1개 대를 지휘하는 우두머리요, 여수는 1개 여를 지휘하는 지휘관이었다.

500여 명의 군사들은 사수, 팽배수, 창수, 총통수, 도수와 같은 보병이 대다수였고, 말을 탄 기병들은 궁기병과 창기병으로 나누었는데 북소리에 맞추어서 열을 지어 남문을 빠져나갔다. 남문 밖 저자거리에는 많은 부민들이 나와서 출전하는 군사들을 격려하고 적을 무찌르고 돌아오라며 주먹밥을 던져주는 사람도 있었다. 어떤 아낙은 차마 가까이 다가가지 못하고 멀리서 남편을 바라보며 조용히 눈물을 닦아냈다. 군사들은 잠시 식사를 하고 휴식하는 시간을 빼고는 남쪽으로 행진을 계속해서 사흘이 채 못 되어 낙안에 도착했다. 전주부윤 남언경의 임무는 낙안을 방어하는 것이었지만 송간의 생각은 달랐다. 왜군들이 정탐병을 보내서 낙안과 순천에 병력들이 집결해 있는 것을 모를 리 없으니 다른 곳을 공략할 것이 분명하다고 보았다. 낙안과 순천은 안전하겠지만 다른 곳의 백성들이 피를 흘리게 되므로 군사를 일으킨 이상 적들이 물러가기만을 기다릴 수 없었다. 그래서 송간은 전주부윤을 설득해서 전라좌수영과 정보를 공유하고 매복을 통해 적을 섬멸하기로 하였다.

전라좌수영은 순천, 광양, 낙안, 보성, 흥양에 5관(官)을 두었고 방답, 여도, 사도, 발포, 녹도에 5포(浦)를 두었다. 인근 경상우수영이 8관(官) 20포(浦)였으므로 전력이 절반도 되지 않았다. 이순신은 1580년(경진년. 선조13년)에 전라좌수영 발포에서 수군만호로 봉직하다 여러 직책을 거쳐 함경도로 임지를 옮겼고, 니탕개의 난이 벌어졌을 때 건원보에서 송간과 함께 근무한바 있었다. 그 당시 송간은 이순신의 휘하 군관으로 있으면서 수군의 중요성과 전법에 대해 들었던 것이다. 그는 이순신을 모시지 못하는 것이 안타까웠는데, 지금으로부터 몇 년 후 임진란이 발발하기 직전 전라좌수영으로 이순신이 승진하여 왔으니 하늘이 우리 민족을 버리지 않았음이다.

송간은 왜군이 분탕질을 했던 손죽도가 고흥반도 앞에 있고, 반도를 끼고 좁은 해협을 통과하면 낙안과 순천으로 바로 침입이 가능하고 반대편으로 돌면 수군진영이 잇는 녹도를 지나 보성으로 통한다는 점을 주목했다. 어느 곳이든 적의 출몰 가능성이 높았다. 그래서 고흥반도 수군의 포와 중복되지 않는 곳에 군사를 나누어 배치하고 매복을 하였다.

  이때 왜군은 물러갈 채비를 하고 있었다. 단순한 해적으로 위장한 왜군들은 조선의 방위 태세를 점검해보기 위해 멀리 있는 손죽도를 근거지로 삼아 분탕질을 했던 것이다. 송간이 군사를 배치하고 며칠이 지나도록 왜군은커녕 개미 새끼 한 마리도 보이지 않았다. 무사들이 슬슬 지쳐가고 있던 어느 날, 날이 밝아오기 시작하는 새벽을 틈타 두 척의 병선이 보성만으로 접근했다. 손죽도에 있던 무리들과 합류하기 위해 내려오던 왜군들이 돌아가는 길에 노략질을 해볼 속셈이었던 것이다. 왜군은 조선 수군이 주둔하고 있던 녹도포(浦)를 귀신같이 피해서 건너편으로 상륙했다. 그곳에는 송간과 육십령 도령이라 불리는 박문장, 그리고 황해도에서 온 무인 박익이 지키고 있었다. 두 척의 병선에서 내린 이십여 명의 왜군들은 주위를 살피며 인근 마을을 노리고 이리떼처럼 숨어들었다.

  "쏴라!"

  송간의 말에 따라 대동계 무사들과 정병들은 왜군들에게 화살과 승자총을 쏘았다. 갑자기 천지를 진동시키는 총소리가 요란하고 어디에선가 화살이 빗발치듯 날아들자 그 자리에서 왜군 절반이 쓰러졌다. 바다에 있던 왜군들이 알아듣지 못할 소리를 지르면서 빨리 돌아오라고 외쳤지만 거리가 너무 멀리 떨어져 있었기 때문에 퇴로가 막힌 왜군들이 빠져나가기에는 이미 늦었다. 간신히 목숨을 부지한 왜군들은 재빠르게 나무와 바위틈으로 몸을 숨기고 칼을 꺼내

든 채 도망칠 궁리를 하고 있었다. 이제 총과 화살은 소용이 없었다. 송간은 시퍼런 칼을 뽑아들고 소리쳤다.
"한 놈도 남기지 마라. 나를 따르라!"
삼십여 명의 무사들이 함성을 지르며 쏟아져나갔다. 이미 기를 꺾인 왜군들은 당황해서 숨어 있던 곳을 빠져나와 몇 놈은 산줄기를 타고 몇 놈은 바다를 향해 내달리기 시작했다. 송간은 말을 달려 순식간에 두 명의 목을 베었고, 박문장은 바다 쪽으로 도망치는 한 명을 베었으며, 박익은 제법 대항해오는 왜군 세 명과 접전을 벌였는데 현란한 칼솜씨로 한명씩 베어 죽였다. 나머지는 장창을 든 무사들에게 칼을 휘두르며 저항하다 처참하게 죽고 말았다. 바다에서 이 모습을 바라보던 왜군들은 혼비백산하여 배를 돌렸다. 녹도포에 주둔 중이던 조선 수군이 뒤를 쫓았지만 죽을힘을 다해서 내빼는 적선을 잡을 수가 없었다. 전투가 끝나고 적들의 수효를 세어보니 스물 두 명이었다. 송간은 전주부윤 남언경에게 전과를 보고했다. 부윤은 승전 소식을 듣고 뛸 듯이 기뻐하며 장계를 작성했다. 그리고 군사들에게 술과 고기를 내렸다. 대동계가 왜군을 맞아 싸우고 난 후 적들은 깨끗이 물러갔다.
전주에서 이 소식을 들은 정여립은 얼굴을 활짝 펴고 호방한 웃음을 쏟아냈다. 하루가 멀다 하고 전주와 낙안을 오가면서 전령 역할을 하던 지함두는 승전소식을 가져온 변숭복의 손을 꽉 잡았다.
"그동안 고생 많았습니다. 내 일생에 오늘처럼 기쁜 날은 처음입니다. 변공의 얼굴이 달리 보이는구려."

"하하하. 고생한 사람은 내가 아니라 자네 아닌가. 나야 전부터 준 족이라는 소리를 들었지만 지도사는 다리 사이에서 들리는 요령소 리가 어찌나 크던지 지리산 깊은 골까지 들렸다고 하더구먼."

변숭복은 지리산을 끼고 섬진강변을 따라 뜀박질하던 지함두를 떠올리면서 슬쩍 농으로 받아쳤다. 두 사람은 강경의 한 주막에서 우연히 만나 행로를 같이했던 관계로 누구보다 친밀한 사이가 되어 있었다. 비록 변숭복이 양반이기는 하나 지함두에게는 마음을 열어 놓고 대했던 것이다. 정여립은 변숭복이 건네준 송간의 서찰을 읽 어보고 연신 웃음을 날리면서 기쁨을 참지 못했다.

"역시 송간이란 말이야. 단 한명의 희생자도 없이 적을 쓸어버렸 다니 정말 대단하지 않은가? 실전을 경험해본 장수는 본능적으로 싸움의 기술을 터득하는 것이지. 적의 수급을 세 개나 취한 박익도 대단하고, 봉과 창에만 일가견이 있는 줄 알았던 박문장도 장수감 이야."

"그렇습니다. 세 명이 말을 달려 나가니 적들이 어쩔 줄 몰라 하 면서 꽁무니를 뺐다고 하더군요. 그리고 무사들도 마찬가지입니다. 하나같이 제 몸을 돌보지 않고 그동안 훈련한대로 적을 몰아세워 모 두 죽여버렸으니 말입니다. 이번에 아군의 수가 많았다고 하더라도 왜군은 지금까지 사람 죽이기를 밥 먹듯이 해온 놈들 아닙니까. 참 으로 칭찬할 만합니다."

"적재적소에 군사를 배치하여 수적 우세를 점하는 것도 장수의 지략이지, 암."

"그동안 진법 훈련을 해온 것이 적중했습니다."

변숭복 말이 끝나자 지함두가 질 수 없다는 듯 냉큼 받는다.

"이번에 무사들이 돌아오면 죽도에서 한판 걸게 놀아야겠습니다. 앞으로 우리 대동계의 명성은 온 나라를 진동시킬 것입니다."

"알았네. 크게 한번 놀아보세."

정여립은 만면에 웃음을 띠며 흔쾌히 대답했다.

사실 정여립이 이이에게 개인적으로 편지를 보낸 일은 있었지만 탄핵당할 만한 내용은 없었다. 그래서 정여립을 탄핵하는 서인들도 그 증거로써 편지를 내보이지 못했다.

편지 소동

율곡 이이는 뛰어난 정치가요, 학자였다. 동서 붕당이 점점 심해지고 정치 상황이 복잡해질 때 이이는 어느 편에도 치우치지 않고 국사를 원만하게 끌어가려고 노력했다. 이이의 태도는 동서 양측으로부터 비판을 받았는데 동인은 이이가 서인의 편을 들어준다고 생각했고, 서인은 동인이 이렇게 득세하게 된 원인으로 이이가 우유부단하게 일처리를 하기 때문이라고 여겼다. 평생 동안 붕당의 폐를 해결하고자 노력했지만 결국 이이도 말년에 가서는 서인으로 기울게 되었다. 이이의 친구 정철, 그리고 학문적 동지였던 성혼과 송익필은 모두 서인의 든든한 버팀목들이었다. 한때 이이는 불문에 몸을 담은 적이 있었다. 그가 16세 되던 해에 어머니 신사임당이 죽고 아버지가 계모 권씨를 들인 후에 금강산으로 들어가서 머리를 깎고 중이 되었던 것이다. 유학을 숭상하고 불교를 억압하던 사회 분위기 속에서 이이의 이러한 행적은 두고두고 유학자들에게 공격의 빌미를 제공했다. 이이는 관직에서 물러나 있을 때에는 황해도 해주와 경기도 파주를 중심으로 학문에 정진했다. 그가 낙향했을 때 황해도 해주 석담에 지은 은병정사(隱屛精舍)를 통해서 수많은 제자들을 길러냈고, 이이와 학문을 교류하기 원하는 사람들이 줄지어 찾아왔다.

정여립의 친구 이발은 호남의 제일 문벌이었고, 조헌은 이발의 친구였다. 세 사람은 나이가 비슷했으므로 친하게 지냈고 당시 성균관 유생들을 지도하던 조헌이 이이와 성혼의 문하에 들어 공부를 계속했으므로, 정여립 또한 조헌을 따라 이이와 성혼의 집에 출입하게 된 것은 자연스러웠다. 이는 다양한 학문을 받아들이고자 했던 학문적 갈망에서 비롯된 것이다. 여기서 예학의 대가인 송익필 그리고 문학적 재능이 탁월했던 정철과도 교류하게 되었는데, 이들은 모두 서인 계열이었다. 이이의 경우 처음에는 어느 당파에도 속하지 않았지만 후에 서인임을 자처했고 송익필은 서인의 정신적 지주요, 성혼은 관직에 나가지 않은 채 학문적 기틀을 다졌고, 정철은 관직에 진출하여 서인의 영수역할을 마다하지 않았다. 이들이 정여립을 어떻게 생각했을까. 이 때는 학맥으로 편을 가르던 시기였으므로 젊고 학문적 교양이 풍부한 신진관료 정여립과 같은 인물을 환영하며 당연히 서인이 될 것으로 생각했다.

우리는 동인이니 서인이니 하는 것은 도대체 어디서 왔는지 살펴볼 필요가 있다. 그 뿌리는 깊지만 본격적으로 동서 붕당이 시작된 것은 심의겸과 김효원의 대립이다. 이조전랑직을 두고 두 사람이 대립하면서 기호 지방을 중심으로 한 중앙의 기성 사림들은 심의겸을 중심으로 뭉쳤고, 영호남을 중심으로 한 지방의 신진 사림들은 김효원을 중심으로 뭉쳤다. 예나 지금이나 정치 권력 가까이에 있는 사람들은 온건하고 멀리 떨어져 있으면 급진적 성향을 띠기 마련이다. 당시 김효원의 집은 한양의 동쪽인 건천, 심의겸의 집은 서쪽인 정릉에 위치하고 있었다. 바로 여기서 동인이니 서인이니 하는 붕당이 시작되었던 것이다. 동인은 이황과 조식, 그리고 서경덕의 제자들이 많았고, 서인은 이이와 성혼의 제자들이 많았다.

남명 조식은 지리산 기슭에 살면서 중앙의 유학자들을 신랄하게 비판한 사람이었다. 그는 퇴계에게 보낸 글에서 당시의 정치 상황을 이렇게 한탄했다.

"요즘 학자들을 보면 손으로 물 뿌리고 빗자루를 쓸지도 못하면서 입으로는 천리를 말합니다. 헛된 이름이나 훔쳐서 남을 속이려 하고 있으니 걱정입니다."

한 마디로 조식은 이론에 파묻히는 것을 경계하고 학자의 실천을 중시한 사람이었다. 그래서 주자성리학 뿐만 아니라 병법까지도 연구했다. 그의 문하에는 문약(文弱)에 빠진 조선을 개혁하기 위한 젊은 학자들이 모여들었다. 임진란 때 의병을 이끌었던 곽재우도 그 중 한 사람이며 정여립도 조식의 영향을 받았기 때문에 틀에 박힌 사고방식에 얽매이지 않았다. 정여립이 병법과 천문학은 물론 잡술에까지 관심을 가졌던 것은 조식의 영향과 그의 타고난 천성 때문이었다. 그는 이발의 친구로서 동인 계열 사람들과도 두루 알고 지냈지만 조헌을 통해 서인인 이이, 성혼, 송익필, 정철과 교류하면서 학문의 완성도를 높이고 범위를 넓혔던 것이다.

하지만 정여립의 바람과는 달리 동인과 서인들은 자기들 학맥에 조금이라도 가까이 있으면 우리 편이라고 끌어들이기를 서슴지 않았다. 더욱 확실하게 붙잡아두는 방법은 천거다. 임금에게 인재라고 해서 천거하게 되면 그 사람은 천거한 쪽의 사람이 되는 것인데, 관직 생활을 하는 동안 그 은혜를 잊을 수 없게 됨은 물론이다. 특히 도리와 명분을 중시하는 사회에서 자기를 천거한 사람에게 등을 돌리는 것은 특별한 사정이 없는 한 생각하기 어려웠다. 그래서 이이를 중심으로 한 서인들은 정여립을 여러 차례 천거했다.

그런데 선조는 정여립을 쉽게 받아들이지 않았다. 그 이유는 강원감사 박민헌과 전주부윤을 지냈던 김첨경에 대한 인식의 차이 때문이었다. 선조는 정언 정여립에게 의견을 물었는데 뜻밖의 말을 했던 것이다. 박민헌에 대해서는,

"기생의 말만 믿고 처리했으니 종놈과 무엇이 다르겠습니까?"

라고 하였고 김첨경에 대해서는,

"우유부단하고 강단이 없어서 정사를 제대로 처리할지 모르겠습니다."

라고 말했다. 선조는 자신이 임명한 박민헌과 김첨경에 대하여 부

정적으로 말하는 정여립을 보고 화가 치밀었다. 정언이라는 직책은 임금에게 쓴 소리와 바른 소리를 하는 자리이지만 선조는 정여립이 자신을 타박한다고 생각했던 것이다.

"김첨경은 한때 너의 성주였는데 그렇게 헐뜯어도 되느냐?"

정여립을 나무랐다. 여기서 정여립이 굽히고 물러났으면 좋으련만 젊고 혈기 왕성했던지라 고개를 들고 임금을 바라보면서 뜻을 굽히지 않았다. 임금의 허락 없이 신하가 두 눈을 똑 바로 뜨고 용안을 바라본다는 것은 불경죄였다. 뜻이 어긋난 정여립은 사직했고 선조도 잡지 않았다. 선조는 정여립을 건방진 놈이라고 생각해서 그 뒤로 요긴한 인재이니 중히 쓰자는 말을 귀담아 듣지 않고 내치기만 했다. 그래도 세상은 정여립을 가만 두지 않고 동인이다 아니 서인이라고 하면서 자기편으로 끌어들이려고 힘을 겨루었다.

1581년(신사년. 선조14년)에 정여립을 이조전랑으로 천거했을 때 동인인 전임 이조좌랑 이경중이 반대한 것은 정여립이 서인의 지원을 받고 있다고 생각했기 때문이며, 1583년(계미년. 선조16년)에 이이가 해주에서 돌아와 임금을 뵙고 정여립을 천거했을 때에 선조가 받아들이지 않은 것은 과거의 감정 때문이었다. 이때만 해도 서인들은 정여립을 같은 서인으로 생각했고 천거를 통해 확실하게 붙잡아두려는 속셈이 있었다. 그런데 정여립의 생각은 달랐다. 자유분방한 그의 학문 세계와 고리타분한 주자성리학적 도덕, 의리, 명분은 어울리지 않았던 것이다. 정여립은 점차 이이와 발길을 끊고 서인들이 추구하는 정치사상과 자기 생각은 차이가 있어 함께하기 어렵다는 편지를 보냈다. 서인들은 정여립이 이이와 절교했다는 소리를 듣고 크게 분개하여 배신자, 은혜를 모르는 놈이라고 비판하기 시작했다. 그리고 정여립은 동인의 영수 이발과 친구이니 타도해야 할 동인의 한 사람으로 규정했던 것이다. 서인들은 이이와 정여립의 관계를 스승과 제자 사이로 보았다. 한 번은 지나치게 욕을 먹는 정여립을 보고 이발이 이렇게 물은 일이 있었다.

"대보, 자네가 스승인 율곡 선생을 배반했다는 소리가 파다한데 괜찮은가?"

"나에게 가르침을 주는 사람은 모두 스승이네. 유학에 정통한 학자, 소를 몰며 논밭을 가는 농부, 저잣거리에서 시비하는 시정잡배, 코 흘리는 세살박이, 말 달리며 국경을 지키는 무관, 지아비를 위해 새벽밥을 짓는 아낙, 이제 죽을 날을 받아놓고 오늘 내일 하고 있는 촌로가 모두 스승일세. 그런 점에서 율곡선생도 스승이라고 할 수 있지. 당연하지 않은가?"

"이 사람, 구렁이 담 넘어가듯이 하지 말고 자네에 대한 비판을 어떻게 모면할 것인지 생각을 말해보란 말이야."

"허허, 왜 대답할 수 없는 물음을 자꾸 던지는가? 자네도 나와 함께 율곡 선생은 물론 우계 성혼, 구봉 송익필, 송강 정철과 두루 교류했으니 자네는 누구의 제자일까? 대답할 수 없겠지. 나도 마찬가지네. 나는 서인의 학풍을 이끄는 선배들을 비롯해서 그들과 대립

되는 남명 조식 선생께도 배웠단 말일세. 어디 그것뿐인가. 화담 서 경덕은 물론 퇴계 이황 선생의 가르침도 가슴 깊이 새기고 있어."
"참 오지랖도 넓군."
"세상 사람들이 말하는 것에 일희일비 하면서 대응할 필요가 없다고 보네. 제 하고 싶은 대로 지껄이라고 하지."

정여립은 크게 개의치 않았는데 일은 복잡하게 꼬여가기 시작했다. 1584년(갑신년. 선조17년) 1월 16일 율곡 이이가 세상을 뜨고 서인들은 크게 위축되었다. 권력은 동인의 수중에 있었고 성혼은 산림에 파묻혀서 세상으로 나갈 생각을 하지 않았으며 송익필은 안정란의 송사 제기로 인해 노비로 떨어지느냐 마느냐 하는 기로에 서 있었다. 바로 이때 정여립은 또 한 번 인재로 천거되었다. 이번에는 동인계열이었다. 갑신년(1584. 선조17년) 11월 1일 영상 박순이 여러 명의 인재를 추천하는 명단에 정여립이 포함되어 있었다. 이발의 입김이 작용했을 것임은 두말할 나위도 없다. 동인과 서인 측에서 연이어 정여립을 추천하자 선조도 더 이상 내치지 못하고 홍문관 수찬으로 삼았는데 그때가 1585년(을유년. 선조18년) 4월 1일이다. 정여립이 홍문관 수찬으로 등용되자 서인들은 분개해서 상소를 올리기 시작했다. 한 달 후인 5월 1일 의주목사로 나가 있던 서익이 상소하기를,
"신이 삼가 들으니 정여립이 경연에서 이미 세상을 떠난 이이를 공격하고, 드디어 박순과 정철까지 공격하여 그들이 직책에 편안히 있지 못하고 물러가게 했다고 하는데 다른 사람이라면 그럴 수 있

어도 여립 만은 그럴 수가 없습니다. 그는 본래 이이의 문하생입니다. 삼찬(三竄)이 내쫓기고 이이가 부름을 받고 돌아왔을 때에 여립은 전주(全州)의 서사(書舍)에 있었습니다. 그때 어떤 선비가 찾아가 이이의 사람됨에 대하여 논하였는데 여립이 뜰에 있는 감을 가리키면서 공자는 푹 익은 감이고 율곡은 반쯤 익은 감이다. 반쯤 익은 것이 다 익게 되지 않겠는가. 율곡은 참으로 성인이라고 하였습니다."
라고 하면서 동인의 영수인 이발까지 싸잡아 비난했다.
"이발은 일찍이 이이를 스승으로 섬겼는데 논의가 일치하지 않게 되자 끝내 공격할 뜻을 가졌습니다. 그리고 조정의 정사를 멋대로 독단하면서 옳지 못한 인물을 끌어들여 조정에 환란을 조성하였으니, 이는 이발의 죄입니다."
또 서익은 이이가 병석에 누워 있을 때 친분이 있는 사람이 이이에게 보낸 여립의 편지를 언급하였는데, 거기에는 여립이 이이를 위로하면서 동인 유성룡을 큰 간인(奸人)으로 지목하고 비판하는 내용이 적혀 있었다고 아뢰었다. 이는 동인 내부의 분열을 노린 말이었다. 하지만 그 편지에 실제 그런 내용이 써져 있었는지는 확인할 길이 없었다. 본래 서익은 이이와 정철로부터 지우(志友)라고 불리어지며 친밀한 교류를 했던 사람이다. 정여립의 등용을 두고 이런 상소가 올라왔으니 동인 측에서 참고 있을 리 없었다. 6월 1일 사간 이양중과 헌납 정숙남, 그리고 정언 송언신과 김경창이 임금에게 차자를 올렸다.

"의주 목사 서익이 시사(時事)를 목도하고서 과감하게 상소하였으니 그 행적이 생각이 있으면 반드시 아뢴다는 뜻이 있는 듯하나 그 논한 바는 모두 사심에서 나오지 않은 것이 없습니다. 대개 서익은 이이, 정철과 더불어 교유가 가장 친밀하여 서로 어울리는 일이 잦았고 의논이 서로 같았던 것은 나라 사람이 다 알고 있는 것으로서 서로 추어주어 청현(淸顯)의 자리에 이르게 하였던 것입니다."

이들은 서익의 상소가 근거 없음을 지적했다.

"서익이 그들과 한 몸으로 여기기 때문에 자신이 먼 곳에 있으면서도 탄핵을 받았다는 소식을 듣고서 분노를 이기지 못하여 피를 뿌려 소장을 올린 것입니다. 그러나 그 자신이 은덕에 보답하는 처지로 본다면 잘한 일이라고 말할 수 있겠으나 신하로서 감히 할 수 없는 의리에 대해서는 어떻다 하겠습니까. 그가 지적한 정여립의 편지 속에 말이라고 한 것도 당초에 떠돌아다니는 소문에서 나온 것으로 실제로 증거 할만한 것이 없습니다."

이후에도 정여립이 이이에게 보냈다는 편지를 가지고 상소가 줄을 이었다. 헌납 김권, 대사간 최항과 이양중, 정언 김경창 등이 상소로 논쟁하였고 뜻이 받아들여지지 않으면 물러나기까지 했다. 정국은 정여립을 중심에 두고 팽팽하게 대립을 하는 모양새를 취하고 있었다. 사실 정여립이 이이에게 개인적으로 편지를 보낸 일은 있었지만 탄핵당할 만한 내용은 없었다. 그래서 정여립을 탄핵하는 서인들도 그 증거로써 편지를 내보이지 못했다. 다만 누가 봤다더라, 누구에게 들었다는 말로써 임금의 눈과 귀를 가리면서 동인의 추천을 받아 요직에 등용된 정여립에게 칼을 겨누었다. 만일 정여립을 본보기로 해서 탄핵하지 않는다면 당을 추스르는데 어려움이 발생할 가능성도 있었기 때문에 절대로 물러설 수 없는 한판 싸움으로 커지고 있었다. 이 모든 일의 배후에는 송익필이 있었다. 그는 이이가 죽음으로써 정치적 버팀목을 잃어버린 셈이었고, 동인들이 자신을 모사꾼으로 여기며 안정란의 소송을 통해 노비로 환천시키려 한다는 사실에 몸을 떨었다. 돌파구가 있어야 했다. 그에게 있어 정여립은 불리한 판도를 변화시킬 수 있는 최적의 먹잇감이었다.

정여립의 편지를 두고 의견이 분명하게 갈리자 6월 1일 선조는 정언에 전교하여 확인을 하기에 이르렀다.

"여립이 이이에게 서찰을 보낸 일은 분명한 것인가. 승지 중에 본 자가 있는가?"

정언들은 이렇게 답했다.

"여립이 서찰을 보낸 일에 대하여 항간에 떠도는 말이 있으나 신들 중에 직접 본 사람은 없습니다. 그리고 그 뒤에 이이에게 절교하는 서찰을 보냈다는 말을 들었으나 신들은 그것도 보지 못하였습니다."

매우 중립적인 입장이었다. 서인들이 말하는 것처럼 정여립이 이이에게 서찰을 보내서 이이를 위로하며 동인인 유성룡을 욕했다는 서찰도 못 보았고, 동인들이 주장하는 것처럼 이이에게 절교하는 서찰을 보냈다는 것도 보지 못했다는 말이다.

선조는 이 일을 어떻게 처리해야 할지 골치 아팠다. 상소가 올라오면 답을 주어야 하는데 아무도 편지를 본 사람은 없었고, 귀동냥 했다는 말로써 주장할 뿐이니 답답하기 이를 데 없었다. 그런데 정언들이 보지 못했다고 말한 날 이이의 조카인 생원 이경진이 직접 서찰을 보았다면서 정여립을 비난하는 상소를 올려왔다. 그 내용 가운데 정여립이 썼다는 이런 구절이 있다.

"현재 친밀한 벗 가운데 십분 믿을 수 있는 사람이 매우 적어 구구한 내가 존형(尊兄)에 대한 기대가 전에 비해 더욱 절실하니, 이 뜻 역시 애달프다고 하겠습니다."

존형(尊兄)이란 말은 같은 또래 사이에서 상대편을 높여 불러주는 말에 다름 아니다. 존형이란 말이 어떤 의미로 쓰이는지 보여주는 좋은 사례가 있다. 이이의 살아생전에 성혼은 스스로 관직을 버리고 물러남을 의리로 삼고 있으면서 홀연히 시국을 극렬히 논하는 것이 어떠한지를 편지로 송익필에게 물어본 일이 있었다. 그 때 송익필은 이렇게 답했다.

"존형(尊兄)이 성군이신 임금께서 알아주어 대우함을 받아 이미 조정에 등용되었고, 나아가지 않은 것으로 자처하지만 지금 이미 나아갔으니 시위(施爲)하는 바가 있어야 할 것이네. 불가함을 보고난 뒤에야 돌아오는 것이 가하오."

송익필은 이름 높은 사대부들과 교제할 때에도 나이대로 서열을 정하고 대우해서 이를 좋아하는 사람이 많았다. 송익필은 성혼보다 한 살이 많았다. 그럼에도 존형이란 말을 써준 것은 성혼을 높여 불러준 것이다.

그리고 정여립이 역모를 꾀했다는 고변이 있은 후에 정개청이 정여립에게 보낸 편지가 문제되었는데 거기에서도 존형이란 말이 나온다.

"전해 받은 도(道)가 고명(高明)하기로는 당대에 존형(尊兄) 뿐이오."

정개청은 나이로 보나 연륜으로 보나 정여립보다 한참 위인 사람이다. 그가 이런 편지를 보낸 것은 정여립을 높게 평가해서 자신과 같은 또래로 추켜 세워준 것이다. 이처럼 존형은 동년배끼리 혹은 윗사람이 아랫사람을 높여 불러줄 때 흔히 쓰이는 말이지 제자가 스승을 향해 부를 수 있는 호칭이 아니었다. 만약 정여립이 율곡 이이를 스승으로 섬겼다면 편지에서 벗을 운운하고 건방지게 존형이란 표현을 쓸 수가 없는 것이다. 그러므로 이경진이 보았다는 편지는 이이와 정여립이 사제지간임을 증명하기는커녕 학문적 동년배로 볼 수도 있다는 것을 나타낼 뿐이다. 물론 숙부인 이이를 감싸고 정여립을 비판하는 것은 인정상 충분히 있을 수 있는 일이지만 그가 보았다는 서찰은 어디에서도 발견되지 않았다. 뒤이어 주학 제독관으로 제수된 조헌이 장문의 상소를 올렸고, 성균관 진사 조광현과 이귀가 상소를 올렸다. 선조는 정여립이 불편해서 기용하지 않다가 동인의 기세에 눌려 어쩔 수 없이 홍문관 수찬을 제수한 입장이었고 정여립의 편지 문제로 시국이 시끄러워지자 잘 되었다는 듯이 이렇게 말했다.

"그렇다면 여립은 이랬다저랬다 하는 형편없는 인물이다. 여립은 오늘날의 형서(邢恕)다."

 형서는 중국 북송(北宋) 때 사람으로 화숙(和叔), 정자(程子)의 문하에서 배웠으나 뒤에 스승을 배반하였던 인물이다. 학자로서 가장 치욕적인 말 가운데 하나라고 할 수 있었다. 이런 상황에서 정여립이 무슨 일을 할 수 있겠는가. 그는 미련 없이 벼슬을 버리고 다시 낙향하고 말았다. 이번에도 선조는 잡지 않았다. 정여립이 벼슬길에서 물러나자 쾌재를 부른 사람은 송익필과 정철이었다. 배신자를 응징했다는 마음에 기분이 좋았지만 아직도 분이 풀린 것은 아니었다. 송익필은 안정란의 소송으로 자칫하면 노비로 신분이 떨어질 위기에 있었다. 그리고 정철은 어릴 때부터 드나들었던 화려한 궁궐의 모습, 그리고 꿀맛 같은 권력의 맛을 잊지 못했다. 그들에게는 동인을 몰아내고 권력을 잡아야 할 공동 목표가 있는 셈이었고 정여립을 몰아낸 것은 그 과정에 불과했다.

백성들은 이 같은 소리를 앉은 자리에서 귓속말로 조용히 소근거리곤 했다. 백성들은 더 망가질 것 없이 피폐해진 삶 속에서 새로운 탈출구를 꿈꾸고 있었다.

떠도는 참설(讖說)

　정여립이 물러간 후 조정은 그를 잊은 듯이 보였다. 촌구석에 틀어박혀 글이나 읽고 분한 마음을 술로 달래겠지 하는 생각을 갖고 있었다. 어떻게 하면 권력을 유지할까, 어떻게 하면 권력을 되찾을까 하는 궁리에 학문이 도구로 사용되고 젊은 인재가 나오면 서로 끌어들이기 위해 힘을 기울였다. 아마 정해왜변이 없었더라면 정여립은 대동계 무사들과 함께 평생을 말달리고 활 쏘면서 보냈을지도 모른다. 산림에 틀어박힌 선비가 글공부를 하고 무사들과 활 쏘는 것은 하등 이상할 이유가 없었으며, 대동계는 지방 수령들이 협조할 정도로 인정받는 자치 조직이었다.
　정해왜변은 정여립의 운명에 주사위를 던져 놓았다. 왜구가 사실상 스스로 물러날 때까지 조정은 제대로 대응하지 못했고 대동계가 나선 후에 왜구가 완전히 자취를 감추었으므로 백성들은 왜구를 물리친 것이 바로 대동계라고 생각했다. 어쩌면 이것은 무능한 조정에 대한 반감, 팔자걸음을 걸으면서 행세하는 양반 지배층을 향한 조롱인지도 몰랐다. 그들은 반상의 구별 없이 모인 대동계의 무사들이 일심으로 왜구를 향해 나아갔다는 것을 중요하게 생각했다. 실제 왜구를 물리쳤는지의 여부는 중요하지 않았다. 송간이 무찌른 왜구 20여 명은 시간이 흐름에 따라 2백 명으로 불어났고, 송간과 육십령 도령이 한번 말을 달리면 섬진강을 훌쩍 건너뛴다느니 하는 소문이 나돌기도 했다.

 전주 부윤 남언경과 송간이 왜적을 무찌르고 전주로 돌아오자 온 성이 들썩거렸다. 출전했던 무사들이 단 한명도 다치거나 죽지 않고 온전히 돌아왔고 적을 물리쳤다는 소리에 사람들은 모처럼 웃음을 띠면서 몰려나왔다. 장정들이 출발할 때처럼 남문 앞에 우뚝 섰을 때 사람들은 와 함성을 질렀다. 어떤 이는 꽹과리를 시끄럽게 두들겨서 핀잔을 들었다. 너나 할 것 없이 신이 나서 행사가 끝나면 도대체 왜놈들을 어떻게 물리쳤는지 무용담을 듣고 싶었다. 전주 부윤 남언경은 의관을 정제하고 올라가서 만면에 웃음을 가득 띠고 장정들을 치하했다.

 "모두 수고 많았다. 내 왜적을 맞아 출전할 때에는 심히 마음이 무겁더니 단 한 명의 희생도 없이 떠났던 자리에 다시 모여서 기쁘기 한량없다. 정병들과 무사들의 수고가 많았고 국난을 극복하기 위해 대동계 무사들을 소집해준 전 홍문관 수찬 정여립 공(公)에게 감사를 드린다. 무공을 공정하고 빠짐없이 조정에 보고하여 상을 받도록 할 터이니 아무 걱정 말라. 오늘 저녁에는 전주 부호들이 술과 음식을 내기로 했으니 마음껏 먹고 즐기라."

무사들은 손을 번쩍 치켜들고 소리를 지르고 박수를 쳤다. 남언경은 뒤돌아서 정여립의 손을 꽉 잡았다.

"정공은 학문하는 선비일 뿐만 아니라, 그 재주도 보통 사람들이 따라 미칠 수 없구려."

"아닙니다. 부윤께서 선정을 베풀고 계시니 두로 평안한 것 아니겠습니까."

인사를 마치고 부윤은 정병들을 이끌고 관아로 들어갔다. 대동계 무사들은 정여립 앞에 도열하고 송간이 무복을 갖춘 채 보고를 하였다.

"소장 송간 이하 대동계 무사들은 정해년 2월에 침입한 왜적을 무찌르고 무사히 돌아왔음을 아룁니다."

정여립은 눈물이 왈칵 쏟아질 것 같았다. 전쟁에서 아군의 희생 없이 어떻게 이길 수 있겠는가. 어느 정도 희생을 감수해야 한다고 생각했었는데 거짓말처럼 단 한 명의 희생자도 없이 늠름한 모습으로 돌아온 무사들이 너무 자랑스러웠다. 생각 같아서는 한 명씩 오래오래 껴안아주고 싶었.

"내 평생 오늘처럼 기쁜 날은 처음일세. 등과했을 때보다 더 감격스럽구먼."

"이 모든 것이 수찬 어른의 가르침 덕분입니다. 어른께서 우리를 가르치지 않았더라면 한낱 촌부로 살았을 겁니다."

"아닐세, 이번 승리는 무사들이 몸을 아끼지 않고 나서주고 자네가 잘 지휘했기 때문이야."

정여립은 송간의 손을 잡고 흔들었다. 뒤에 도열한 대동계의 접장들은 그 모습을 보면서 흐뭇한 미소를 짓는다. 지함두가 두툼한 군부(軍簿) 하나를 들고 정여립에게 바친다.

"이번에 출전한 무사들과 접장들이 단속한 관군의 명단입니다."

"수고했네. 여기에 적힌 무사들은 그 명예가 하늘에 닿을 것이다."

무사들은 먼 길을 걸어오느라 행색이 남루했다. 제대로 씻지도 못하고 의복을 갈아입지 못해서 잔치에 참여하려면 씻어야 했기 때문에 정여립의 해산 명령을 기다리고 있었다.

"후일에 혹시 이번과 같은 변고가 있게 되면 자네들은 몸을 아끼지 말고 나와야 할 것이며, 접장들은 무사들을 영솔하고 와서 도착하도록 하라. 알겠느냐?"

"예!"

정여립의 말이 끝나자 무사들은 남문 밖으로 우르르 몰려나갔다. 그리고 슬치에서 발원하여 좁은 목을 돌아 흘러내려오는 전주천에 몸을 씻기 시작했다. 송간은 말에게 물을 먹이라 일러두고 남문에서 객사 쪽으로 걸음을 옮겼다. 접장들은 따로 마련된 곳에서 저녁을 먹기로 하였기 때문이다. 조금 걸어갔을 때 동후의 목소리가 들렸다.

떠도는 참설(讖說)

"스승님!"

동후가 밝은 표정으로 인사를 한다. 그 뒤에는 아내 박씨와 수연, 그리고 철이 서 있었다. 오늘 개선한다는 소리를 듣고 태인에서 몇 십 리 길을 걸어온 모양이었다.

"여기까지 뭐 하러 왔소? 내일이면 집으로 갈 터인데."

"철이 하도 보채서 어쩔 수 없이 왔습니다."

박씨는 반가운 마음을 부러 감추어 막내 철에게 뒤집어씌우고 상기된 표정으로 남편을 바라본다.

"별고 없으시지요?"

"그렇소. 그동안 어머니는 편안히 계시오?"

"네, 어머니께서는 길이 멀어 함께 오지를 못하고 저희들을 대신 보냈습니다. 마침 동후를 만나서 걱정을 덜었지요."

철은 아버지의 굵직한 팔에 대롱대롱 매달려서 그네를 뛰고 송간은 허허 웃기만 할 뿐이다.

"수연이는 집에 있지 뭐하러 왔느냐?"

"제가 가자고 그랬습니다. 이럴 때나 전주부성 구경을 하지 언제 하겠습니까? 너무 야단치지 마세요. 전장에 나간 아버지를 얼마나 보고 싶은 마음이었는지 다리가 아프다는 동생을 업고 여기까지 왔습니다."

수연은 처녀티가 난다. 키도 적당하게 컸고 얼굴에는 복숭아처럼 뽀얗고 붉은 빛이 감돌았으며 엉덩이가 커지고 가슴이 볼록 나와서 입고 있는 치마저고리가 작아 보인다. 송간은 문득 애처로운 마음이 들어 부인더러 기왕 나온 김에 옷감을 끊어가라고 말해야겠다고 생각한다. 이제 동후에게 눈길을 다시 돌릴 차례다.

"네가 고생 많았구나. 너 아니었으면 가솔들이 전주까지 올 엄두도 내지 못했을 것이다."

"아닙니다. 오는 동안 스승님을 뵈올 생각에 힘든 줄 몰랐으며 너무 기뻤습니다."

동후의 말에 수연은 픽 웃음소리를 내며 고개를 돌린다. 난생 처음 전주성 구경을 하게 된 부푼 가슴으로 꽃이 피고 푸르게 물들어가는 들녘을 걸어오면서 동후와 도란도란 얘기했던 것이 떠올랐던 것이다. 처음에는 서먹하고 서로 내외를 하더니 채 십 리도 가지 못해 어릴 적 마음으로 돌아가서 이것저것 얘기를 하느라 언제 전주까지 왔는지 모를 정도였다. 아마 동후도 똑 같은 마음에 이런 소리를 했을 것이다. 송간은 가족들과 헤어져 접장들을 따라가고 박씨는 아이들을 데리고 저잣거리로 걸음을 돌렸다. 어머니께 드릴 비녀도 하나 사고 수연의 옷감을 끊어갈 생각이었다. 수연은 어머니 곁에서 장보는 법을 배우고 철은 동후의 손을 잡고 이것저것 구경을 하느라 정신이 없었다.

"동후야!"

사람들 사이로 나귀를 끌고 가던 희동이 동후를 발견하고 반갑게 불렀다.

"희동아, 여긴 웬 일이니?"

"오늘 군사가 돌아온다고 해서 태인현에서도 물건을 실어왔거든. 아버지가 이번에는 나더러 가보라고 하셔서 일꾼들을 데리고 왔다."

"지금 돌아가는 길이겠구나."

"빨리 가서 보고를 하고 정리해야지. 그런데 애는 철이잖아?"

희동이 촐랑대는 철을 보고 묻는다.

"응, 스승님을 뵈러 왔다."

동후는 고개를 돌려서 방물장수 앞에 쪼그리고 있는 수연을 가리켰다. 수연은 분명 이쪽을 보았을 텐데도 어머니 옆에 바짝 붙어 흥정하는 체하고 있었다. 순간 희동의 얼굴색이 바뀌더니 멋쩍은 표정으로 괜히 나귀 고삐를 잡아당겼다.

"그만 간다."

그리고 동후을 쏘아본 후에 다리를 건너가고 말았다. 난처해진 것은 동후다. 전주에서 친구를 만났으니 얼마나 반가운가. 그런데 분위기가 묘하게 변해서 희동은 마치 못 볼 것을 본 것처럼 뒤도 돌아보지 않고 가버렸다. 장보기를 마치고 동후가 태인으로 돌아온 것은 삼경이 다 되어서였다. 갈 때는 칭얼대지 않던 철이 툭하면 다리 아프다고 하는 바람에 동후와 수연이 번갈아가며 업어야 했다.

정해왜변이 끝나고 대동계에 관한 여러 가지 이야기들이 들려오기 시작했다. 대부분 왜적을 무찌른 활약상에 대한 것이었다. 지함두는 어디서 그런 소리를 듣고 오는지 신기할 정도로 귀가 밝았다.

"대동계 접장들이 모두 장수가 되었다오."

"그게 무슨 소리입니까?"

나이가 어린 박문장이 물었다.

"궁금하실 게요. 한번 들어보시구려. 이번 싸움에서 무공을 세운 송간은 삼국지에 나오는 관우와 비견될 만하고, 박익은 조자룡처럼 칼을 잘 써서 적장의 목을 열두 수급이나 취했다고 하며, 박문장은 장창을 휘둘러 적을 곶감 꿰듯이 꿰었는데 수하에 육십령 산적들이 회개하고 따랐다는 소리가 파다합니다."

"그런 허무맹랑한 소리가 다 있다니."

박익과 박문장은 껄껄 웃는다.

"어디 그뿐인 줄 아십니까? 이 지함두는 축지법을 써서 하루 만에 한양을 왕래한다고 합디다."

"그건 변숭복에 대한 말이겠지요."

"아무려면 어떻습니까? 축지법은 변공이 가져가고 난 앞으로 용한 도사로 소문이 날게요."

날마다 지함두는 장삼을 휘날리며 저잣거리를 쏘다니고 사람들을 만나면서 새로운 소문이 없는지 귀를 기울였다. 접장들도 그런 지함두를 보는 것이 재미있어서 나무라는 사람이 없었다. 정해왜변이 끝난 후부터 정여립은 죽도 선생이라고도 불리게 되었다. 죽도에서 무사들을 조련하고 있었기 때문이다. 그런데 정여립과 대동계에 호의적인 소문만 떠도는 것은 아니었다. 대동계가 사람들의 입방아에 오르내림에 따라 정여립을 질투하고 시기하는 사람들도 생겨났다.

고창 사람 오희길도 그 중 하나였는데 많이 배우지 못하고 재주가 없었지만 이리저리 다니면서 유명한 문사들을 만나 문답하는 것을 자랑으로 생각하는 사람이었다. 그는 정여립이 여러 경서에 능통하고 병법에도 밝다는 말을 듣고 찾아보고 싶어서 조바심이 났다. 오희길이 사는 고부의 군수는 유몽정이었는데 정여립과 친하게 지내는 사이였다. 오희길은 이 사실을 알고 유몽정을 찾아가서 소개를 받았다. 굳이 그렇게 하지 않아도 죽도서실을 찾아오면 만날 수 있었을 텐데 그것이 오희길의 사람 사귀는 방식이었다. 그는 죽도서실에 오면 나름대로 특별한 대우를 받을 것으로 생각했지만 챙겨주는 사람이 없었다. 서실을 찾는 사람이 많아 오희길은 눈에 띄지 않는 사람이었다. 어느 날 죽도서실에서 정여립이 강론할 때 오희길은 궁금한 것을 물어보았다. 남들이 미처 묻지 못하는 것을 문답함으로써 자신을 돋보이게 하고 싶은 마음이 있었다.

"선생님. 율곡 이이는 어떤 인물입니까?"

뜬금없는 소리에 사람들은 모두 오희길을 바라보았다.

"갑자기 그것이 왜 궁금한가?"

"선생님께서 율곡 선생과 친분이 있다는 소리를 들었기 때문에 궁금해서 여쭈어본 것입니다."

정여립의 얼굴이 어두워졌다. 조정에서도 율곡과의 관계 때문에 말이 많았고 결국 벼슬을 내놓고 낙향하였는데 죽도서실에서까지 질문을 받으니 마음이 편치 않았다. 정여립이 입을 다물고 대답하지 않자 오희길은 힘을 내서 한발 더 나아간다.

"스승과 제자 관계라면 이 자리에서 선생님이 가르치는 것은 곧 율곡 선생의 가르침 아니겠습니까?"

"자네, 그것을 알아다 어디다 쓰려고 그러는 것인가?"

"네?"

오희길은 정여립의 얼굴이 잔뜩 굳어져 있는 것을 보았다. 그는 정여립이 자신을 책망한다고 느꼈다.

"항간에는 선생님이 스승인 이이와 성혼을 배반하고 척을 진 이발 등과 사귄다고 소문이 파다합니다. 이이로 말할 것 같으면 오늘날 주자로 일컫는 사람인데 선생께서 스승을 배반했다는 소리는 감히 믿기지가 않습니다."

"허허."

정여립은 웃고 말았다. 그날 강론은 그렇게 끝났는데 오희길은 왠지 무시당한 기분이 들었다. 그가 서실을 빠져나와 유유히 흐르는 죽도의 강물을 바라보고 있을 때 김제 교생 최팽정이 다가왔다.

"여보시오, 오 형."

"오늘 제가 실수를 한 것입니까?"

"실수를 했지요. 그렇지 않아도 뜻이 다른 무리들이 선생님을 몰아내기 위해서 끊임없이 상소를 올렸고 지금도 그치지 않고 있소이다. 그것 때문에 낙향한 처지인데 오 형께서는 아픈 상처를 건드렸단 말입니다."

"최 형, 그럼 선생께서 이이를 배반하지 않았다는 말씀이외까?"

"배반하고 말고 할 것이 무에 있겠소? 애당초 우리 죽도 선생님은 이이, 성혼과 교류를 했으나 그 문하에 들어 수학한 일이 없습니다. 그래서 율곡 선생과 편지할 때는 항상 존형(尊兄)이라고 호칭했던 것이오."

"존형이라."

"그렇소. 서로 편지할 때는 존형(尊兄)으로 부르면서 깍듯이 예우를 해왔고 우리 선생도 율곡 선생을 존경하고 있는데 세상이 두 분의 사이를 갈라놓은 것이지요."

"저는 이해하지 못하겠습니다."

"세상 사람들의 말에는 사감(私感)이 끼어들게 마련입니다. 너무 괘념치 마시오."

하지만 오희길은 최팽정의 말을 그대로 받아들이기 어려웠으며 서실에서 있었던 일을 모욕적으로 생각했다.

"앞으로 죽도에는 올 일이 없을 것 같소이다."

그 길로 오희길은 서실을 떠나버렸다. 그리고 며칠 후 인편을 통해서 정여립에게 편지를 보내왔는데 그 내용이 자못 방자하고 따지는 투였다. 정여립은 편지를 읽고 난 후에 쓴웃음을 지었다.

"모두 내가 부덕한 탓이지."

오희길은 정여립으로부터 답장을 받지 못한 것을 두고 자신의 말에 꼼짝 못한다고 생각하여 만나는 사람마다 정여립에 대한 말을 하고 다니기 시작했다. 한편 정여립의 처가가 있는 금구의 김씨 처족 가운데 김극관과 극인 형제는 소쇄원의 문턱이 닳도록 드나들면서 죽도의 동향을 빠짐없이 알리고 있었다. 소쇄원을 거친 동향은 바로 송익필과 정철에게 보고 되었고 송익필의 머릿속에서 나온 은밀한 음모가 착착 진행되는 중이었다. 송익필의 동생 가운데 한필이 있다. 한필도 아버지 송사련의 역모 고변 덕분에 부족함 없이 글공부를 하여 문명(文名)이 높았다. 그래서 율곡 이이가 말하기를,

"성리(性理)의 학을 토론할 만한 사람은 송익필 형제뿐이다."

고 말할 정도였다. 이들 형제는 서얼 출신으로 일찌감치 관직에 나아가는 것을 포기한 채 명망 있는 학자들과 교류하며 제자를 양성하고 있었는데, 아버지 송사련의 고변이 거짓으로 밝혀지고 안정란이 소송을 통해서 자기들을 안씨 집안의 노비로 삼으려 한다는 위기에 직면해 있었다. 이제 집안이 망하느냐 마느냐의 기로에 서서 대책 마련에 부심하고 있는 처지였다. 그들은 안정란의 뒤에 동인이 있는 것으로 생각했다. 그래서 제자들은 소송의 부당함을 호소하였고 특히 조헌은 장문의 상소를 올려서 송익필 형제를 다시 환천시키는 것은 가혹한 처사다, 명망 있는 학자를 노비로 만드는 것은 도리에 어긋난다며 목에 피를 토할 정도로 소리를 높였다. 하지만 동인은 오랫동안 많은 궤계가 송익필의 머리에서 나온 것을 알고 있었으므

로 절호의 기회를 놓칠 리 없었다. 1586년(병술년. 선조19년) 봄에 안정란은 장예원에 소장을 접수했다. 이제 그 판결에 따라 송익필 형제는 안씨 집안의 노비로 전락하느냐 마느냐 하는 중대한 기로에 서게 되었다. 송익필은 최악의 경우 난국을 타개하기 위해서 동생 한필을 황해도로 자주 내려 보냈던 것이다.

"형님, 다녀왔습니다."

"수고 많았구나. 갔던 일은 잘 되었겠지?"

"네. 요즘 세상이 여립을 칭찬하므로 덩달아서 부추기고 소문을 내는 것은 어렵지 않았습니다."

"그래도 조심해야 한다. 놈들이 눈치를 챌 수도 있으니."

"걱정하지 마십시오."

송한필은 한양을 벗어날 때에는 영락없는 시골 유생의 차림을 하고 조 생원으로 행세하고 다녔다. 황해도를 비롯 전국을 떠돌면서 하는 일은 정여립과 대동계에 대한 소문을 내는 것이었다. 구월산 패엽사에서 변숭복과 의연이 들었던 정여립에 관한 소문의 진원지는 바로 조 생원으로 위장한 송한필이었다. 황해도는 율곡 이이가 많은 제자를 키워낸 곳이기 때문에 송한필이 활동하기에 영락없이 좋은 곳이었다. 곳곳에 아는 사람이 많아 소문은 순식간에 퍼지고 말을 옮길수록 눈덩이처럼 불어났다.

송익필은 머리가 비상한 사람이다. 오죽했으면 학자 서기(徐起)가 제자들에게 이렇게 말했을까.

"너희들이 제갈공명을 알고자 하느냐? 오직 구봉을 보면 될 것이다. 나는 제갈이 구봉과 같았으리라 여긴다."

이는 서인의 뒤에서 묘안을 내고 일을 꾸몄던 사람이 구봉 송익필이라는 것을 이야기해주는 것이다. 하지만 송익필도 자신의 일에 대해서는 어찌할 도리가 없었다. 한때 편지 문제를 가지고 동인과 치열하게 대립하여 정여립을 몰아내는데 성공했지만, 거꾸로 안정란의 소(訴) 때문에 동인의 공격을 받는 처지에 이르렀다. 겉으로는 안정란이 소를 제기하여 장예원의 판결을 구하는 것이었다. 그 속을 들여다보면 송익필 형제를 옭아 넣으려는 동인의 끈질긴 집념과 이를 방어하는 서인의 대결이었다. 결국 안정란이 이기고 송익필 형제와 그 가족을 모두 안씨 집안의 노비로 되돌리라는 판결이 나왔다. 천하의 송익필에게 뼈아픈 패배였다. 판결이 나오자마자 송씨 집안의 사람들은 짐을 싸서 재빠르게 몸을 숨겨버렸다. 송익필은 성혼과 정철의 비호를 받아 뒷방을 전전했고 동생 한필은 황해도와 전국을 떠돌아다니며 괴상한 소문을 퍼트렸다. 와신상담하던 이들이 정해왜변에서 대동계가 커다란 활동을 한 것을 들은 것도 숨어 지내던 때였다.

"이제 강도를 조금 높여야겠다."

"무슨 말씀이십니까?"

"이번에 대동계가 왜변을 진압하는데 공을 세웠지 않느냐. 갈수록 여립을 칭송하는 소리가 높아가고 있는 때에 그 놈이 다시 조정으로 복귀하기라도 하는 날에는 모든 계획이 물거품으로 돌아가게 된다.”

“그래서는 안 되지요.”

“정감록과 정씨 성인설을 더욱 퍼트리고 곧 나라가 뒤집어질 것이란 말을 세상 사람들이 믿도록 해야 한다. 아니 희망을 갖도록 해야 돼. 너는 해서 지방을 중심으로 활동하고 나는 송강을 통해서 조정을 움직일 수 있도록 분위기를 조성하마.”

형의 말을 듣고 송한필은 더욱 은밀하게 움직이면서 사람들의 귀를 솔깃하게 만드는 소문을 퍼트렸다. 그리고 송익필은 조헌을 움직여 정여립을 비판하는 상소를 올리도록 하고 역모에 대한 것까지도 집어넣도록 시켰다. 이제 안팎에서 정여립을 꼼짝할 수 없도록 만드는 몰이가 시작된 것이다. 해서 지방에서는 아이들이 이상한 동요를 부르고 다녔다.

“세월이 변했으니 목자는 망하고 전읍은 흥한다네.”

목자(木子)는 곧 조선의 이(李)씨 왕조를 말하는 것이고, 전읍(奠邑)은 정(鄭)씨를 뜻한다. 다시 말해서 이씨가 망하고 정씨가 흥한다는 참요(讖謠)였던 것이다. 이것은 민간에서 흘러 다니던 정감록(鄭鑑錄)을 바탕으로 한 것이지만 아이들이 노래로 부르게 된 것은 조 생원이 되어 은밀하게 움직인 송한필 때문이었다. 동요를 들은 식자(識者)들은 손사래를 치며 노래를 못하도록 막았다. 하지만 아이들은 하지 말라고 하면 더 하는 습성이 있다. 노래는 순식간에 해서 지방 전체로 퍼졌고 한양 지경에 사는 아이들까지 부르기 시작했다.

　수십 년 전 천안 땅에 길삼봉(吉三峯)이란 종이 살고 있었다. 그는 용맹이 뛰어나서 비슷한 처지의 천민들을 모아 화적질을 하였는데 관군이 잡으려 할 때마다 번번이 탈주하여 골머리를 앓았다. 길삼봉이란 이름이 온 나라에 퍼지게 된 것은 물론이다. 조 생원은 살았는지 죽었는지 불분명한 길삼봉을 정여립과 엮었다. 그래서 제법 규모가 큰 주막에 들어서면 사흘에 한 번쯤은 오가는 길손들이 길삼봉에 대하여 쑥덕거리는 소리를 들을 수 있을 정도였다.

　"길삼봉에게는 길삼산이란 동생이 있다네. 이들 형제가 지금도 신병(神兵)을 거느리고 지리산에 들어가기도 하고 계룡산으로 들어가기도 한다는구먼. 참 대단하지 않은가? 관군이 그렇게 쌍불을 켜고 잡으러 다녀도 잡히지 않으니 말이야."

　"어디 그것뿐인가. 앞으로 정팔룡(鄭八龍)이라는 신기롭고 용맹 있는 사람이 곧 임금이 될 것인데 머지않아 군사를 일으킬 것이래."

　"난리가 나긴 날 모양이지? 누군가는 호남으로 천기가 뻗어 있고 거기서 성인(聖人)이 일어나면 만백성을 건져 온 나라가 태평하게 될 것이라고 하더라만."

　백성들은 이 같은 소리를 앉은 자리에서 귓속말로 조용히 소근거리곤 했다. 백성들은 더 망가질 것 없이 피폐해진 삶 속에서 새로운 탈출구를 꿈꾸고 있었다. 누구든지 나와서 이 풍진세상을 뒤집어엎고 고통에 찬 삶을 바꾸어줄 수만 있다면 쌍수를 들고 환영할 일이었다. 한편 송익필은 정철을 은밀히 만나서 정여립의 정치사상이 매우 위험스러운 것임을 주지시키고 있었다.

"언젠가 여립이 이렇게 말했다고 하네. 사마광이 자치통감에다 위(魏)나라의 연호를 기입한 것은 참으로 직필인데, 주자는 그르다 했으니, 대현(大賢)의 소견을 후생이 감히 알바는 아니다. 하지만 천하는 공공한 물건인데 어찌 정해진 임자가 있겠는가. 요(堯)·순(舜)·우(禹)가 왕위를 서로 전했으니 요순은 성인이 아니란 말인가라고 말이야."

"그게 무슨 말씀입니까?"

"잘 생각해보게.

"여립이 사마광을 직필이라고 한 것은 한나라 땅을 누가 차지하느냐를 두고 싸웠던 위나라, 촉나라, 오나라 가운데 간신 조조의 위나라를 인정한 것 아닌가. 주자는 유비가 한의 후예이므로 촉나라를 정통으로 삼았지."

"그건 저도 알고 있습니다만."

"지금 역사학적 관점에서 볼 때 사마광과 주자 가운데 누가 정통일까?"

"그야 당연히 주자지요."

"그렇지, 주자는 공자의 정명사상에 바탕을 두고 있고 우리는 주자성리학을 받아들이지 않았나."

"사마광은 비록 조조의 아들 조비가 협박을 해서라도 황제를 물려

받았으므로 그 과정은 제쳐두고 현실적 관점에서 인정할 것은 인정해야 한다는 입장이지요."

"하지만 그게 어디 될 법이나 한 말인가? 왕조의 계승은 혈연과 신분에 바탕을 두어야지. 의리와 도덕, 그리고 명분이 없는 찬탈 왕조를 어떻게 인정할 수가 있느냐 이 말일세. 절대로 인정할 수 없는 것이지."

"이제 알 것 같습니다. 그러니까 정여립이 사마광의 시각을 인정해서 직필이라고 한 것이군요. 괘씸한…."

정철의 수염이 부르르 떨린다. 감히 주자를 무시하고 사마광을 직필이라고 하다니. 이것은 정통 성리학에 대한 도전이었다. 제 아무리 현실적 관점에서 바라본다고 하나 조선의 선비들로서는 쉽게 받아들이기 힘든 것이다.

"더욱 위험한 것은 천하공물론(天下公物論)일세. 엄연히 이 나라의 돌멩이 하나 풀 한 포기까지라도 주상 전하의 것이거늘, 어찌 정해진 임자가 있느냐는 말은 차마 입에 올리기도 겁나네. 여립이 역심(逆心)을 품고 있다는 증거일세."

"저는 여립이 차마 그럴 줄은 몰랐습니다."

"율곡 살아생전 우리를 만났을 때 여립이 했던 말을 곰곰이 생각해보게나. 그는 이미 화담과 남명에게 푹 빠져 있었어."

"그렇다면 왜 우리에게 왔을까요?"

"그거야 모르지. 우리가 호랑이 새끼를 키웠던 게야."

"음, 듣고 보니 여립은 단 한 번도 우리의 시각에 동조했던 적이 없는 것 같습니다."

"어디 그것뿐인 줄 아는가?"

"또 뭐가 있습니까?"

송익필은 정철이 흥미를 느끼는 것을 보고 신이 난다.

"여립이 이렇게 말했다네. 두 임금을 섬기지 않는다 함은 왕촉(王蠋)이 한 때 죽음에 이르러서 한 말이지 성현의 통론은 아니라고 말이야."

"이번에는 제가 말씀드리겠습니다. 여립의 말인즉슨 왕촉이 성현이 아니므로 그가 죽을 때 한 말을 가지고 충신은 두 임금을 섬기지 않는다는 당연한 진리를 공박한 것 아닙니까?"

"제대로 보았네. 왕촉이 비록 제나라의 일개 신하이지만 적장이 충의를 알아주고 회유했을 때에도 충신불사이군(忠臣不事二君)을 말하면서 스스로 죽은 것은 참으로 가상한 일이지. 그런데 여립은 왕촉의 죽음을 두고서 성현의 가르침이 아니므로 따를 필요 없다고 말하고 있는 셈이야. 역심(逆心)을 품지 않고서야 어떻게 이런 말을 입에 올릴 수 있겠나."

"그럼 정말로 여립이 역심을 품고 있다는 말씀입니까?"

"그 속을 내가 어떻게 알겠는가? 중요한 것은 품었느냐의 여부가 아니라 주자성리학에 도전하는 그런 망발을 하고서 온전할 수 없다는 것을 보여주어야 한단 말일세. 더구나 정여립을 싸고도는 세력이 동인이라면 더욱 손을 봐줄 필요가 있네."

구봉의 말에 정철은 고개를 끄덕이고 눈을 반짝이면서 다짐하듯이 말한다.

"앞으로는 더욱 치밀하게 계획을 세우고 행동해야겠습니다. 선불리 나서다가는 큰 코 다칠 수 있지요."

정여립이 이런 말은 한 것은 사실이다. 죽도서실에서 강론할 때 한 말이었는데 그는 정통 주자성리학적 관점으로만 역사를 바라보지 않고 다양한 관점으로 재해석하고자 했다. 사마광을 두고 한 말은 왕위 찬탈도 역사의 한 과정이므로 현실적으로 인정해야 한다는 것이다. 엄연한 역사적 사실을 두고서 도덕과 명분, 그리고 의리에 어긋난다고 해서 인정하지 않을 수 있을까. 공(功)은 공대로 과(過)는 과대로 인정하고 후세의 교훈으로 삼아야 한다는 입장이었다.

그리고 천하공물론은 유학자들이 꿈꾸는 이상향, 대동세상 속의 이야기로 새로운 말이 아니다. 예기(禮記)에서 말하기를 천하는 모든 사람의 것이고, 주인이 따로 있을 수 없다. 세상의 임금들이 태평성대라 일컬으며 닮고 싶어 하는 요(堯)·순(舜)·우(禹) 임금이 왕위를 세습하지 않고 능력 있는 사람에게 넘겨준 것은 이런 사상에 입각한 것이라는 뜻이었다.

왕촉의 충신불사이군은 성현의 가르침이 아니라 일개 신하에 불과한 왕촉이 죽음에 이르러 한 말이지 않느냐, 이 말의 의미는 다른 데 있었다. 즉 충신불사이군 사상이 마치 성현의 가르침처럼 여겨지고 신봉되어 군주의 능력에 관계없이 한 번 섬겼으면 죽기까지 섬겨야 한다는 성리학적 의리 관념에 일침을 가한 것이었다. 죽도 서실에서 정여립의 강론을 듣고 많은 사람들은 머리에 번개를 맞은 것처럼 빛이 파고 들어옴을 느꼈다. 특히 조유직과 신여성은 탄복하여 입을 다물 줄 몰랐다.

"선생님의 이 같은 의논은 실로 고금의 앞선 유학자들도 일찍이 말하지 못한 것이었습니다."

두 사람은 모두 남원 사람이다. 조유직은 지리산 너머 경상도에서 제자를 양성하고 있던 남명 조식의 문하에 들어 공부한 바 있었고, 신여성 또한 함양의 유의식에게 의술을 배웠기 때문에 유연한 사고방식을 가졌다. 의술이란 자기 것만 고집해서 될 일이 아니었다. 어디에서든지 앞선 의술이 있으면 배워야 하고 그것을 자기 것으로 만들어야 했다. 정여립의 강론은 새롭고 명쾌해서 그들의 막혔던 가슴을 뚫어주고 혼란한 머릿속을 헤집고 뇌수를 하나씩 쪼개는 듯한 충격을 받았던 것이다. 특히 정여립은 접장들에 대해서는 각별히 신경을 썼다.

"고서(古書)를 보면 조선의 역사는 찬란하기 이를 데 없는데 분열과 통일의 과정을 거치면서 국력이 쇠하게 되었다. 고구려만 생각하더라도 요동성과 만주벌판을 말달리지 않았는가. 북방에서 군관으로 봉직했던 송간은 아마 잘 알 것이네. 세종조에 이르러 간신히 4군 6진을 개척했지만 지금도 야인들의 침범이 멈추질 않고 있어. 야인이나 왜가 10만 대군을 이끌고 쳐들어오면 막아내기 힘들 것이다. 위에서는 당파 싸움으로 세월을 보내고 지방 수령들은 백성들을 수탈하며 유리걸식하는 사람들이 나날이 늘어나고 있는 실정을 보면 밤잠을 이루기 어려울 정도야."

"작년 정해년 왜변이 일어났을 때 왜적이 물러났기에 망정이지 대규모 병선을 이끌고 침범하면 방책 마련이 어렵다고 생각합니다. 고작 18척의 병선도 제압하지 못했으니까요."

송간의 말에 정여립은 책을 덮어놓고 접장들을 둘러본다.

"그래도 뜻있는 선비들이 조정에 상소를 하고 있으니 다행이다. 하루아침에 수군을 양성할 수 있는 것도 아니니 시간을 두고 봐야지. 우리는 발 딛고 있는 곳에서 대동계를 중심으로 방위 태세를 갖추어야 해. 유사시 관군에 호응하여 적을 물리칠 수 있는 능력이 필요하다는 말일세. 지금 관군만 믿고 있을 수는 없지."

"군역이 제대로 시행되고 있는 곳이 없을 정도입니다. 기피자도 많고 돈을 대서 대립(代立)하는 양민들이 많으니까요. 훈련과 병장기 보수는 고사하고 군사들이 각종 노역에 동원되고 있어 군역을 피하기 위해 노비를 자청하는 일도 있습니다."

송간의 말을 듣고 접장들은 침통한 표정을 짓는다. 지역은 달라도 형편이 비슷했기 때문이다. 이들이 죽도서실에 모인 것은 답답한 마음, 치밀어 오르는 분노, 어디로 가야 할지 종잡을 수 없는 방향성을 정립하기 위해서다. 모두 입을 다물고 정여립이 무슨 말을 하는지 귀를 기울인다.

"삼국이 망하고 그 왕조가 이어진 적 있었던가. 고려가 망하고 태조 이성계가 조선을 세웠다. 이 땅에서는 여러 왕조가 세워지고 사라지기를 반복해왔다. 지금 조선도 언젠가는 다른 왕조에 자리를 내주게 될 것이다. 그것이 천지의 조화요 섭리이기 때문이지. 인간사에서 영원한 것은 없다. 왕조가 바뀌고 변해도 항상 변함없는 것이 있다면 그것은 바로 백성이다. 비록 초근목피로 연명하는 백성이라 할지언정 그들이 바로 이 땅의 주인인 것이다. 주인이 자기 땅을 지키는 것은 당연하지 않은가. 우리가 보름날 여기에 모여서 무예를 수련하고 호연지기를 키우는 것은 이 나라의 주인이기 때문이야. 바로 자네들이 주인이란 말일세."

접장들은 무거운 책임감을 느꼈다. 지금까지 무예를 수련하는 것을 놀이나 재미쯤으로 생각했던 적도 있었다. 갑자기 부끄러운 마음이 들어 얼굴이 화끈거리고 이 땅의 주인이라는 말에 거부할 수 없는 책임감이 온몸을 짓눌러 오는 기분이 들었다. 그리고 가슴속 깊은 곳으로부터 뿌듯한 자부심이 솟아오르는 것이었다.

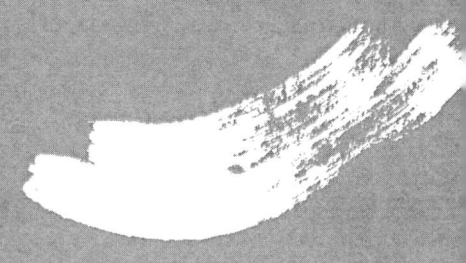

그들은 집안의 좌장격인 송익필이 시킨 대로 정여립에 대한 나쁜 소문을 퍼트리는데 여념이 없었다. 송익필은 정여립이 소문의 근원지를 밝히기 위해 행동에 나섰다는 것을 알고 사방으로 연통을 띄워 조용히 잠적하고 때를 기다리라고 알렸다.

소문의 근원지

1588년(무자년, 선조21년) 여름, 송간은 태인에서 이상한 소리를 들었다. 작년에 왜변이 끝나고 대동계에 대한 칭송과 과장된 무용담들은 사람들의 입에 오르내리다 이제 잠잠해지고 있었다. 다들 먹고 살기에 바빠서 누가 무엇을 하는지 관심을 쓸 수 없었던 것이다. 그런데 여름부터 새로운 소문이 퍼지고 있었는데 주로 정여립에 관한 소리였다. 정여립의 처가인 김씨 일족의 모임이 있어 송간이 참여한 일이 있었다. 송간은 김대립의 처조카로 술이나 한잔 얻어먹고 돌아올 요량이었는데 김대립이 송간을 불러 세웠다.

"자네, 왜적을 모두 베어버렸다지?"

벌써 얼큰해진 얼굴이었다. 송간은 허리를 굽혀 인사를 했다.

"대단하네. 내 자네를 다시 보게 되었구먼. 대보가 대동계를 만들어서 무뢰한들만 우글거리는 줄 알았는데 작년 왜변이 났을 때 큰일을 하게 될 줄이야."

송간은 김대립이 비아냥거린다고 생각하여 얼른 자리를 피하고 싶었다.

"제가 한 일이 있겠습니까? 모든 것이 아저씨께서 신경을 써주시고 도와주신 덕택이지요."

"앗하하, 그런가? 하지만 말일세. 한번 이름이 났다고 해서 너무 설치지는 말게. 대보와 적당한 거리를 두는 것이 좋을 것이야."

"그게 무슨 말씀이십니까?"

"내 자네를 생각해서 하는 말이네만, 여립은 이제 줄 떨어진 연 신세 아닌가. 조정에서는 아무도 돌봐주는 이가 없고 임금께서도 버렸으니 너무 가까이 하지 말란 소리야."

"알겠습니다."

김대립은 송간의 말을 듣고 흡족한 표정을 지었다. 그리고 술병을 들어 가득히 따라주면서 말을 잇는다.

"여립의 아들이 아마 옥남이지?"

"그렇습니다. 올해 열여섯입니다."

"음, 옥남의 눈동자가 두 개씩이란 말이 있던데 사실인가?"

"눈동자가 두 개인 사람이 어디 있겠습니까?"

송간은 어이없다는 듯 슬쩍 웃는다.

"그리고 두 어깨에는 사마귀가 일월(日月) 형상으로 박혀 있다고 하던데 자네는 못 보았는가?"

"도련님의 벗은 몸을 본 적도 없거니와 그런 소리는 처음 듣습니다."
"그래?"
 김대립은 눈을 가늘게 뜨면서 술을 마시는 송간의 얼굴을 뚫어지게 바라본다. 송간은 기분이 좋지 않았다. 정여립의 사돈댁 사람으로서 아들의 안부를 묻는 것은 당연하다고 할 수 있었지만 지나가는 말치고는 너무 이상해서 마음에 걸렸던 것이다. 말복이 지나도 더위는 물러갈 줄 몰랐다. 송간은 보름날 죽도서실에서 김대립으로부터 들었던 말을 할까 말까 망설이고 있었는데 황해도에서 돌아온 변숭복과 김세겸이 뜻밖의 말을 꺼냈다.
 "선생님. 이번에 저희들이 이상한 말을 들었습니다."
 "무엇이냐?"
 "해서 쪽 아이들이 동요를 부르는데, 세월이 변했으니 목자는 망하고 전읍은 흥한다는 내용입니다."
 순간 정여립의 표정이 어두워진다. 정감록에 대해서는 익히 알고 있었으니 동요의 내용이 무슨 뜻인지 짐작이 갔던 것이다. 변숭복은 그가 보고 들은 이야기를 계속한다.
 "뿐만 아니라 천기가 호남으로 뻗어 있어 성인이 나면 천지가 뒤집히고 태평세월이 올 것이란 소리가 민간에 퍼져 있습니다."
 "호남이라."
 "네, 어떤 이는 말하기를 성인은 곧 정수찬이라고 하더군요."
 변숭복이 말을 마치자 이번엔 김세겸이 나선다.

"이건 보통 일이 아닙니다. 도대체 어디서 이렇게 황당한 소리들이 흘러나오는지 모르겠습니다만, 천한 백성들은 수찬이 무슨 벼슬인지 알지 못하고 관심도 없습니다. 그런데 콕 찍어서 정수찬이 곧 성인이라고 하니 이건 좋은 징조가 아닌 것 같습니다."

접장들은 어리둥절한 표정이었다. 그동안 들어왔던 소리들은 주로 정해왜변과 관련된 무용담이었는데 이번에는 뜬금없는 소리였기 때문이다. 그제야 송간도 자신이 들은 이야기를 꺼냈다.

"저도 이번에 이상한 말을 들었습니다. 선생님께서도 김대립이라고 아실 겁니다. 일전에 저에게 옥남 도련님에 대한 이야기를 하더군요."

송간은 김대립에게 들었던 것을 빠짐없이 전했다. 예로부터 눈동자가 두 개인 사람은 제왕의 기운이 있다고 했다. 그리고 두 어깨에 일월의 형상이 있다는 소리는 천기를 타고났다는 말 아닌가. 이는 정여립의 아들 옥남이 제왕이 될 것이라는 소리와 같았다. 입에 올리기도 겁나는 말이어서 다들 숨죽이고 있는데 그때까지 잠잠하던 한경이 나섰다.

"이건 심상치 않은 일입니다. 필시 누군가 선생님을 모함하려고 의도적으로 흘리는 소문이 분명합니다."

"그렇습니다. 대책을 세우지 않으면 큰 화가 미칠 것입니다."

김세겸도 동조했다. 정여립은 어두운 표정으로 가타부타 말 없이 자리를 털고 일어났다. 그리고 죽도를 휘돌아 내리는 푸른 강물로

소문의 근원지 201

걸어 내려가더니 옷을 걷어 올리고 발을 담갔다. 접장들은 서로 얼굴을 마주보며 불길한 예감에 갑자기 한기가 몰려오는 것을 느꼈다.
이튿날 지함두와 의연이 충청도에서 돌아왔다. 그런데 무슨 보물이라도 발견해서 들고 온 것처럼 즐거운 얼굴이었다.

"선생님. 우리가 이번에 계룡산에 들렀다 왔는데 작은 암자에서 이런 시를 발견했습니다. 벌써 계룡산까지 소문이 퍼졌는지 글쎄 이 시를 선생님께서 직접 써서 붙였다고 하지 않겠습니까. 그래서 우리가 적어왔습니다."

그가 내민 종이에는 이런 시가 쓰여 있었다.

손이 되어 남쪽 땅 두루 다니다(客遊南國徧)
계룡산 다다르니 눈이 번쩍 뜨이네(鷄岳眼偏明).
산세는 뛰는 말 놀란 형세요(躍馬驚鞭勢)
형국은 산줄기 빙 돌아 주산을 마주보고 있네(回龍顧祖形).
빽빽이 아름다운 기운 쌓이고(蔥蔥佳氣積)
뭉게뭉게 상서로운 구름 피어오르네(鬱鬱瑞雲生)
무기 연간에 형통한 운이 열리기만 하면(戊己開亨運)
태평세월을 누리기 어찌 어렵겠는가(何難致太平).

글을 읽는 정여립의 표정은 잿빛으로 변하고 수염이 부르르 떨렸다. 무기(戊己)라 하면 올 해 무자년과 내년 기축년을 말하는 것이다.

태조 이성계가 계룡산 일대를 보고 회룡고조형이라고 해서 도읍지로 삼으려고 생각했을 만큼 계룡산은 영험한 산으로 이름 높았다. 그런데 계룡산의 작은 암자에 쓰지도 않은 글이 붙어있었다니 귀신이 곡할 노릇이었다. 그리고 무기년에 무슨 형통한 운이 열릴 것이란 말인가. 이는 누군가 정여립으로 행세하면서 요망한 글을 써 붙인 것이 틀림없었다.

"이 시를 내가 썼다고 말하는 사람이 있단 말이지?"

"선생님의 이름이 적혀 있기 때문에 본사에 있는 중들도 모두 그렇게 알고 있습니다."

"이건 음모일세."

"네?"

"그렇네. 최근에 도를 지나친 참설이 횡행하고 그 내용은 모두 나를 겨냥하고 있단 말이야. 의도적으로 퍼트리는 소문인데 철없는 백성들은 사실 여부에 관계없이 자기 편한 대로 믿겠지."

정여립의 말을 듣고 김세겸과 최팽정이 말을 주고받으면서 걱정을 토로했다.

"문제는 백성들이 아닙니다. 가뜩이나 선생님을 시기하는 사람들이 많은데 그들의 귀에 이런 소리가 들어가면 장차 어떻게 될지 생각만 해도 정신이 아득합니다."

"벌써 들어갔을 수도 있지요."

"아니면 누군가 선생님을 해치기 위하여 공작을 하고 있다 볼 수도 있겠군요."

"그들이 누굴까요?"

두 사람은 눈을 모아 정여립을 바라본다. 하지만 정여립은 입을 꽉 다문 채 아무 말이 없었다. 그렇게 한참 동안 침묵을 지킨 후에 방바닥에 내려놓은 종이를 가리키면서 말을 꺼냈다.

"이것은 나뿐만 아니라 대동계를 제거하기 위해 벌이는 술책이다. 아니 이 나라의 뜻있는 백성들을 겨냥한 것이라고 할 수 있겠군. 빨리 조치를 취하지 않으면 큰일 날 것이므로 이런 소문을 퍼트리는 자를 잡아서 요절을 내야겠다."

"저도 그렇게 생각합니다. 작년 말 인근 용담현에서 지진이 나 백성들의 불안이 큽니다. 천지가 개벽할 때가 되어서 그런가 보다 수군거리고 있습니다."

김세겸은 작년 12월 15일에 용담현 서남방으로부터 일어났던 지진을 떠올렸다. 그때 소리가 매우 커서 백성들은 혼비백산하여 어찌할 바를 몰랐고 용담현으로부터 그리 멀지 않은 죽도서실도 흔들렸었다.

"자네들이 가져온 소식들을 정리해보면 참설이 처음 나온 곳은 황해도 지방으로 추정되는군. 승복이 자네는 지금 황해도로 올라가서 박익을 만나 탐문을 하게. 필시 꼬리를 잡을 수 있을 거야. 그리고 지 도사는 의연 스님과 함께 충청도 지경을 다시 훑어보고, 경상도쪽은 조유직과 박문장, 지리산 남쪽은 천연 스님을 중심으로 도잠과 설청 스님이 살펴보며, 이곳 전주 지경은 송간, 한경, 최팽정이 돌아보게. 놈들은 한두 놈이 아니야. 반드시 잡아서 싹을 잘라 버려야 하네."

"알겠습니다."

접장들이 임무를 띠고 각지로 흩어졌다. 무자년 여름에 죽도서실이 심상치 않은 기운을 눈치 채고 바쁘게 움직이고 있을 때, 진안 수령으로 민인백이 부임해왔다. 그는 정여립보다 여덟 살 아래로 1584년(갑신년. 선조17년) 별시를 통해 등과하여 재능을 인정받고 전적에 발탁되어 사헌부 감찰로 있었다. 성혼의 문하에서 글공부를 하였기 때문에 자연스레 서인에 편입되었던 인물이다. 사헌부 감찰로 봉직할 당시 동인들은 정철이 민인백을 끌어들여 세를 불리는 것으로 생각하여 저 멀리 강원도 안협 현감으로 보내버렸던 일이 있었는데 어찌된 일인지 진안 수령으로 왔던 것이다. 민인백이 진안으로 내려오기 전 인사차 성혼을 방문했을 때 은거하고 있던 송익필을 만나게 되었다.

"이번에 진안 수령으로 가게 된 것을 축하하네."

"이 모든 것이 스승님과 구봉 선생님 덕분입니다."

"자네의 책임이 막중하다는 것을 명심하게."

"저도 알고 있습니다. 다른 것은 다 해도 목민관은 하지 말라는 소리가 있지 않습니까? 어떻게 백성들을 다스릴지 걱정이 앞섭니다."

"백성도 백성이지만 진안 관할에 죽도서실이 있을 걸세."

"정여립 말씀이군요."

"음, 자네는 정여립이 무슨 일을 하는지 민활하게 살펴서 특별한 사정이 있으면 즉시 우리에게 알려야 하네. 대동계를 만들어 왜적을 물리치는데 큰 공을 세웠지만 다른 꿍꿍이속이 있을 게야. 다행히 전라감사로 윤두수가 내려가 있으니 우리와 연락이 되지 않을 경우 감사와 의논하면 될 것이다."

민인백은 송익필의 말을 듣고 강원도에서 갑자기 왜 진안으로 발령 나는지 이해할 수 있었다. 그가 진안으로 부임한 후 가장 먼저 한 일은 대동계를 파악하는 일이었다. 아전들과 백성들 모두 대동계를 지원하고 있는 입장이어서 소식을 듣는 것은 문제가 없었다. 그는 은밀하게 심복을 보내 죽도서실의 동향을 날마다 파악하도록 지시하고 수집된 정보는 송익필에게 빠짐없이 전달했다.

한편 황해도로 간 변숭복은 박익을 만나 정여립의 말을 전하고 소문의 발원지가 어디인지 찾기 위해 동분서주했다. 하지만 소문은 이미 퍼질 대로 퍼져서 모르고 있는 이가 없을 정도였기 때문에 꼬리를 잡기가 쉽지 않았다. 그는 패엽사의 주지 의엄을 만나 가끔 절에 들른다는 처사에 대하여 물었는데 신통한 답을 들을 수 없었다.

"그 사람 여기 안 온 지가 꽤 되었소."

변숭복과 박익은 패엽사에서 하룻밤을 머물며 의엄에게 의연 스님의 안부를 전해주고 이튿날 다른 곳을 탐문했다. 며칠이나 지났을까. 안악 수군으로 있으면서 죽도서실을 다녀갔던 황언륜과 방의

신이란 젊은이가 찾아왔다.

"저의 모친이 구월산 정곡사라는 절에 다니면서 불공을 드리는데 이상한 사람을 만났다고 합니다."

"그 사람이 누구라고 하더냐?"

"처사 같기도 하고 도사 같기도 한데 자기 말로는 생원이라고 한답니다. 점괘를 봐주면서 이리저리 떠도는 사람이고 정 수찬 어른에 대해서 잘 알고 있는 것처럼 입에 침을 튀겨가며 칭송한다고 하더군요."

"그래?"

변숭복과 박익은 바로 자리에서 일어났다. 정곡사라면 멀지 않은 곳이었다. 구월산 상봉에서 흘러내린 물이 계곡을 따라 깊고 푸른 용연폭포를 만들고 그곳에서 한참을 내려오면 정곡사라는 절이 있었다. 용연폭포의 장관을 두고 훗날 허균(許筠)은 이렇게 읊었다.

"백 길이나 되는 저 깊은 소용돌이 저 속에 많은 신룡(神龍)이 도사리고 있지는 않을까."

정곡사 입구에서 오른쪽으로 조금 가면 삼형제폭포가 있었다. 마치 세 필의 비단 폭을 걸쳐놓은 것처럼 흘러내리는 물이 장관이었다. 하지만 두 사람은 주위 경관을 살필 겨를 없이 부지런히 정곡사를 향해 올라갔다. 황언륜의 모친이 만났다는 사람은 조 생원으로 행세하는 송한필이었다. 그에게는 항상 호위무사가 한 명 따라다니고 있었다. 안정란이 장예원에 제기한 소송으로 송한필 형제는 안씨 집안의 노비로 전락하고 말았다. 불편할 것 없이 살아왔던 오십 평생이 일장춘몽처럼 사라질 위기에서 도피를 선택하였고 정철과 윤두수, 조헌 등은 추노(推奴)를 피하고자 솜씨 좋은 무사를 한 명 붙여주었던 것이다. 그런데 안씨 집안에서는 추노에 큰 힘을 기울이지 않고 있었다. 그들은 명예 회복이 중요했던 것일 뿐 이미 학문으로 명성을 얻은 송익필과 한필을 잡아다 노비로 부려본들 분풀이에 불과할 따름이었다. 그럼에도 무사가 따라붙은 이유는 송익필의 지시로 은밀하게 공작하는 송한필의 안위가 염려되었기 때문이다.

  변숭복과 박익은 정곡사에서 생원을 발견할 수 없었다. 사람들이 묵었다는 방문을 열어젖혔을 때 작은 괴나리봇짐 두 개가 그대로 놓여 있어서 곧 돌아올 것을 알 수 있었다. 변숭복과 박익은 방이 바라보이는 건너편 창고에 몸을 숨기고 그들이 돌아오기를 기다렸다. 마침 그믐이라 해가 넘어가자 산사는 칠흑같이 어두워졌다. 삼경이 다 되었을 때 밖에서 두런거리는 소리가 들렸다. 변숭복과 박익이 문틈으로 밖을 내다보니 행자승이 나와서 두 명의 사내를 맞이하는 것이 보인다. 그들이 어서 방으로 들어가기를 기다리고 있는데 사내 한 명이 방으로 들어가는가 싶더니 봇짐을 들고 나와 쏜살같이 절 밖으로 내빼는 것이 아닌가. 낭패였다. 변숭복과 박익은 문을 박차고 나와 두 사람을 쫓기 시작했다.

  "저 놈 잡아라!"

  "이 놈들, 게 섯거라!"

조용했던 산사가 남자들의 고함소리와 달음박질 때문에 놀라 화들짝 깨어났다. 승방에서 조용히 독경하고 있던 스님 몇 명이 문을 열고 밖을 내다보았지만 이미 사나이들은 사라진 후였다. 변숭복과 박익은 어둠 속에서 눈을 두리번거리며 달렸다. 그런데 일주문 앞에 이르렀을 때 갑자기 바람을 가르는 날카로운 쇳소리가 나면서 칼이 날아들었다. 일주문 기둥에 몸을 숨기고 있던 무사가 칼을 휘둘렀던 것이다. 박익은 본능적으로 칼을 내밀어서 막았다. 순간 불꽃이 튀고 수염이 덥수룩한 무사의 얼굴이 잠깐 보였다가 사라진다. 두 사람은 어둠 속에서 쨍강쨍강 칼을 부딪치고 물러서기를 반복하면서 싸움을 계속한다. 그 동안 변숭복은 또 한 놈이 어디로 사라졌을까 주위를 둘러보았지만 산속으로 숨어버렸는지 알 길이 없었다. 잠시 후 호위무사는 박익의 앞에 무릎을 꿇었다. 어깨를 베였는지 피가 흘러내리고 있었다. 박익은 칼을 목에 대고 물었다.

"네 이놈. 도망친 놈은 누구냐?"

"어서 죽이시오."

순순히 말을 하지 않을 놈이었다. 변숭복은 자세를 낮추어 부싯돌을 탁탁 쳐서 무사의 얼굴을 살펴보았지만 처음 보는 얼굴이었다.

"누구의 지시로 저 놈을 호위하였느냐?"

"모르오. 그냥 돈을 받고 생원이라는 사람을 호위하였을 뿐입니다. 저 사람이 누구인지 모르고 알 필요도 없었소."

거짓말 같지는 않았다. 박익은 칼을 거두고 변숭복에게 말한다.

"이 놈은 전혀 모르고 있는 것 같습니다. 쥐새끼 같이 도망을 갔으니 그 놈은 더욱 몸을 숨길 테지요. 앞으로 찾기가 더 난망해졌습니다."

"음."

"절에 가서 불공이나 드리고 가거라."

박익은 무사의 칼을 빼앗고 절로 올려 보냈다. 꼬리를 잡을 것 같았던 소문의 발설자를 눈앞에서 놓쳐버린 것이 분했지만 캄캄한 밤중에 온 산을 뒤지고 다닐 수도 없었다. 황해도는 이이의 제자들이 많아 서인들의 입김이 센 곳이었다. 아무나 잡고 물어보아도 정여립에 대하여 모르는 사람이 없었고 듣기에 민망한 소리들만 해무처럼 자욱이 해서 지방을 뒤덮고 있었다.

지함두는 의연과 함께 충청도를 헤매면서 무슨 흔적이라도 찾기 위해 발이 부르트도록 다녔지만 소득이 없었다. 어디로 숨어버렸는지 소문이 흘러나온 근원지는 오리무중이었고, 그들의 눈에 뜨인 것은 헐벗고 굶주린 백성들이었다. 원래 지함두의 본명은 경함(景涵)이고 고향은 한양이다. 지함두는 의연과 나이가 엇비슷해서 자기의 본명을 알려주고 친구처럼 지내기로 하였다.

"여보게, 의연."

"왜 그러시는가?"

"난 말일세. 민간에 횡행하는 참설들을 곧이곧대로 믿고 싶은 심정이야. 예로부터 민심은 천심이라고 하지 않았는가? 어떤 놈이 불량한 소문을 퍼트렸는지는 몰라도 백성들의 마음이 동했으니 널리 퍼졌겠지."

"선생님께서 대동계를 이끌고 역모라도 꾀하란 말인가?"

"차라리 그랬으면 속이 시원하겠네. 자네도 보지 않았는가. 저 무지렁이 백성들은 그저 등 따시고 배부르면 바로 그것이 태평세월일 텐데 조정은 서로 머리를 쥐어뜯으며 당파 싸움에 여념이 없고 수령들은 그 틈을 타서 백성들의 고혈을 짜내고 있으니 한번 뒤집혔으면 좋겠네."

"허허, 이 사람이 이거 크게 경칠 소리를 하는군."

"왜, 자네의 마음은 그렇지 않은가?"

"나무관세음보살."

의연은 대답 대신 염불을 외웠다. 지함두가 이런 생각을 하게 된 데는 이유가 있었다. 그는 한양에서 나서 방방곡곡을 떠돌며 한때 도사 행세를 했던지라 사람들이 원하는 것을 정확히 알고 있었던 것이다. 무능한 임금, 그에 빌붙어서 일신의 영달만 노리는 조정 대신들. 그에게는 모두 갈아 치워야 할 대상이었다. 살아오면서 단 한 번도 이런 말을 내뱉어본 일이 없었는데 정여립을 만나고부터 그의 생각은 더욱 확고해졌다. 천하에 주인이 어디 있는가. 이 나라가 왜 임금의 나라인가. 요임금도 왕좌를 세습하지 않고 순임금에게 양도했다. 그런데 조선은 능력이 있건 없건 왕좌를 물려받아 대대손손 백성들을 치리하도록 되어 있으니 불공평해도 한참 불공평한 일이라고 느꼈다.

"난, 이 놈의 세상을 들어 엎어버릴 것이네."

지함두는 정여립이 쓴 편지를 가지고 지방 수령들과 유지들을 찾아다닌 일이 많았다. 워낙 말솜씨와 사람 대하는 기술이 좋았으며 임기응변에 능했기 때문이었다. 정여립이 쓴 편지는 대동계의 운영에 필요한 자금과 물품, 그리고 책과 지필묵을 협조해달라는 것이었다.

언젠가 전라감사 이광(李洸)이 순천 환선정(喚仙亭)에서 군사를 사열할 때에 지함두가 명함을 드리고 만나기를 청한 일이 있었다. 이광은 전혀 듣도 보도 못한 사람의 명함이라면서 던져버렸다. 그렇다고 물러설 지함두가 아니었다. 그는 누렇고 큰 갓을 쓰고 장삼을 입은 채 나귀를 타고 환선정 앞을 유유히 지나갔다. 군사를 사열하고 있는 마당에 웬 놈이 방해를 하는가 싶어 병졸들이 지함두를 잡아다 꿇어 앉혔다. 그 때 지함두는 정중히 정여립의 편지를 전했다. 이광은 지함두에 대해서 생각하기를 속세를 떠난 고매한 도사로 여기고 대접을 하였다. 융숭한 대접을 받고 물러날 때 지함두는 시 한 수를 지어서 올렸다.

해동의 궁벽한 데 살아(僻居海東)
경전을 겨우 통하였네(經傳纔通).
아아 어찌 알았으리요(那知今日)

오늘 감사 어른께 범할 줄을(犯我相公).

전라감사 이광은 시를 보고 크게 기뻐하면서 칭찬했다. 지함두는 또 장흥(長興)에 있는 문희개를 찾아가서 대접을 받고 물러날 때에는 벽에다 시를 써서 붙여놓았다.

궁할 때에는 콩죽 한 그릇도 광무제(光武帝)가 기억했거늘(窘中豆粥光猶記)
하물며 오늘 아침 술 한 병이랴(何況今朝酒一壺).

문희개의 대접을 결코 잊지 않겠다는 뜻이다. 나중에 시를 읽어본 선비 이승(李昇)이 문희개에게 고개를 갸웃거리면서 말했다.
"시의 뜻을 알 수 없는 것이 있소. 문 공은 어찌하여 떼어버리지 아니하였소?"
"지 공은 바로 정 수찬의 뜻을 받드는 문객인데다 참으로 귀하게 될 사람입니다. 그리고 글 또한 간결하면서도 아주 명문이오."
하면서 떼지 않았다. 그만큼 지함두는 글솜씨도 뛰어났던 것이다. 지함두는 정여립의 심부름을 다니면서 만난 사람의 이름, 본관, 나이, 거주지 등을 쓰고 그 은혜를 잊지 말자는 의미에서 불망록(不忘錄)이라고 이름 지었다. 그가 죽도서실에 돌아오면 불망록을 펼쳐 놓고 한사람씩 이름을 부르면서 어떠한 일이 있었는지 상세하게 보고했다. 지함두는 하도 많은 사람을 겪어보고 수령들의 행사가 어떠한지 훤히 알고 있었기 때문에 이 놈의 세상을 들어 엎는다고 말하는 것이었다.

경상도 쪽을 뒤지러 떠난 조유직과 박문장은 거창에서 수상한 사람을 발견했다. 마침 장날이어서 무슨 소리를 듣기 좋겠다 싶어 장바닥을 어슬렁거리다가 장국밥집에 들렀다. 국밥이 나오기 전 막걸리부터 한 사발 들이키는데 뒤쪽에 앉은 사람이 나지막이 속닥거리는 소리가 들렸다.

"글쎄, 전라도에 사는 죽도 선생이 정도령이라는구먼."

조유직은 귀가 번쩍 뜨였다. 그들은 식사를 하면서 동태를 살폈다. 삼십 대의 사내는 몇 마디 말을 더 하더니 장사를 해야겠다며 자리를 털고 일어났다. 그는 갓장수였는지 좌판으로 가서 앉고 갓에 쌓인 먼지를 툭툭 털었다. 조유직과 박문장은 멀찍이 떨어진 곳에서 그를 지켜보았는데 특별한 점이 보이지 않았다. 그도 누구 다른 사람에게 듣고 무심결에 한 말인지도 몰랐다. 그래도 확인을 해볼 생각에 파장 무렵 일찍 좌판을 걷고 지게를 지고 가는 남자의 뒤를 따랐다. 그는 장골목을 이리저리 한참 돌더니 객주(客主)로 들어간다. 안으로 들어가 볼까 생각했지만 장사치들끼리 셈하고 이야기하는데 끼어들기도 뭐해서 밖에서 기다렸다. 한참을 기다렸을 때 남자가 나왔다. 그는 어디 술추렴이라도 하러 가는 것처럼 휘적휘적 걸어간다. 그런데 주막으로 향하는 것이 아니라 장에서 멀찌감치 떨어진 초가집으로 들어가는 것이 아닌가. 토방 위에 짚신과 갓신 두 개가 놓여 있었다. 조유직은 박문장에게 눈짓을 하고 신발을 벗지도 않은 채 방문을 열고 들이닥쳤다.

"누구요?"

"시끄럽다, 이놈들! 꿈쩍하는 날에는 목이 달아날 것이니 허튼 수작 하지 마라."

조유직의 말에 박문장은 작은 칼을 슬쩍 뺐다가 집어넣는다.

"댁들이 누구기에 이러는 게요?"

사십 대의 남자가 벌벌 떨면서 물었다. 옷차림을 보아하니 양반으로 보이는데 상것 장사치와 수작하는 것이 수상했다.

"네 이놈. 바른대로 대거라. 넌 누구냐?"

"난 한양에 사는 김 생원이라 하오. 이곳저곳 유람하면서 요양을 하고 있소만 도대체 무슨 일 때문에 그러시오?"

중년 남자는 안정을 되찾고 있었다. 그는 송익필의 조카였는데 안씨 집안의 추노를 피해 몸을 숨기고 있는 중이었다. 짧은 시간 머리를 굴려보니 추노꾼은 아닌 듯해서 한숨을 돌리고 이 자들이 누구일까 생각해보았지만 알 수가 없었다.

"그럼 네 놈에게 묻겠다. 낮에 국밥집에서 말했던 정도령이란 말은 어디서 들었느냐?"

"소인은 모릅니다요. 그저 이곳저곳 떠돌아다니는 풍문을 들었을 뿐입죠."

"네 이놈!"

박문장이 벼락같이 손을 뻗어 사내의 가슴을 내질렀다. 사내는 벽에 부딪히고 앞으로 푹 쓰러지더니 가쁜 숨을 몰아쉬었다.

"허튼 수작하면 모두 관아에 넘겨버릴 것이다."

관아라는 말에 중년 남자의 낯빛이 바뀌더니 애걸하는 말투로 변했다.

"무슨 오해가 있는 것 같소. 보아하니 관에서 나온 분들은 아닌 것 같은데 선량한 백성을 무고해서 좋을 일이 뭐 있겠소? 이 자는 내가 주문한 갓에 대해서 물어보려고 온 것입니다. 그리고 정도령이라는 말은 아마 전라도 정도령에 대해서 하는 말인 것 같은데 여기 거창 사람들 아무나 잡고 물어보시오. 모르는 사람이 없을 것이니."

하도 능청스럽게 말하는 바람에 조유직의 기세가 꺾였다. 유언비어를 퍼트리고 있다는 죄목으로 관아로 끌고 가기도 어려웠다. 그렇게 되면 괜히 대동계에 대한 나쁜 소문을 확산시킬 우려가 있었다.

"음, 앞으로 다시 그런 소리를 지껄이고 다니다가는 쥐도 새도 모르게 목이 달아날 것이다. 알겠느냐?"

바닥에 웅크리고 있던 사내가 고개를 굽실거리면서 대답했다. 조유직은 박문장에게 눈짓을 하고 밖으로 나갔다. 중년 남자는 기다랗게 한숨을 내쉬면서 불청객들이 사라진 것을 살핀 후에 사내를 바라보고 얼굴을 찡그렸다.

"이 놈, 조심하지 않고서 뒤를 달고 다니느냐?"

"죄송합니다."

"자리를 옮겨야겠구나. 저 놈들은 대동계원이 분명하다."

거창에서 있었던 일은 곧 바로 송익필에게 전달되었다. 며칠 전에 송한필이 허겁지겁 달려와서 죽을 뻔 했다고 하더니 이번에는 거창이다. 송한필은 구월산 정곡사에서 숨어 있던 변승복과 박익에게 하마터면 잡힐 뻔 했었는데 날이 어두워 간신히 도망칠 수 있었다. 눈치 빠른 송한필은 행자승의 말을 듣고 방으로 들어가는 체 하다가 봇짐을 들고 줄행랑을 놓았던 것이다. 호위 무사가 뒤에서 막아주었기에 망정이지 혼자였으면 발 빠른 변승복에게 잡혀 어떻게 되었을지 몰랐다. 송익필의 가솔 70여 명은 전국으로 흩어져서 아는 사람의 집에 기거하기도 하고 모아놓은 재산을 털어 이리저리 유랑하고 있었다. 재산이 넉넉해서 어디를 가더라도 고생하지는 않았다. 그들은 집안의 좌장격인 송익필이 시킨 대로 정여립에 대한 나쁜 소문을 퍼트리는데 여념이 없었다. 송익필은 정여립이 소문의 근원지를 밝히기 위해 행동에 나섰다는 것을 알고 사방으로 연통을 띄워 조용히 잠적하고 때를 기다리라고 알렸다. 이렇게 하여 대동계 접장들이 이곳저곳 살피고 다녔지만 꼬리를 잡을 수 없게 되었고 하나둘씩 어깨를 늘어뜨린 채 죽도서실로 다시 모여들었다.

"왜 두려운가? 남에게 욕먹는 것을 두려워하면 일을 못하지. 누군가는 그 일을 해야 할 터인데 지금 서인 가운데 송강 만큼 경륜이 있고 확실하게 일처리를 할 사람이 누가 있겠나. 반드시 송강이 위관을 맡도록 하게."

무르익은 감

　1589년(기축년. 선조22년) 봄, 송익필은 소쇄원을 찾았다. 정철은 1585년(을유년. 선조18년)에 사간원의 언관들과 사헌부 관원들의 논척(論斥)을 받아 관직을 사직하고 창평 소쇄원에 주로 머물고 있었다. 그 유명한 사미인곡(思美人曲), 속미인곡(續美人曲)은 권력에서 밀려난 정철의 안타까움과 임금을 향한 충정을 닮고 있는 가사(歌辭)다.

　봄바람이 문득 불어 쌓인 눈을 헤쳐 내니
　창 밖에 심은 매화가 두세 가지 피었세라.
　가뜩이나 쌀쌀하고 담담한데 은은한 향기는 무슨 일고.
　황혼에 달이 따라와 베갯머리에 비치고
　느껴 우는 듯 반가워하는 듯하니, 님이신가 아닌가
　저 매화를 꺾어내어 님계신 곳에 보내고저.
　그러면 님이 너를 어떻다 여기실꼬.

송강 정철은 임으로 표현된 임금, 선조를 향한 애정을 아낌없이 표현했다. 이제나 저제나 임금이 불러줄 날만을 기다리면서 소쇄원의 꽃잎과 낙엽을 바라보길 여러 해. 하지만 임금은 정철을 불러주지 않았다. 기다리는 마음은 초조함으로 바뀌고 어릴 때 드나들었던 화려한 궁궐은 점점 멀어지는 것 같았다. 뛰어난 문학가적 자질을 가졌지만 정치에서 보여준 그의 행동은 이해하기 어려운 점이 많았다. 그는 유난히 술을 좋아해서 여러 차례 분란을 만들었고 지방관으로 재직할 때에는 가혹하게 일처리를 하여 원성을 사기도 했다. 하지만 선조는 그때마다 내직과 외직을 바꿔주면서 정철을 보호해 주었다. 그랬던 선조가 완전히 자신을 잊고 있는 것은 아닐까. 정철의 불안한 마음은 조헌의 상소를 통해서 우회적으로 표현되었다.

조헌은 지속적으로 상소를 올려서 이이와 성혼, 그리고 정철과 송익필의 학문이 바르고 억울한 처지에 있음을 주장했다. 조헌의 상소가 문제되자 1586년(병술년. 선조19년) 10월 22일에 대사간 정언지, 헌납 정광적, 정언 황찬이 사직을 청한 일이 있었고, 10월 27일에는 이조판서 이산해까지도 조헌의 배척을 받았다고 사직을 청하였으며, 10월 29일에는 응교 김홍민이 조헌의 비방을 받아 사직을 청했다. 이듬해인 1587년(정해년. 선조20년) 1월 19일에는 대사간 이발이 사직을 청하기에 이르렀다. 조정은 조헌의 상소로 인해 연일 시끄러웠고 그 배후에는 송익필이 있다는 소문이 파다했다. 결국 선조는 참다못해 1589년(기축년. 선조22년) 5월에 조헌을 함경도 길주 영동

역으로 정배(定配)시키라는 전교를 내리기에 이르렀다. 정배(定配)는 사족에게 해당하는 형벌로서 유배나 마찬가지로 기축옥사가 일어나기 불과 5개월 전의 일이다. 조헌은 형을 받은 후 반년 만에 유배에서 풀려나게 되는데 그때는 기축옥사가 일어나고 정철이 화려하게 정계로 복귀하는 시점이다.

 1589년(기축년. 선조22년) 봄은 송익필과 정철의 위기감이 극에 달하고 있던 시기였다. 송익필의 머리에서 나온 참설이 방방곡곡에 퍼지긴 했지만 정여립이 눈치를 챘고, 안씨 가문이 형식적이나마 추노꾼을 풀어 가족들을 추적하고 있었으며, 정철은 언제 정계에 복귀하게 될지 기약이 없었다.

 "구봉, 도대체 언제까지 기다려야 하는 것입니까?"

 정철이 소쇄원을 찾아온 구봉 송익필을 향해서 불만 섞인 목소리로 물었다.

 "조금만 참게. 이제 다 되었네."

 "여립을 옭아맬 방책이 있다고 하시더니 날이 갈수록 여립과 대동계에 대한 칭송 소리가 높아가고 있습니다. 이러다가는 우리가 되레 당하는 것은 아닐까 두렵기 짝이 없소."

 "아닐세, 이제 감이 거의 익었네."

 "감이 익다니요?"

 "덜 익은 감을 따서 먹으면 떫기만 할 뿐이지. 감이 익기를 기다렸다가 저절로 떨어지기를 기다려야 하지 않겠나."

"그 소리는 벌써 여러 차례 들었습니다. 저들이 움직이기를 기다리고 있으려니 답답하기 이를 데 없습니다."

"저들은 움직이지 않을 걸세."

"네? 저들이 움직이지 않으면 어떻게 여립을 잡을 수 있다는 말씀인지요."

"자네는 저잣거리에 떠도는 소문도 못 들었는가? 하긴 여기서 시나 짓고 술을 마시면서 풍류를 즐기고 있었으니 모를 수도 있겠군."

"그런 소문이 대숩니까? 한 가지 소문이 잦아들면 또 다른 소문이 일어나는 법이고 소문이 대세를 바꾸지는 못합니다."

"그건 두고 보면 알게 될 것이야. 자네는 그저 출사할 준비나 하고 있으면 되네."

정말 알 듯 모를 듯 이해하기 힘든 말이었다. 송익필은 도무지 무슨 영문인지 모르겠다는 정철을 앞에 두고 바람에 흩날리는 꽃잎을 바라보면서 중얼거린다.

"화무십일홍(花無十日紅)이지."

"구봉, 자세히 말씀해주십시오. 그래야 대책을 숙의할 것 아니겠습니까?"

송익필은 자리를 바짝 당겨 앉는다. 그리고 주위를 한 번 둘러보고 정철에게 빠르고 나지막이 속삭였다.

"곧 여립이 모반을 꾀하고 있다는 장계가 조정으로 올라갈 것일세. 그 때를 대비해서 자네는 출사할 준비를 하고 있다가 임금이 부르기 전에 독대를 하도록 하게. 자네가 위관(委官)을 맡아야 동인을 싹 쓸어버릴 수 있을 테니까."

"위관(委官)이요?"

"왜 두려운가? 남에게 욕먹는 것을 두려워하면 일을 못하지. 누군가는 그 일을 해야 할 터인데 지금 서인 가운데 송강 만큼 경륜이 있고 확실하게 일처리를 할 사람이 누가 있겠나. 반드시 송강이 위관을 맡도록 하게."

정철은 등줄기에 소름이 쫙 돋았다. 수사 책임자인 위관은 여기저기서 원망을 듣기에 좋은 자리다. 그래서 대부분의 사람들은 위관이 되기를 꺼려 했는데 지금 구봉 송익필은 자기에게 그 자리를 맡으라고 하는 것이었다. 송강은 설마 그런 일이 있을까 싶은 마음도 들었다. 제 아무리 천리를 내다보는 송익필이라 하더라도 역모가 일어날 것을 어찌 손금 보듯이 알 수 있으며, 벌써 서너 해나 초야에 묻혀 있는 자신에게 위관이란 중책이 맡겨질지 어떻게 알 수 있겠는가. 황당한 생각까지 들었다.

"그러면 역모 고변은 누가 하게 됩니까? 악역 중의 악역일 텐데요."

"그건 걱정할 필요가 없네. 우리가 하지 않아도 하는 놈들이 있을 테니까. 공(功)에 눈이 뒤집히면 행여 남에게 질세라 고변하는 법이거든."

송익필은 히죽 웃었다. 두 사람이 만난 후부터 정여립을 겨냥한 참설은 더욱 기승을 부리기 시작했다. 먼저 전주성을 중심으로 나돌기 시작한 동요가 문제였다. 철모르는 아이들은 어디에서 그런 노래를 배웠는지 삼삼오오 떼를 지어 다니며 불렀다.

뽕나무에서 말갈기가 나오면(桑生馬鬣)
그 집 주인이 왕이 된단다(家主爲王).

예로부터 민간의 감여가들 사이에서 성인이 난다는 하늘의 계시가 내려올 때는 뽕나무를 통해 내려온다는 속설이 있었다. 아는 사람들은 동요를 듣고 그저 허허 웃고 말았는데 봄이 지나 날씨가 점점 더워지고 있을 때 전주 남문 밖 정여립의 생가에 있는 뽕나무에서 말갈기가 하늘거리는 것을 보았다는 사람들이 생겨났다. 이 소식을 가장 먼저 접한 사람은 태인에 사는 송간이었다. 그는 한경을 불러 말을 타고 한달음에 달려갔다. 아니나 다를까 뒷마당에 심어져 있는 뽕나무 가지에서 말갈기가 바람에 휘날리고 있었다. 상서로운 나무라 하여 약에 쓰려고 인근 백성들이 가지 두 개를 베어갔지만 다행히 한 가지는 그대로 남아 있었다.
"송 권관, 이게 무슨 일이오?"
한경은 말에서 내려 제법 굵직한 나뭇가지에서 나온 말갈기를 살짝 잡아당겼다. 힘을 주어도 갈기는 뽑히지 않았다. 신기한 마음으로 유심히 살펴보았는데 말갈기는 정말 나무에서 나온 것처럼 껍질을 뚫고 바람에 하늘거리고 있었다.

"비키시오. 누군가 장난을 친 모양입니다."

송간은 칼을 뽑아들고 단칼에 나무를 베어버렸다. 그리고 말갈기가 나온 나뭇가지를 무명천에 싸서 둘둘 말아가지고 죽도서실로 달렸다. 그들이 죽도에 도착했을 때 정여립은 한가하게 낮잠을 자고 있었다.

"선생님!"

"무슨 일이기에 두 분의 얼굴이 사색이 되었소?"

서실 한쪽에서 합죽선을 부치면서 책을 읽고 있던 김세겸이 묻는다.

"선생님은 어디 계십니까?"

"지금 주무시고 계시니 이 쪽으로 잠시 오시지요."

송간은 김세겸에게 말갈기가 나온 뽕나무를 보여주었다. 이야기를 듣고 난 김세겸의 표정이 흑빛으로 변했다.

"이런 불측한 일이 있을 수 있나. 도대체 어떤 놈들이 이 짓거리를 했단 말입니까?"

"그것을 알면 내가 그 놈들 목을 따가지고 왔지 그냥 왔겠소?"

"허허, 이거 참 큰일이외다. 큰일."

한 식경쯤 지났을 때 정여립이 일어났다. 그는 한산 모시적삼과 사발잠방이를 시원하게 입고 갑자기 찾아온 송간과 한경을 맞이했다.

"강변에서 천렵이라도 하려고 찾아왔는가?"

"선생님. 지금 그런 말씀하실 때가 아닙니다. 큰일 났습니다."
"큰일이라니?"
"이것 좀 보십시오."
송간은 서실 방바닥에 잘라온 뽕나무를 펼쳐보였다. 흑색 말갈기가 뽕나무에서 가지처럼 솟아나 있어 보기에 흉측했다.
"이상한 동요가 전주성에 파다하더니 선생님의 생가 뒷마당에 있는 뽕나무에서 말갈기가 솟아났다는 소리를 들었습니다. 한 형과 함께 가서 잘라온 것인데 이거 보통일이 아닌 것 같습니다."
"으음."
"누군가 의도적으로 일을 벌인 것이 틀림없습니다. 사람들의 눈을 피해서 올봄 뽕나무에 한창 물이 오를 때 껍질을 살짝 벗기고 말갈기를 심어 놓은 것입니다."
"송 권관의 말이 맞습니다. 저도 자세하게 살펴보았는데 진물이 굳어 있는 이곳을 살펴보시면 칼자국을 발견할 수 있습니다."
김세겸은 손가락으로 뽕나무의 한 지점을 가리켰다. 정말 칼로 후빈 자국이 희미하게 보였다.
"도대체 누가 이런 짓을 했을까요?"
한경이 걱정스러운 눈빛으로 물었다.
"음, 아마 구봉 송익필이 한 짓일 게다."
"학식이 뛰어난 사람으로 추앙받고 제자들도 많은데 왜 이런 짓을…."

"구봉은 요즘 안정란과의 소송에서 져서 쫓기는 신세가 되지 않았느냐. 게다가 송강 정철도 낙향해서 암중모색 중이고. 그동안 조헌이 나서 끊임없이 상소를 올려 그들을 변호하였으나 이제 조헌도 유배를 당했으니 불안하겠지."

"그렇다면 우리도 무슨 대책을 세워야 하지 않겠습니까?"

"나더러 임금께 나아가 이건 잘못되었다고 발명(發明)하란 말이냐, 아니면 구봉을 찾아가서 따지란 말이냐? 구봉은 모습을 드러내지 않을 것이고 만난다 해도 딱 잡아뗄 것이다. 어쩌면 그들은 내가 움직이기를 바라고 있을 수도 있다. 섣불리 움직일 수는 없는 일이고 때가 되면 모든 사실을 밝혀서 오해를 풀 것이다. 모반을 꾀하지 않았고 정해년 왜변에서 대동계가 세운 공이 있으니 저들이 함부로 나서지는 못할 테지."

"듣고 보니 선생님 말씀이 옳습니다."

"자네들은 이 일에 대해서 입도 벙긋하지 말고 사람들이 동요하지 않도록 하게."

그리고 정여립은 뽕나무가지를 불살라 버렸다. 뽕나무 사건이 있은 후 며칠 지나지 않아 보름이 되어 대동계 회합이 있었다. 유생들이 천렵을 즐기는 계절인지라 시원한 계곡에는 불을 지피고 음식을 끓이는 연기가 여기저기 피어올랐다. 대동계원들은 무더위도 쫓을 겸 죽도서실로 모여들어 깊은 강물에 몸을 담그고 더위를 식혔다. 낮은 너무 더웠기 때문에 훈련을 중단하고 그늘에서 휴식을 취했다.

저녁 무렵 지리산에서 의연과 천연, 그리고 도잠 스님이 당도했다. 그런데 여느 때와 달리 의연은 보자기로 곱게 싼 나무 상자를 하나 들고 있었다. 저녁을 물리고 몇 명의 접장들이 서실에 둘러앉았다. 마당에는 모깃불이 하얀 연기를 내며 토닥토닥 타들어가고 있었다.

"소승들이 선생님께 드릴 물건을 하나 가져왔사온데."

"경위부터 말씀을 드려야지요."

의연이 말을 꺼냈을 때 천연이 가로막고 나섰다. 의연은 밀어놓았던 상자를 슬며시 거두어 들였다.

"의연과 저는 도잠이 주지로 있는 쌍계사에 며칠 머물고 있었는데 어느 날 아침에 보니 절방 마루에 서찰 한 통이 놓여 있었습니다. 뜯어보니 지리산 석굴에 가면 길한 물건이 있을 것이란 내용이더군요. 그래서 의연과 제가 당장 올라가서 편지에서 말한 석굴을 살펴보았는데 깊숙한 곳에 옥판이 하나 들어 있는 상자가 있었습니다. 그래서 소승들이 부랴부랴 가지고 올라왔습니다."

"그 옥판에 좋은 내용이라도 있는 모양이군."

"선생님께서 직접 보시지요."

그제야 의연은 상자를 정여립 앞으로 조심스럽게 내밀었다. 보자기를 풀고 상자의 뚜껑을 열었을 때 옥판이 하나 들어 있었다.

목자망전읍흥(木子亡奠邑興)

목자는 이씨를 말하는 것이요, 전읍은 정씨를 말하는 것이다. 이는 이씨조선이 망한 다음에 정씨가 나라를 세운다는 뜻이다. 도대체 누가 이런 글자를 새겨서 석굴에 넣어두었을까.

"짐작 가는 사람이 없는가?"

"네, 소승들도 올라오면서 여러모로 생각을 해보았지만 도무지 생각나는 사람이 없었습니다. 아마 우리가 대동계에 참여하는 것을 알고 해놓은 짓거리 같습니다."

"전주에서도 참요(讖謠)가 나돌고 좋지 못한 일이 있었네. 이번에는 지리산 석굴에서 나온 옥판이라."

정여립은 쓸개를 머금은 것처럼 인상을 찌푸렸다.

"그대들은 이 물건을 어디서 얻었는지 무슨 내용이 있었는지 일절 발설하지 말아야 한다."

목함은 모깃불 속으로 던져졌고 화려한 불꽃을 일렁이며 타들어 가다가 재로 변했다. 접장들은 자리를 떠서 방으로 돌아갔다. 지함두는 물가로 내려가 더위를 식히려는 의연과 천연의 뒤를 따라간다.

"의연, 정말 저 옥판이 석굴 속에 있었소?"

"아까 말씀드린 대로요. 행여 옥판을 찾지 못할까봐 우리 눈에 뜨이는 곳에 편지를 놔두고 간 것을 보면 죽도 선생을 추앙하는 어떤 미친놈의 장난이 분명합니다."

세 사람은 잠방이를 걷고 바위에 걸터앉아 물속에 발을 담근다. 올여름은 유난히 무덥고 가뭄이 심해서 물이 절반도 못되게 줄어 있었다. 그래도 산속의 여름밤은 더위를 식히기에 좋았다. 서늘해지는 기분에 발을 뺐다 넣었다 하면서 지함두가 말을 꺼냈다.

"아마 두 분도 아실 터인데 아주 오래 전에 말이오. 후삼국을 통일한 왕건은 도경참(古鏡讖)을 이용했고, 무신정권 때 경주 부근에서 일어났던 민란 세력은 고려왕조가 12대에 끝나고 다시 이씨가 발흥하리라(龍孫十二盡 更有十八子)는 참설을 퍼트린 적도 있었소. 어디 그 뿐일까. 태조 이성계도 지리산에서 얻었다는 비기를 이용했지요. 목자(木子)가 다시 삼한을 바로잡는다는 내용은 다 알고 계실 거요. 이제 감여가들 사이에서는 정감록이 은밀하게 이야기 되고 있는데 다음 왕조는 정씨가 세운다는 것이오. 이 밖에도 많은 참설들이 있지요. 선초에 조정에서 참위서(讖緯書)를 금지시키려 했지만 없어지지 않았소. 이씨왕조가 세 번이나 망할 운수를 맞는다는 삼절운수설(三絶運數說), 새 왕조는 계룡산에 도읍을 정한다는 계룡산천도설(鷄龍山遷都說), 그리고 정씨라는 진인이 출현한다는 진인출현설(眞人出現說)도 참설이라면 참설인데, 직접 죽도 선생을 모시고 보니 여러 가지 생각이 드는 것도 사실입니다."

"지금 무슨 말씀을 하시는 건지."

천연은 웬만한 사람의 허리쯤 되는 장딴지를 드러내 보이고 팔짱을 낀 채 지함두를 바라본다.

"말인즉슨 그렇단 말씀입니다. 두 분께서는 옥판을 들고 올라올 때 무슨 생각을 하였습니까?"

"…."

"옥판이 정말이기를 바라지는 않았는지요? 분명 그렇게 생각하셨을 겁니다."

두 사람의 말을 듣고 있던 의연이 자리에서 벌떡 일어선다.

"지 도사. 말씀이 너무 과합니다. 우리를 역도(逆徒)로 만들 속셈이시구려."

"허허, 앉으십시오. 나는 솔직한 마음을 한번 물어본 것뿐입니다. 아마 여기에 있는 사람들치고 세상에 떠도는 참설을 믿고 싶지 않은 사람이 얼마나 되겠소? 난 그대로 믿고 싶단 말이외다. 이 놈의 세상, 버러지 같은 세상, 무능력한 임금과 조정의 간신배들을 싹 몰아내고 새 나라를 세우고 싶소이다."

"정말 큰일 날 사람이로군."

의연은 못 들을 것을 들었다는 투로 물을 적셔서 귀를 씻는다. 하지만 천연은 허허 웃을 뿐이다. 지함두가 눈살을 찌푸릴 때 천연이 말을 받았다.

"그 마음 이해할 수 있소. 여기에 모인 사람들은 모두 새 나라를 꿈꾸기 때문에 모였다고 해도 과언이 아니오. 하지만 역성혁명(易姓革命)이라는 것은 생각처럼 쉬운 일이 아닙니다. 목숨을 걸어도 성공하기가 어려운 것이 바로 역성혁명이오. 그리고 여기에 모인 몇백 명의 무사들을 보고 바람이 들어 허황된 꿈을 꾼다면 그건 자살행위에 다름없습니다. 이 나라 조선이 그리 호락호락한 줄 아십니까? 2백년 종묘사직을 지켜온 나라이며 앞으로도 쉽게 무너지지 않을 것입니다."

"천연은 어찌 그리 잘 아십니까? 한 나라의 운명은 사람의 목숨과 같아서 병이 들면 앓고 앓다 보면 죽는 것이지요."

"틀렸소. 왕조가 바뀐다고 해서 변하는 것은 없습니다. 새로 왕좌를 차지한 세력이 백성들을 눈곱만치나 생각할 줄 아시오? 시늉은 하겠지. 흥."

"그럼 이 꼬락서니를 보고 그냥 살다 죽으란 말이외까?"

지함두의 목소리가 조금 커진다.

"누가 죽으라고 했소? 목숨을 아끼란 뜻입니다."

천연은 의연에게 눈짓을 하여 먼저 들어가겠다면서 자리를 떴다. 지함두는 홀로 앉아 커다란 돌멩이를 들어 물속으로 던졌다. 풍덩 소리가 천연의 귀를 때렸지만 그는 개의치 않고 방으로 들어갔다.

이튿날 새벽 송간은 정여립과 함께 강변에 있었다. 말을 타고 달리는 것은 정여립이 하루도 빼놓지 않고 하는 일이었다. 두 사람은 고삐를 움켜잡고 흙먼지를 일으키며 바람처럼 하류로 달려갔다. 말은 푸르르 바람소리를 내면서 발을 내딛기 무섭게 또 한발을 내딛어 몸이 공중에 떠 있는 것 같았다. 쏜살같이 근 오 리를 쉬지 않고 달려 야생화가 하얗게 피어 있는 언덕에서 멈추었다. 정여립은 말을 내려 말이 풀을 뜯도록 하고 소나무 아래서 땀을 닦았다. 저 멀리 말의 귀처럼 생긴 마이산이 두 개의 봉오리를 뾰족하게 내밀고 있는 것이 보인다.

"마이산에서 태조가 금척(金尺)을 받았다고 하지."

"혁명을 정당화시키려는 사람들이 만들어낸 이야기겠지요."

"난 날마다 저 마이산을 바라보면서 생각한다네. 혁명은 무엇인가 성현의 뜻은 무엇인가."

"그래서 답을 얻으셨습니까?"

"아니, 답은 없어. 태조가 조선을 창건할 당시 고려는 그 명을 다하고 있었지. 지금 조선도 그 같은 상황이라면 누군가 새로운 왕조를 창건할 거야. 그것은 막을 수 없는 시대의 흐름이니까."

"선생님께서는 참설을 믿으십니까?"

송간은 걱정스러운 눈빛으로 묻는다. 정여립은 그 모습을 바라보고 웃음을 지었다.

"믿지 않네. 누구도 미래를 정확하게 예측할 수는 없지. 그리고 조선이 문약(文弱)에 빠진 것은 사실이지만 아직은 그 명이 다하지 않았어. 신라는 천년왕조를 이었고, 고려도 5백 년에 가까운 왕조를 이어 내려왔는데 조선이 고작 2백 년 만에 명운이 다할 것이라고 생각하는 것은 잘못된 것이야. 무릇 한 나라는 창업하여 번성하다가 병들기도 하지만 새로운 개혁 세력이 나타나서 그 병을 고치고 번성하지. 물론 결국에는 망하겠지만."

"저도 선생님의 생각과 같습니다. 헌데 그 개혁 세력이라는 것이 때에 따라서는 공신과 역신으로 나뉘는 것 아니겠습니까?"

"그렇지."

"그럼 선생님께서는 개혁을 하고 싶으십니까?"

"마음과 같아서는 이 나라를 개혁하고 싶네. 하지만 힘이 없고 조정대신들은 서로 물고 뜯으며 이전투구를 벌이고 있으니 절대로 나를 용납하지 않겠지."

"안타까운 세월입니다."

"나는 그저 초야에 묻혀서 글을 읽고 자네들과 말달리는 것이 좋아. 제 아무리 뛰어난 사람이 혁명을 하고 개혁을 한다 하더라도 백성들의 생각이 바뀌지 않으면 소용이 없어. 하지만 백성들의 생각이 바뀌면 세상은 변하기 마련이야."

정여립은 한가롭게 풀을 뜯고 있던 말을 불렀다. 하지만 말은 아직도 배가 덜 찼다는 듯 고개를 좌우로 흔들더니 풀숲에 고개를 묻어버렸다.

"선생님, 이런 말씀드리면 어떻게 생각할지 모르겠습니다만."

"말하게."

"지 도사 말입니다. 요즘 접장들을 붙잡고 틈만 나면 이상한 소리를 합니다. 그렇지 않아도 참설 때문에 사람들이 술렁거리기도 하던데 걱정입니다. 선생님께서 지 도사를 불러 따끔하게 야단을 치던지 해서 버릇을 잡아주어야 할 것 같습니다."

"자네한테도 이상한 소리를 하던가?"

"아닙니다."

"그럼 됐네. 듣는 사람이 있으니 계속 하는 거겠지. 듣는 사람이 없으면 제 풀에 지쳐서 그만둘 게야."

"그래도."

"송간."

"네."

"송간, 자네는 어떠한가? 한 번도 지 도사와 같은 마음을 품어본 일이 없었나? 이 더러운 세상 판을 뒤집어엎고 새 판을 짜고 싶다는 그런 생각 말일세."

"저는…."

"누구나 그런 마음을 한 번씩은 갖게 되네. 아이가 자랄 때 열병을 앓고 사춘기를 지나듯이 말이야. 하지만 세월이 흐르게 되면 언제 그랬냐는 듯 제자리를 찾으니 너무 걱정 말게."

말을 마치고 정여립은 말에게 다가갔다.

"불러도 네가 오지 않으니 내가 왔느니라."

정여립은 말갈기를 쓰다듬어 주고 토닥거리면서 사람에게 하는 것처럼 중얼거린다. 그리고 훌쩍 올라타더니 송간을 바라보았다.

"가세."

두 사람은 왔던 길을 되짚어서 달려갔다. 귀를 쫑긋 내밀고 바라보던 마이산이 산 너머로 사라지고 천반산 죽도의 강물은 유장하게 흘러내리고 있었다.

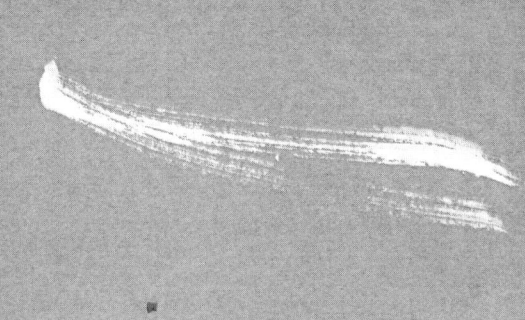

만약 자신을 속이면서 충을 이야기하는 사람이 있다면 그것은 충이 아니야. 거짓말에 불과해. 나는 임금을 모시면서 충(忠)을 할 수가 없었네. 왜냐. 내가 모신 임금은 내가 꿈꾸었던 그런 임금이 아니었으니까.

충(忠)이냐 불충(不忠)이냐

　백로(白露)가 되자 더위가 한 풀 꺾이고 아침저녁으로 바람이 제법 선선해진 느낌이었다. 백로를 기준으로 해서 그해의 풍흉을 점치기도 한다. 경상도와 전라도에서는 백로 전에 팬 벼는 잘 익고 그 후에 팬 것은 쭉정이가 된다고 생각했다. 적어도 백로가 될 때까지 벼가 패야 맑은 가을 햇볕을 듬뿍 받고 알갱이가 여물기 때문이다. 한창 여물어야 할 때 뒤늦게 벼가 패면 여물지 못하고 쭉정이가 되어 버리므로 농부들은 백로 때 논에 나가 벼를 살펴보고 풍흉을 가늠했던 것이다. 금년에 논에 나가본 농부들은 하나같이 혀를 차며 논두렁에 주저앉아 한숨을 쉬었다.
　1589년(기축년. 선조22) 여름은 유난히 덥고 가뭄이 심했다. 7월 3일 경상감사 김수는 도내에 한재(旱災)가 심하게 들어 명년에 흉년을 구제하는 정책을 어떻게 해야 할지 걱정이라는 서장을 올렸고, 7월 11일 사헌부는 이렇게 아뢰었다.

"전라·충청·경상 3도에 든 금년의 가뭄은 근고(近古)에 없었던 것으로, 여름이 다 가도록 비가 오지 아니하여 백곡(百穀)이 말라 적지천리(赤地千里)에 추수의 가망이 없어 백성들이 장차 굶어 죽게 되었으니, 보고 들음에 너무도 비참합니다."

하지만 조정에서는 특별한 대책이랄 것이 없었다. 어서 비가 내리기를 바랄 뿐이었는데 백로가 다 되어서야 비가 내렸으니 기축년 농사는 버려버린 셈이었다. 백성들은 쭉정이밖에 없는 벼를 수확해서 어떻게 먹고 살지 벌써부터 걱정이었고, 양반들은 소출이 줄어들 뿐 끼니걱정은 하지 않았기 때문에 여름에 천렵을 제대로 하지 못한 것이 아쉬운 눈치였다. 날이 아무리 가물어도 절기는 절기였다. 백로가 되면 여름농사를 다 짓고 추수할 때까지 하늘을 바라보며 잠시 일손을 쉬었다. 이 때 부녀자들이 친정으로 근친을 가는 경우가 많았다. 여자들은 벌써부터 흉년 걱정이 되어 친정에서 보리쌀 한 됫박이라도 가져오려는 마음이 가득해서 젖먹이를 데리고 아직 더위가 채 가시지 않은 길을 나서는 것이었다. 아내가 친정으로 가버리면 철없는 남편들은 신이 났다. 여름 동안 뙤약볕에서 초벌, 두벌, 세벌 김을 매느라 허리가 끊어질 듯 아팠던 것을 보상이라도 받으려는 듯 친구들과 함께 주막을 돌았다. 성내 주막이 성업을 이루는 때가 바로 백로 무렵인 것은 다 이유가 있었다.

"지 도사, 오늘 나하고 전주성에 들어가야겠네. 부윤께서 한번 보자는군."

정여립은 지함두를 불러 차비를 하라고 일렀다. 곧 지함두가 말 두 필을 끌어왔다. 두 사람은 말을 타고 죽도서실을 떠나 진안을 지나고 곰티재를 넘었다. 진안에서 전주로 넘어가려면 반드시 곰티재를 넘어야 했다. 곰티재는 말 두 필이 간신히 마주칠 정도로 좁은 길이고 깎아지른 절벽이 이어졌다. 진안 수령으로 부임하는 원님이 지나가는 길이라고 해서 원님길이라고 부르기도 하는 고개다. 진안을 떠나 전주에 도착했을 때는 벌써 점심 무렵이었다. 동문 밖 주막에서 간단하게 요기를 하고 성에 들어가 정여립은 곧장 부윤을 만나러 갔다. 용무를 마치고 나올 동안 지함두는 말을 맡겨두고 이리저리 성을 둘러보았다. 전주성은 언제 봐도 짜임새 있고 기품이 넘치는 곳이었다. 4대문이 높게 솟아서 동서남북으로 통하는 길을 열어주고 성문으로부터 이어진 나지막한 점포를 좌우에 두고 사람들이 부지런히 오가며 물건을 사고팔았다.

문득 지함두는 한양이 생각났다. 사화에 휩쓸려서 집안이 풍비박산 나는 바람에 세상을 떠도느라 온전한 가정을 꾸려본 일이 없었다. 한 번은 주모와 살림을 차렸는데 이놈 저놈에게 술시중 드는 꼴을 볼 수 없어 상을 뒤집어엎고 나와 버렸다. 그리고 언제였을까. 스물다섯쯤 되었을 때 남편을 잃고 홀로 사는 진사의 며느리와 정을 통한 일이 있었다. 당시 지함두는 붓이며 벼루 같은 문방구를 가지고 사족(士族)의 집을 들락거리거나 시골 훈장을 찾아다니고 있었는데, 우연히 진사의 집에 들렀다가 참한 과부를 보았던 것이다. 청상(靑孀)이 되어 홀로 한숨짓는 모습을 본 후부터 마음을 잡을 수가 없었다. 진사는 벼루에 관심이 많았다. 좋은 벼루에 먹을 갈아 글을 써보고 싶은 마음이야 문사들이라면 모두 가지고 있었지만 진사의 벼루에 대한 집착은 특별했다. 지함두는 이것을 이용해 진사의 집을 뻔질나게 들락거리기 시작했다. 어느 날 그는 장바닥에서 구입한 싸구려 벼루를 진사에게 내밀었다.

"진사님, 이 벼루는 중국에서도 아무나 쉽게 접할 수 없는 명품입니다. 단연·흡연·조연·징니연이란 벼루가 4대 명벼루인데, 이것은 그 중에서도 수많은 문인 학사들의 사랑을 받아온 단연이란 벼루입죠. 어떻습니까? 무거운 듯 가볍고 질감이 강하면서도 부드러우며 한번 눌러보면 어린아이의 피부같이 보들거립니다. 어디 그뿐일까요. 벼루면이 좋아서 입김으로도 먹을 갈 수 있을 정도이며 붓털을 손상시키지 않아 명품 중의 명품으로 인정받는 벼루올시다. 벌써 은은한 향이 방안에 가득하지 않습니까?"

"오호! 이렇게 진귀한 물건을 어디서 구했을꼬?"

"제가 아는 사람 가운데 역관이 있사온데 명나라에 사신으로 오가면서 두 개를 구해왔습니다. 하나를 저에게 팔아달라고 맡겼지요. 하지만 이런 명벼루는 아무나 취할 수 없기 때문에 판서 쯤 되어야 흥정이 가능할 겁니다."

진사는 손으로 벼루를 쓰다듬으면서 군침을 꿀꺽 삼킨다. 언감생심 꿈도 꾸지 못할 물건이었지만 가질 수 없으니 더욱 욕심이 나는 모양이었다.

"여보게, 이 벼루에 먹을 갈아 글씨를 써보면 한이 없겠구먼."

"안될 말씀입니다. 임자가 따로 있는 물건에 흠집이라도 나면 어쩌시려구요."

"알겠네, 알겠어."

진사는 아쉬운 표정을 지으며 아무쪼록 지함두에게 가끔 들러 좋은 물건을 구경이나 시켜달라고 부탁했다. 지함두는 벼루 대신에 붓을 선물하고 잠시 다녀올 곳이 있다면서 진사에게 짐을 맡겼다.

"진사님, 제가 잠깐 다녀올 테니 이 짐 좀 맡겨도 되겠습니까?"

"여부가 있겠나. 어서 다녀오게."

진사는 벼루와 함께 있고 싶은 마음뿐이었다. 지함두는 방을 나서며 히죽 웃음을 짓고 과부 며느리가 살고 있는 안채를 곁눈질했다. 오후 내내 지함두는 돌아오지 않았다. 진사는 곧 다른 사람의 소유가 되겠지만 잠시라도 자신의 방에 놓여 있는 단연 벼루가 자랑스럽기 그지없었다. 결국 그는 꾸러미를 풀어 벼루를 꺼냈다. 한번 보기만 하고 다시 넣어놓으려는 마음이었는데 꺼내놓고 보니 먹을 갈고 싶어졌다. 좋아하는 시구를 써서 벽에 붙여놓으면 두고두고 흐뭇할 것 같았다. 한번 마음이 동하자 거침이 없었다. 그는 벼루를 방바닥에 놓고 먹을 갈아서 글씨를 쓰기 시작했다. 온 정신을 집중하고 정성을 들여 쓰려니 평소와 달리 손끝이 떨리고 가쁜 숨을 참기 어려울 지경이었다. 그렇게 절반이나 썼을까. 갑자기 밖에서 지함두의 목소리가 들렸다.
"진사님. 소인 들어가도 되겠습니까?"
 미처 대답을 하기도 전에 지함두가 불쑥 들어왔다. 진사는 깜짝 놀라서 말을 못하고 몸이 얼음처럼 굳어버렸다.
"아니, 이게 무슨 짓입니까?"
"여보게, 진정하게나. 글자 몇 자 써보려고 했을 뿐 다른 생각은 없었네."
"이 귀한 벼루를 못 쓰게 만드시다니요. 그렇지 않아도 지금 벼루를 사겠다는 분이 있어 가지러 왔더니만 이런 낭패를 봤나. 어허 참. 이 벼루에 아무 먹이나 막 갈아대면 되는 줄 아시는 모양인데 그게 아닙니다. 보십시오. 벼루를 완전히 못 쓰게 되어버렸지 않습니까?"
 지함두는 방바닥에 주저앉아 금방이라도 울 것 같은 표정을 지으면서 따져 물었다. 진사는 뭐라고 대답할 말이 없었다. 사랑에서 소동이 일자 며느리는 문밖으로 와 무슨 일인지 살펴보았다. 지함두는 그대로 자리에 누워버린다.
"이거 물어내십시오. 선금까지 이미 받았는데 물건을 대지 못하면 저는 맞아 죽습니다. 진사님이 저를 살려낼 때까지 저는 이 집 밖으로 나갈 수도 없게 되었습니다."
 이때부터 며칠 동안 묵으면서 진사를 닦달했고 진사는 지함두를 상전 모시듯이 할 수밖에 없었다. 진사는 어떻게든 돈을 마련해본다고 바깥을 뻔질나게 드나들며 아는 사람을 찾아다녔다. 하지만 갚을 여력이 없는 가난한 진사에게 돈을 선뜻 빌려줄 사람은 나타나지 않았고 진사의 표정은 점점 어두워져갔다. 그러던 어느 날 집안이 비어 있는 틈을 타서 지함두는 과부를 불러 정을 통하고 말았다. 처음에 반항하던 과부도 지함두가 집요하게 요구하자 결국 몸을 허락하게 되었던 것인데 며칠 못가서 두 사람의 사이는 들통이 나고 지함두는 쫓겨나게 되었다. 집안의 법도대로 하자면 지함두를 멍석 말아서 몽둥이 찜질을 하고 나무에 메달아도 시원찮았다. 하지만 벼루 때문에 지함두가 집 안에 머물게 되었고 이런 일이 발생했으니 진사도 일말의 책임을 느꼈다. 그래서 지함두를 내쫓아버리고 벼루문제는 없던 일로 마무리 짓기로 했다. 세상 사람들의 입방아에 오르내리지 않는다면 긁어 부스럼을 만들 필요가 없다고 생각했던 것이다. 진사는 벼루 값을 물어주지 않고 지함두를 내쫓은 것을 오히려 다행스럽게 여겼고 며느리의 일은 짐짓 모른 체 하였다.

정여립이 전주부윤을 만나고 나왔을 때 지함두가 말을 대령했다.

"일은 잘 되셨습니까?"

"음, 올해 농사가 흉작 조짐을 보이기 때문에 전처럼 대동계를 지원하기는 어렵겠다고 하시네. 하긴 백성들 구황 걱정 때문에 벌써부터 잠도 제대로 못 이룰 게야."

"가뭄이 심하긴 했지요."

정여립은 말에 올라서 조금 가다가 지함두를 바라보며 물었다.

"백로가 언제였지?"

"어제가 백로였습니다."

"그러면 나온 김에 우리도 술이나 한잔 하고 갈까? 남자들 허리띠 풀어놓고 술 마신다는 백로 아닌가."

"어디로 모실까요?"

"자네가 아는 곳이 있겠는가. 나를 따라오게."

정여립은 지함두를 데리고 객사를 빙 돌아가서 수양버들이 머리를 풀어헤치고 있는 전주천으로 갔다. 그곳에는 크기가 고만고만한 기와집이 어깨를 맞대고 지어져 있었다. 기생들이 많이 모여 살고 있는 듯 골목에서부터 바람결에 실려 오는 분 냄새가 코를 자극했다. 정여립은 지함두를 보내 관기(官妓) 홍련의 집을 알아보라고 시켰다. 지함두는 많은 집 가운데 어떻게 찾을까 망설였지만 금방 알아낼 수 있었다. 마침 어느 집에서 퇴기(退妓)처럼 납독이 올라 얼굴이 푸르스름하고 주름이 자글자글한 여자가 분홍빛 치마를 입고 장옷도 걸치지 않은 채 나오는 것이 보였다. 지함두가 붙잡고 물었을 때 늙은 여자는 호호 웃어가면서 집을 알려주었다. 홍련의 집은 그리 멀지 않은 곳에 있었다. 지함두가 이리 오너라 기척을 했을 때 설거지물을 들고 나오던 찬모가 쫓아 나왔다.

"여기 홍련(紅蓮)이 있는가?"

찬모는 대답을 하고 고개를 돌려서 소리를 지른다. 찬모의 소리를 듣고 홍련이라 불린 기생이 나왔는데 얼굴이 갸름하지만 몸에 살집이 적당히 붙어 상당히 육감적으로 보인다. 정여립이 쑥 들어서자 홍련은 깜짝 놀라서 버선발로 내려섰다.

"아니, 어르신께서 이 누추한 곳까지 웬일로 오셨습니까? 소리를 하시면 제가 갈 터인데요."

"아닐세, 부윤도 아니 계신데 오라 가라 할 수 있겠나. 손님을 모시고 왔으니 술상이나 봐주게."

홍련은 누구 다른 손님이 또 오는가 싶어 문밖을 쳐다보았다. 지함두는 정여립이 자기를 두고 한 말인 줄 알고 얼굴이 화끈거렸다. 잠시 후 홍련은 손님이 바로 앞에 서 있는 지함두라는 것을 알았는지 약간 실망스러운 표정을 지었다. 상투를 튼 것으로 보아 중은 아닌 것 같은데 장삼을 걸쳤으며 귓불이 축 늘어져서 움직일 때마다 흔들렸다. 게다가 눈은 옆으로 가늘게 찢어졌다. 하지만 눈동자에 총기가 있어 보이고 키가 훤칠한 것이 남자답게 보이긴 했다. 홍련은 웃음을 흘리면서 방문을 열고 두 사람을 맞아 들였다. 잠시 후 바쁘게 술상을 차린다고 서두는 기색이 보이더니 찬모와 함께 방으로 들어왔다.

"갑자기 들이닥치셔서 차린 것이 변변치 못합니다."

"네 자리는 거기다. 오늘 그 손님을 잘 모셔야 할 것이다."

홍련은 그게 무슨 소리냐는 듯 서서 눈을 깜빡거리고 지함두는 정여립이 왜 이러는지 몰라 바늘방석에 앉은 것처럼 엉덩이를 들썩거린다.

"앉거라. 지붕이 무너지기라도 한다더냐?"

홍련은 지함두 옆에 앉는다. 순간 여자의 분 냄새가 훅 풍겨 와서 지함두는 숨이 막히는 것 같았다.

"무슨 바람이 불어서 제 집까지 찾아오셨습니까?"

"허허, 낙향한 선비가 기생을 찾을 일이 무에 있겠느냐. 저번에 전주부윤과 술자리를 할 때 너의 행동거지가 아름다워서 찾아온 것이다. 여기 이 손님으로 말할 것 같으면 삼천리 방방곡곡 안 다녀본 데가 없고 모르는 것이 없는 도사님이다. 외롭게 사는 너에게 많은 도움이 될 것인즉 오늘 잘 모셔야 하느니라."

정여립의 말을 듣고 홍련은 눈을 동그랗게 뜨면서 지함두를 바라본다. 그리고 보니 범상치 않은 인물처럼 보이고 아무렇게나 걸친 옷까지도 기품 있게 보이는 것 같았다.

"홍련이라고 하옵니다."

"음, 지함두라고 하네. 흔히들 지 도사라고 부르지."

눈치 빠르고 임기응변에 능한 지함두가 점잖은 목소리로 홍련의 인사를 받았다. 술잔이 오가고 거나하게 취기가 오를 즈음 정여립이 지함두를 보고 물었다.

"어떤가. 이만 하면 바람을 제대로 쏘이는 것이지?"

"그렇습니다. 저는 선생님께 이런 면이 있을 줄은 꿈에도 몰랐습니다."

"예끼 이사람. 나는 사내 아니란 말인가? 나를 너무 고결한 곳에

놓고 바라보지 말게. 자네나 나나 똑 같은 사람이며 여기 홍련이나 중전마마나 똑 같은 사람일세. 누구는 특별해서 하루에 열 끼 먹는 것도 아니지 않은가. 다른 것이 있다면 신분이 다른 것일 뿐인데 삼신할미가 점지를 어떻게 해주느냐에 따라 평생 호의호식할 팔자가 되기도 하고 손톱이 빠질 만큼 고생을 하기도 하는 것이야."
"선생님, 취기가 오르는 것 같습니다."
"암, 당연히 취해야지. 취하라고 마시는 술 아닌가. 홍련아, 그렇지 아니하냐?"
"네, 그렇사와요. 술은 많이 있으니 천천히 드세요."
이제 홍련은 정여립보다 지함두를 더 챙긴다. 술잔이 비면 고운 두 손으로 주전자를 잡고 채워준다. 그리고 젓가락으로 안주를 집어 입에 넣어주기까지 했다. 그 모습을 보고 정여립은 무엇이 그리 우스운지 뒤로 벌렁 나자빠질 정도로 웃었다. 지함두는 술을 먹어도 쉽게 취기가 오르지 않았다. 오히려 정신이 말똥말똥해지고 도대체 왜 여기에 와서 이런 대접을 받고 있는 것인지 궁금한 마음이 들었다.
"함두."
"네. 선생님."
"자네는 이 세상과 나를 어떻게 생각하는가?"
"갑자기 그게 무슨 말씀이십니까?"
"솔직하게 말해보게. 자네는 고생을 많이 하고 방방곡곡 많은 사람을 만나 보았으니 이 세상이 어떻게 꼬여 있는지 잘 알 것 아니겠

나. 때로는 빌어먹을 세상 확 뒤집어져 버렸으면 좋겠다는 생각도 했을 테고, 혁명을 꿈꾸는 사람을 만나서 논을 갈아엎듯이 갈아버렸으면 하는 생각을 했을 게야. 그렇지 아니한가?"

지함두는 말없이 술잔을 들었다.

"누구나 그런 생각을 한 번씩은 해보지. 잘못되었다고 생각하지는 않네."

"왜 저에게 그런 말씀을 하십니까?"

"난 지금까지 누구에게도 속에 있는 말을 털어놓은 적이 없네. 유학을 공부한 사람으로서 군자의 도를 지킨다는 것은 자신을 안으로 가둬놓는 것부터 시작하니까."

"그럼 선생님께서 오늘 저에게 털어놓으시지요. 제 생각은 선생님이 손바닥 보듯이 잘 알고 계실 테니까요."

"하하하. 이 사람 함두. 역시 자네는 빠르구먼. 상대가 무슨 말을 할지 정확하게 알고 있단 말이야."

"아닙니다. 저도 선생님의 생각을 듣고 싶습니다. 감히 여쭙지 못했는데 마침 이런 자리를 마련해주셨으니 저로서는 부담이 덜어지고 황공할 따름이지요."

홍련은 두 사람이 무슨 말을 하는지 큰 관심을 기울이지 않고 술잔이 비면 채워줄 뿐이다. 노비·백정·무당·기생·악공·광대·사당을 일컬어 천민이라 하였는데 기생은 양반의 풍류를 위한 도구에 불과했다. 관기(官妓)는 관청에 소속된 기녀로서 경국대전에 '관원은 기녀를 간(奸)할 수 없다'는 규정이 있을 정도로 그 관리가 사뭇 지엄했다. 그리고 관기는 공물이라고 여겼기 때문에 수령(守令)이나 막료(幕僚)의 수청기(守廳妓) 구실을 하였다. 감사가 부임할 때는 지역의 관기 수백 명이 나와서 노래를 부르고 춤을 추면서 맞이하는 것을 당연하게 생각할 정도였다. 일반 백성은 기생을 천하게 여기고 침을 뱉었지만 실제 기생의 술잔을 받는 것은 언감생심 꿈도 꿀 수 없는 일이었다. 또 기생은 말을 할 줄 아는 꽃이라 해서 해어화(解語花)로 부르기도 했는데 손님이 물었을 때나 대답을 해줄 뿐이요 앞서서 이러쿵저러쿵 하지 않았다. 그리고 좌석에서 들은 말은 마음에 담아두지 않고 옮기지 않는 것을 철칙으로 삼았다. 홍련의 관심은 두 사람의 대화 보다 옆에 앉은 지함두란 사내에게 있었다.

"난 말일세. 어쩌면 자네보다 더 이 세상을 바꾸고 싶은 사람일지도 모르네. 함두. 임금을 본 일이 있는가? 천하의 백성들이 모두 우러러보는 임금과 경연하고 국사를 의논했는데, 자네는 내가 임금을 어떻게 생각하고 있다고 보는가? 군자는 불사이군(不事二君)이요, 충(忠)을 마음에 품고 오로지 임금을 위해 죽음까지도 불사하는 그런 사대부로 보이겠지. 하하하."

말을 하다 말고 정여립은 갑자기 웃음을 터뜨렸고 지함두는 말없이 그것을 바라보았다.

"본래 충(忠)이란 자기 자신을 온전히 실현하는 것을 말하지. 조금의 가식이나 거짓도 없어야 한다는 말이네. 만약 자신을 속이면서 충을 이야기하는 사람이 있다면 그것은 충이 아니야. 거짓말에 불과해. 나는 임금을 모시면서 충(忠)을 할 수가 없었네. 왜냐. 내가 모신 임금은 내가 꿈꾸었던 그런 임금이 아니었으니까. 무릇 사나이는 자신을 알아주는 사람을 위해 목숨까지도 바친다고 하지 않던가. 그런데 지금 돌아가는 판국을 보게나. 조정 대신들은 서로 당을 지어서 자기편으로 끌어들이려고 혈안이 되어 있고 그 뜻을 따르지 않으면 가차 없이 적으로 돌려서 공격을 하네. 임금은 이것을 잘 조정해야 되는데 어떤 면에서 은근히 즐기고 있거든. 어디 그것뿐인가? 행여 신하가 인심을 얻을까봐 노심초사하며 불렀다 내치기를 밥 먹듯이 하고 있으니 모든 것이 불안정하고 점점 악화일로일세. 어떤 사람은 내가 임금을 노려보았느니 거침없이 말을 했느니 하면서 불충(不忠)을 저질렀다고 하는데 오히려 불충한 자들은 내가 아니라 그들이야. 그들은 자신을 속이면서 일신의 영달을 위해서 가장된 충(忠)을 내보이고 있으니까."

"그렇다면 선생님께서는 장차 어찌할 생각이십니까?"

"왜, 이 더러운 놈의 세상을 뒤집어엎기 위해서 역모라도 꾀하란 말인가?"

역모란 말에 홍련이 화들짝 놀란다. 하지만 지함두는 정여립의 눈을 바로 보면서 응당 그래야 하지 않겠냐는 눈빛으로 다음 말을 기다렸다.

"어림도 없네. 자네는 죽도에 모인 무사들을 보고 그게 가능할 것이란 생각을 하는지 몰라도 조선이 그리 호락호락 하지 않네. 조선은 2백 년 동안 뿌리내리고 울창한 숲을 이룬 나무와도 같아. 각 계층의 사람들이 숲에 모여서 기대고 사는데 한쪽에서 불만이 있다고 하여 그것을 몽땅 뒤집어엎는다? 꿈속에서도 가능한 일이 아니지. 암."

"어찌하여 선생님께서는 불가능하다고 생각하십니까? 부싯돌의 작은 불꽃으로 불을 붙이고 숲 전체를 태워버릴 수도 있습니다."

"처음에 불을 붙일 때는 그런 망상을 할 수도 있겠지. 하지만 숲 전체가 다 타버리기를 바라는 사람이 과연 얼마나 있을까? 혁명에는 희생이 따르기 마련이야. 수천 년 동안 길들여져 온 백성들은 누구보다도 보수적이네. 간혹 삶이 고달파서 불평을 늘어놓을 수도 있겠지만 그것을 곧이곧대로 믿어서는 안 되네. 사람의 목숨은 하나 뿐이야."

"그 목숨이 아까우십니까?"

"누가 아깝다고 그랬나? 쓸모없는 불쏘시개로 쓰지 말자는 것이야."

"선생님. 실망입니다."

"실망?"

"네, 저는 선생님께서는 다를 줄 알았습니다. 그런데 이제 보니 여느 사대부와 다를 것이 없습니다. 경직된 사고(思考)에서 벗어날 줄 모르고 오히려 그것을 공고히 하는데 열중하고 있으니까요. 도대체 선생님께서 대동계를 만들고 강론하는 이유를 모르겠습니다."

지함두는 불만 섞인 목소리로 따져 물었다. 정여립은 지함두의 말에 개의치 않고 말을 이어간다.

"나를 믿지 말고 백성들을 믿게. 정치 세력을 바꾸는 혁명은 작은 일이요 백성의 마음을 바꾸는 것은 큰일일세."

더 이상 지함두는 대꾸를 하지 않았다. 잔뜩 불어터진 얼굴로 연거푸 술잔을 비워내고 거칠게 숨을 몰아쉬었다. 정여립은 오히려 편안한 표정이었다. 누구에게도 털어놓지 못했던 마음, 혼자 속으로 삭이며 끙끙 앓았던 속내를 털어놓고 나니 홀가분해졌던 것이다. 말을 들어준 지함두가 고마울 지경이었다. 홍련은 갑자기 조용해지고 분위기가 침울해지자 술병을 들고 호들갑을 떨었다.

"아이, 술잔이 또 비었어요. 천천히 드셔야지 급하게 마시면 술병 난답니다. 이러다가 집에도 못 가시고 쓰러져버리면 누가 뒷감당을 해요?"

"네, 이년. 누가 너더러 그런 걱정하라더냐?"

지함두는 엉뚱하게도 홍련에게 화풀이를 하였다. 정여립은 앞에 놓인 술잔을 들고 쭉 들이켠 다음 자리에서 일어섰다. 그리고 지함두에게 가자는 말을 하지 않고 밖으로 나가 말에 올랐다. 홍련은 지함두에게 눈을 흘기고 버선발로 쫓아가서 배웅을 하였는데 지함두는 방구석에 쪼그리고 앉은 채로 일어설 기미를 보이지 않았다. 홍련이 들어가서 지함두를 부르려고 할 때 정여립은 이미 말머리를 돌러서 사라지고 있었다.

"도사님. 나리가 가시는데 왜 이렇게 목석처럼 앉아만 계십니까?"

"시끄럽다. 술이나 더 가져 오거라. 오늘밤 대취하여 이 놈의 세상 모두 잊어버릴 것이다."

 홍련은 찬모를 불러 술상을 내가도록 하고 작은 술상을 들이라 일렀다. 말끔하게 치워진 방에서 홍련과 지함두는 붉게 타오르는 촛불을 망연히 바라보고 있었다.

"너도 그렇게 생각하느냐?"

"제가 무엇을 알겠습니까? 두 분의 이야기는 너무 어려워서 알아들을 수가 없었습니다."

"으핫하하. 모른다?"

"기녀(妓女)의 소견으로 두 분의 큰 뜻을 어찌 알 수가 있겠어요? 저는 그저 두 분이 편안하게 이야기를 나눌 수 있도록 시중을 들 따름이지요."

 작은 술상이 들어왔을 때 지함두는 조금 전까지 거칠게 숨을 몰아쉬면서 호통 치던 모습과는 달리 신방에 든 신랑처럼 몹시 수줍어한다. 전에 없던 모습이다. 상대방이 쑥스러워 하니 홍련도 괜히 마음이 싱숭생숭한지 손톱으로 방바닥을 긁고 있었다. 그 모습을 보고 찬모가 나가면서 킥 웃었다. 지함두는 어색함을 없애기 위해 술잔을 들고 자작을 해볼 요량으로 술병을 들었다.

"이리 주세요."

홍련이 술병을 빼앗으려고 손을 내밀었는데 그만 억센 핏줄이 툭툭 불거진 지함두의 손등에 포개지고 말았다. 홍련은 뜨거운 것을 잡았던 것처럼 황급히 손을 내리고 지함두는 으흠 헛기침을 하면서 술을 따랐다.

"도사님께서는 어이 해서 안 가십니까?"

"갔으면 좋겠는가?"

순간 홍련은 얼굴을 붉히면서 고개를 숙였다. 홍련은 지함두가 술병을 다 비울 때까지 돌로 빚은 듯이 조용히 앉아 있었는데, 갑자기 나타난 이 사내의 정체가 궁금하기도 했고 온갖 풍상을 다 겪은 듯이 보이는 얼굴에서 연민의 정이 느껴졌다. 말없이 앉아 있는 두 사람 사이에서 촛불이 일렁이다가 널을 뛰었다. 문을 꼭 닫아놓았는데도 어디에선가 바람이 불어왔다. 불꽃은 꺼질 것처럼 위태롭게 드러눕더니 결국 하얀 연기만 남겼고 주위는 어둠 속으로 빠져들었.

정여립이 탄 말은 홍련의 집을 나와서 인경을 치기 전에 애복에게로 데려다 주었다. 취한 정여립이 문을 두드렸을 때 늙은 여종과 애복이 나와서 문을 열어 맞아들였다. 문을 닫고 들어가자 인경이 울렸고 딱딱이를 든 순라군(巡邏軍)들이 성내를 돌면서 순찰을 시작했다.

"많이 취하셨습니다."

"취했지. 취하라고 마시는 술 아닌가. 그래도 오늘은 속이 후련하고 좋네."

정여립은 갓을 아무렇게나 던져놓고 흐트러진 자세로 벽에 기댔다. 애복은 한 번도 이런 모습을 본 적이 없었다. 항상 단정하고 머리카락 한 올 얼굴로 흘러내리지 않았었는데 어디에서 술을 이렇게 마시고 왔는지 궁금했다.

"어디에서 오시는 길입니까?"

"홍련네 집에서 오는 길일세."

애복의 눈꼬리가 올라갔다. 말만 들어도 그곳이 기방인 것을 충분히 알 수 있었다. 애복은 정여립이 던져놓은 갓과 옷을 챙겨서 한쪽으로 곱게 개어 놓고 잠시 무릎을 세우고 있다가 일어섰다.

"그만 주무십시오."

"왜, 마음이 상했는가?"

"아닙니다. 나리의 첩에 불과한 년이 어찌 투기를 할 수 있겠습니까? 걱정 마시고 주무세요."

애복은 잔뜩 굳은 얼굴로 정여립을 바라보지 않았다. 아무리 첩살이를 한다 해도 기방에서 술에 잔뜩 취해서 들어온 낭군을 무심하게 받아들일 수 있겠는가. 애복은 슬픈 마음이 들어 아무도 없는 골방에 틀어박혀 울고 싶었다. 그 마음을 알았는지 여립이 애복을 불러 세웠다.

"가지 말게."

목소리에 힘이 없었다. 애복이 돌아보니 여립은 어느새 잠이 들었는지 벽에 기대서 곧 한쪽으로 쓰러질 것처럼 보였다. 언제나 자신 있고 의기로 충천하던 여립의 얼굴에 외로움이 묻어났다. 애복은 자리를 펴고 여립을 안아 눕혔다. 그리고 파루를 알리는 북소리가 날 때까지 애복은 여립의 곁을 지켰다. 캄캄한 어둠이 조금씩 사라지더니 방문이 푸르게 변하고 뿌연 빛이 스며들었다. 북소리에 눈을 뜬 여립은 무릎을 세우고 앉아 있는 애복을 보고 벌떡 일어났다.

"아니, 밤새도록 이러고 있었단 말이냐?"

"일어나셨습니까?"

여립은 들릴 듯 말 듯 대답을 하고 허겁지겁 옷을 입고 갓을 썼다. 술에 취해 흐트러진 모습을 보였던 것이 쑥스럽고 애복을 밤새도록 앉아 있도록 만들었던 것이 부끄러웠다. 그는 의관을 정제하고 문을 열어젖혔다. 제법 찬바람이 파도처럼 밀려들어왔다.

"벌써 가시렵니까?"

"나중에 옴세."

여립은 말을 끌고 나가 훌쩍 올라탔다. 그리고 깜빡 잊었다는 듯이 마당에 서서 서운한 표정을 짓고 있는 애복에게 말했다.

"지 도사가 올 것이야. 먼저 갔다고 전해주게나."

그리고는 바람처럼 말을 달려 사라졌다. 여립이 사라지고 난 후에도 애복은 문에 기대어 서서 점점 작아지는 말발굽 소리에 귀를 기울이고 있었다. 이것이 마지막이 될 줄은 두 사람 모두 알지 못했다.

서림은 체포된 후에 어쩌면 사람이 저렇게 변할 수 있을까 싶을 정도로 표변해서 임꺽정을 쫓는 관군의 앞잡이 노릇을 충실히 하였다.

잇따른 서인의 흉사(凶事)

1589년(기축년. 선조22년) 7월 22일 영의정을 지냈던 영부사 박순이 영평(永平) 시골집에서 세상을 떠났다. 우의정과 좌의정 그리고 영의정까지 지냈던 박순이 67세의 나이로 세상을 뜨자 서인들은 다시 침울해질 수밖에 없었다. 선조의 박순에 대한 의지는 각별했다. 원만한 성격으로 조정 대사를 잘 처리하였고 이이가 동인들에게 탄핵받을 때에 옹호하여 이이를 아꼈던 선조의 마음과 잘 맞았다. 1583년(계미년. 선조16년)에 이이를 탄핵하는 상소가 줄을 이었던 일이 있었다. 이것은 율곡 이이가 말년에 이르러 서인의 편에 서서 국사를 처리하고 반대파인 송응개, 허봉, 박근원을 멀리 귀양 보내는 등 공평치 못하다는 의심을 받고 있었기 때문이었다. 이미 그때부터 이이는 나라의 앞날을 그릇되게 만드는 소인배라는 뜻의 오국소인(誤國小人)이란 소리를 듣고 있었다. 하지만 선조는 이이와 성혼에 대한 지지를 분명히 했는데 이는 동인세력이 지나치게 강해지는 것을 견제하려는 뜻이 반영된 것이었다. 이이를 탄핵하는 상소가 올라왔을 때 선조는 이렇게 전교했다.

"이이를 일러 당을 만들었다고 했는데 그러한 말로 내 뜻을 움직일 수 있겠는가. 아아, 참으로 군자라면 당이 있는 것을 걱정할 것이 아니라 오히려 당이 적을까를 걱정해야 할 것이다. 나도 주희(朱熹)의 말을 본받아 이이와 성혼의 당에 들어가기를 바란다. 지금부터 너희들은 나를 이이와 성혼의 당이라고 부르도록 하여라. 그래도 너희들은 다시 할 말이 있는가? 이이와 성혼을 헐뜯는 자는 반드시 죄를 내리고 용서하지 않을 것이다."

동인에 대한 불쾌한 심정을 분명하게 드러내면서 오히려 이이와 성혼이 속해 있는 서인으로 들어가겠다고 했다. 이것은 권력에서 밀려나 있는 서인들에게 희망을 주는 메시지였다.

박순은 당색이 뚜렷하지 않았지만 서인으로 분류되어서 이이, 성혼, 정철, 송익필에게 큰 그늘과 같았다. 그래서 항간에는 '이이와 성혼, 그리고 박순은 그 용모가 달라도 마음은 하나이다'는 말이 있을 정도였다. 박순에 대한 선조의 지지가 분명했으므로 박순이 조정에 있는 한 언제든지 권력을 회복할 수 있다고 믿었다. 박순이 병을 얻어 사직을 청하고 영평 시골집에 내려가 있을 때 경기감사로부터 병이 위중하다는 말을 듣고 선조는 내의(內醫)를 내려 보내기까지 했다. 그랬던 박순이 결국 기축년 7월에 세상을 뜨자 선조와 서인들은 큰 슬픔에 빠질 수밖에 없었다. 관직에서 물러나 있던 정철은 박순을 추모하는 시를 지었다.
 정철은 박순이 죽은 후에도 임금이 이제나 저제나 불러주기만을 기다리고 있었다. 좋지 않은 일은 설상가상으로 연이어 벌어지는 모양이다. 박순이 죽은 지 한 달 만에 그의 맏아들 기명이 죽었던 것이다. 정철에게는 본처 소생의 4남 4녀와 첩에게서 난 1남 1녀가 있었고 기명은 본처 소생의 장남이었다. 기명은 진사였는데 불과 서른 한 살의 나이로 세상을 뜨고 말았으니 자식을 먼저 보낸 정철의 마음이 어땠을까. 그 슬픔은 어떠한 슬픔과도 비할 수 없었다. 비보를 접한 정철은 눈물을 뿌리면서 정신없이 경기도 고양으로 올라갔다. 이미 둘째 종명과 셋째 진명, 그리고 넷째 홍명이 장례준비를 다 끝내놓고 기다리고 있었다.
 "이게 어찌된 일이냐?"
 "아버님."
 자식들이 비통한 표정으로 아버지를 맞이했다. 아들을 먼저 보낸 부모의 마음은 조문객을 맞이해도 편할 수가 없었다. 정철이 올라가고 난 후 창평 소쇄원에서도 한 무리 사람들이 몰려왔고 기명과 함께 공부했던 동문들, 그리고 정철과 연줄이 있는 서인들이 빠짐없이 조문을 왔다. 정철은 장례를 아들들에게 맡겨놓고 침통한 표정으로 충격을 추스르고 있을 뿐이었다. 날이 어두워졌을 때 조문객이 또 찾아왔다. 송익필과 송한필이었다. 두 사람은 분향을 하고 안내를 받아 외떨어진 방으로 안내되었다. 그곳에는 이미 예조정랑

백유함과 대사간 이산보가 자리를 잡고 있었다. 송익필 형제가 들어서자 모두 자리에서 일어섰다.

"구봉 선생님. 얼마나 노고가 많으십니까?"

"고맙네. 지금은 어려운 때인데 그래도 자네들이 조정에 남아 있으니 얼마나 다행인지 모르겠어."

"갈수록 빛이 보이지 않습니다. 저번 달에 박순 대감이 가시고 이제 송강 선생님의 맏아들까지 명을 달리하였으니."

"너무 걱정하지 말게. 동틀 무렵이 가장 어둡게 느껴지는 법이야."

모두 자리에 앉고 얼마 지나지 않아 술상이 들어왔다. 정철은 형식적으로 먼 길을 마다 않고 와 준 사람들에게 인사치례를 하였다.

"송강, 마음이 많이 아프겠네."

"아무려면 구봉만큼 하겠습니까. 온 가족이 전국으로 흩어져서 생이별을 하고 있는 처지이고 살았는지 죽었는지도 모르는 형편인데."

"그래도 어디 자식을 잃은 슬픔에 비하겠는가."

"요즘은 그만 죽고 싶습니다. 이런 세상 살아서 무엇을 하겠나 하는 생각이 하루에 열두 번도 더 듭니다."

"참게. 이제 때가 다 되었어."

송익필의 말에 정철은 술잔을 벌컥 비워버리더니 볼멘소리를 한다.

"그 놈의 때. 도대체 구봉이 말하는 때는 언제란 말입니까? 여기 있는 사람들 모두 저 세상으로 떠나고 나면 혼자 때를 맞이하여 부귀영화를 누릴 생각입니까?"

모두 동감하는 눈빛으로 송익필을 바라본다.

"이해하네. 하지만 지금까지 기다려왔는데 설익은 밥을 퍼서 먹을 수는 없지 않겠는가. 아무리 길게 잡아도 석 달을 넘기지 않을 걸세."

송익필이 구체적인 기한까지 말하자 모두 자리를 고쳐 앉았다. 이산보가 성질 급하게 되물으려는 찰나 송익필이 동생 한필을 바라보며 입을 뗐다.

"여보게 아우. 자네가 해서에 다녀온 이야기를 좀 해주게나."

"네, 형님."

송한필은 뒤에 조용히 앉아 있다가 자리를 헤치고 몸을 내밀었다.

"지금 해서지방에는 곧 천지가 뒤바뀔 것이란 소문이 파다합니다. 본래 해서지방은 역당의 무리가 곧잘 준동하고 찬역의 기미가 있었던 곳입니다. 그래서 율곡 선생님이 은병정사를 짓고 많은 사람을 교화했지요. 지금은 그 후학들이 구름처럼 일어나서 참으로 아름다운 일이지만 그래도 배우지 못하고 관직에 나서지 못한 무리들은 조정에 대하여 어긋나가고 있습니다. 근래 들어 해서 지방에는 목자가 망하고 전읍이 흥한다는 요사한 소문이 퍼져 있지요."

"그렇다면 무슨 일이 나긴 날 것이란 말입니까?"

이번에도 이산보가 조바심을 참지 못하고 묻는다.

"모두 그렇게 알고 있습니다. 아무래도 해서지방에서 일이 날 것 같습니다."

"그렇다면 큰일 아니오. 지금 조정의 권세는 동인들이 잡고 있는데 율곡 선생님의 후학들이 많은 해서지방에서 난리가 난다면 그 피해가 누구에게 오겠소? 무슨 대책을 세워야지요. 듣고 보니 구봉 선생님이 말씀하신 때는 우리가 죽을 때를 말씀하시는 것이군요."

"그건 그렇지 않습니다."

"그렇지 않다니요?"

"또 다른 소문이 있는데, 천기가 호남으로 뻗쳐있어서 곧 성인(聖人)이 나오면 천지가 뒤바뀔 거랍니다."

"호남에서 성인이?"

"네. 그리고 그 성인은 정수찬이라고도 하는데."

그때까지 끼어들지 않고 있던 백유함이 소리를 버럭 질렀다.

"정수찬? 지금 정수찬이라고 했소이까?"

"그렇습니다."

"허허, 이런 궤변이 있나. 정수찬이라면 필시 정여립을 두고 한 말일 텐데 그 사람이 역모라도 꾀하고 있단 말인가?"

"소문이 그렇다는 말이지요. 이미 많은 사람들이 호남을 향해서 가고 있습니다. 정여립은 진안 죽도라는 곳에 서실을 지어놓고 무사들을 훈련시키고 있지요. 아니 땐 굴뚝에 연기 나겠습니까?"

"그래도 확실치 않은 이야기를 함부로 하고 다니면 안되는 법이오. 정여립은 대동계를 만들어서 지역의 무사들을 훈련시키고 정해년 왜변 때 공을 세웠소. 그리고 호남의 수령들은 정여립에 대하여 찬역의 기미가 있다는 장계를 한 번도 올리지 않았소이다. 역모도 큰일이지만 무고 또한 그 대가를 치러야 한다는 것을 명심하시오."

무고라는 말에 송한필의 표정이 굳어진다. 아버지 송사련의 역모 고변이 거짓으로 드러나고 지금 쫓기는 신세가 된 자신들을 향해서 하는 말처럼 들렸기 때문이다. 이산보가 이야기나 더 들어보자면서 백유함을 제지하였다.

"계속해 보시오. 또 무슨 소문이 있는지."

"항간에는 정여립이 정감록에서 말한 정도령이라는 둥, 생가에 있는 뽕나무에서 말갈기가 솟아났다는 둥, 그 아들의 이름이 옥남(玉男)인데 눈동자가 두 개고 어깨죽지에는 일월의 형상을 한 사마귀가 있다는 소리도 있습니다. 정여립이 아들의 이름을 옥남으로 지은 것도 이와 무관치 않다고 하지요. 게다가 지리산 석굴에서도 정씨가 왕이 된다는 옥판을 발견해서 그것을 가지고 사람들을 선동한다고 합니다. 이미 도적 길삼봉 형제는 정여립과 내응하기로 되어 있고 후에 계룡산에다 도읍을 정할 것이란 구체적인 소리까지 있습니다."

"그런 소문은 나도 들어본 일이 있소만 곧이곧대로 믿는 사람이 어디에 있겠소. 지금 동인이 조정의 권세를 꽉 틀어지고 있는데 서인에서 등을 돌린 여립이 왜 역모를 꾀한단 말이오?"

백유함이 제동을 거는 바람에 송한필은 마땅히 대꾸할 말을 찾지 못하고 우물거렸다. 답답했는지 송익필이 이야기를 거들고 나섰다.
 "열 길 물 속은 알아도 한 길 사람 속은 모른다고 하지 않던가. 전부터 여립은 이조좌랑에 오르지 못하자 앙심을 품었고 홍문관 수찬에 올라서도 스승인 율곡을 욕하였기 때문에 우리의 탄핵을 받아 물러났지. 어디 그것뿐인가? 경연에서도 임금의 얼굴을 똑바로 쳐다보며 자신의 주장을 굽히지 않았단 말일세. 이미 임금의 마음을 잃은 것은 오래요, 자신을 불러줄 기미가 보이지 않자 사회에 불만이 있는 무뢰배들과 어울려서 역모를 꾀할 수도 있는 것이지."
 "듣고 보니 그러합니다."
 이산보가 맞장구를 쳤다. 송익필은 개의치 않고 말을 계속 이었다.
 "그래서 조헌이 수차례 상소를 올렸던 것 아니겠나. 조헌만큼 정여립을 잘 아는 사람도 없을 것이요, 이미 찬역의 기미를 눈치챘기 때문에 조심해야 한다는 상소를 올렸겠지. 조헌은 그것 때문에 관직을 박탈당하고 지금 유배 중이지만."
 송익필의 말은 엉뚱했지만 충분한 가능성이 있는 소리였다. 이산보와 송한필이 동의한다는 듯 고개를 끄덕였다. 정철은 그때까지 의견을 내지 않다가 송익필에게 잔을 권하면서 물었다.
 "한 잔 드시오. 그동안 수고 많으셨소."
 "수고랄 것이 무에 있겠나."

백유함은 무슨 말을 하는지 이해할 수가 없었다. 이들은 정말로 정여립이 역모를 꾀하고 있다는 것을 믿는 것일까. 아니면 그렇게 희망하는 것일까. 백유함의 의문은 곧 풀리게 되었다.
 "구봉, 이제 말씀해 보시지요. 정여립이 역모를 꾀하고 있다는 고변은 언제 있을 것이며, 누가 하게 됩니까?"
 "그것은 나도 모르네. 다만 확실한 것은 이제 감이 익었다는 게야. 떨어지기만 기다리면 되네. 한필의 말대로 해서 지방이 들썩이고 있으니 그 소문이 충의로운 인사의 귀로 들어가지 않겠나. 그렇게 되기만 하면 고변이 있을 것이고 우리는 그때를 이용해서 일시에 불충한 무리들을 쓸어버리면 되겠지. 내 생각에는 길어야 석 달을 넘기지 않을 것으로 보고 있네."
 "음."
 "문제가 하나 있는데."
 "무슨 문제입니까?"
 정철이 불안한 눈빛으로 되물었다.
 "만약 정여립이 잡혀 올라와서 자신을 해명하고 무고였음을 주장하게 되면 상황은 전혀 예측할 수 없게 된단 말일세. 자네도 익히 알고 있다시피 여립의 말솜씨가 오죽 좋은가. 그는 학문을 토론할 때에도 자신의 주장을 뒷받침할 만한 논거를 치밀하게 준비해서 상대의 말문을 막아버리지 않았느냔 말이야. 동인들은 여립의 뒤에서 옳소이다 맞장구를 치겠지. 그렇게 되면 역으로 우리가 된통 당할 수 있으니 깊게 생각을 해야 하네."

"정말 그렇게 되면 큰일 아닙니까?"

"우리는 거기까지 생각을 하고 있어야 해."

"구봉은 무슨 대책이 있습니까?"

여기서 송익필은 말을 멈추고 술잔을 들어 목이 타는 것처럼 멈추지 않고 쭈욱 들이켰다. 그리고 육포를 하나 집어 오래도록 씹어 삼키고 천천히 말문을 열었다.

"죽은 자는 말이 없는 법이지."

순간 좌중은 찬물을 끼얹은 듯 싸늘해지고 백유함의 등에서 식은땀이 흘러내렸다. 이번에는 정철이 술잔을 들어 입술을 축였다.

"하지만 여립이 살해되었다는 것이 드러나면 곤란합니다."

"그것은 걱정하지 말게. 다행히 죽도서실이 있는 진안에 수령으로 민인백이 가 있지 않은가. 그가 여립의 동태에 대하여 소상히 알려오고 있으니 진안을 떠나지 않는 한 독 안에 든 쥐나 다름없지."

"그런데 대동계 무사들이 가만히 있을까요?"

"제 놈들이 가만히 있지 않으면 어떻게 할 것인가. 어명을 받들어 역모사건을 처리하는데 여립을 도와 칼을 든다면 더욱 잘 된 일이지. 역모를 자인하는 꼴이니까. 허나 그런 일은 없을 걸세."

상갓집의 밤이 깊어가고 찾아오는 조문객들도 없었지만 외딴 방의 불은 꺼질 줄 몰랐다. 새벽이 밝아올 때까지 방문에 비친 검은 그림자들은 머리를 맞대고 의논에 의논을 거듭했다. 어디에선가 부지런한 수탉이 목청 좋게 울어 젖히고 난 후에야 불이 꺼지고 송익필 형제는 배웅을 받으면서 어둠 속으로 몸을 감추었다.

 진안 현감 민인백은 날씨가 제법 선선해져서 아침저녁으로 차가운 기운을 느꼈다. 진안은 고원에 자리 잡은 곳으로 겨울이 일찍 찾아오는 곳이다. 백성들은 좁은 농토를 악착같이 일구어 농사를 지었고 깊숙한 골짜기에서 인삼을 재배했다. 진안현으로 부임한 이래 민인백은 무리 없이 일을 처리해 백성들로부터 칭송을 받고 있었다. 그의 입장에서 안협 현감으로 있다가 진안 현감으로 온 것은 자리만 옮겼을 뿐이었다. 서인 정철의 일파라고 하여 외직을 전전하는 것은 동인의 견제 때문이었는데 민인백은 송익필의 밀지를 받은 후에 낙심하지 않고 열심히 정사를 돌보았다. 앞으로 무슨 일이 있게 될지 알 수 없었지만 장차 큰일을 하게 될 것이란 송익필의 말에 따라 그는 정여립의 동태를 살피는데 게을리 하지 않았다.
 찬바람이 불어오자 여름 동안 가뭄에 시달렸던 들판의 벼들이 쭉정이일망정 고개를 숙이고 누런 물결을 이루었다. 모내기를 일찍 했던 농부들은 낫을 들고 논으로 들어가서 벼를 베기도 했다. 그 무렵 정여립은 송간과 지함두를 데리고 황해도를 다녀오는 길이었다. 변숭복으로부터 뭔가 이상하다는 말을 듣고 며칠을 고민하다 구월산도 구경할 겸 직접 가서 확인해보기로 하였던 것이다. 죽도서실은 잠시 한경과 최팽정 등에게 맡겨두고 단출한 짐을 챙겨 떠난 길이었다. 전주에서 황해도까지는 멀었다. 전주를 떠난 지 열흘이 다 되어서야 변숭복을 만날 수 있었는데 멀리까지 찾아온 정여립을 보고 변숭복은 넙죽 엎드려서 절을 했다.

"선생님, 먼길 오시느라 얼마나 노고가 많으셨습니까?"

"아니야. 덕분에 경치구경을 잘 했고 여러 가지 세상 돌아가는 것도 익혔네."

"지 도사는 선생님 모시느라 고생이 많았소."

"저야 뭐 천지를 떠도는 것에 이골이 나서 괜찮습니다. 황해도에 오니 녹두농마국수가 먹고 싶군요. 길을 줄이느라 허겁지겁 왔더니 배가 고픕니다."

너스레를 떨었다. 변숭복은 웃으면서 안으로 안내했다.

"어디 녹두농마국수 뿐이겠소. 내 이번에 제대로 한 상 차려 대접하리다. 송 권관, 여기서 잠시만 기다리시오."

변숭복은 박연령과 김세겸을 불러왔다. 그리고 부지런히 오가면서 귀한 손님들이 왔으니 소홀함이 없도록 상차림을 하라고 분부한 지 두세 식경이 지났을까. 변숭복의 말대로 걸게 차린 저녁상이 들어왔다. 모두 저녁상 앞으로 둘러앉아서 오래간만에 회포를 풀기 시작했다.

"아무쪼록 많이 드십시오. 우리가 죽도서실에 갈 때마다 대접을 받기만 해서 마음에 걸렸었는데 이렇게 선생님께서 오시니 말할 나위 없이 좋습니다."

"고맙네."

지함두가 걸신들린 것처럼 염치불구하고 퍼먹는 바람에 모두 껄껄 웃는다. 전주에서 정여립과 취하도록 술을 마신 이래 지함두는 술을 조심했었다. 처음에는 정여립의 마음을 이해할 수 없었지만 날이 밝았을 때에야 비로소 깊은 뜻을 알게 되었던 것이다. 지함두가 애복의 집으로 달려갔지만 이미 정여립은 보이지 않았다. 그는 죽도서실에 엎드려 정여립에게 잘못 생각하고 있었던 자신의 잘못을 빌었고 정여립은 웃으면서 이렇게 말했다.

"이 사람, 장부들끼리 술 한 잔 마신 것을 가지고 왜 이러는가? 앞으로 술친구는 되기 어렵겠군."

"선생님, 용서해주십시오. 저의 소견이 짧았습니다."

"아니야. 나도 자네하고 허물없이 속에 있는 말을 다 했더니 속이 후련해졌어. 지 도사는 나에게 없어서는 안 될 인물이야. 내 오른팔이나 다름없는데 용서하고 자시고 할 것이 어디 있단 말인가. 오히려 내가 고맙지."

그때부터 지함두는 생각이 바뀌었고 정여립의 말이라면 거역하지 않고 더욱 열심히 추종했다. 혹시 그를 찾아와서 세상을 불평하는 사람이 있으면 점잖게 이야기하여 생각을 고쳐주기까지 했다. 정여립은 저녁상을 물리고 황해도의 사정이 어떠한지 물었다.

"분위기가 심상치 않습니다."

"음, 나도 짐작은 하고 있었네만 그렇게 심각한가?"

"네. 사람들이 모이기만 하면 곧 난리가 일어난다고 수군거립니다. 소문은 모두 선생님을 향하고 있습니다."

"큰일이군."

"조치를 취해야 되는데 우리 세 사람이 머리를 맞대고 아무리 생각해도 마땅한 방법이 떠오르지를 않아 걱정입니다. 소문의 근원지를 찾으려 했지만 정곡사에서 한 놈을 놓친 이후로는 꼬리를 완전히 감추어버렸습니다."

"그렇다고 내가 나서서 그게 아니라고 발명(發明)한다면 정도령이 바로 나올시다 하고 인정하는 꼴 아니겠나."

정여립은 골치가 아픈 듯 인상을 찌푸렸다. 모두들 뾰족한 대책이 없는 가운데 지함두가 의견을 내놓았다.

"여기서 이러고 있다 해서 해결될 일이 아닙니다. 머리도 식힐 겸 바람이나 좀 쏘이시죠. 소문을 일찍 접한 사람은 패엽사의 의엄 스님이라고 생각됩니다. 가서 한번 만나보시는 것이 어떻겠습니까?"

"그럴까?"

"기왕 여기까지 오셨으니 구월산 구경이나 하고 가셔야지요."

김세겸과 박연령이 이구동성으로 정여립을 끌었다. 이튿날 일행은 구월산 패엽사로 향했다. 구월산은 금강산, 묘향산, 지리산과 더불어 조선의 4대 명산으로 일컬어지는 곳으로 그리 높지 않았지만, 구월산 주변에 큰 산이 없어 우뚝 솟은 느낌이고 깊은 계곡과 험한 산세 때문에 불과 30년 전만 하더라도 조선 팔도를 시끄럽게 만들었던 임꺽정이 활동했던 곳이다.

임꺽정은 경기 양주출신의 백정이었다. 그는 탐관오리와 부자들의 재물을 털어 빈궁한 백성을 구휼함으로써 인심을 얻었다. 도적의 무리에는 양반, 상인, 백정, 대장장이, 노비, 역리, 아전, 사당패까지 끼어들어 임꺽정을 중심으로 뭉쳤다. 처음 임꺽정은 구월산을 중심으로 활동하였지만 점점 범위를 넓혀 한양까지 진출해서 명종의 가슴을 서늘하게 만들기도 했다. 임꺽정의 무리는 단순한 도적이 아니었다. 그렇기 때문에 명종은 이들을 반적(叛敵)으로 규정하고 선전관을 내세워 추적하게 했는데 번번이 놓치기 일쑤였다. 결국 서림의 배반으로 임꺽정이 잡혀 죽었을 때 백성들은 죽은 것을 안타깝게 여겼다.

그리고 구월산에는 오래전부터 단군을 모셔온 삼성사(三聖祠)라는 사당이 있었다. 본래 구월산 산허리에 삼성당이란 작은 사당이 있었는데 북벽에 단인천제(檀因天帝)를 모시고, 동벽에 단웅천왕(檀雄天王)을 모셨으며, 서벽에 단군부왕(檀君父王)을 모셨기 때문에 삼성당이라고 불렀던 것이다. 후에 조정에서는 그 중요성을 감안하여 삼성사로 이름을 바꾸고 환인·환웅·단군의 위판(位板)을 봉안하여 제사를 드려오고 있었다.

하지만 정여립이 찾아가는 곳은 삼성사가 아니라 패엽사였다. 다른 때 같았으면 삼성사에 들렀을 것이지만 지금은 그럴 만한 여유가 없었다. 패엽사는 신라 애장왕때 창건된 절로 유서가 깊은 곳이다.

특히 한산전(寒山殿)은 구도가 우수하고 세부가 번잡하지 않아 조화의 극치를 이루고 있었다. 정여립 일행이 경내로 들어섰을 때 마침 주지 의엄이 독경을 마치고 일어서는 중이었다.

"스님, 손님이 찾아오셨습니다."

의엄이 뒤를 돌아볼 때 정여립이 합장을 하며 인사를 하였다. 의엄이 보기에 지체높은 양반이 분명한데도 먼저 인사를 하는 것을 보고 범상치 않은 인물이라고 생각했다.

"소승이 이 절의 주지입니다만."

"전라도에서 오신 정수찬 어른입니다. 혹시 죽도선생님이라고 하면 아실는지요?"

의엄과 안면이 있는 변숭복이 소개를 시켜주었다. 의엄은 짐짓 놀란 표정을 지으면서 승방으로 안내했다.

"말씀은 많이 들었습니다. 귀하신 분께서 무슨 일로 여기까지 오셨습니까?"

"제자들을 만나러 왔다가 구월산이 유명하다기에 구경이나 하려고 왔습니다."

정여립은 김이 모락모락 피어오르는 찻잔을 들고 의엄을 바라보았다. 맑고 깊은 눈동자 속에서 총기가 반짝였다. 의엄은 그동안 소문으로만 들었던 정여립을 보고 속으로 깊은 한숨을 내쉬었다.

"혹시 소승에게 볼 일이 있어서 오신 것은 아닙니까?"

"있기는 있습니다만, 스님은 의연과 함께 휴정스님께 사사하셨지요?"

"그렇습니다. 그분은 저의 스승이 되시고 의연은 저와 함께 불도를 닦은 동문이올시다. 의연이 죽도서실에 다녀온 이야기를 저에게 해주어서 선생의 존함을 들은 적이 있습니다."

휴정은 서산대사다. 의엄과 의연, 유정은 모두 묘향산에서 휴정스님께 가르침을 받은 제자들이다.

"우리 셋 가운데 유정만이 승과에 급제하여 그 도량을 인정받았지요. 저는 땡중이올시다."

"겸양의 말씀이시군요. 저야말로 주자성리학을 공부하였지만 아직도 깨달음에 이르지 못하였습니다."

이렇게 서로에 대한 소개를 마치고 본격적인 대화로 접어들었다.

"헌데 왜 저를?"

"스님도 아시리라 생각합니다만 저에 대해서 좋지 않은 소문이 끊이질 않고 있어서 이렇게 직접 찾아왔습니다."

"저라고 뭐 아는 것이 있겠습니까? 그저 전해들은 것을 그대로 전해주었을 뿐."

"처음에 스님이 이상한 소문을 누구에게 들었습니까?"

"조 생원입니다. 천지를 떠돌면서 사람들의 사주를 봐주기도 하고 점을 쳐주는데 가끔 이곳에 들렀다 가기도 했습니다."

"물론 지금은 오지 않겠지요?"

"네. 오래되었습니다. 예전 같으면 와도 두세 번은 왔어야 되는데."

"혹시 그 사람의 인상에 대해서 말씀을 좀 해주실 수 있겠습니까?"

"그러지요. 옷차림은 시골 유생 같기도 하고 아닌 것 같기도 하고, 키는 그리 크지 않으며 얼굴이 핼쓱해서 험한 일을 해본 사람 같지는 않았습니다. 그리고 눈이 자그마한데 족제비눈처럼 반짝이고 학문의 깊이를 측량할 수 없을 정도로 아는 것이 많았습니다. 하는 말을 들어보니 이곳 해서지방에 많은 지인들이 있는 모양이더군요. 그래서 황해도에 자주 온다고 그랬습니다."

"음."

정여립의 입에서 낮은 신음소리가 새어나왔다. 의엄은 정여립의 표정을 보고 알고 있는 사람이구나 하는 생각을 했다.

"차가 식습니다. 어서 드시지요."

차를 마시고 정여립은 의엄의 안내를 받아 패엽사 이곳저곳을 둘러보면서 세상 돌아가는 이야기를 한다. 의엄은 인사를 나누고 잠시 차를 마셨을 뿐이지만 정여립과 천년지기라도 된 것 같은 기분을 느낀다. 위아래 구분하지 않고 겸손하게 대해주는 것이 오히려 민망할 정도였다. 의엄은 여립에게 해서 지방에 떠도는 소문에 대하여 알려주었는데 대부분 여립이 익히 알고 있는 것들이었다. 올해가 가기 전에 난리가 날 것이라는 말은 확신에 차 있는 것처럼 들려서 오싹한 기분이 들었다.

"선생께서는 제 말을 흘려듣지 마시고 대책을 세우시는 게 좋을 겁니다. 미구에 감당치 못할 일이 닥칠 수도 있으니까요."
 "이렇게 염려해주시니 고맙습니다."
 두 사람이 대웅전을 지나 요사채 쪽으로 발걸음을 옮길 때 공양간으로 물을 길어가던 행자승 한 명이 기웃거렸다. 키가 작달막하고 눈동자를 쉴 새 없이 좌우로 굴리는 것이 꼭 족제비가 닭장을 노리는 것 같았다. 행자승은 공양간으로 들어가서 공양스님에게 물었다.
 "스님, 큰 스님과 함께 가는 손님이 누구십니까? 저렇게 함께 걷는 것을 보니 꽤 친분이 있는 모양입니다."
 "물 길어 오랬더니 엉뚱한데다 정신을 팔고 다니는구나. 어서 여기에 물이나 부어라. 네 놈이 저 분을 알아서 뭐하겠느냐? 저 분은 정 수찬 어른이시다. 그렇지 않아도 손님 대접에 각별히 신경을 쓰라는 말을 들었는데 네 놈이 한눈을 팔고 있으니 내가 안심할 수가 없구나."
 "호남의 성인이라는 그 정 수찬 말입니까?"
 "어허, 그 놈 참 궁금한 것도 많다. 그래. 정 수찬이 바로 정여립이고 일명 죽도 선생이라고들 한다는구나. 세상에서는 수찬 어른이 정도령 아니냐고 하는데 내가 보기에 아니다. 정도령이 다 얼어 죽었더란 말이냐. 괜히 남의 소리 하기 좋아하는 사람들이 지어낸 말이지."
 공양 스님은 귀찮아하면서도 묻는 말에 자세히 대답을 해준다.

"네가 보기에 수찬 어른이 역모를 꾀할 사람처럼 보이더냐?"

"역모요?"

"그래, 천지가 개벽을 한다느니 난리가 난다느니 하는 소리가 다 역모가 아니고 뭐겠느냐? 너도 생사람 잡을 말을 함부로 입에 올리지 말고 여기 아궁이나 잘 지켜."

공양 스님은 말을 마치고 휘적휘적 밖으로 걸어 나갔다. 그런데 어찌된 일인지 행자승은 아궁이보다 바깥일에 관심이 더 많은 듯이 보였다. 이제 절에 들어온 지 넉 달, 아직 사미계도 받지 못한 상태였다. 그의 속명(俗名)은 서축이다. 임꺽정의 난 때 엄가이(嚴加伊)로 이름을 바꾸고 숭례문 밖에 와서 기회를 노리다가 포도대장 김순고에게 잡힌 서림(徐林)이 그의 할아버지다. 서림의 손자 서축이 왜 절간에 들어와서 행자승을 하고 있을까. 그것을 알아보려면 서림에 대해서 살펴봐야 한다.

서림은 체포된 후에 어쩌면 사람이 저렇게 변할 수 있을까 싶을 정도로 표변해서 임꺽정을 쫓는 관군의 앞잡이 노릇을 충실히 하였다. 한번은 공에 눈이 어두운 의주 목사가 엉뚱한 사람을 잡아다가 회유하여 임꺽정을 잡았다고 보고한 일이 있었다. 조정에서는 임꺽정을 잡았으니 다행이라고 하였지만 서림이 본 후에 그는 임꺽정이 아니라고 하여 추적이 다시 시작된 일도 있었다. 한때 동료였던 임꺽정의 일당들이 서림과 대질하여 정체가 탄로났고 형장의 이슬로 사라졌다. 결국 서림의 도움으로 임꺽정까지 잡을 수 있었는데 임꺽정은 그물에 걸린 채 포효하는 호랑이의 울음과 같은 소리를 내면서 서림에게 말했다.

"서림아, 믿었던 네가 어찌 나에게 이럴 수가 있단 말이냐?"

오랫동안 조정의 골칫거리였고 사회 변혁을 꾀하는 불순한 도적이라고 하여 반적(叛敵)이라고까지 했던 임꺽정을 잡음에 있어 서림이 지대한 공을 세웠지만, 토벌 후에는 오히려 토사구팽 되어 처벌까지 받을 뻔했다. 1562년(임술년. 명종17년) 1월 13일 서림을 어떻게 처리할 것인지를 놓고 의논하기 위해 조정 대신들이 모였다. 영의정 상진, 좌의정 이준경, 우의정 심통원, 영부사 윤원형, 병조판서 정응두, 참판 성세장, 참의 유잠, 참지 박대립, 형조판서 권철, 참의 유순선, 참판 강사상이 논의에 참여했다. 일개 도적이었다가 괴수를 체포하는데 공을 세웠다하여 조정 대신들이 모여 의논을 하는 것도 드문 일이었다. 서림을 두고 흉악한 인간의 본성은 끝내 변화시킬 수 없으며 방면하더라도 끝내는 극악한 도적이 될까 염려된다는 걱정이 있었다. 그래도 도적의 수괴를 잡는데 공을 세웠고 조정의 신의를 생각해서 서림을 처벌해서는 안 된다는 의견이 우세하여 방면되었다. 서림이 풀려났다고 하여 자유로운 몸이 된 것은 아니었다. 포도청에 속하게 해서 포도대장의 명령을 듣게 하였고 마음대로 출입을 못하도록 하였다. 다시 말해서 포도청의 밀정, 그 이상도 이하도 아니었던 것이다. 서림의 아들은 한양에서 의적을 밀고한 앞잡이의 자식이라 하여 정상적인 생활을 할 수 없었다. 견디다 못한 서축의 아버지는 한양을 떠나 사방을 떠돌다가 결국 다시 황해도로 돌아갔다. 그곳에서 서축을 낳았는데 서축은 할아버지에 대한 말을 듣고 이를 뿌득뿌득 갈았다.

"공을 세운 사람을 그렇게 대우할 수 있는가."

배신감을 느꼈다. 서축은 서림에게 상을 줄 것인지 벌을 줄 것인지 의논했던 자리에 참여한 조정 대신들에게 적개심을 품게 되었다. 그 사람들의 이름을 한시도 잊은 적이 없으며 그 후손이라도 만난다면 반드시 보복해 주리라는 마음을 갖고 있었다. 하지만 흉년으로 목에 풀칠하기가 막연해지자 서축은 목숨을 연명하기 위해 패엽사로 기어들어 공양간에서 일을 하고 있었다. 서축은 정여립이란 말을 듣고 병조판서였던 정응두를 떠올렸다. 두 사람은 성(姓)이 같으니 분명 한 패거리일 것으로 생각했다. 실제 정응두의 아들 정윤복은 기축옥사가 일어난 후 사간원으로부터 정여립과 친하다는 탄핵을 받고 파직된다. 서축은 오로지 복수와 공을 세워 출세하겠다는 마음이 가득했다. 공양 스님이 무심코 내뱉은 말은 서축의 공명심에 불을 붙인 셈이었다. 공양간 아궁이를 뒤적이는 서축의 눈동자에 불꽃이 이글거렸다.

패엽사에서 의엄의 극진한 대접을 받고 정여립은 발길을 돌렸다. 패엽사의 일주문을 나갈 때 송간이 물었다.

"선생님, 조 생원이란 사람을 혹시 아십니까?"

"짐작 가는 사람이 있긴 하네."

"그 놈이 누구기에 선생님을 이렇게 모함하고 다닌단 말입니까?"
"내 짐작이 맞다면 그자는 송한필일 게야. 구봉 송익필의 동생이지. 전에 구봉을 찾아 학문을 논할 때 송한필과도 곧잘 어울렸었지."
"그런데 그 자들이 왜 선생님을…."
"지금 송씨 일가는 안정란과의 소송에서 져서 노비로 환천되었고 쫓기는 신세 아닌가. 그리고 율곡 선생도 세상을 떠나고 최근에 박순 대감까지 세상을 떴으니 서인들의 심리적 충격이 어떻겠나? 아마 구봉은 나를 표적으로 하여 무슨 일을 꾸미고 있는 것이 분명하네. 개인적으로나 당파적으로 탈출구가 필요한 시점이니까."
"그렇다면 우리도 무슨 대응을 해야 되지 않겠습니까?"
"누차 말했지만 마땅한 방법이 없다는 것이 문제일세. 나도 답답하이."
송간은 정여립의 말을 듣고 울화통이 터지는 듯 주먹으로 가슴을 친다. 정여립이 송간을 데려온 것은 호위 때문이기도 했지만 그만큼 신뢰하고 있다는 뜻이기도 했다. 항상 침착하던 송간이 이런 모습을 보이는 것도 처음이라 일행은 웃으면서 산을 내려올 수 있었다. 황해도에서 소문의 근원지를 알아낸 것이 소득이라면 소득이었다. 하지만 돌아오는 길은 발걸음이 무거웠고 앞으로 무슨 일이 닥칠지 몰라 불안했다. 지함두도 마음이 무거워서 말을 붙일 엄두가 나지 않았다. 고작 한다는 말이라곤,
"설마하니 무슨 일이야 있겠습니까? 너무 심려하지 마십시오."

이것뿐이었다. 전주를 앞에 두고 송간은 헤어져서 태인으로 가고 정여립과 지함두는 전주를 우회하여 곧장 진안으로 방향을 잡았다. 해가 짧아져서 그들이 곰티재를 넘을 때 그림자가 길어지더니 진안현에 이르자 완전히 어둠이 내려앉았다. 정여립은 배도 고프고 말을 먹여야 했기 때문에 현감 민인백을 찾아갔다. 민인백은 관복을 갈아입고 있었는데 정여립이 왔다는 말에 서둘러 마중을 나갔다.

"정 공께서 갑자기 어인 일이십니까?"

"날이 저물어 현감께 신세를 좀 질까 하고 찾아 왔네."

"잘 오셨습니다. 어서 안으로 드시지요."

정여립의 나이는 민인백보다 여덟 살 많았다. 게다가 민인백이 스승으로 섬기는 사람들과 교류를 하였던지라 함부로 대하기 어려운 처지였다. 정여립이 민인백의 안내를 받아 안으로 들자 지함두가 따라 들어왔다. 그것을 보고 민인백이 얼굴을 찌푸리며 나무랐다.

"종자(從者) 같은데 경우가 없구먼."

지함두는 무안해서 어쩔 줄 몰라 한다. 먼 행로에 장삼은 먼지가 묻고 때를 타서 지저분했고 행색이 초라했으니 그럴 만도 했다. 지함두가 들어오려다 어정쩡한 자세로 서있는 것을 보고 정여립이 말한다.

"아닐세. 죽도서실에서 일을 봐주고 있는 지함두라는 도사인데 이번 행로에서 따로 밥을 먹어 본 일이 없으니 괜찮네."

"이런 사람들과 어울리다가 자칫 공의 체모에 손상이 갈까 걱정됩니다. 무릇 사람이란 어울리는 자리가 있는 법인데."

여전히 불쾌한 표정을 감추지 못했다. 곧 내아에서 음식이 나오고 민인백은 술을 한잔 올렸다.

"한양에서 내노라 하는 문벌 집안의 자제로 과거에 장원급제하였는데 이렇게 궁벽한 촌구석에서 수령 노릇을 하려니 답답하지 아니한가?"

"오히려 마음이 편합니다. 공께서도 아시다시피 조정의 형편이 한 치 앞을 알 수 없을 정도로 복잡하니 이럴 때는 외직에 나와 있는 것도 괜찮지요."

"그렇다면 다행이네. 현감이 선정을 펼치고 있어서 백성들의 칭송이 자자하더군. 앞으로 현감은 나라에 크게 쓰일 것이니 너무 낙심하지 말게나."

"고맙습니다. 헌데 황해도에는 무슨 일로 다녀오시는지요?"

"산천 경계를 구경하고 싶어서 훌쩍 다녀오는 길일세."

"이럴 때는 바람 쏘이는 것도 필요합니다. 정해년 왜변 이후로 공을 칭송하는 소리가 드높으니 어딜 가도 불편함이 없을 겝니다."

민인백은 의미심장한 말을 던지고 정여립의 표정을 살핀다. 정여립은 껄껄 웃으면서 민인백을 바라보고 말을 돌린다.

"언젠가 임제(林悌)가 말하기를, 나라를 세운 곳에는 임금이 있고 모두 천자가 있는데 우리나라는 천자가 없으니 어찌된 일인가, 언젠가는 우리나라에도 천자가 있을 날이 올 것이라고 했는데 현감은 어떻게 생각하는가?"

"그게 될 말이겠습니까. 농담 삼아 한 말이겠지요. 명나라를 섬기며 조공의 예를 다하고 있는 조선의 신하로서 듣기에 심히 민망하군요."

"음, 그렇군."

정여립은 더 이상 말을 하지 않고 현감에게 술을 한 잔 따라주었다. 민인백은 그럼 편히 쉬라는 말을 남기고 돌아갔다. 상을 물리고 정여립은 잠자리에 들 준비를 하면서 지함두에게 물었다.

"자네도 그렇게 생각하는가?"

"네?"

"조금 전 내가 현감에게 의견을 물었지 않은가. 자네는 어떻게 생각하느냔 말이야."

"저는 잘 모르겠습니다. 임제 선생의 말이 옳은 것 같기도 하고."

"임제의 말이 맞네. 날 때부터 왕후장상의 씨가 따로 있다던가? 언제부터 명나라에 천자가 있었겠나. 나라의 힘이 강성해지면 천자를 세우는 것이고 약소하면 천자를 섬기는 제후국이 되는 것이지. 누구나 천자가 될 수 있는 것이네."

방은 따뜻했다. 두 사람은 모처럼 깨끗하고 따뜻한 방에서 여독을 풀게 되어 기분이 좋았다. 지함두는 왕후장상의 씨가 따로 없다는 말이 가슴에 와 닿아서 밤새도록 생각하다가 꿈속으로 빠져들었다.

선조는 그를 용납할 수 없었다. 임금에게 필요한 사람은 특별하게 잘 나지도 않고 못나지도 않은 신하다. 왕명을 받았을 때 그것의 옳고 그름을 따지지 않고 시행하는 신하가 선조에게는 필요했다.

전하, 역모이옵니다

　이산보는 황해 감사로 재임하던 시절 해서지방에 어떤 소문이 떠돌고 있는지 잘 알고 있었다. 임꺽정의 난이 평정되었다고는 하나 백성들의 마음속에는 아직도 임꺽정이 살아 있었다. 소문의 대부분은 임꺽정에 대한 것이었지만 어느 순간부터 정여립에 관한 것으로 바뀌었다. 이산보는 황해감사를 우참찬 한준에게 물려주고 선조를 알현하게 되었다.
　"황해도의 민심이 어떠한고?"
　"가뭄으로 인해 백성들의 민심이 예사롭지 않습니다. 본디 황해도는 나라를 원망하기 좋아해서 반역의 무리가 많은데 머지않아 반란을 일으킬 것입니다."
　이산보의 말을 듣고 선조는 가뭄에 시달리는 백성들의 원망쯤으로 여기고 마음에 담아두지 않았다. 임금의 자리에 있다 보면 실제 반란과 역모가 있었을 때에 심각한 것이지 민심이 다소 흉흉해졌다고 해서 반란이 일어날 것으로 생각할 수는 없었다.

 그런데 1589년(기축년. 선조22년) 10월 2일 황해 감사 한준으로부터 비밀장계가 도착했다. 역모를 고변하는 내용이었다. 장계(狀啓)는 왕명을 받고 외방에 나가 있는 지방 수령들이 자기 관하의 중요한 일을 임금에게 보고하거나 청하는 문서다. 일단 장계가 올라오면 승정원에서 먼저 뜯어보고 담당 승지가 이를 왕에게 올려서 왕의 재가를 받은 다음, 계하인(啓下印)을 찍고 그 장계의 내용과 관계 있는 관서에 하달하는 것이 일반적이다. 하지만 비밀장계는 그 성격상 왕에게 곧바로 전달되며 담당 관서에 하달할 것인지의 여부는 왕이 판단하게 된다.

 황해 감사 한준의 비밀장계를 뜯어본 선조는 손이 부들부들 떨렸다. 역모의 주모자가 정여립이라는 사실에 분노가 치밀었다. 선조의 머리에 정여립의 얼굴이 스쳐 지나갔다. 굳게 다문 입술과 당당한 풍채, 특히 총명하게 반짝이던 그 눈빛이 떠올랐다. 경연에서 자신의 눈을 바라보며 물러서지 않고 의견을 피력하던 젊은 정치인이 바로 정여립이었다. 선조는 그를 용납할 수 없었다. 임금에게 필요한 사람은 특별하게 잘 나지도 않고 못나지도 않은 신하다. 왕명을 받았을 때 그것의 옳고 그름을 따지지 않고 시행하는 신하가 선조에게는 필요했다. 그런데 정여립은 어떠한가. 감히 용안을 바라보면서 자신의 주장을 펼치지 않던가. 그것만으로도 선조는 이미 마음속에서 정여립이란 존재를 지워버린 지 오래였다. 정여립은 기백이 굉장하고 말솜씨가 좋아서 그가 입을 열기만 하면 말의 옳고 그름을 불문하고 좌석에 있는 사람들이 칭찬하고 탄복해 마지않았던 것이다. 선조는 정여립이 자신을 무능하고 우유부단하며 임금의 자질이 없다고 여겼음이 틀림없다고 생각하고 있었다. 그렇지 않아도 적통을 잇지 못하고 받쳐주는 왕실의 튼튼한 배경 없이 갑작스레 왕좌에 올라 하루도 마음이 편할 날이 없었다. 정여립으로부터 존경받지 못한다는 느낌을 받고부터 선조는 주위에 그런 신하를 두려고 하지 않았다.

"네 이놈. 이제부터 내가 과연 우유부단한 임금인지 아닌지 보여주리라."

선조는 정여립을 혼내주기로 마음먹었는데 미심쩍은 부분이 있었다. 정여립은 전라도 전주에 내려가 있는데 왜 황해감사가 비밀장계를 올렸을까. 전라감사 윤두수는 무엇을 하고 있었더란 말이냐. 율곡 이이가 죽고 난 후 정여립이 배신했다고 하여 서인들이 상소를 올리고 배척하던 것을 잘 알고 있었다. 그런데 서인 윤두수가 자기 관할에 있는 정여립의 동태를 전혀 몰랐다는 것이 이상했다. 선조는 생각이 여기까지 미치자 갑자기 골치가 아파왔다. 아무려면 어떠리. 정여립을 잡아다가 문초하고 혐의가 없이 무고로 밝혀지면 고변자들을 처벌하면 될 일이다. 중요한 것은 정여립을 따끔하게 혼내주고 세력이 강해진 동인을 견제하는 것이라고 생각했다. 선조는 이날 밤에 삼정승과 육승지, 그리고 의금부 당상관들을 급히 입궐하도록 하고, 다시 숙직에 들어온 총관·옥당 상하번들도 모두 입시하도록 명하였다. 다만 검열 이진길(李震吉)만은 들어오지 못하도록 하였다. 이진길은 정여립의 생질(甥姪)로서 그 누이의 아들이었다. 영문을 모르고 들어온 조정 대신들은 서로 눈길을 마주치면서 따로 알고 있는 것이 있는지 물어보았으나 아무도 그 이유를 알지 못했다. 선조는 부복한 제신(諸臣)들에게 물었다.

"홍문관 수찬이었던 여립이 어떤 사람인가?"

뜬금없는 질문에 영의정을 비롯하여 좌우 영상들은 눈치만 살필 뿐이다. 임금이 다시 묻는다.

"여립이 어떤 사람이냐고 물었다."

그제야 영상 유전(柳㙉)과 좌상 이산해가 대답했다.

"소신들은 그의 인품을 잘 모르옵니다."

선조는 마뜩찮은 얼굴로 우상 정언신을 바라보았다. 정언신은 왜 자기를 바라보는지 알 수가 없었고 갑자기 등에서 식은땀이 흘러내리는 것을 느꼈다.

"신은 여립이 독서하는 사람이라는 것만 알고 있을 뿐 다른 것은 모르옵니다."

정언신의 말이 끝나기가 무섭게 선조는 무서운 표정으로 들고 있던 장계를 상 아래로 내던지며 소리쳤다.

"독서하는 사람의 소위가 곧 이와 같단 말이더냐?"

승지가 기듯이 나아와서 장계를 집어 들었다. 선조는 그것을 모든 신하들이 알아들을 수 있도록 큰 소리로 읽으라고 명했다. 승지가 떨리는 목소리로 한 자씩 읽어 내려갈 때 좌우 신하들은 모두 목을 움츠렸고 등에는 땀이 배었다. 전 홍문관 수찬 정여립이 비밀리에 계획하기를 올 겨울이 지나기 전 서남 지방에서 일시에 군사를 일으키기로 기약했다는 것이다. 반역의 무리들은 강진(江津)에 얼음이 얼어 관방(關防)에 원조가 없기를 기다려 곧바로 경도(京都)를 침범한 뒤 무기고를 불태우고 강창(江倉)을 빼앗아 점거한 다음, 도성 안에 심복을 배치하여 내응하도록 하였다는 실로 무서운 내용이었다. 또한 자객을 나누어 보내어 대장 신립과 병조 판서를 먼저 죽이고 전지(傳旨)를 사칭하여 병사(兵使)와 방백(方伯)을 죽이도록 언약하였으며, 대관(臺官)에게 청탁하여 전라 감사와 전주 부윤을 논핵해서 파면하고 그 틈을 타서 거사하기로 하였다는 장계를 승지가 떨리는 목소리로 읽었다.

그런데 조금 전 선조에게 꾸지람을 들었던 정언신은 장계의 내용을 듣고 이게 무슨 황당한 궤변인가 싶고 어이가 없어서 자기도 모르게 킬킬 웃음이 나왔다. 원래 농을 좋아하고 웃기를 잘하는 사람이기도 했지만 거사 계획이 너무 황당했기 때문이다. 영상과 좌상이 눈을 껌뻑이면서 주의를 준다. 신하들의 모습을 바라보던 선조가 정언신을 보고 눈살을 찌푸렸다. 이윽고 승지가 장계를 다 읽었고 선조는 대신들의 의견을 구하려는 듯 입을 다물고 한 사람씩 얼굴을 바라보았다. 어디에선가 침을 꼴깍 삼키는 소리가 들렸다. 그

때 서인계열의 대신이 머리를 조아리며 아뢰었다.

"전하, 역모가 고해졌으니 그 진상을 파악해야 할 것입니다. 급히 금부도사를 황해도와 전라도로 나누어 보내고 여립과 그 공모자들을 체포하도록 하소서."

"그렇사옵니다. 그들뿐만 아니라 역모를 고변한 자까지 아울러 잡아다가 그 뒤에 누가 있는지 소상하게 밝혀야 하옵니다."

"일전에 여립을 황해도사로 천거한 이가 있었는데 이는 고양이에게 생선을 맡기자는 소리와 같았습니다. 다행히 전하께서 여립의 성정을 아시는 연고로 윤허하지 않으셨지요. 지금에 와서 생각해보니 전하의 깊은 뜻과 혜안이 새삼스럽게 느껴지옵니다."

한 번 말문이 터지자 여기저기서 덩달아 동조하는 소리가 뒤를 이었다. 그들은 이미 선조의 심중이 무엇인지 알고 있었기 때문이다. 정여립은 동인 계열이므로 서인들이 나서서 역모사건을 파헤치라고 주장하는 것은 거리낌이 없었다. 상황이 이렇게 흘러가자 영의정 유전은 체면을 세우느라 마지못해 의견을 내놓았다.

"전하, 대신들의 말이 옳사옵니다. 토포사를 나누어 보내고 만일의 비상사태에 대비하도록 하소서."

그제야 선조는 만족한 표정으로 대신들의 의견대로 하라고 말했다. 도대체 누가 정여립의 역모를 고변했던 것일까? 황해 감사 한준이 올린 비밀장계에는 안악 군수 이축, 재령 군수 박충간, 신천 군수 한응인 등이 역적 사건을 고변한 것으로 되어 있었다. 처음 역모의 소리를 들은 사람은 박충간이다.

  정여립이 패엽사를 다녀간 후 행자승 서축은 이리저리 아귀를 맞추어 보았다. 세상에 떠도는 소리와 정여립의 구월산 방문, 무슨 연관 고리가 있을 듯싶었다. 그래서 서축은 절을 나와 황해도 안악, 은율, 신천, 재령, 봉산, 곡산까지 돌아다니면서 정보를 수집했다. 확실한 것은 없었지만 기축년이 가기 전에 천지가 개벽을 할 것이라는 둥, 난리가 날 것이라는 둥, 정도령이 길삼봉 형제와 힘을 합쳐서 곧 군사를 일으킬 것이라는 소리는 서축에게 조바심을 주었다. 누군가 자기보다 앞서 역모를 고변해버린다면 공은 고스란히 그 사람에게로 가게 될 것이 분명했다. 사흘 동안 고민하던 서축은 결론을 내렸다. 소문일지언정 그것을 고변한다는 것은 잘못될 일이 없다는 판단이 섰고, 설혹 사실이 아닌 것으로 밝혀져도 많은 사람들이 알고 있는 소문을 알린 것뿐이니 곧장 맞을 일이 없었다. 자신의 할아버지 서림은 임꺽정을 배신하고 조정에 공을 세웠는데도 죽을 때까지 포도대장의 눈 밖으로 나가지 못했다. 상을 주기는커녕 간신히 벌을 면한 것에 불과했고 평생 동안 포도청을 벗어날 수 없었다. 서축은 당시 이런 결정을 내리게 한 인물 가운데 한 사람이었던 병조판서 정응두와 정여립의 성씨가 같은 것을 떠올렸다. 그의 가슴속에서 타오르는 복수심은 이번에야말로 제대로 공을 세워보라며 공명심을 충동질했다. 이렇게 해서 서축은 가까이에 있는 재령 군수 박충간을 찾아갔던 것이다.

박충간은 역모에 연루되었다 하여 억울하게 희생된 숙부가 있었다. 그리고 역모 고변의 대부분은 사실이 아니라 모함으로 밝혀지는 경우가 많았으므로 그는 망설일 수밖에 없었다. 이를 어떻게 할까 망설이던 끝에 박충간은 인근 안악의 수령인 이축을 찾아가서 의논하기로 마음먹었다.

이때쯤 안악 군수 이축으로부터 박충간에게 한번 만나자는 편지가 왔다. 이축도 이상한 소문을 접하고 한 놈을 체포해놓은 상태였다. 이축의 외가 쪽 조카 중에 진사 남절이라는 사람이 있었는데 그는 율곡 이이의 높은 뜻에 감동받아 해서지방에 널리 퍼져있는 이이의 문하생들과 교류하고 있었다. 어느 날 조 생원이라는 사람을 소개받았는데 그는 뜻밖의 소리를 전해주었다.

"안악에 교생 조구(趙球)라는 사람이 있는데 자칭 정여립의 제자라고 칭하면서 도당들을 끌어 모으고 있다 합니다. 도당 가운데 변숭복이란 자는 발이 빨라 틈만 나면 전라도를 왕래하면서 정여립의 밀지를 받아온다고 하더군요. 사람들은 머지않아 난리가 날 것이라고들 걱정이 태산입니다."

처음에 이 소리를 들었을 때 남절은 웃어넘겼다. 하지만 조 생원이 진지한 목소리로 남절의 마음을 흔들어 놓았다.

"그뿐만이 아닙니다. 전라도를 비롯해서 경향 각지에서 정여립을 칭송하며 세상을 뒤집었으면 좋겠다는 소리를 합디다. 이대로 두면 정말 난리가 날지도 모르고 그렇게 되면 조구 같은 자들이 암약하고 있는 이곳 안악 군수도 무사하지는 못할 게요."

이 말까지 듣고 남절은 가만히 있을 수가 없었다. 그는 안악 군수 이축을 찾아가서 조생원에게 들었던 말을 그대로 고해바쳤다. 이축은 군사를 풀어 조구를 잡아오도록 했다. 한가하게 글을 읽고 있던 조구는 영문도 모른 체 잡혀왔고 누구와 역모를 꾀했느냐며 가해지는 모진 형신과 회유를 참지 못하고 거짓 자백을 하고 말았던 것이다.

"분명한 역모올시다. 이대로 두었다가는 우리가 큰 화를 당할 것이 분명하오."

박충간은 이축으로부터 교생 조구를 체포해서 자백을 받아냈다는 말을 듣고 확신에 차서 소리쳤다. 하지만 이축은 신중했다. 역모 고변이라는 것이 어디 보통 사안인가. 자칫 잘못 고변했다가는 되레 화를 입을 수도 있었다.

"급할수록 돌아가라고 했소. 우리끼리 이러지 말고 신천 군수를 한번 만나봅시다. 그도 무슨 꼬리를 잡았는지 모를 일 아니겠소?"

이축이 이렇게 말한 데는 이유가 있었다. 신천군수 한응인은 1584년(갑신년. 선조17년)에 종계변무사 황정욱과 함께 서장관 자격으로 명나라를 다녀온 인재였다. 사신으로 갔을 때 태조 이성계에 대하여 잘못 기록되었던 부분을 개정한 회전(會典)의 전문을 기록하여 가져왔고, 황제의 칙서까지도 받아와서 임금이 친히 모화관(慕華館)에 나아가 마중하였던 일이 있었다. 한응인은 품계가 올라가고 푸짐한 상을 받았다. 안악 군수 이축이 한응인을 떠올린 것은 인근 수령이기도 했지만 조정의 신임이 두터운 한응인과 연명함으로써 부담을 덜고자 했던 것이다. 박충간과 이축이 신천 군수 한응인을 만났을 때 그는 역시 신중했다.

"글쎄올시다. 역적의 수괴가 도사리고 있는 전라감사도 가만히 있는데 우리가 나서는 것은 우습지 않겠소?"

"그것이 무슨 말씀이오? 만일 공께서 우리의 말을 소홀히 들으셨다가 나중에 정말 변란이 일어나면 그때 어떻게 하시렵니까?"

이축은 한응인이 쉽게 마음을 정하지 못하자 안악에서 조구를 신천까지 끌고 왔다. 본래 조구는 입이 가볍고 행동이 경망한 사람이다. 그도 알 수 없는 편지가 집에서 발견되어 증거물로 제시되었는데, 편지에는 정여립의 별호인 오산(鰲山)으로 쓴 것이 몇 장 있었다. 조구는 어찌된 영문인지 몰라 펄쩍 뛰면서 부인했지만 이축은 증거물을 가지고 조구를 고문하는 한편 은근한 말투로 어차피 세상사람 모두가 알고 있는 것이니 네가 순순히 불기만 하면 나중에 큰 상을 받을 것이라고 회유했다. 고문을 견딜 만한 힘이 없고 역모를 잡아뗄 기개도 없었던 조구는 쉽게 마음을 바꾸어 정여립의 죄상을 고발하는데 일조하고 나섰다. 그 대가로 조구는 후에 상을 받게 된다. 조구로부터 진술을 들은 한응인은 역모 사건을 고하기로 마음먹고 안악군수 이축, 재령군수 박충간과 연명하여 황해 감사 한준에게 비밀장계를 올려서 고변하였던 것이다.

일을 마치고 박충간은 급히 재령으로 돌아왔다. 그는 마음이 바빴다. 자기는 패엽사에서 행자승으로 있던 서축의 제보를 받은 것에 불과했으나, 이축은 탐문하여 조구를 잡아왔으니 공이 그에 미치지 못할 것 같았다. 그래서 재령으로 돌아온 날 군사를 보내서 평소 입이 방정맞고 사람들의 신임을 잃고 있었던 이수(李綏) 등을 잡아다가 죄를 뒤집어씌우고 회유했다. 그리고 급히 소장을 만들었는데 역모 고변의 무게감을 더하기 위하여 패엽사의 주지 의엄과 그 제자 서축이 고변하고 이수를 잡아 확인받았다는 내용이었다. 박충간은 이를 아들에게 주어 급하게 말을 달려 한양으로 향하도록 출발시켰다. 황해 감사의 장계보다 먼저 예궐하여 상변(上變)해야 더욱 큰 공을 세울 수 있다고 믿었기 때문이다. 이리하여 소장을 품에 넣은 박충간의 아들과 황해감사의 장계를 가진 전령과의 숨 가쁜 말달리기가 시작되었는데, 간발의 차이로 박충간의 소장이 먼저 도착하고 뒤이어 황해감사의 장계가 뒤를 이었다.

상황이 이렇듯 급박하게 돌아가고 있을 때 태인의 송간은 딸 수연의 혼사 문제를 아내와 논의하고 있었다. 수연의 나이 벌써 열일곱 살이었다. 벌써부터 여기저기서 딸을 달라는 소리가 중매쟁이를 통해서 들려왔는데 살림이 넉넉지 못하고 올해 흉년까지 들어 차일피일 미루고 있는 형편이었다. 그리고 송간은 재산이 많은 집에서 혼담을 넣어도 시큰둥한 얼굴로 확답을 주지 않았다. 옆에서 이를 보다 답답해진 부인 박씨가 물었다.

"그 정도면 지체도 있고 수연이 큰 고생을 하지 않을 터인데 왜 말씀이 없으십니까?"

"조금 더 기다려보시오. 어차피 올해 혼사를 치루기는 어렵지 않겠소?"

"그 이유 때문이라면 드릴 말씀이 없지만, 혹시 마음에 두고 있는 혼처라도 있으신지요."

"혼처랄 것까지는 없고."

"뉘댁입니까?"

"차차 알게 되지 않겠소. 너무 서두르지 말고 천천히 합시다."

매번 이런 식이니 박씨는 기운이 빠져서 더 이상 묻지 않았다. 설마 딸을 늙어죽을 때까지 내버려두지는 않을 것이란 생각이 들었기 때문이다. 어느 날 서편 하늘이 붉게 물들어가며 느티나무의 그림자를 길게 드리우는 늦은 오후에 동후가 나무를 한 짐 지고 찾아왔다.

"스승님."

"오냐, 동후구나."

"네. 날씨가 많이 차가워졌습니다. 어머니가 나무를 한 짐 넣어드리라고 말씀하셔서 지고 왔습니다."

"번번이 이렇게 마음을 써주시다니. 고맙다고 전해드려라."

"어디다 부릴까요?"

"그 쪽 헛간 앞에 내려놓아라. 나중에 내가 들여놓으마."

동후가 지게를 벗고 땀을 훔쳤다. 훤칠한 키에 떡 벌어진 어깨가 어디다 내놓아도 빠지지 않을 남아의 풍모다. 송간은 흐뭇한 미소를 지으면서 동후를 다정스럽게 부른다.

"잠시 들어왔다 가거라."

동후가 들어오자 박씨는 슬며시 일어나 자리를 비켜준다.

"그래, 요즘 공부는 잘 되느냐?"

"가르쳐주신 덕분에 많이 발전하고 있습니다. 다만 봉술이 좀 미흡해서 걱정입니다."

"그것이라면 걱정하지 말거라. 죽도서실에 있는 박문장이 봉술과 창술의 달인 아니더냐. 내가 이야기해놓을 테니 언제 가서 전수받도록 해라."

"고맙습니다."

동후는 무과(武科)를 준비 중이었다. 부지런히 공부하고 무예를 연마하여 무관으로 관직에 나가고 싶었던 것이다. 그 마음을 잘 알고 있는 송간은 무과를 치름에 있어 필요한 것들을 하나씩 알려주고 어느 정도 수준에 올랐는지 점검해주기를 마다하지 않았다. 제자들 가운데 무과 응시생이 여럿 있었는데 그중에서도 동후의 실력이 가장 뛰어나서 기대를 하고 있었다.

"그건 그렇고, 네가 아마 열아홉이지? 너도 이제 혼인을 해야 할 나이가 되었는데 어머니께서는 아무 말씀 없으시더냐?"

혼사이야기가 나오자 동후는 소년처럼 얼굴을 붉히고 고개를 숙인다.

"아직…."

"남자는 뜻을 이루는 것도 중요하지만 몸을 닦고 가정을 꾸리는 것도 중요하다. 먼저 수신(修身)하고 제가(齊家)를 한 다음에야 치국(治國)을 할 수 있으며 종국에 가서는 평천하(平天下)의 꿈을 꿀 수 있는 것이지."

"명심하겠습니다."

동후는 허리를 굽혀 인사를 올리고 물러나왔다. 지게를 걸머지고 터벅터벅 걸어갈 때 저쪽에서 빨래 동이를 옆구리에 낀 수연이 걸어온다. 멀리서부터 서로를 알아보고 짐짓 딴청을 피우는척 하면서 걷는데 거리가 점점 가까워진다. 수연의 맑고 뽀얀 얼굴이 동후의 눈에 가득 차서 가슴이 방망이질하는 것처럼 뛴다. 수연은 고개를 한쪽으로 살짝 돌렸지만 복숭아처럼 연분홍 홍조가 볼에 가득하다. 두 사람이 스쳐 지나갈 때 동후가 침을 꿀꺽 삼키고 불러 세웠다.

"수연 낭자."

수연은 그대로 얼음이 되어 버린 것처럼 몸이 굳었다. 하지만 동후를 바라보지는 않는다.

"철은 잘 있지요?"

묻는다는 말이 철의 안부다. 이제 열한 살로 제법 의젓해진 철의 안부를 묻다니 수연은 갑자기 바람 빠지듯이 웃음이 피식 나왔다. 동후는 당황해서 어쩔 줄 몰라 하며 말을 바꾼다.

"나무 한 짐 들여다 놓고 가는 길이오."

이번에는 나무 타령이다. 수연은 갑자기 심통이 나는 듯 톡 쏘아붙였다.

"누가 나무 해달랬어요?"

"어머니께서 말씀하시기에. 그러니까 조금 전 스승님을 뵙고 오는 길인데 여기서 낭자를 우연찮게 만난 것이고."

동후는 횡설수설 자기가 무슨 말을 내뱉고 있는지 종잡을 수가 없었다. 하고픈 말은 이게 아닌데 왜 자꾸 이런 말이 튀어나오는지. 수연은 고개를 살짝 돌려 동후의 발끝을 바라보았다.

"왜 그렇게 남자가 싱거우세요? 사람 애타는 줄도 모르고."

말을 쏟아 놓고 수연은 얼굴이 더욱 빨개져 누가 보기라도 하는 것처럼 종종걸음으로 사라지고 말았다. 동후는 갑자기 뒤통수를 떡메로 얻어맞은 것처럼 잠시 멍한 기분이 들었다. 그의 눈에 남아 있는 것은 수연의 허리까지 치렁치렁 내려온 머리꼬리와 곱게 매달린 자줏빛 댕기였다. 곱게 물든 낙엽처럼 바람에 휘날려서 동후의 가슴속에 찰싹 달라붙는 것 같았다. 동후는 잠시 후 혼자 킬킬대며 한참을 웃더니 작대기를 공중에 붕붕 휘두르면서 집으로 달려갔다.

저녁 무렵 동후는 희동이 퇴청할 시간에 맞추어서 관아로 갔다. 희동은 이제 현감을 보좌하여 호방을 맡고 있었다. 아버지는 제법 큰 일이나 있을 때 한번씩 희동을 도와주었을 뿐이다. 마침 공방이 나이 들고 병이 나서 일을 보지 못하는 관계로 희동은 공방까지도 겸

임하고, 관에서 성벽을 보수하거나 농수로를 파고 관청을 신축하는 일을 희동 혼자 모두 해내고 있었다. 워낙 일처리가 깔끔해서 현감은 희동을 매우 신임하고 있었는데 목수들은 희동을 통해서 일감을 따내려고 은근한 줄을 대기도 하는 모양이었다.

"웬일이냐? 갑자기 나를 보러 나오다니."

"이제 완전히 아전이 다 되었구나. 요즘 태인현에서 젊은 아전이 일 잘한다고 소문이 자자하더라."

"괜한 소리 말고. 술 생각나서 왔구나. 어머니께서는 잘 계시냐?"

"그저 그렇지 뭐."

희동은 동후를 데리고 관아 앞에서 왼쪽으로 꺾인 골목에 자리 잡은 주막으로 들어간다. 포졸 몇 명이 먼저 와서 술추렴을 하다가 아는 체를 한다. 희동은 건성으로 인사를 하고 술과 국밥을 주문했다. 주막을 하는 어머니를 돕는 젊은 여자가 유난히 엉덩이를 흔들면서 상을 봐주고 희동에게 수작을 걸었다. 이년 전에 소박을 맞고 쫓겨 왔다는 소리가 있는 여자였다.

"함께 온 총각도 얼굴이 좋아서 처녀들 마음을 많이 도적질 하게 생겼수."

"쓸 데 없는 소리 말고 술이나 떨어지기 전에 잽싸게 가져 오라구."

여자는 희동을 향해 눈을 흘긴 다음 동후에게 입을 내밀고 부엌으로 사라졌다.

"먹자."

희동이 술병을 들어 뿌연 막걸리를 넘치도록 따라준다.

"요즘 바쁘다면서?"

"응, 신임 현감은 구관과 달라서 일처리가 확실한 사람이야. 가뜩이나 흉년 들어 백성들은 죽을 지경인데 성벽을 보수한다고 난리법석을 피우니 사람 죽겠다."

"갑자기 왜 성벽을 수리한대?"

"몰라, 무관 출신이라서 그런지 성벽이 조금이라도 허물어진 곳이 있으면 넘어가지를 못해. 너도 나중에 수령으로 나오면 그러겠지?"

"내가 무슨 수령을 하겠냐. 고작해야 변방에서 미관말직으로 썩겠지."

"꼭 등과해라."

두 사람은 술잔을 들어 가볍게 부딪힌 다음 단숨에 들이켰다. 동후는 입술을 훔치고 희동이 술잔을 내려놓기를 기다려서 물었다.

"저번에 혼사 이야기가 오간다고 하더니 어떻게 됐어?"

"섣달에 날 잡혔다."

"한창 추울 때구나. 봄에나 하지, 왜?"

"몰라, 그 댁에서 서두르나봐. 장서방댁이 임피에 있는 수운창(水運倉)에서 세곡을 운반하는 배를 여러 척 갖고 있거든. 이번에 세곡을 가득 실은 배 다섯 척이 뜨는데 그 배가 돌아오면 혼사를 치르겠다는 거야."

"굉장한 부자구나."

"가문이 별 거 없으니 돈이라도 많이 벌자는 것이겠지."

희동은 별로 기쁜 표정이 아니었다. 앞으로 장인이 될 장 서방은 서해안과 한강수로에서 이름난 거상이었다. 그는 세곡만 운반하는 것이 아니라 한양에서 돌아올 때는 여러 가지 물건을 들여와 팔았기 때문에 많은 이문을 남기고 있었다. 장 서방이 희동을 사윗감으로 점찍게 된 것은 이유가 있었다. 그는 아들 둘에 딸 하나를 두고 있었는데 아들들의 장사 수완이 시원찮아서 자신이 죽고 나면 많은 재산이 먼지처럼 다 날아가 버릴 것만 같아서 불안했다. 그래서 사위라도 제대로 된 놈으로 얻으려고 마땅한 사윗감이 있다는 소리를 듣기만 하면 천리도 마다 않고 찾아다녔다. 장 서방의 조카 중에 대목수를 하는 사람이 있었다. 그가 태인에 와서 몇 달간 일하면서 희동을 겪어보고 장 서방에게 사윗감으로 추천했던 것이다. 이 소리를 들은 장 서방이 시간을 내 희동을 먼발치에서 보고 주위사람들의 말을 들어보았다. 키도 그만하면 됐고 인물도 빠지지 않았다. 다만 아전의 집안이라 관아에 묶인 몸이라는 것이었는데 그것도 장 서방이 마음만 먹으면 얼마든지 해결할 수 있는 문제였다. 곧 사람을 보내서 희동의 아버지에게 운을 뗐고 희동네 측에서는 반대할 이유가 없었다. 희동네도 가난하게 살지 않았지만 재물로는 도저히 장 서방에게 견줄 수 없었다. 이렇게 해서 날짜가 잡혔던 것이다. 그런데 어찌된 일인지 희동의 표정이 밝아 보이지 않아 동후는 걱정이 되는 모양이었다.

"왜 그래?"

"내가 뭘?"

"장가 날 받아 놓은 신랑의 표정이 그게 뭐냐? 나 같으면 좋아서 입이 벙긋벙긋하겠다."

"싫지는 않다."

"아직 신부 얼굴은 못 봤지?"

"못 봤지. 그런데 들으니 박색은 아니라더라."

"녀석, 벌써 신부가 어떻게 생겼는지 다 챙겨본 모양이구나. 역시."

희동은 이죽거리면서 웃는 동후를 바라보면서 술을 쭉 들이켰다. 그리고는 지나가는 말로 묻는다.

"수연 낭자는 잘 있겠지?"

"그걸 왜 나한테 물어?"

"내가 모르는 줄 아니? 너 예전부터 수연 낭자를 마음에 두고 있었잖아."

갑자기 동후는 얼굴이 빨개지며 비어 버린 술잔을 들었다 놓았다 하면서 안절부절못했다.

"난 잊었다. 한때 수연 낭자 같은 사람하고 가시버시 했으면 얼마나 좋을까 생각도 해보았지만 방법이 없더라. 스승님이 감히 아전의 아들인 나를 쳐다보기나 하시겠냐."

"술 맛 떨어지게 갑자기 그게 무슨 말이야? 혼인이 어디 내가 좋아

한다고 이루어지는 일도 아니고."

"난 알고 있다. 수연 낭자도 너를 좋아하는 것을 말이야. 이제 나는 멀리 장가가지만 넌 수연 낭자와 잘 되었으면 좋겠다. 이번에 장가들면 관아의 일은 동생에게 맡겨버리고 난 장사를 배울 생각이야. 조선 제일의 거상(巨商)이 될 거다. 이 나라의 재물이란 재물은 모두 쓸어 담아서 나라님도 못하는 일을 하면서 살 것이다."

"너 대단하구나."

"내가 할 수 있는 일이 장사 밖에 더 있겠니? 재물을 모아서 나라님도 못하는 일을 하며 세상을 쥐락펴락할 것이다."

"나라고 별수 없어. 무과에 급제하려면 너댓 번의 낙방은 각오해야 할 것이고 스물 중후반이나 되어야 등과하겠지."

"등과하면 제일 먼저 나한테 연락 줘."

희동은 손을 뻗어 동후의 어깨를 툭 친 다음 소리 내어 웃었다. 두 젊은이가 껄껄대며 웃자 부엌에서 찬거리를 다듬던 여자가 고개를 내밀고 바라본다.

"뭐가 저리 좋을꼬."

동후는 희동과 헤어져서 집으로 돌아가는 길에 하늘을 보았다. 하늘은 장막을 드리운 듯 캄캄한데 유난히 반짝이는 별이 동후를 따라오는 것 같다. 어둠 속에서 걷는 좁은 길이지만 동후에게 익숙한 길이다. 캄캄해서 어두울 때는 하늘을 보면서 길을 잡으면 된다. 그믐밤에도 하늘은 뿌옇게 밝은 구석이 있기 때문에 하늘을 한번 바라보고 가야 할 길을 한 번 바라보면 어둠 속에서도 살쾡이처럼 길을 찾을 수 있었다. 동후의 발길은 자기도 모르게 수연 낭자의 집 쪽으로 향했다. 마을 어귀를 들어섰을 때 사방에서 컹컹거리며 짖어대는 개들 때문에 정신이 번쩍 들었다. 순간 내가 왜 여기에 왔을까 하는 생각이 들었다. 동후는 그냥 돌아갈까 잠시 망설이다가 수연의 집이 바라보이는 야트막한 동산의 바위에 걸터앉았다. 그리고 어둠 속에서 불이 켜져 있는 수연의 집을 바라본다. 안방과 부엌에만 불이 켜져 있었는데 수연은 아직까지 부엌일을 하는 모양이다. 검은 그림자가 일어섰다 앉았다 반복하고 마당으로 내려서서 설거지물을 쫙 뿌리고 들어간다.

"아, 수연아."

동후의 입에서 신음처럼 안타까운 목소리가 흘러나온다. 송간의 말처럼 이제 동후도 장가를 가야 할 나이가 되었다. 그런데 쉽게 혼담을 걸어오는 사람이 없었다. 비록 퇴락한 양반의 가문이라지만 자존심이 있어서 격에 맞는 혼처라야 대답을 했으니 그럴 만도 했다. 사람들은 주제도 모르는 것들이 격식을 따지고 사람을 차별한다는 둥 수군거렸다. 그래도 어머니는 못 들은 체 하면서 동후에게 아무런 말도 하지 않았다. 동후는 갑자기 희동이 부러워졌다. 그까짓 신분이 무슨 소용이란 말인가. 양반이면 어떻고 상놈이면 어떻고 못 살면 어떠한가. 동후는 스승을 따라 죽도서실에 갔던 일이 떠오른다. 우렁우렁한 목소리로 대동계에 모인 사람들을 향해 일갈하던 정여립의 목소리.

"한 나라에서 가장 중한 것은 무엇이냐? 그것은 백성이다. 맹자께서도 말씀하시기를 백성이 가장 귀하고 그 다음이 사직이며 군주는 가장 가벼운 것이라고 말씀하셨다. 민위귀요 사직차지며 군위경(民爲貴 社稷次之 君爲輕)이라는 말이다. 그러므로 가장 귀한 백성들, 여기에 모인 우리들은 이 나라의 중심이다. 백성이 있은 연후에야 사직이 있는 것이고 군주가 있는 것이다. 각자의 소임을 다해서 나라의 기틀을 튼튼히 해야 한다."

개국공신 정도전도 민귀군경(民貴君輕)이란 말을 가지고 이성계가 역성혁명을 통해 조선을 개국할 수 있도록 도왔다. 이는 백성을 가장 근본으로 삼고, 사직 역시 백성을 위해 세워야 하는 것이며, 군주의 존망은 이 두 가지에 달려 있으므로 고려 말 백성을 근본으로 삼지 않고 있는 사직과 군주는 이치에 어긋난다는 것이었다. 군주가 무도하여 사직을 위태롭게 하고 백성을 귀하게 여기지 않으면 마땅히 어진 군주를 세워 백성의 마음이 돌아오도록 해야 한다는 뜻이었다.

"또한 맹자는 백성 보기를 다친 사람 보듯 하며 갓난아이 돌보듯 하라고 하였다. 모두 백성의 중요함을 말한 것이 아니겠는가. 이처럼 백성은 나라의 근본이니 우리들은 신분의 귀천 없이 이 말을 가슴속에 깊이 새겨야 할 것이다."

정여립의 말을 들을 때 사람들의 표정이 어떠했던가. 학문의 깊이가 얕아 말귀를 알아듣지 못하면 옆에 있던 사람이 풀어서 설명해 주었고, 이치를 깨달은 사람은 무릎을 탁 치면서 감탄해 마지않았던 것이다. 동후도 마찬가지였다. 지금까지 경서를 달달 외기만 했을 뿐, 거기에 써진 글의 깊은 의미를 깨닫지 못하고 있었는데 정여립의 말은 한 번 들을 때마다 마치 뇌수를 쪼개고 그 안에 새겨 넣는 것처럼 강렬하게 다가왔다.

"그런데 나는 왜 이렇게 사는 것일까?"

동후는 아무리 생각해도 자신이 이 나라의 백성이란 생각이 들지 않았다. 퇴락한 양반의 집에서 오직 자존심과 명예만을 뜯어먹고 살 뿐이었고, 천민들은 어디 가서도 사람대접을 받지 못한 채 그저 하루하루를 연명하면서 살다 죽을 뿐이었다. 하지만 명문 귀족으로 태어나기만 하면 좋은 환경에서 공부하여 출세하고 자자손손 걱정 없이 살 수 있었다. 아니 굳이 출세하지 않더라도 조상의 음덕을 입어 집안에 많은 노비를 두고 손가락 하나 까딱할 필요가 없었다. 갑자기 동후는 머리가 아파왔다. 그때 수연이 일을 마쳤는지 부엌을 나와 문을 닫고 손을 앞치마에 닦으면서 방으로 들어갔다. 모든 것이 동후의 눈앞에서 정지된 것처럼 느껴졌다. 마치 자신은 멀리 다른 세계에서 수연이 있는 세계를 바라보는 듯한 기분이 들었다. 동후가 한숨을 길게 내쉬고 일어설 때 숲에서 부엉이 울음소리가 들려왔다.

죄인들이 말한 반(叛)은 반역이 아니라 밥상(盤)을 뜻하는 것이다. 이 소리를 듣고 국문하는 자리에 있던 선조와 중신들이 모두 웃었다.

기지개를 켜는 사람들

　조정대신들이 황급히 입궐하여 선조로부터 정여립이 역모를 꾀했다는 소리를 듣고 난 후 도성은 밤새도록 수군거렸다. 스물여덟 번 인경을 치고 성문이 닫혔을 때에도 역모에 대한 소식은 바람을 타고 가는지 아니면 쥐가 들어서 옮기는지는 몰라도 도성에 파다하게 퍼져 버렸다. 새벽녘 서른세 번의 파루가 울리자 종들은 바쁘게 움직이면서 사람을 부르러 다녔다. 소식은 동인과 서인들에게 두 갈래로 나뉘어 흘러 다니고 있었다. 봉건사회인 조선에서 가장 큰 정치 변혁을 가져오는 것은 반정과 역모였다. 반정(反正)은 어긋난 길에서 정통으로 돌아가고 정도(正道)를 회복한다는 말이다. 다만 왕조의 정통성을 인정하고 폭군이나 무능력한 임금을 교체하는 것이기 때문에 후사를 잇는 것은 왕실이었다. 중종반정을 통해 연산군을 축출한 것이 좋은 예다. 역모(逆謀)는 반역으로서 왕조의 정통성을 정면으로 부인하고 그 일체의 권한까지도 빼앗으려는 것을 말한다. 반정이 주로 백성들의 실생활과 무관한 상부 정치 권력끼리의 싸움이라면, 역모는 백성들이 동참한 가운데 행해지는 싸움이었다. 지금 역모의 주모자로서 정여립이 거론되었으니 그가 속한 당파는 벌집을 쑤신 듯이 시끄러울 수밖에 없었다. 역모 고변이 있은 이튿날 토포사가 전라도와 황해도로 출발하는 것을 보고 사람들은 역모가 뜬소문이 아니었음을 실감하게 되었다.

이때 영중추부사 노수신은 노쇠하여 병을 앓고 있었다. 오래도록 출사를 하지 못하고 있었는데 그의 문하 한 사람이 역변을 일으킨 자가 노수신과 관련이 있다는 말을 듣고 놀라 노수신의 집으로 달려갔다.

"영중추부사 어르신, 큰일 났습니다."

"무슨 일이기에 아침부터 호들갑을 떠는가? 인왕산 호랑이가 내려와서 주막이라도 털어 먹었는가?"

"지금 그렇게 농을 하실 때가 아닙니다. 홍문관 수찬이었던 정여립이 역모를 꾀했다고 합니다. 벌써 토포사가 출발했는데 그는 상공(相公)께서 전에 인재로 추천했던 인물 아닙니까? 불똥이 어디로 튈지 알 수 없으니 무슨 대책을 세워야 합니다."

"뭣이? 정여립이 모반을 꾀했어? 그가 무슨 이유로?"

노수신은 하얀 수염을 가늘게 떨면서 연거푸 물었다.

"그것은 저도 모르겠습니다. 그런데 이번 역모 고변이 해서(海西)에서 나왔다고 하는 것이 수상합니다. 해서 사람 중에는 율곡 이이의 문인이 많으니 이는 반드시 무고하여 사림(士林)에게 화를 끼치려는 것이 분명합니다. 상공은 인망이 중하여 임금께서 평소 의지하고 믿고 있으니 몸이 불편하시더라도 나아가서 한 마디 말을 하여 해명하는 것이 좋겠습니다."

듣고 보니 구구절절 옳은 말이었다. 그동안 노수신이 정여립을 천거한 것은 한두 번이 아니었다. 그의 생각에 젊고 유능한 인재가 당파싸움에 휘둘려서 관직에 나아가지 못하고 밀리는 것이 안타까웠던 것이다. 노수신은 아픈 몸을 이끌고 관복을 갖추어 입은 다음 급히 예궐(詣闕)하여 문안하였다. 선조가 앞으로 나아와서 얼굴을 보이도록 인견(引見)을 명했으나 노수신은 다리가 너무 아파서 더 이상 움직일 수가 없었다. 그래서 선조는 노신하가 하고 싶은 말을 글에 써서 올리라고 명하였다.

"근일의 일대 사건은 고금에 없던 것이므로 전하께서는 반드시 크게 놀라셨을 것입니다. 신은 안타까움을 견디지 못하여 감히 와서 문안합니다. 천세토록 만복을 누리소서."

"어찌 이런 일이 있단 말인가. 경은 안심하도록 하라. 이번 역적의 변고가 과인의 시대에 나오게 된 것은 모두 나라를 제대로 다스리지 못한 소치이니 선조 대왕들께 부끄럽고 죄스러워 무어라 말할 수가 없다."

선조는 노수신을 오히려 위로하고 추운 날씨에 몸이 상할까 염려하여 후피요(厚皮褥)를 하사하였다. 후피요는 담비 가죽으로 만든 요다. 이것으로 노수신은 일단 안심을 하였지만 이듬해 2월 초하루 정철과 심수경의 탄핵을 받아 파직되고 만다. 한편 이발은 선조의 우유부단한 태도와 실마리가 보이지 않는 당쟁에 지쳐 낙향한 상태였다. 한양에 있던 아우 이길의 편지로 역변(逆變)을 듣게 되었고, 황급히 상경하여 사태의 전말과 앞으로 어떻게 전개될지에 대하여 의논을 하기에 이르렀다. 이발과 좌상 이산해, 우상 정언신, 그리고 동생 이길이 한자리에 모였다.

"도대체 이것이 어떻게 된 일입니까? 대보가 역모를 꾀하다니."

"우리도 임금께서 장계를 내보이고 난 후에야 알았다네. 지금도 가슴이 떨려서 진정할 수가 없군."

이발의 물음에 정언신이 가슴을 쓸어내리면서 답했다. 네 사람 가운데 정언신이 가장 연장자요, 그 다음이 이산해였다.

"두 분께서는 대보가 정말 역모를 꾀했다고 보십니까?"

"글쎄. 믿기지가 않네. 여립의 말에 과격한 부분이 있기는 하나 역모를 꾀할 이유가 없지."

"그렇다면 이대로 있으면 안 되지요. 좌상 대감, 뭐라고 말씀 좀 해보십시오."

이산해가 눈을 껌벅거리며 곰곰이 생각에 잠겨 있다가 입을 연다.

"난 여립의 역모 자체를 믿지 않네. 여립은 전주와 죽도서실을 오가고 있는데 왜 전라도에서는 역모 고변이 없는가? 지금 전라 감사는 윤두수요, 진안 수령은 민인백이지. 그들은 서인들이니 없는 역모까지라도 충분히 만들어낼 수 있을 텐데 말이야."

"그렇지요. 이번 고변은 황해도에서 올라 왔습니다."

"그게 이상하단 말이네. 해서 지방은 율곡 선생의 후학들이 구름처럼 있다는 것은 이미 다 아는 사실이고 구봉 송익필의 가족들이 그 쪽에 가서 추노를 피하고 있다는 소문도 있지 않은가. 뭔가 냄새가 나는데 중요한 것은 어심(御心, 임금의 마음)이야."

"정철과 송익필은 어떻습니까?"

"아직 모르겠네. 송강은 경기도 고양에 있는 것으로 알고 있지만 송익필의 행방이 묘연해. 아마 누군가 숨겨주고 있겠지."

이산해의 말을 듣고 이발은 주먹을 불끈 쥔다. 이발은 중요한 일이 터진 마당에 낙향해 있는 것이 안타깝다는 표정으로 이번에는 정언신에게 묻는다.

"이건 분명 우리를 겨냥한 거짓 역모 고변입니다. 여립이 역모를 꾀했다는 거짓 고변으로 우리 동인들을 견제하겠다는 속셈이지요. 여립이 올라오면 모든 사실이 백일하에 드러날 것입니다. 그때 누가 이 일을 꾸몄는지 밝혀서 관련자를 일벌백계하고 어지러운 국사를 바로잡아야 합니다. 전라도에는 누가 내려갔습니까?"

"금부도사 유담(柳湛)과 선전관이 내려갔네. 금부도사가 출발하기 전에 내가 만나서 이번 일은 조정 중신들을 모함하려는 계략이 숨어 있을지도 모르니 신중하게 처리하라고 당부를 했네."

"그건 잘 하셨습니다. 도사가 여립을 잡아오면 모든 일이 백일하에 드러나는 것이지요. 일을 겪고 보니 동정서사(東正西邪)란 말이 옳은 것 같습니다. 뒤에서 음모를 꾸민 서인들을 찾아내서 요절을 내야 속이 시원하겠습니다."

"일단 기다리게. 지금 우리가 할 수 있는 일은 여립이 빨리 올라오기를 기다리는 것밖에 없네."

동인들이 모여서 머리를 맞대고 걱정을 하고 있을 때 서인들은 자못 흥분과 설렘 속에서 숨을 죽이고 있었다. 이산해(李山海)가 이조판서 자리에 10년 동안이나 있었고 그 덕분에 서인들은 모두 한산한 자리를 전전하게 되었는데, 여립의 역변으로 인해 서인들은 갓을 털고 일어나서 서로 축하하였던 것이다. 서인의 영수격인 정철, 그는 큰 아들이 죽은 후 선조가 판돈녕부사 직위를 주면서 불렀으나 나아가지 않고 경기도 고양에 머물고 있었다. 정철은 역변의 소식을 듣고 자못 흥분하여 가까운 곳에서 은신하고 있는 송익필을 만났다.

"구봉, 여립이 역모를 꾀했다고 합니다. 정말 앉아서도 천리를 내다보는 혜안을 가지고 계시군요. 놀랍습니다."

"중요한 것은 이제부터일세. 칼자루를 쥐었을 때 제대로 휘둘러야 하네."

"어떻게 해야 칼자루를 쥘 수 있겠습니까?"

"예전에 내가 말했지 않은가. 임금과 독대를 해서 자네가 위관으로 반드시 나설 수 있도록 해야 해. 동인의 십년 세월에 임금께서도 몹시 지겨워하시는 듯하니 더 없이 좋은 기회야."

"여립은 어떻게 해야 할까요?"

"입을 막아야지."

"방법이 있으십니까? 놈이 올라와서 모든 것을 밝히면 큰일입니다."

"그건 걱정할 것 없네. 전라 감사 윤두수가 지금쯤 조치를 취할 테니까. 자네는 조정의 동태를 살피고 언제 입궐해야 할지 알아보도록 하게."

정철과 송익필이 만나고 있을 때 이귀를 비롯한 다른 서인들도 은밀한 회합을 하고 있었다. 특히 이귀는 흥분된 어조로 이번 사태를 잘 활용해야 한다고 주장했다.

"역적이 동인(東人)에게서 나왔으니 옥을 다스리는 일은 임금께서 반드시 서인에게 전담시킬 것인데, 서인 중에서 지위가 높고 덕망이 있는 사람은 정송강(鄭松江) 한 사람뿐이오. 송강이 비록 청렴하다는 명망과 바른 지조가 있기는 하나, 역량이 부족하여 경박한 무리를 진정할 수 없을 것이니, 이것은 뒷날 서인에게 한없는 화단이 될 것이오. 내가 송강에게 말하고자 하는데 여러분의 의견이 어떠한지 모르겠소."

이귀의 말을 듣고 자리에 있던 사람들은 모두 좋다고 응답하였다. 이귀는 신경진과 함께 정철을 찾아갔다.

"정여립이 돌아가신 우리 스승을 배반하고 시론에 아부했기에 그 꼴을 우리 서인들이 항상 통분하게 여겨왔는데, 이제 역적질을 하였으니 서인들은 기뻐서 날뛰며 서로 축하하지 않는 자가 없을 것입니다. 하지만 동인들은 담이 내려앉아 안색이 달라지지 않는 자가 없겠지요. 이런 때에는 비록 돌아가신 율곡 선생께서 담당한다 해도 오히려 진정시키기 어려울까 염려되는데 하물며 영공(令公)은 어떠하겠습니까. 영공께서는 이러한 때에 어찌하실 생각입니까?"

"내 뜻도 그대들과 같소. 내 어찌 힘을 다하지 않겠는가."

정철은 내심 흐뭇한 마음을 감추면서 한발 물러서는 자세를 취했다. 이것을 모르고 이귀는 정철에게 꼭 나서달라는 말을 한다.

"영공께서 만약 우리들의 말을 믿어서 일을 인심에 맞게 하신다면 마땅히 영공을 다시 찾아와서 뵈올 것입니다. 허나 그렇지 않다면 영공의 문하에 우리들의 발자국은 영영 끊어질 것이니 그리 아십시오."

자못 협박조였다. 평상시 같으면 이귀의 당돌한 말에 역정을 냈을 테지만 어찌된 일인지 정철은 빙긋이 웃기만 할 뿐이었다. 이귀가 물러가고 난 다음 정철은 편지를 보내 김장생을 불렀다. 김장생은 송익필에게 학문을 배우고 율곡 이이의 문하에 들어갔던 사람이다.

"음, 결국 여립이 일을 저질렀구나."

"지금 조정 대신들은 무슨 영문인지 몰라 우왕좌왕하고 있습니다. 불똥이 어디로 튀게 될지 걱정입니다."

"아무 걱정할 필요 없다. 여립은 이미 서인에 등을 돌리고 동인으로 들어갔지 않느냐. 우리에게 불똥 튈 일은 결코 없을 것이야."

"여립이 정말 역모를 꾀했을까요?"

"그것을 내가 어찌 알겠나. 하지만 아니 땐 굴뚝에 연기가 날 수는 없는 법. 중요한 것은 역모를 꾀했느냐는 사실 여부가 아니라 역모 고변이 있다는 것이지. 그것만으로도 얼마든지 놈들을 옭아맬 수 있네."

"만일 여립이 올라와서 자신의 무고를 주장하면 어떻게 됩니까?"
김장생은 정여립의 기백 있고 바람이 이는 듯한 말솜씨를 두려워하고 있었다. 그가 임금 앞에서 자신의 무고를 밝힌다면 상황은 또 반전될 수 있는 것이다.

"그럴 일은 없을 것이네."

"네?"

정철의 자신 있는 말에 김장생은 되물었다.

"여립은 반드시 도망하게 될 것이야."

"도망하게 되면 역모를 자인하는 셈인데 어찌 그럴 일이 있겠습니까?"

"두고 보면 아네."

정철은 더 이상 말을 하지 않았다. 그리고 눈을 감고 잠시 생각에 잠겨 있더니 김장생에게 묻는다.

"예궐하여 임금을 뵈어야겠는데 자네 생각은 어떠한가?"

"돈녕부(敦寧府)로 들어오라고 판돈녕부사를 제수하셨을 때도 나아가지 않았는데 이제 역변을 빌미로 나아가면 남의 불행을 이용한다는 비판을 받을 수도 있습니다. 좀 더 기다리다 부르면 가시지요."

"아니야. 역모가 있어 조정이 흔들리고 있는데 신하된 자로서 멀찌감치 물러나 구경만 하고 있어서야 되겠는가? 전하를 지키려면 세간의 오해를 뒤집어쓴다 하더라도 나가서 전하를 뵙고 진언해야지. 그리고 이귀와 신경진이 찾아와서 나더러 나서달라고 협박을 하던 걸. 자네는 걱정할 필요 없네. 이미 성혼과도 의논을 했어. 자네는 국문이 어떻게 진행되는지 날마다 소상히 알려주게."

돈녕부는 종친부(宗親府)에 속하지 않고 종친과 외척에 대한 사무를 처리하는 기관이다. 선조는 정철의 큰 아들이 죽자 위로하는 뜻에서 종1품의 판돈녕부사를 제수하였으나 아직 나아가지 않고 있던 것이다. 정철은 관복을 챙겨 놓고 입궐할 시기를 저울질하고 있었다. 궁은 어려서부터 누이를 만나러 들어가 경원대군과도 곧잘 어울려 놀던 곳이다. 경원대군이 명종이 되었으니 정철에게 있어 대궐은 낯선 곳이 아니었고 중요한 일이 있을 때일수록 임금과 독대를 해야 한다는 것을 잘 알고 있었다.

한양에서 출발한 금부도사 일행이 전주에 도착한 것은 10월 7일이었다. 역모가 발생했다면 촌각을 다투어 급히 내달리는 것이 당연한 일이었는데 어찌된 일인지 발걸음이 한가했다. 한양에서 전주까지는 5백리가 조금 넘는 거리다. 장정이 하루에 백리씩 걷는다면 닷새 안에 도착할 수 있는 거리. 말을 타고 달렸을 때 넉넉잡아도 사흘이면 충분했는데 이들은 한양에서 출발한지 나흘째 되던 날 익산

기지개를 켜는 사람들 321

에 도착하여 객사에서 묵고 푸짐한 대접을 받았다. 그리고 이튿날 전주에 들어섰으니 한양을 출발한 지 꼬박 닷새 만이었다. 어명을 받들고 내려온 금부도사와 그 일행들에게는 긴장감이 없었다. 그도 그럴 것이 지방 수령들은 도무지 무슨 영문인지 모르겠다는 표정이었고 전라도에 역변의 기미가 전혀 보이지 않았기 때문이었다. 사실 조정에서도 동인이나 서인 할 것 없이 정여립이 역모를 꾀했다고 믿는 사람이 몇 명이나 되던가. 서인들도 자기들끼리는 이렇게 말할 정도였다.

"여립이 마음씨는 부정할망정 어찌 반역할 리가 있겠는가."

모두 고개를 갸웃거릴 뿐이고 일단 정여립을 잡아다가 말을 들어보자는 입장이었으므로 금부도사가 조바심을 내지 않는 것은 당연했다.

황해도에서 올라 온 비밀장계가 선조의 손에 들려 있을 때 정여립은 금구에 있는 본가에서 제사를 지내고 있었다. 부인 김씨는 제삿날이 되어서야 얼굴을 비친 남편이 야속했지만 마음을 드러내지 않았다.

"부인, 수고 많았소."

제사를 마친 정여립이 부인을 향해 말한다.

"이 댁 며느리로서 당연히 해야 할 일을 했을 뿐입니다."

김씨는 며느리란 말에 힘을 주었다. 제 아무리 아끼고 사랑하는 첩이라 하더라도 제사만큼은 본처를 침범할 수 없다는 뜻이다. 김씨가 철마다 음식을 애복에게 보내는 것은 형님 된 도리를 다해서 남편의 명성에 누가 되지 않기를 바랐기 때문이다. 마음까지 애복을 받아들인 것은 아니었다.

"그동안 내가 너무 소홀했소이다. 앞으로 자주 들러 부인과 회포를 풀 터이니 너무 상심하지 마시오."

"제가 부덕하여 지아비의 마음을 얻지 못했으니 누굴 원망하겠어요."

"아니오. 부인 같은 사람이 없소."

정여립이 부인의 손을 가만히 잡는다. 김씨는 남편으로부터 위로의 말을 듣고 참았던 눈물이 주르륵 흘러내린다. 오랫동안 외면 받고 독수공방하던 일들이 주마등처럼 스쳐 지나가고 누르고 눌렀던 설움이 북받쳤기 때문이다.

"부인도 많이 수척해진 것 같구려. 처음 혼사를 치를 때는 선녀가 내려온 것처럼 곱더니 언제 세월이 그렇게 흘러버렸는지."

"이제 몸 생각도 좀 하시어요. 나랏일도 중요하지만 당신이 몸 상할까 걱정됩니다."

"그리 하리다. 아직도 기력은 펄펄 하지만 부인을 보니 나도 늙어가는 것 같구려."

따뜻하게 불을 지핀 안방에서 부부는 모처럼 오붓하게 대화를 나누었다. 김씨는 남편이 밖으로 눈을 돌리게 된 이유가 친정의 드센 입김 때문이란 것을 잘 알고 있었다. 그래서 오라버니들에게 너무 그러지 말라고 당부도 몇 번 했었는데 넘치는 재물만 믿고 있는 친정 식구들은 오히려 정여립이 처족들을 챙기지 않는다고 불만이었다. 부부의 사이가 소원했던 이유는 바로 이것 때문이었다.

이튿날 태인의 송간을 비롯해서 인근에 사는 접장들이 찾아왔다. 태인의 송간, 고부의 한경, 김제의 최팽정이다. 이들은 정여립이 금구에 있는 본가에 있을 때면 며칠씩 함께 묵으면서 이야기를 나누었다.

"올해 농사는 어떤가?"

정여립이 한경과 최팽정에게 묻는 말이었다. 드넓은 평야에 사는 교생들이기 때문이다.

"가뭄이 심해서 소출이 작년에 비해 절반밖에 되지 않습니다. 벌써부터 여기저기서 풀죽도 못 먹는다고 아우성이지요."

"큰일이로군. 나라의 곡창이 이곳인데 흉년이 들었으니 앞으로 백성들이 어찌 살아갈꼬."

"그러게 말입니다. 그런데도 정신 나간 수령들은 백성들을 돌보지 않고 눈과 귀를 한양에만 두고 있으니 더욱 큰일입니다."

고부 한경이 답답한 표정으로 하는 말이다.

"무슨 일 있는 모양이지?"

"올 봄에 온 수령은 관아의 일은 아전들에게 맡겨버리고 허구한 날 기생을 낀 채 술타령이나 벌이면서 조정에 줄을 댈 궁리만 하는 위인입니다. 수령이 엄히 다스리지 못하고 있으니 아전들만 살판났지요. 원래 아전들은 수령이 부임해올 때 비단옷에 치장을 하고 있으면 얼씨구나 노래를 부른다지 않습니까? 재물을 밝히고 출세에만 관심이 있는 것을 눈치 빠른 아전들이 척 파악해버리는 것이지요. 낡고 헤진 도포자락 휘날리는 수령 밑에서야 감히 아전들이 딴 생각을 품을 수 없는데, 지금 수령은 아전들이 무슨 일을 하는지 알아볼 생각도 하지 않고 제 주머니만 두둑하기를 바라고 있습니다."

"어사가 내려오지 않는가?"

"내려오면 뭐 하겠습니까? 어사가 고부에 이르기 전부터 그 어사에 대한 것을 죄다 알아보고 수령들끼리 연통을 하는 형편이니까요. 그리고 강직한 어사 찾기도 쉽지 않습니다."

"앞으로는 형편이 좀 나아지겠지."

"그렇지 않습니다. 백성들의 한숨이 하늘에 사무쳐서 앞으로 무슨 일이 날지 감히 장담하기 어려운 상태입니다."

한경의 말에 분위기가 침울해진다. 정여립이 화제를 돌려서 분위기를 바꾸었다.

"이번에 몇 군데 돌아볼까 하는데."

"어디 다녀오실 데라도 있으십니까?"

송간이 물었다. 정여립이 멀리 떠날 때에는 항상 송간이 동행했기 때문이다.

"음, 마침 단풍이 좋으니 옥남과 춘룡을 데리고 덕유산 백련사에 들렀다가 거창으로 해서 산청을 가볼 생각이네. 덕천서원에는 남명 선생의 제자들이 많으니 오래간만에 인사도 드릴 겸 말이지."

"하긴 도련님도 건장하게 자랐지요. 여기저기 인사를 시키고 좋은 스승을 만나 학문에 정진하도록 해야 할 겁니다."

"아무래도 덕천서원이 좋지 않겠나."

옥남은 정여립의 아들이요, 춘룡은 황해도에 사는 박연령의 아들이다. 옥남과 나이가 같아서 항상 붙어 다니며 공부하는 친구였다. 정여립은 이들을 데리고 백련사에 머물고 있다는 유정 스님을 보고 산청으로 내려가서 덕천서원에 겨우내 맡길 생각이었다. 덕천서원은 남명 조식 선생의 제자들이 세운 곳으로 남명학이 그 뿌리를 내리고 있었다. 정여립이 길을 떠나 멀리까지 돌아본다는 말을 듣고 송간이 나섰다.

"그럼 저도 따라가겠습니다."

"자네는 며칠 후에 오게나. 내가 백련사에 들렀다가 서실로 올 터이니 그때 함께 동행하지."

송간은 아쉬운 표정을 지었다. 하지만 죽도서실에서 덕천서원으로 갈 때는 동행하기로 하였기 때문에 더 이상 말하지 않았다. 정여립은 금구에서 이틀을 더 머물고 10월 6일 부인이 싸준 음식을 말에 싣고 길 떠날 차비를 하였다. 김씨는 문간에 서서 걱정스런 표정으로 묻는다.

"며칠이나 걸리시겠습니까?"

"아무래도 열흘은 걸릴 것 같소. 아무 걱정 하지 말고 계시오."
말에 올라 탄 여립은 언제 보아도 늠름해 보이는 모습이다.
"어머니, 그럼 소자 다녀오겠습니다."
옥남은 허리를 굽혀 인사를 하고 훌쩍 뛰어서 말에 올랐다. 부자가 말머리를 돌리고 뒷발로 말의 옆구리를 살짝 걷어찼다. 멀어져 가는 부자의 모습을 보면서 김씨는 가슴이 마구 뛰는 것을 느꼈다. 왜일까. 가슴에 손을 얹고 진정시키려 해보았지만 쉽게 가라앉지 않았다. 김씨는 방으로 들어가서 여종이 가져온 냉수를 한 모금 들이켜고 편안한 마음을 가지기 위해 숨을 차분하게 쉬었다. 나이가 들어서야 남편이 자기에게로 돌아오는 것은 기쁜 일이었지만 가슴 한 구석에서 불안한 마음은 쉽게 지워지지 않았다. 남편이 없으니 넓은 집이 휑하니 비어버린 것 같아서 김씨는 서책을 정리하고 의관에 풀을 먹이고 있었는데 오후에 갑자기 사람이 들이닥쳤다.

"선생님!"

밖에서 기척도 하지 않고 냅다 마당으로 뛰어 들어오는 사람은 변숭복이었다. 도대체 얼마나 뛰어왔는지 상투가 풀어져서 얼굴로 흘러내리고 옷은 온통 먼지투성이가 되어 있었다. 김씨가 마루로 나서는 것을 보고 변숭복이 숨을 몰아쉬며 물었다.

"마님, 선생님은 어디 가셨습니까?"

"아침에 떠나셨소. 그런데 변 교생이 웬일이십니까?"

"마님."

변승복은 그 자리에 쓰러지듯 주저앉아 대성통곡을 한다. 하인 몇이 다가가서 변승복을 방으로 끌어들였다.

"마님, 이런 변고가 있습니까? 하늘이 노할 일이 생겼습니다."

"도대체 무슨 일이기에 숨이 넘어가시는지요? 말씀 좀 해보세요."

"기가 차서 말도 제대로 나오지 않습니다. 초하룻날 황해 감사가 역모에 관한 장계를 올렸는데 선생님이 주동자로 되어 있다고 합니다."

"뭣이?"

김씨는 뒷말을 잇지 못하고 눈을 동그랗게 뜬 채 부들부들 떨었다. 역모라니. 아침에 아들과 함께 덕유산 단풍을 보러 간다면서 떠난 사람이 무슨 역모를 꾀했단 말인가. 믿을 수가 없었다. 그녀는 갑자기 하늘이 무너진 것처럼 사위가 캄캄해지고 눈이 아득해지는 것 같았다.

"그 이튿날 저와 동문수학했던 친구가 관아에서 흘러나온 소리를 듣고 저에게 귀띔해준 것입니다. 그 길로 저는 불원천리 이곳까지 달려왔습니다."

변승복의 말대로라면 황해도에서 전주까지 불과 닷새만에 달려온 셈이다. 그의 발걸음이 준족이긴 해도 보통사람이라면 엄두도 낼 수 없는 것이었다.

"그래서, 그래서 어찌 됐단 말씀입니까?"

"그 후의 사정은 저도 잘 모릅니다. 조정에 장계가 도달했다면 벌써 토포사가 출발하지 않았겠습니까? 지금 이렇게 있을 때가 아닙니다. 제가 선생님을 쫓아가서 알려야겠습니다."

변숭복은 여종이 서둘러 차려온 밥상을 게 눈 감추듯 비우고 자리에서 일어섰다.

"태인에 있는 송간에게도 알려야겠는데 제가 다녀올 겨를이 없으니 사람을 보내서 황급히 죽도로 오라고 전해주십시오."

김씨는 마구간에서 말을 끌어오라고 일러 변숭복에게 넘겨주었다. 변숭복은 인사를 하는 둥 마는 둥 말에 박차를 가해 바람처럼 달려갔다. 그가 사라지고 난 후에도 김씨는 정신을 차릴 수가 없어 기둥을 붙잡고 망연자실 서 있었다. 여종이 올라와서 방으로 안내를 한 다음에야 기력을 회복하고 태인으로 사람을 보냈다.

변숭복이 금구에 오기 하루 전 전라 감사 윤두수도 낯선 손님들을 맞았다. 동헌에서 일을 마치고 퇴청하여 쉬고 있는데 누군가 조용히 기별을 해왔던 것이다. 만나기를 청한 사람들은 다섯 명의 건장한 사나이들이었다. 모두 평복 차림으로 어깨에는 무명 헝겊으로 싼 승자총을 걸친 사람이 두 명, 활을 들고 있는 사람이 세 명이었고 손에는 모두 칼을 들고 있었다.

"자네들은 누구인가?"

"구봉 선생님이 보내서 왔습니다."

턱수염이 수북한 사내가 윤두수에게 공손히 서찰을 내밀었다. 윤두수는 밀봉한 서찰을 촛불 앞에 가져다 대고 읽었다. 바람 한 점

없는 방이었는데도 서찰을 든 윤두수의 손이 바르르 떨리고 촛불이 흔들렸다.

"분명한 사실이렷다?"

"네. 역적을 처리하라는 명을 받았습니다."

"알았다. 내 필요한 조치를 취해놓을 테니 가서 여독을 풀도록 해라."

다섯 명의 사나이들은 송익필이 보낸 무사들이었다. 이들은 전라 감영에서 하루를 묵은 후 이튿날 날이 어두워지자 성문을 빠져나가 진안으로 숨어들었다. 그리고 진안에서 현감 민인백을 만나 밀담을 나눈 후에 죽도서실을 향해 떠났다.

평상시 죽도서실에는 늙은이 한 명과 심부름 하는 아이 두 명, 그리고 박연령의 아들 춘룡 뿐이었다. 매월 보름날 사람들이 모여들어 조를 짜서 음식을 준비하였기 때문에 많은 사람이 있을 필요가 없었다. 서실에 적을 두고 글공부를 하던 사람들도 추석 때 고향으로 가서 가을일을 마치고 오려는지 썰렁했다. 가을걷이가 모두 끝나면 겨우내 서실에 머물면서 글공부하는 사람들이 많아졌다. 밀물처럼 몰려들었다가 썰물처럼 빠져나가는 죽도서실은 깊어가는 가을 속에서 평온한 모습으로 숲 속에 앉아 있었다.

"오셨습니까?"

정여립이 도착하는 것을 보고 빗자루로 마당을 쓸던 황 영감이 달려갔다. 황 영감은 죽도서실을 관리하는 집사 역할을 하고 있는 사람이다.

"고생이 많네. 별 일 없었는가?"

"네. 특별한 일은 없사옵고 사흘 전에 도잠과 의연 스님이 다녀갔습니다. 그리고 어제는 육십령 도령이 진안으로 인삼 뿌리를 사러 왔는지 장에 들러 돼지고기를 열 근이나 내려놓았습니다."

"하룻밤 쉬었다가 내일 덕유산으로 떠날 것이네."

황 영감은 잠시 머뭇거리더니 품 안에서 서찰 하나를 꺼냈다.

"오늘 낮에 누군가 이 서찰을 긴히 전하라면서 두고 갔습니다."

"누구라고 하던가?"

"우상의 심부름을 왔다고 하면 아실 거라고 했습니다."

정여립은 서찰을 건네받아 방으로 들어갔다. 우상 정언신의 필체인 것 같은데 급하게 썼는지 많이 흔들린 글씨였다.

'대보, 조정에 역변(逆變)이 생겨 급히 소식을 전하네. 해서 지방으로부터 역모를 고변한 장계가 올라왔는데 자네도 관련되어 있으니 아무쪼록 처신에 각별히 주의하게. 우리가 사건의 전말을 알아보고 대책을 세워서 연락을 취할 때까지 함부로 나서지 말고 기다리게나. 나암(懶庵).'

나암은 정언신의 호다. 정여립은 읽고 있는 편지가 정언신의 글씨체를 흉내 낸 한양 모사(模寫)꾼의 손에서 나온 것인 줄 꿈에도 몰랐다. 그저 좋지 않은 예감에 휩싸여서 무슨 일이 일어나고 있는 것일까 요모조모 궁리를 할 뿐이었다. 편지의 내용으로 볼 때 자신뿐만 아니라 여러 사람이 역모에 가담한 것으로 꾸며져 있음이 분명했다. 누가 모함을 하는 것일까. 그의 용의선상에 오른 사람들은 자신의 행적을 두고 눈을 부라리며 성토했던 사람들이다. 송익필, 정철, 성혼, 김장생, 조헌, 이귀…. 어쩌면 그들 모두가 한통속이 되어 역모를 조작하고 있는 것인지도 몰랐다.

산속의 가을은 짧았다. 높은 산마루에 걸렸던 해가 자취를 감추고 스산한 바람이 불더니 금방 어둠이 내려앉았다. 저녁을 먹은 후 정여립은 옥남과 춘룡을 앞에 두고 명나라에서 들여온 서책을 뒤적이고 있었다.

"아버님, 임금께서 공신들에게 서양포(西洋布)를 하사한다고 하는데 그것은 무명과 다른 것이옵니까? 혹 비단과 같은 것인지요."

옥남이 어디에서 들었는지 눈을 반짝이면서 물었다. 정여립은 시대의 희망을 옥남과 춘룡처럼 때 묻지 않은 소년들에게서 본다. 올 겨울에 인근의 아이들을 불러다 공부를 가르칠까 생각한 것도 이것 때문이다. 이들이 자라서 장차 이 나라의 기둥이 될 테니 농부가 봄에 씨를 뿌리는 심정으로 잘 가르쳐야겠다고 생각한 것이다.

"나도 딱 한 번 본 일이 있을 뿐이다. 옷감은 부녀들이 쓰는 것이니 장부가 그것까지 어떻게 알겠느냐. 얼핏 보았을 때 무명 보다는 결이 곱고 비단보다 거칠더구나. 중간쯤으로 생각하면 된다. 왜 그

것이 궁금하나?"

"아니옵니다."

옥남은 춘룡을 바라보면서 눈짓을 하고 소리를 죽여 킥킥거린다. 그 모습을 물끄러미 바라보던 정여립은 헛기침을 해서 주의를 준 다음 말을 이었다.

"서양의 세면포(細綿布)는 매년 단오절이면 임금님의 옷감으로 으레 진상하는 것이다. 헌데 그 수량이 부족해서 구하기가 쉽지 않지. 대체로 명나라에 가는 사신들을 통해서 사들이거나 공무역을 통해서도 융통한다. 그런데 너희들은 서양포가 궁금한 것이냐?"

이번에는 춘룡이 대답한다.

"서양포가 궁금한 것이 아니옵고 양인(洋人)들이 사는 세계가 궁금하옵니다."

춘룡은 황해도 박연령이 죽도서실에 맡겨두고 간 아이다. 올해 열일곱 살. 아들 옥남과는 동갑내기로 친구처럼 지내고 있었다.

"우리는 명나라만을 상국으로 섬기고 여진이나 왜는 오랑캐 취급을 하지만 더 많은 나라가 이 세상에 존재하고 있다. 명에 사신으로 다녀온 사람들의 말을 들으니 직접 양인을 보았다고 하는데 그 생김새를 보면, 눈이 파랗고 코가 높으며 노란 머리털을 뒤집어쓰고 있다더구나. 어떤 자는 구레나룻을 깎았고 어떤 자는 콧수염을 길렀으며 윗옷이 길어서 넓적다리까지 내려오고 옷자락은 네 갈래로 갈라져 있다고 한다. 그리고 옷깃 옆과 소매 밑에 이어 묶는 끈이 있고 바지는 주름이 잡힌 치마 같다고 말했다."

"눈이 파랗고 코가 오똑하며 노란 머리털이면 그것은 귀신 형상 아닙니까?"

"귀신이라면 어떻게 대낮에 걸어 다니며 명나라 사람들과 거래를 할 수 있겠느냐? 분명한 사람이다."

옥남과 춘룡은 서로의 눈을 마주보고 파란 눈이 어떤 것인지 짐작해보려 한다. 방안의 분위기가 명나라와 양인들에 대한 이야기로 자못 흥미로울 때 말발굽 소리가 요란하게 들려왔다. 옥남과 춘룡이 문을 벌컥 열고 뛰어나갔다.

"선생님!"

"아저씨, 이 야심한 밤에 어인 일입니까?"

변승복은 허리를 굽혀 인사하는 옥남과 춘룡을 본체만체하고 방안으로 뛰어든다.

"선생님, 큰일 났습니다."

"큰일?"

변승복은 금구에서 큰마님 김씨에게 고했던 것과 같은 말을 정신없이 쏟아놓았다. 정여립의 눈이 휘둥그레지더니 한숨을 푹 내쉰다.

"결국 일이 이렇게 되는구나. 내가 역모의 주모자라니."

"알고 계셨습니까?"

"음, 금구에서 돌아왔더니 우상 대감이 서찰을 인편에 보내왔더군. 대감이 편지를 쓸 때는 자세한 소식을 듣지 못했던 모양이야. 나도 관련되어 있다고만 되어 있었네."

"선생님, 이대로 있다가는 쥐도 새도 모르게 죽는 수가 있습니다. 무슨 대책을 세워야 하지 않겠는지요."

"아닐세, 위에서 대책을 세우고 있다 하니 기다려야지. 아무려면 조정의 세력을 동인들이 쥐고 있는데 함부로 설칠 수는 없을 걸세."

"그래도."

변승복은 못내 아쉬운 표정으로 말꼬리를 흐렸다. 기분이 영 개운치 않은 것이 뒷맛이 좋지 않았다. 밤늦도록 이야기를 나누다 변승복이 물러가고 죽도서실의 불은 모두 꺼졌다. 건너편 산에서 부엉이 우는 소리가 들리고 파도소리처럼 '쏴아' 바람이 계곡을 타고 빠져나가는 소리가 들린다. 옆방에서 뒤척이는 소리, 아랫방에서 황 영감이 가래를 끓어 올리며 기침하는 소리에 잠을 이룰 수가 없었다. 그렇게 뒤척이다가 잠이 들었는데 오경(五更)쯤 되었을까. 잠귀가 밝은 황 영감이 부스럭거리면서 일어나더니 밖을 향해서 물었다.

"거, 누구요?"

이 소리에 정여립과 변승복의 눈이 번쩍 떠졌다. 아직 날이 추웠기 때문에 이불 속에서 몸을 빼기는 쉽지 않았지만 귀를 쫑긋 세우고 바깥의 동향에 촉각을 곤두세웠다. 사박사박 누군가 조용히 땅을 밟는 소리가 들리는 것 같았다. 변승복은 살그머니 자리에서 일어나 머리맡에 놓아둔 검을 빼들었다. 분명 누가 온 것이다. 황 영감은 자기가 잘못 들었나 생각하면서 다시 잠자리로 파고드는 모양이다. 쿨럭쿨럭 하는 기침소리가 들리고 조용해졌다. 서실이 침묵 속으로 빠져들고 잠시 후 마루를 딛고 올라서는 기척이 느껴졌다. 변숭복은 두 명이 올라서는 것을 알 수 있었다. 보름달을 향해 부풀어 오르는 반달이 희미하게 밖을 비쳐주고 있었는데 희뿌연 창호에 시키먼 그림자가 어렸다. 순간 변숭복은 문을 박차고 뛰어나가면서 벼락같이 소리쳤다.

"웬 놈들이냐?"

조용했던 죽도를 쩌렁쩌렁 울리는 목소리였다. 이 바람에 한 명은 뒤로 벌렁 나자빠져서 마당으로 굴러 떨어지고 다른 무사가 잠시 멈칫 하더니 칼을 휘둘렀다.

－챙－

날카로운 쇠가 부딪히는 소리가 죽도의 찬바람을 갈랐다. 변숭복은 소리를 질러 사람들을 깨우고 낯선 침입자를 공격해 들어갔다. 잠시 후 정여립이 칼을 들고 나오고 옥남과 춘룡도 칼을 빼들고 방문을 열었다.

"누구냐?"

정여립은 어둠 속 무사들에게 물었으나 돌아온 것은 날카로운 칼날뿐이었다. 그것을 맞받아치면서 침착하게 방어했다. 마당으로 굴러 떨어졌던 무사는 겨우 정신을 차리고 변숭복에게 대들었다. 몇 차례 칼이 부딪히고 변숭복이 상대의 허점을 노리고 칼을 내리쳤을 때 외마디 신음소리가 들렸다. 무사들은 황급히 뒤로 물러나 공격할 틈을 노렸다. 하지만 기습이 실패했기 때문에 적잖게 놀라서 오히려 밀리는 형국이었다. 그때 어디에선가 삐익 휘파람 소리가 들리고 자객들은 뒤로 돌아서 줄행랑을 놓고 말았다. 한명은 어깨를 부여잡고 도망을 쳤는데 변숭복의 칼을 맞고 어깨를 상한 모양이었다.

"선생님, 자객들이 분명합니다."

"그렇구나. 이거 보통일이 아니다."

날이 곧 밝았다. 죽도는 이미 위험해졌다고 판단되어 더 이상 머무를 수 없었다. 정여립은 일단 자리를 피하고 난 후에 정언신의 연락을 기다리는 것이 최상책이라고 생각했다. 어떤 놈이 보냈는지는 몰라도 자객들이 설치는 마당에 전라 감사 윤두수나 진안 현감 민인백을 찾아간다는 것은 목숨을 맡기는 것이나 다름없었다. 저들이 또 무슨 함정을 파놓고 기다릴지 알 수 없는 노릇이기 때문이었다. 정여립은 아침을 급하게 먹고 덕유산으로 향했다. 백련사에는 스님들이 많기 때문에 자객들이 함부로 설치지 못할 것이란 생각이 들었고 유정 스님이 역모사건에 대해서 새롭게 알고 있는 것이 있을지도 몰랐다. 변숭복이 동행해서 호위하기로 하여 그나마 다행이었다. 네 사람이 덕유산을 향해서 떠나고 점심 무렵 송간이 도착했다. 그는 황영감으로부터 새벽에 있었던 소동을 전해 듣고 큰 충격을 받았다. 누군가 정여립의 목숨을 노리고 있는 것이 분명했다.

"선생님께서 가시기 전에 이렇게 당부하셨습니다. 송 권관 나리가 오면 지체하지 말고 전주로 돌아가서 접장들에게 연통을 하라고 말입죠."

"선생께서는 언제쯤 돌아온다고 하셨소?"

"그건 저도 잘 모릅니다. 어젯밤 칼바람이 불었으니 당분간 여기는 오지 않겠지요."

밖에서 싸움이 벌어졌을 때 황 영감은 문고리에 수저를 끼워놓고 이불을 뒤집어 쓴 채 어린 아이 두 명과 벌벌 떨고 있었다. 그는 붙어 있는 목이 대견스러운지 자꾸만 쓰다듬었다. 송간은 황 영감을 물끄러미 바라보다가 말을 돌려 바람같이 사라졌다. 생각 같아서는 덕유산으로 가서 정여립과 함께 있고 싶었다. 하지만 변숭복이 옆에 있으니 한시름 놓고 빨리 접장들에게 연락해서 대응하는 것이 중요했다.

송간이 죽도서실에서 전주로 내려오고 있을 때 금부도사 일행은 전주에 도착해 군사들을 풀고 있었다. 한 패는 남문 밖에 있는 정여립의 생가로 향하고 금부도사는 금구에 있는 본가로 향했다. 그리고 진안현에 파발을 띄워서 정여립이 혹시 죽도서실에 있을 지도 모르니 체포하라고 명령했다. 그런데 정여립은 어디에도 없었다. 금구까지 갔다가 허탕을 치고 돌아온 금부도사 유담은 그제야 정여립이 도망쳤음을 알고 10월 7일 급히 장계를 올려 보냈다.

10월 8일에는 황해도에서 잡아온 죄인들을 궁전의 뜰에서 국문하였다. 선조는 물론 영의정 유전과 좌의정 이산해, 그리고 우의정 정언신, 판의금부사 김귀영 등이 자리해서 지엄함을 보였다. 그런데 잡혀온 죄인들을 살펴보았을 때 누가 보아도 빌어먹는 곤궁한 백성들임을 알 수 있었다. 황해도에서는 조구와 이수 뿐 아니라 선량한 백성들도 여럿 잡혀서 올라왔다. 그러니까 평소 조정에 대하여 불만을 품고 술만 먹으면 그 성질을 참지 못해서 떠벌리거나 수령이나 아전들에게 밉보인 사람들이었다. 이들을 보고 선조는 어이가 없어서 웃으면서 말하기를,

"여립이 비록 반역을 도모하였으나 어찌 이런 무리와 공모하겠는가?"

할 정도였다. 하지만 국문하는 자리인 만큼 묻지 않을 수 없었다.

"너희들이 반역을 하였느냐?"

물었을 때 잡혀온 죄인들은 이렇게 말했다.

"반역은 모르오나 반국(飯國)을 하려고는 했습니다."

"반국? 그것은 또 무엇이냐?"

"반국은 그저 배부르게 먹고 입는 것이 넉넉한 것입니다."

죄인들이 말한 반(飯)은 반역이 아니라 밥상(盤)을 뜻하는 것이다. 이 소리를 듣고 국문하는 자리에 있던 선조와 중신들이 모두 웃었다. 저 어리석은 백성들을 잡아서 문초해본들 정여립의 역모에 대한 실마리는 풀리지 않을 것 같았다. 죄인들을 하옥하고 어서 정여립이 잡혀오기만을 기다릴 뿐 역모의 전모를 밝힐 것은 보이지 않았다. 상황이 이렇게 돌아가자 다급해진 것은 서인이었는데 그나

마 다행인 것은 국문이 있었던 다음 날, 의금부에 갇혀 있던 이진길을 사관(史官) 자리에서 쫓아낸 것이었다. 그는 정여립의 누이가 낳은 아들이다. 선조를 비롯해서 조정 대신들이 어서 정여립이 잡혀오기만을 기다리고 있을 때 전라도로 내려갔던 금부도사가 정여립이 도망갔다는 장계를 보내왔다. 이것으로 조정은 또 다시 술렁이게 되었는데 동인들은 왜 정여립이 도망을 갔을까, 그럴 이유가 없다면서 의심스러워했고, 서인들은 가슴을 쓸어내리면서 그러면 그렇지 희색이 돌았다.

정철이 임금과 독대를 하기로 결심한 것은 이즈음이었다. 그는 김장생이 만류하는 말을 듣지 않았다. 아니 귀에 들어오지 않았던 것이다.

"사태가 급박한데 역모에 대한 추국을 저들에게 맡길 수 있겠는가? 그건 공정치 못한 처사일세."

보통 역모처럼 중대한 범죄가 발생하면 특별재판관에 해당하는 위관(委官)을 임명하여 신속하고 공정하게 수사가 진행되도록 하는 것이 일반적이었다. 특별한 사정이 없는 한 위관은 우의정이 맡는 것이 관례였다. 가만히 내버려두면 위관을 우의정 정언신이 맡게 되는 것인데 이는 다 된 밥에 코 빠트리는 격이다. 설혹 그가 위관을 맡더라도 물러나도록 해야 했다.

"상공, 이런 역모사건에는 억울한 사람도 걸려 들어오기 마련입니다. 만일 위관을 맡게 되신다면 그들을 어떻게 다 살려내실 겁니까?

두고두고 욕을 먹을 것이 뻔합니다. 제발 나서지 마십시오."

"신하된 자로서 어찌…."

김장생은 정철이 위관을 맡는 것을 신중히 생각해야 한다면서 재고를 간청했다. 하지만 정철의 결심이 이미 굳어졌으므로 귀에 들어올 리 없었다. 선조와 조정 대신들이 국문하는 자리에서 한가하게 웃고 정여립이 잡혀오기만을 기다리는 상황이라면 정언신이 위관을 맡고 역모 사건이 흐지부지될 가능성이 높다고 보았다. 그래서 정철은 관복을 챙겨 입고 입궐을 결심하고 김장생과 함께 도성으로 향했다. 힘 한 번 써보지 못하고 절호의 기회를 날려버릴 수는 없었다. 그들은 도성의 4대문 가운데 서쪽에 있는 돈의문에서 헤어졌는데 저녁 무렵 전주에서 보낸 파발이 도착해서 정여립의 도주 사실을 알렸다. 그제야 김장생은 정철이 어떻게 전라도 산골에 있는 정여립이 도망할 것을 알고 있었는지 그 혜안에 탄복하지 않을 수 없었고 한편으로는 고개를 갸웃거렸다.

 그런데 정언신의 장담과는 달리 역적 정여립의 행방은 오리무중이었다. 정언신은 자신의 이름으로 된 거짓 편지를 보고 정여립이 몸을 숨기고 곤경에 처한 것을 알지 못했다. 사간원에서는 특단의 조치를 취하라는 간언을 계속해서 올렸다. 시간이 흐를수록 위관 정언신의 입지는 줄어들었고 정여립은 역적으로 확실시되어 갔다.

정여립이 도주하다

　정철이 임금과 독대하려고 입궐한 날은 10월 11일이었다. 이 때 정여립은 목표했던 덕유산으로 가지 못하고 산속에서 쫓기고 있었다. 일행은 죽도서실을 벗어나서 고갯마루에 이르러 아래를 내려다보고 깜짝 놀랐다. 이미 한 무리의 군사들이 계곡이 끝나는 지점을 가로막고 오가는 사람들을 검문하고 있었던 것이다. 진안 현감 민인백이 배치한 군사들과 전주 감영에서 충원된 군사들이었다. 진안에서 무주로 이어지는 고개, 강을 건너는 좁은 목에는 어김없이 군사들이 배치되어 검문을 하고 있었다. 수백 명이 정여립을 잡기 위해 목을 지키고 있었기 때문에 말을 버릴 수밖에 없었다. 정여립은 산속으로 숨어들어 능선을 타고 길을 재촉했다. 죽도에서 말을 타면 넉넉잡아도 무주까지는 하루, 구천동 깊은 계곡 끝자락에 자리 잡은 백련사는 이튿날 도착할 수 있었다. 하지만 말을 버렸기 때문에 시간은 오뉴월 엿가락 늘어나듯이 쭉쭉 늘어나게 되었다. 길을 가다가 길목을 지키고 있는 군사들을 만나면 조심스럽게 우회하여 빙 돌았다. 이러는 사이에 먹을 것은 떨어지고 날씨가 추워져서 매우 고통스러웠는데 누구 하나 불평하는 사람이 없었다.

그들이 죽도서실을 떠난 지 사흘 만에 간신히 적상산에 도착했다. 이제 적상산만 넘으면 덕유산 자락으로 접어드는 길이다. 변승복이 박춘룡을 데리고 산자락에 붙은 밭으로 엉금엉금 기어 내려갔다. 이미 수확을 끝낸 마밭을 맨손으로 파헤쳐서 혹시 눈먼 마라도 몇 개 얻어 볼까 하는 심산이었다. 다행히 농부의 호미를 피한 작은 마가 숨어 있었다. 그것을 캐서 흐르는 물에 대강 씻은 다음 가지고 올라왔다.

"드십시오. 생마일망정 허기를 피하는데 도움이 될 것입니다."
"고맙네."

정여립은 눈물이 핑 돌았다. 어쩌다가 이렇게 쫓기는 몸이 되었을까. 왜 이런 고생을 해야 되는 것인지 너무 억울하고 비통했다. 해는 서쪽 산봉우리에 걸쳐서 곧 어둠이 내릴 것 같았다. 정여립은 자정까지 백련사에 도착할 수 있을까 걱정을 하면서 마를 깨물었다. 그때 변승복이 산 아래를 바라보더니 몸을 바짝 낮추었다.

"저기, 놈들입니다."

변승복이 가리키는 쪽에는 무사 네 명이 올라오고 있었는데 그들도 정여립 일행을 발견하고 몸을 낮추는 것이 보였다. 후다닥 마를 챙기고 자리를 옮길 때,

–탕!–

 소리와 함께 총알이 날아와서 정여립의 왼쪽 어깨를 스쳤다. 정여립은 그대로 자리에 주저앉았다.

 "선생님. 괜찮으십니까?"

 "으음, 괜찮네. 총알이 스친 모양이야."

 팔을 천천히 들어보는데 움직인다. 변숭복은 자기 옷을 북 찢어서 재빠르게 감싸 지혈을 하고 산을 기어오르기 시작했다. 옥남과 춘룡은 벌써 저 앞에서 다람쥐처럼 산을 뛰어오르고 있었다. 변숭복이 정여립의 허리를 밀어 올렸다.

 –탕, 탕!–

 연이어 총소리가 울렸지만 거리가 멀어서 채 미치지 못하는 것 같았다. 그들이 숲 속으로 몸을 감추자 무사들은 쫓는 것을 포기하고 거리를 유지하였다.

 "저 놈들은 우리를 생포하려는 게 아닙니다. 아예 죽이려고 하는 것 같습니다."

 "입을 막아야겠지."

 "선생님, 전주 부윤을 찾아갈까요?"

 "아니야. 어차피 전라 감영에 금부도사가 내려왔다면 전주 부윤도 군사들을 징발했을 것이네. 괜히 찾아가서 부윤에게까지 피해를 끼치고 싶지 않아."

 "그럼 어떻게 합니까? 어떻게든 살아야 이 억울함을 풀 수 있지요."

 "걱정 말게. 우상이 곧 연락을 보내온다고 했으니 기다려야지. 그리고 접장들이 연락을 받으면 무슨 조치를 취할게야."

 하지만 이것은 정여립의 바람일 따름이었다. 송간의 연락을 받고 접장들이 움직이려고 하였지만 이미 전주 인근은 비상 상황이었다. 곳곳에 군사들이 배치되어 눈을 부라리며 지나는 행인들의 신분을 검색하고 보따리를 열어보는 마당에 함부로 움직일 수가 없었다. 게다가 정여립이 어디에 있는지 알 수 없고 연락이 되지 않아 발만 동동 구를 뿐이었다. 정여립은 어둠을 틈타 다시 천반산으로 도망을 와서 굴속에 웅크리고 있었다. 비까지 부슬부슬 내려서 추위가 살을 에는 듯 했지만 함부로 불을 피울 수도 없었고 그저 나뭇잎을 끌어 모아서 덮고 부들부들 떨기만 했다.

 9월 보름날 대동계 회합이 끝나고 지함두는 정여립의 편지를 전하기 위해 경상도를 헤매고 있었다. 멀리 김해까지 내려갔다가 올라오면서 진주에 들렀다. 진주는 육십령 도령 박문장이 사는 곳으로 언제든지 오기만 하면 한 턱 낸다는 소리를 여러 차례 들었기 때문에 지나칠 수 없었다.

 "아니, 지 도사님."

 "하하, 육십령 도령 박문장, 신수가 훤하시구만."

 지함두는 은근슬쩍 말을 놓는다. 지함두의 나이가 열댓 살은 많앉기 때문에 반상을 떠나 후배 취급을 하는 것이다. 박문장도 성격이 호방해서 이것저것 따지지 않았고 항상 형님처럼 대접을 했다.
"어디를 다녀오십니까?"
"김해에 다녀오는 길일세. 진주에 오면 항상 박 형이 크게 한턱 낸다는 말을 잊지 않고 있었지. 오늘 다리에서 요령소리 나도록 달려왔는데 듣지 못했는가?"
"울릴 요령이나 있어야 소리가 들리지요. 오늘 한 번 확인해 볼까요?"

박문장은 반갑게 지함두를 맞이하면서 농을 쳤다. 그날 저녁 두 사람은 남강으로 흘러들어가는 시냇가에 자리 잡은 기방에 앉아 있었다. 지함두 혼자라면 엄두도 내지 못하였겠지만 그래도 진주에서 방귀 깨나 뀐다는 박문장이고 보면 관기 몇 명 쯤 희롱하는 것은 일도 아니었다.

"네, 이년들. 오늘 이분을 잘 모셔야 한다."
"얼마나 귀한 분이시기에 나리께서 이렇게 쩔쩔매십니까?"

박문장 옆에 찹쌀떡처럼 찰싹 달라붙은 기생이 입을 삐죽이면서 묻는다. 설향이란 기생으로 박문장이 특히 아끼는 아이다.

"대동계라고 들어보았느냐?"
"들어보고 말구요. 우리야 매일 같이 지체 높으신 분과 문사(文士)님들하고 술잔을 기울이는 처지인데 장안에 파다한 소문을 못 들었겠어요?"

"기특하구나. 이분은 죽도선생의 오른팔이나 다름없는 지 도사란 분이다. 오늘밤 너희들은 실로 꿈속에서도 만나기 힘든 분을 만난 게야."

박문장의 과장된 소리에 지함두는 그저 웃기만 한다. 과장된 표정을 짓기는 기생들도 마찬가지다. 눈을 동그랗게 뜨고 그게 정말이냐면서 바짝 다가앉아 분 냄새를 풍겼다.

"도사님, 제 술 한 잔 받으시어요."

지함두는 눈을 찡긋거리는 박문장을 바라보면서 기생에게 술잔을 내밀었다.

"어떻습니까. 전주에서도 기방에는 가보셨겠지요?"

전주기생에 비해서 진주기생이 어떠냐는 물음이다. 순간 지함두의 눈가에 홍련이 스쳐 지나간다. 백로 즈음에 정여립과 함께 대취하도록 마신 후에 하룻밤을 보내고 그 후에도 두 번이나 찾아갔었다.

"음, 조선에서 기녀하면 일강계(一江界), 이평양(二平壤), 삼진주(三晉州)라는 말이 괜히 있겠나. 전주기녀 또한 풍류를 알고 멋을 알지만 오늘 보니 진주에는 못 미치는 것 같군 그래."

지함두의 말을 듣고 박문장과 기생들이 소리 높여 웃는다.

"그러면 그렇지요. 이곳 기녀들은 절개가 높습니다. 아무에게나 정을 주지 않고 한 번 정을 주면 임을 그리면서 절개를 지켜나간답니다."

"어허, 그래 갖고야 어디 목구멍에 풀칠이나 하겠는가? 너무 정이 헤퍼도 못 쓰겠지만 그 놈의 절개 지키느라 굶어죽겠네."

기녀들은 다시 한 번 까르르 웃었다.

"아유, 도사님은 말씀도 잘 하셔. 아무려면 우리가 굶어 죽겠어요? 몸은 주어도 그리는 임은 따로 있으며 절개를 지킨다는 말씀이지요."

"요런 맹랑한…."

"지 도사님, 조심하셔야 할 겁니다. 이년들이 사람의 혼을 빼는 데는 백년 묵은 여우 보다 더 하니까요."

두 사람은 마음껏 웃어가면서 술잔을 기울였다. 잠시 후 기녀들을 내보내고 지도사가 박문장에게 은근한 말투로 물었다.

"이렇게 챙겨주니 고마우이. 내 절대로 박 형의 호의는 잊지 않음세. 그나저나 진주에서도 대동계를 만들었다고 하던데 참여하는 사람이 많은가?"

"그럼요. 충절의 고장이니 그건 당연합니다. 우리는 경호강을 따라 산청 쪽으로 올라가서 회합을 하는데 오륙십 명씩은 모입니다."

"과연, 이번에 김해를 가보았더니 거기에도 이제 싹이 트기 시작해서 육예(六藝)를 익히고 있네."

"이게 다 선생님 덕분입니다."

"암, 그렇고 말고. 그런데 이번 김해 행로에서 이상한 소리가 들리더군. 거제도에 사는 어부들이 바다에 나가서 돌아오지 않는 일이 잦다는 게야. 바다가 험했던 것도 아닌데 말이지."

"그게 무슨 말씀이십니까?"

"어부들은 밤에 별자리를 보고도 제 집을 찾아가는 사람들 아닌가. 폭풍이 쳐서 배가 뒤집혔다면 모를까 바다에 나간 어부들이 곧잘 사라진다니 그게 이상하단 말일세. 그 쪽 사람들은 그게 모두 왜놈들 소행이라고 믿더구먼."

"예?"

"왜놈들이 조선 사람을 잡아다가 자기네 말을 가르치고 변복시킨 다음 왜년들과 강제로 살림을 차리게 한다는 거야. 그렇게 해서 장차 조선을 침략할 때 써먹으려 한다는 것이지."

"그렇지 않아도 왜(倭)가 통신사 파견을 줄곧 요청하고 있다는 소리는 들었습니다. 조정에서는 영 마음이 없는 모양이던데요."

"그 내막이야 잘 모르겠네만 자네도 겪어보지 않았는가. 정해년 왜변 때 그 놈들이 병선을 십여 척씩 가지고 와서 노략질을 했던 것이며, 이제 또 조선 사람을 보이는 족족 잡아가는 것을 보면 앞으로 난리가 나도 큰 난리가 날 것이네."

지함두의 말을 듣고 갑자기 박문장의 표정이 어두워진다. 왜놈들이 바다 건너에서 준비를 하고 있는 것이 사실이라면 조선의 상황은 어떠한가. 군역을 피하느라 도망가는 양민이 늘고 병장기는 창고에서 먼지를 뒤집어 쓴 채 녹슬어가고 있었다. 오죽했으면 뜻있는 무사들이 대동계를 반기면서 몰려들까. 갑자기 쓸쓸한 기분이 되면서 술맛이 물처럼 느껴졌다. 아무리 마셔도 취하지 않는 것 같아서 술을 더 가져다가 연이어 들이마셨다. 삼경쯤 되어 박문장은 그대로 술상으로 픽 쓰러졌고, 그 모습을 보고 웃던 지함두도 여독이 한꺼번에 몰려와서 뒤로 벌렁 나자빠지고 말았다. 이튿날 지끈거리는 머리를 싸매고 지함두는 출발했다. 박문장은 언제 챙겨놨는지 노자를 지함두의 허리춤에 푹 찔러준다.

"가시면서 요기나 좀 하십시오."

"고맙네. 나중에 죽도에서 보세."

지함두는 진주를 떠나 아름다운 경호강 줄기를 거슬러 올라갔다. 진주에서 산청까지는 백리 길이었다. 길을 나서 한걸음 걸을 때마다 골이 흔들리더니 두 식경이 지나고 맑은 공기를 쏘이자 머리가 맑아졌다. 지함두는 백마산 아래 있는 주막에서 밥을 먹고 오후에 산청으로 접어들었다. 곧바로 덕천서원으로 길을 잡아서 올 겨울에 옥남과 박춘룡을 공부하러 보내니 잘 부탁한다는 정여립의 편지를 전했을 때 뜻밖의 소리를 들었다.

"아마 오지 못할 거야. 자네는 죽도선생이 역모를 일으켰다는 소리도 못 들었는가? 우리도 지금 노심초사하고 있다네."

"네?"

지함두의 눈이 휘둥그레졌다. 이 때가 10월 8일로 정여립과 변숭복이 산속에서 한창 쫓기고 있을 때다. 지함두는 뜬눈으로 서원의 구석방에서 하룻밤을 묵고 새벽에 길을 떠나 함양을 지나고 육십령을 넘었다. 장계에 이르러 잠시 숨을 돌리고 사태를 정리해보았다. 자기가 모르는 역모는 있을 수 없었다. 이건 모함이 분명했다. 음모라면 이미 죽도서실에 관군이 들이닥쳐서 정여립을 잡아가고 잔당을 체포하기 위해 군사를 숨겨놓았을지도 모른다. 지함두는 사정을 더 알아보기 위해 죽도로 가지 않고 장수를 통해 임실로 빠져나갔다. 그리고 산청을 출발한지 사흘 만에 전주에 도착해서 생쥐가 도장방으로 숨어들 듯이 홍련을 찾았다.

"홍련아, 잘 있었느냐?"

"도사님, 큰일 났습니다."

홍련은 대문을 닫아걸고 지함두를 맞아들였다. 방안에 앉기가 무섭게 홍련은 주위를 두리번거리면서 이야기를 시작했다. 정여립이 역모를 꾸며가지고 한양에서 금부도사가 내려왔다는 것이다. 감영에서도 군사들이 나가고 곳곳에는 검문을 하고 있는데 용케 살아 돌아온 것이 대견하다는 눈빛이었다.

"일이 벌써 그렇게 되었단 말이지?"

"네, 저는 가슴이 떨려서 기방에도 나가지 못하고 병을 핑계 삼아 이렇게 있었답니다. 아무 일도 없겠지요?"

"무슨 일이야 있겠느냐. 이건 모함이니 아무 걱정 말거라."

지함두는 홍련을 안심시켰다. 하지만 그의 마음도 불안하기는 마찬가지였다. 방안에서 술상도 들이지 않고 소곤대다가 인경이 울리는 것을 듣고 지함두는 갑자기 괴나리봇짐 속에서 두툼한 종이뭉치를 꺼냈다.

"아무래도 이것은 네가 가지고 있는 것이 좋겠구나."

"이것이 무엇이옵니까?"

"그동안 대동계에 힘을 보태준 사람들과 무사들의 명부다."

불망록(不忘錄)이었다. 그동안 지함두가 보물보다도 더 소중하게 간직하면서 비가 오나 눈이 오나 가지고 다니던 것이다.

"왜 저한테 주시는 겁니까?"

"난 천지를 떠돌아야 하는 몸이다. 만약 나에게 무슨 일이라도 생긴다면 여기에 적혀 있는 사람들도 모두 화를 입게 될 것이다. 하지만 기녀인 네가 깊숙이 감추어 둔다면 누구도 찾아낼 수 없겠지. 나중에 요긴하게 쓰일 것이니 나에게 일이 생기면 진주에 사는 박문장이란 사람에게 전해라."

"그런 말씀 마세요."

홍련은 지금 당장 지함두가 끌려가기라도 할 것 같은 표정으로 커다란 눈망울에서 눈물을 뚝뚝 흘린다. 그 모습을 보고 지함두는 가슴이 북받치는 것 같다.

"울지 마라. 내가 그리 쉽게 죽을 성싶으냐?"

"아무데도 가지 마세요. 여기 있으면 안전할 것이옵니다."

지함두는 말없이 홍련을 안아주었다. 그리고 이튿날 새벽에 바람처럼 홍련의 집을 빠져나와서 태인으로 달렸다. 송간은 고부의 한경과 최팽정을 이미 만나본 후였다. 세 사람이 모여서 의논을 한 끝에 함부로 움직이다가는 화를 당할 수 있으니 사람을 보내 이발이나 우의정과 접촉하는 것이 좋겠다는 결론을 얻었다. 한경은 이발을 맡고 최팽정은 우의정 정언신을 맡기로 하고 집으로 돌아갔다. 송간은 정여립이 죽도로 돌아와서 부를 것에 대비하여 이제나저제나 기다리고 있던 중이었다. 지함두와 송간은 마주 앉아서 서로 알고 있는 정보를 교환했다. 지함두는 죽도서실을 습격당했다는 이야기와 이미 군사들이 사방에 쫙 깔려서 옴짝달싹 못하게 되었다는 말을 듣고, 사태가 생각보다 심각하다는 것을 느꼈는지 아무 말이 없었다. 송간은 침통한 표정을 지으면서 지함두에게 물었다.

"지 도사, 접장들에게 사람을 보냈지만 군사들 때문에 행동이 여의치 않은 모양이오. 우리가 무사들을 이끌고 죽도로 들어가면 그야말로 역모를 인정하는 꼴 아니겠소. 아무 일도 할 수 없는 현실이 너무 안타깝소이다."

"송 권관, 너무 자책하지 마십시오. 선생님은 그렇게 호락호락 당하실 분이 아닙니다. 비가 오면 잠시 피했다 가는 것일 뿐, 이 위기가 넘어가면 기회가 오지 않겠습니까?"

"그래야지요."

"이럴 줄 알았으면 소문대로 그냥 난리라도 한번 일으켜 볼 것을…."

"지도사! 그런 말씀 마시오. 그렇지 않아도 소문 때문이 이 사단이 난 것 아닙니까?"

"말인즉슨 그렇단 뜻입니다."

두 사람은 누가 먼저랄 것도 없이 한숨을 푹 내쉬었다. 지함두가 보기에 송간도 충격을 많이 받은 것 같았다. 말을 이렇게 하지만 속은 얼마나 탈 것이며 방구석에 처박혀 있는 신세가 얼마나 답답할 것인가. 지함두는 송간에게 접장들과 연락을 계속 취하고 만일에 대비해서 마음을 단단히 먹고 있으라는 당부를 하였다. 그리고 날이 어두워졌을 때 작은 마님인 애복의 집으로 갔는데 이미 군사들이 지키고 있어서 들어갈 수가 없었다. 애복은 기둥을 붙잡고 마루에 서서 밖을 내다보며 한숨을 쉬고 있었다. 지함두는 멀리 떨어진 곳에 몸을 숨기고 애복이 안절부절 못하는 것을 지켜보았다. 한참을 그렇게 바라보다가 지함두는 자리를 털고 일어나 어둠 속으로 모습을 감추었다.

10월 11일 드디어 정철이 숙배(肅拜)를 하고 선조 앞에 앉아서 고개를 조아렸다. 선조는 정철이 올 줄 알았다는 표정으로 맞이했다.

"전하, 역적이 준동하여 얼마나 심려가 크시었습니까? 이제 신이 전하를 보필하겠사오니 염려하지 마시옵소서."

"경의 말을 들으니 한결 마음이 놓이는구려. 얼마 전 큰 아들이 세상을 떠서 얼마나 충격이 크시었는가?"

"아닙니다. 신이 전하의 명을 받들지 못했던 불충을 용서하십시오."

"여립이 역모를 꾀할 줄 꿈에도 생각지 못했다."

"전부터 조헌은 여립에게 찬역의 기미가 보인다고 누차 말을 했사옵니다. 여립은 이조좌랑을 제수 받지 못하였을 때부터 역심을 품었던 것이며 김제 수령과 황해 도사를 전하께서 윤허하지 않자 그것을 실행에 옮긴 것입니다. 역적 여립을 천거했던 사람들은 좌상과 우상이며, 이발은 여립과 친형제 같은 사이오니 도망간 여립을 숨겨주고 있을지도 모릅니다. 신이 바라옵건대 역변(逆變)을 조속히 해결하기 위해서는 그 당과 관계가 없는 사람 가운데 위관을 뽑아서 맡겨야 할 줄로 압니다. 그리고 혹시 역당이 도성을 침범할 수도 있으니 도성을 계엄하도록 하시옵소서."

"알겠소. 경의 충절이 더욱 가상하구려. 마땅히 의처(議處)하겠으니 그만 물러가라."

선조는 정철의 뜻을 짐작하고 흔쾌히 대답하였다. 하지만 어찌된 일인지 위관은 바뀌지 않았다. 아직 정여립이 잡혀오지 않았고 무지렁이 백성들만 국문해 가지고는 조사를 제대로 할 수 없었기 때문이었다. 이런 상황에서 당부당을 따져서 위관을 교체한다는 것은 선조의 실책을 인정하는 일이기도 했다. 일단 선조는 여립을 잡아온 후에 역모의 전모를 밝히리라 생각하며 위관을 교체하는 것은 그때 가서 해도 늦지 않을 것으로 여겼다. 불안해진 것은 정철과 송익필이었다. 임금을 만나고 온 후에도 가타부타 말이 없자 정철은 송익필을 만났다.

"구봉, 임금과 독대한지 벌써 여러 날이 지났는데 왜 아무 말씀이 없는지 모르겠습니다. 이러다가 여립이 덜컥 잡혀 올라오기라도 한다면 큰일 아닙니까?"

"조금 더 기다려 보게. 여립은 절대로 올라올 수 없으니까."

"불안해서 못 살겠습니다. 위관을 맡고 있는 우의정 정언신이 지금 무슨 생각을 하고 있을지 생각만 해도 모골이 송연할 지경입니다."

"다시 전라 감사와 진안 현감에게 밀지를 보내야겠네. 난 관직에 나가질 못했으니 이번에는 송강이 한번 밀지를 띄우는 것이 어떨까 싶으이."

"알겠습니다. 기왕지사 일이 이렇게 된 거 망설일 것이 뭐 있겠습니까."

정철은 약간 볼멘 목소리로 대답을 하고 편지를 써서 인편으로 내려 보냈다. 편지를 받은 전라 감사 윤두수는 진안 현감 민인백에게 빨리 일을 마무리 지으라는 독촉을 했다. 날씨는 점점 추워지고 길목을 지키는 군사들도 지쳐가고 있어 이대로 가면 정여립이 포위망을 뚫고 도망갈 우려가 있었다. 민인백은 관아에서 나와 군사들이 제대로 지키고 있는지 확인을 하느라 하루해가 짧을 지경이었다. 군사들 가운데는 이미 정여립이 빠져나갔을 것이라는 소문이 번지고 있었다. 벌써 며칠 째인가. 날도 궂어서 비가 추적추적 내리고 한기가 더욱 몸을 파고 들어왔다. 군사들이 모닥불을 피워놓고 몸을 녹이고 있을 때 산기슭을 돌아 나오는 무사들이 보였다.

"저 사람들은 지치지도 않는 모양일세. 몸이 강철 같은 무사들이야."

"우리하고 같겠나. 저들은 훈련원 무사들이라고 하더구먼."

"훈련원이 아니라 의금부에서 특파된 군관들이라는 소리가 있던데. 누구는 임금을 호위하는 시위(侍衛)무사들이라고도 하고. 좌우지간 대단한 무사들임은 분명해."

산에서 내려온 네 명의 무사들은 모닥불을 본체만체하고 곧장 현감을 찾아갔다. 그들은 한 번도 전주감영이나 진안현에서 나온 군졸들과 말을 섞지 않았다. 하루나 이틀에 한 번씩 산을 내려와서 허기를 채우고 음식을 걸머진 다음 다시 산을 올라가는 것이 전부였다. 그래서 이들의 정체는 지방 군졸들에게 호기심과 경이로움을 불러일으키고 있었다.

"어떻게 됐느냐?"

"네. 놈들은 천반산 자락에 숨어 있는 것 같습니다. 며칠 전 총을 쏘았을 때 한 놈이 부상을 입었습니다. 그가 정여립이라면 며칠 버티지 못할 것입니다."

"위에서 독촉이 심하다."

"알겠습니다. 놈들이 빠져나가지 못하도록 외곽 경계를 더욱 치밀하게 해주시고 날랜 무사 십여 명을 뽑아서 올려 보내주십시오. 날씨가 추워지고 먹을 것이 떨어졌으니 곧 모습을 드러낼 것입니다."

"오냐, 날랜 무사들을 뽑아서 올려 보내마."

간단하게 식사를 마치고 옷을 갈아입은 무사들은 병장기를 챙겨서 다시 산으로 올라갔다. 민인백은 그들의 뒷모습이 어둠 속으로 사라지자 진안현의 군관을 불렀다.

"너는 날랜 무사 십오 명을 선발해서 내일 아침부터 산으로 올라가거라. 나도 감영 군사들과 함께 수색을 하겠다."

"사또, 군사들이 많이 지쳐있습니다. 그리고 역적들이 어디에 있는지 모르고 있는데 무리한 작전을 펼칠 이유가 있으신지요. 놈들이 주리고 지치면 제 발로 내려올 것입니다."

"네 이놈. 웬 잔말이 그리 많으냐. 위에서 빨리 역적을 잡으라는 독촉이 서릿발 같은데 한가하게 기다리고 있으란 말이더냐?"

민인백의 호통에 군관은 찔끔 하고 물러났다. 이튿날부터 산 아래 진치고 있던 군사들이 호각을 불면서 산을 들쑤시고 다니기 시작했다. 변숭복은 야음을 틈타 여러 차례 민가를 왕래하면서 먹을 것을 조달하고 있었다. 시커먼 보리밥에 간장을 넣고 주물러 만든 주먹밥과 생마가 전부였는데 이틀이 지나기도 전에 모두 떨어지고 말았다. 게다가 정여립은 총알이 스친 부위가 덧나서 진물이 흐르고 밤에는 고열로 시달리기까지 했다. 불을 피워서 몸을 따뜻하게 해야 되는데 위치를 노출시킬까봐 불을 피울 엄두는 낼 수가 없었다.

"오늘이 며칠인가?"

"보름입니다."

"대동계 회합이 있는 날이군. 무사들이 많이 모여들었을 게야."

정여립은 낙엽위에 몸을 누이고 둥실 떠올라서 맑은 얼굴을 내보이고 있는 달을 바라보며 말했다.

"군사들이 지키고 있어서 모이기는 어려울 겁니다. 잡혀가지 않았으면 다행이겠지요."

"자네는 왜 그렇게 생각하는가? 우리는 지은 죄가 없고 모함에 의해 쫓기고 있을 뿐이네. 조만간 사태가 해결되면 무사들과 함께 다시 말을 달리고 활을 쏘면서 회합을 해야지."

"선생님. 죄가 있든 없든 왜 저들이 죽기 살기로 우리를 추적하겠습니까? 처음부터 놈들은 우리를 살려둘 생각이 없었던 것입니다."

"어떻게든 여기를 빠져나가야 한다."

"네. 다시 움직여보시지요."

정여립과 변숭복이 이야기를 나누고 있을 때 앞쪽에서 경계하던 박춘룡이 기어와서 소곤거린다.

"놈들이 오고 있습니다."

"몇 놈이냐?"

"네 명 같습니다."

정여립과 변숭복은 활을 들고 기어갔다. 뿌연 달빛이 산속을 밝혀주고 있었는데 춘룡이 가리킨 지점을 보니 아니나 다를까. 네 명의 무사가 사박사박 낙엽을 밟으면서 다가오고 있었다. 칼을 들고 있는 무사가 두 명, 그리고 뒤에 승자총을 든 무사가 두 명이었다.

숨을 죽이고 기다리다가 삼십 보까지 다가왔을 때 변승복이 화살을 날렸다.
―피융―
바람을 가르고 날아간 화살이 앞에 있던 무사의 가슴을 꿰뚫었다. 무사가 앞으로 풀썩 쓰러지자 모두들 땅바닥에 바짝 붙어서 몸을 낮추었다. 그리고 뒤에 있던 무사들이 총을 겨누고 부싯돌을 켤 준비를 하고 있었다. 어디에서 화살이 날아오는지 알 수가 없어서 감히 일어설 엄두를 내지 못했다. 잠시 정적이 흐르고 바람에 스치는 나뭇가지의 소리, 멀리서 꾸르르 울어대는 산짐승 소리에 귀를 기울였다. 총을 든 무사 한 명이 감을 잡았는지 부싯돌을 부딪쳐서 심지에 불을 붙였다.
―탕!―
총소리에 산속의 나무들이 온몸을 떨었다. 하지만 총소리만 요란했을 뿐이다. 적들에게 불을 놓아 두려움을 없애려고 한번 쏘아본 것이었다. 두 번째 무사가 불을 붙이고 상체를 일으켜서 총을 겨눌 때 이번에는 정여립이 힘껏 잡아당겼던 활시위를 놓았다. 화살이 나뭇가지 사이로 날아가서 총을 들고 있던 무사의 가슴에 박혔고 잠시 후 허공 속으로 발사되는 총소리가 들렸다. 두 명이나 화살을 맞고 절명하자 남은 무사들은 당황해서 동료를 질질 끌면서 산을 내려가기 시작했다.
"네 이놈들! 죽고 싶으면 오너라. 모두 화살에 꿰어줄 테다."

"선생님. 빨리 자리를 떠야겠습니다. 곧 놈들이 몰려올 것입니다."

변승복은 먹을 것을 챙겨 들고 산을 기어올랐다. 정여립은 몸이 천근처럼 무거웠지만 부지런히 변승복을 따랐고 뒤에서 옥남과 춘룡이 잔뜩 겁에 질린 눈빛으로 나뭇가지를 잡으며 걸음을 재촉했다.

역모 고변이 있은 지 열흘이 넘도록 정여립이 잡히지 않자 선조는 조바심을 내었다. 죄가 없다면 금부도사에게 잡혀 올라와 무고함을 주장했을 터인데 도망을 한 것으로 봐서 이제 역모를 꾀한 것이 틀림없다는 생각이 들기 시작했다. 사간원에서는 죄인을 놓친 선전관과 금부도사를 잡아다 벌주라고 간하였고 그대로 시행하였다. 이제 몸이 달은 것은 우의정 정언신을 비롯한 동인들이었다. 하루빨리 정여립이 올라오기를 일각이 여삼추로 기다리고 있었지만 그의 종적을 알 길이 없으니 답답하기 그지없었던 것이다. 입궐했던 좌의정 이산해가 우의정 정언신을 보면서 걱정스런 표정으로 물었다.

"도대체 여립은 어떻게 된 것입니까? 잡혀 올라와도 진작 올라왔어야 되는데 이렇게 종무소식이니 괜한 오해만 쌓여가는 것 아닌지요."

"나도 답답하이. 여립이 도대체 어디에 숨어서 나타나지 않을까."

"정말 역모라도 꾀하고 숨어버린 것 아닙니까?"

"아니네. 역모를 꾀했다고 잡혀온 죄인들은 죄다 황해도에서 잡혀온 백성들이야. 정작 역모주동자가 있다는 전라도에서는 잔당들이 한 명도 잡히지 않았다는 것도 이상하지 않은가? 전라감사와 진안

현감이 눈 뜬 장님도 아닐 테고 역모의 조짐이 있었다면 가만히 있지 않았을 게야."

"저도 모르는 바 아닙니다만 상황이 자꾸 악화되는 것 같아서 드리는 말씀입니다. 서인들이 갓을 털고 일어나고 있다는 소리도 못 들으셨습니까?"

"들었네. 내가 위관을 맡고 있는 한 이번 역모사건은 명명백백히 밝힐 것이니. 여립이 곧 올라오기만 하면 찻잔 속에 바람이 일었던 것처럼 조용해지겠지."

그런데 정언신의 장담과는 달리 역적 정여립의 행방은 오리무중이었다. 정언신은 자신의 이름으로 된 거짓 편지를 보고 정여립이 몸을 숨기고 곤경에 처한 것을 알지 못했다. 사간원에서는 특단의 조치를 취하라는 간언을 계속해서 올렸다. 시간이 흐를수록 위관 정언신의 입지는 줄어들었고 정여립은 역적으로 확실시되어 갔다. 조정은 10월 14일 죄인의 체포를 독려하기 위한 독포어사(督捕御史)를 내려 보냈다. 전라도에 이대해, 경상도에 정윤우, 충청도에 정숙남이었다. 이로써 사실상 하삼도(下三道)는 계엄령이 선포된 것이나 마찬가지였다. 그리고 이튿날인 10월 15일, 황해도에서 잡혀온 죄인 이기와 이광수는 정여립과 반역을 공모한 사실을 승복하고 군기시(軍器寺) 앞에서 행형(行刑)하고 당고개(堂古介)로 끌고 가서 목을 메달아 죽였다. 이들은 한성으로 잡혀오기 전 이미 모진 고문을 당해서 온몸의 뼈와 살이 제멋대로 움직이고 정신이 없었기 때문에 묻는 말에 대답도 제대로 못할 지경이었다.

　역모의 주동자인 정여립을 잡아서 대질심문을 하거나 죄를 입증할 만한 증거를 찾아내야 함에도 불구하고 서둘러 사형을 집행한 것은 정여립을 잡지 못한 선조의 분풀이도 한 몫을 하고 있었다. 선조에게 있어 정여립은 정치적 입지가 든든하지 못했던 자신을 깔보고, 우유부단한 결단력을 비웃으며, 아침에 임명했던 관리를 저녁에 갈아 치우는 용병술로 지탱하는 허약한 옥좌를 조롱했던 존재였다. 놈을 빨리 잡아야 되는데 잡히지 않고 피라미 같은 잔당들만 잡혀 올라왔다. 보기만 해도 더럽고 냄새나는 무지렁이 백성들. 그들의 목숨을 살려둔다면 후에 정여립의 화려한 언변에 녹아나서 자백했던 죄목을 모두 부인할 수도 있었다. 이미 선조의 머릿속에 정여립은 역적으로 자리 잡았기 때문에 역모사실을 자백했다는 사실 하나만으로도 목숨을 살려둘 수 없는 일이었다. 선조는 올라오는 장계에 온 신경을 곤두세우며 아직도 죄인을 잡지 못했느냐고 날마다 닦달했다.

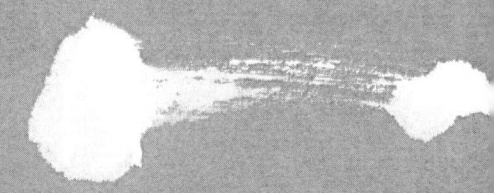

이 나라가 누구의 나라인가. 임금은 이미 궁을 버리고 도망갔다. 이 나라 조선은 임금의 나라도 아니요 양반의 나라도 아니다.

무너진 대동(大同)의 꿈

 산속에서 무사들이 두 명이나 죽었다는 소리를 듣고 전라 감사 윤두수가 진안으로 달려왔다. 빨리 역적을 잡아 올리라는 독촉이 빗발치는데 무사들의 피해가 늘어나자 윤두수는 애가 탔던 것이다. 윤두수가 진안을 찾은 것은 명목상 진안 현감의 죄인추포를 독려하기 위한 것이었지만 두 사람의 표정은 잔뜩 굳어 있었다.
 "어찌된 일인가?"
 "어젯밤 천반산에서 무사 두 명이 화살을 맞고 죽었습니다."
 "큰일이군. 이러다 역적이 포위망을 뚫고 달아나서 생포되면 자네는 물론 나까지도 목이 붙어 있지 못할 것이야. 지금 조정에서 내려온 선전관이 성화일세."
 "죄송합니다."
 "무사들이 죽은 것을 군졸들이 아는가?"
 "아직 모릅니다. 시체를 산속에 묻어놓고 저에게만 알려왔습니다."

 민인백은 그나마 다행이라는 얼굴로 상황을 설명했다. 윤두수는 끙 신음소리를 낸 다음 펼쳐놓은 지도를 바라보았다.

"놈들이 어디쯤 있을 것 같은가?"

"아마 이 지점에서 벗어나지는 못했을 것입니다. 이 쪽은 산세가 매우 험하고 반대편 산맥으로 넘어가려면 강을 건너야 하는데 군사들이 매복하고 있습니다."

"음, 내일 군사들을 총동원해서 역적의 시체를 가져오게. 시간을 더 끌면 안돼."

"알겠습니다."

 윤두수는 붉은 색 철릭을 입은 민인백의 어깨를 한번 두드려주고 전주로 돌아갔다. 민인백은 지방 유지들이 보내온 음식을 풀어 군사들을 배불리 먹였다. 이제 곧 본격적인 작전이 시작되면 며칠이고 굶기를 밥 먹듯이 해야 할 지도 몰랐다. 군사들은 천반산을 둘러싸고 포위망을 견고하게 구축했다. 죽도서실이 있는 천반산 기슭, 천반산에서 동향으로 넘어가는 성산골과 덕태산으로 이어지는 가막골을 차단하고 능선에서부터 촘촘하게 군사들을 배치하였다. 그리고 천반산과 맞닿은 강변에도 군사와 백성들을 배치해서 물샐 틈 없는 경비선을 구축했다. 이제 정여립은 독안에 든 쥐나 마찬가지였다.

 10월 17은 운명의 날이다. 황해도 안악의 수군(水軍) 황언륜과 방의

신이 자복하였다 해서 사형을 집행하였는데 정여립은 이 같은 사실을 까마득히 모르고 있었다. 다른 것은 몰라도 역모에 관하여 조정의 지시를 받고 움직이는 지방 수령들의 민첩함은 혀를 내두를 정도였다. 소문을 듣고 용의자를 급습하여 체포하고 지독한 고문으로 자백을 받아내면 또 다른 가담자를 찾아 나섰다. 간혹 집에서 오고 간 편지나 계원들의 명부가 발견되기라도 하면 한꺼번에 수십 명이 걸려들었다. 황언륜과 방의신은 정여립의 소문을 듣고 죽도서실을 다녀간 후 변승복으로부터 가르침을 받았던 사람들이다. 갑판을 닦고 정비한 병선을 타고 파도를 넘나들며 바다를 지키는 일개 수군에 불과했지만 이들의 머릿속에는 뿌듯한 자부심이 자리 잡고 있었다.

황언륜이 여느 날처럼 병선을 닦고 있을 때 한 무리의 군사들이 달려와서 창을 겨누고 포박했다. 관아에는 전날 번(番)을 서고 쉬고 있던 방의신이 먼저 잡혀와 있었다. 얼마나 맞았는지 상투는 다 풀어져서 얼굴을 뒤덮고 있었고 온몸에 피가 낭자했다. 방의신은 황언륜을 보고 고개를 푹 숙였다.

"네 이놈. 수군으로서 역모에 가담한 죄를 알렸다!"

안악군수 이축은 동헌에 앉아서 쩌렁쩌렁 울리는 목소리로 일갈했다. 황언륜은 정여립이 역모를 꾀했다는 죄목으로 장계가 올라갔고 가담자로 지목된 백성들이 잡혀간 것을 알고 있었다.

"역모라니 무슨 말씀입니까? 금시초문입니다."

"저 놈이 아직도 정신을 못 차렸구나. 여봐라. 저 놈이 이실직고 할 때까지 매우 쳐라."

말이 떨어지기 무섭게 옥졸들이 우르르 달려들어 황언륜을 형틀에 묶고 볼기를 깐 다음 다섯 자가 넘는 대곤(大棍)을 들어 철썩철썩 내려치기 시작했다. 곤장은 버드나무로 만든 형구(刑具)다. 군영이나 포도청, 진영, 토포영과 같이 군법(軍法)을 집행하는 기관이나 도적을 다스리는 곳에서 제한적으로 사용하도록 되어 있었다. 그 종류는 치도곤(治盜棍), 중곤(重棍), 대곤, 중곤(中棍), 소곤이 있었는데 치도곤이 가장 크고 무거웠다. 곤장마다 사용할 수 있는 자와 적용하는 범죄인이 정해져 있었는데 제대로 지켜지지 않는 경우가 많았다. 곤장을 칠 때에도 정해진 대수가 있었다. 하지만 지방 수령들은 죄 없는 백성을 잡아다가 곤장을 치고 원하는 바를 얻어내기 위해서 곤의 종류와 대수를 따지지 않았다.

황언륜은 어른 키 보다 길고 한 뼘이 넘는 두께의 곤장을 맞을 때마다 자기도 모르게 어이쿠 신음소리를 냈다. 역모사건으로 걸려든 죄인은 매의 제한이 없었다. 그저 실토할 때까지 끝없이 때리는 것이다. 곤장으로 안 되면 널빤지나 사기조각 위에 무릎을 꿇린 다음 무거운 돌덩이를 얹어놓고 옥졸이 올라가서 밟는 압슬형을 가했다. 때로는 발바닥을 벌겋게 달궈진 인두로 지지는 낙형을 가하기도 했다. 웬만큼 굳은 심성을 지닌 사람이 아니라면 모진 고문을 당해낼 재간이 없었다. 심문자가 원하는 자백을 하지 않으면 매질과 고문이 계속되었기 때문이다. 황언륜도 결국 입을 열어 거짓 자백을 하고 말았다.

"실토하겠소이다."

주리를 틀고 있던 옥졸들은 그제야 힘껏 잡아당기고 있던 손에서 힘을 뺐다. 허벅지의 살이 터지고 뼈가 드러날 지경이었다. 훈련으로 단련되었던 황언륜의 허벅지가 덜덜 떨렸고 의자 밑으로 오줌이 흘러내렸다.

"어떤 놈들이 또 가담했느냐?"

황언륜은 수령이 저승사자처럼 느껴졌다. 이미 혼이 빠져버려서 묻는 대로 대답을 했고 생각나는 사람들의 이름을 내뱉었다. 형방은 그 이름을 하나도 흘리지 않고 받아 적었다. 군사들은 우르르 몰려나가서 영문을 모르는 백성들을 또 잡아왔다. 하루 종일 동헌은 죄인들을 심문하는 고함과 신음소리가 가득했고 옥사마다 억울하게 잡혀온 죄인들로 비좁을 지경이었다. 한번 심문을 했다고 해서 끝난 것은 아니다. 장계를 올리기 위해서 죄목을 다시 확인하고 앞뒤가 맞도록 뜯어 맞추었으며 원하는 대답이 나오지 않으면 다시 모진 매질이 가해졌다. 죄인들이 한양으로 압송될 때에는 추위에 살점이 터지고 피가 엉겨 붙어 눈으로 보기에 처참했다. 추운 날씨에 가다가 얼어 죽지나 않을까 걱정이 될 정도였다. 몇날 며칠 동안 처음 자백했던 것과 다른 소리를 하지 않도록 옥졸들의 회유와 매질은 계속되었다. 그래서 국문장에 들어섰을 때는 온전한 정신을 가지고 있는 죄인들이 한 명도 없었다. 국문은 올려진 조서를 읽고 형을 집행하는 것으로 간단하게 끝이 났다. 모두 사형이었다. 국법대로 하자면 제 아무리 죽을죄를 지었다 하더라도 삼심제로 재판을 해야 한다. 하지만 역모사건은 단심제로 처벌하는 것이 일반적이었다. 한마디로 신속하게 죄인들을 처단하여 더 이상의 불씨를 남기지 않도록 하는 것이다. 사형언도를 받고 그제야 정신을 차린 백성들이 울고 불며 억울함을 호소한들 들어주는 사람은 아무도 없었다. 그저 죽기 싫어서 죄목을 부인하는 것이라 여길 뿐이었다. 황언륜과 방의신도 이렇게 죽었다.

  억울한 백성들이 죽었기 때문일까. 천반산 자락에 숨어 있는 정여립은 간밤에 지독한 고열과 악몽에 시달렸다. 형체를 알 수 없는 시커먼 사람이 쫓아와서 정여립이 호통을 치고 칼을 휘둘렀지만 그들은 두 명, 네 명으로 계속 불어나고 온 천지를 가득 채운 것 같았다. 사방에서 웃음과 울음소리가 들려왔다. 그는 발목을 잡아채는 손길을 뿌리치고 산속을 달리다 절벽에서 떨어지고 하얗게 눈이 덮인 벌판에 홀로 섰다. 한바탕 북풍이 몰아치더니 쫓아오던 사람들은 깨끗이 물러갔다. 정여립이 숨을 헐떡이고 있을 때 저쪽에서 용마(龍馬) 한 마리가 뚜벅뚜벅 걸어온다. 그와 함께 산을 넘고 물을 건너던 말이다. 말고삐를 잡고 올라타려는 순간 갑자기 용마가 시커먼 괴물로 변하고 입을 벌려 정여립을 삼키려고 덤벼들었다. 정여립은 고함을 치면서 칼을 뽑아 휘둘렀다. 땅에 떨어진 것은 아끼는 말의 머리였다. 어흑 울음이 터지고 땅바닥에 꿇어앉아서 아직도 눈을 껌벅거리는 말을 쓰다듬었다. 천지사방에서 그를 조소하는 웃음소리가 들려왔다. 그는 귀를 막고 세차게 머리를 흔들면서 눈 덮인 벌판을 달려갔다. 그치지 않는 웃음소리는 그가 물을 건너고 숲 속으로 몸을 숨겨도 귓구멍을 타고 폐부 깊숙한 곳까지 파고들었다.

"으아악!"

정여립이 머리를 흔들면서 손을 내저을 때 그의 옆에 변숭복이 걱정스런 얼굴로 앉아 있었다. 아직 달빛이 문풍지에 물을 뿌려 하늘에 던져놓은 것처럼 뿌옇게 밝혀주고 있는 새벽.

"괜찮으십니까?"

"음, 악몽을 꾸었네."

"몸이 불덩이 같습니다. 이래 가지고는 길을 가지 못할 텐데요. 제가 놈들의 시선을 움직여볼까요?"

변숭복은 춘룡을 데리고 가서 적을 유인해볼 생각인 것 같았다.

"아니야. 그러다 자네가 무슨 일을 당하면 어떻게 되겠는가?"

"이대로 있다가는 모두 죽습니다."

정여립은 차마 변숭복의 말을 허락할 수 없었다. 몇 번 간청하던 변숭복도 지쳤는지 땅바닥에 앉아서 무릎을 세우고 생각에 잠겼다. 그 때 옥남과 춘룡이 말을 꺼냈다.

"저희들이 내려가서 먹을 것을 구해보겠습니다."

"군사들의 포위망이 삼엄하다."

"조심해서 다녀오겠습니다. 새벽이면 군사들도 지쳐서 경계가 허술할 터이니 가까운 민가에 다녀오도록 해주십시오. 먹을 것이 있어야 기운을 차리고 길을 갈 것이 아니겠습니까."

 정여립이 쉽게 결정을 내리지 못하자 변숭복이 나선다.

"선생님. 이제 이들도 다 컸습니다."

 할 수 없다는 듯 정여립이 한숨을 내쉬면서 말한다.

"알았네. 각별히 몸조심해야 한다. 군사들이 보이면 무리하지 말고 바로 돌아 오거라."

"네."

 옥남과 춘룡은 칼을 한 자루씩 들고 기어서 산을 내려갔다. 변숭복은 좀처럼 열이 내리지 않는 정여립의 이마에 손등을 대보고 걱정스런 눈길로 먼 하늘을 바라보았다. 무사히 여기를 빠져나갈 수 있을까. 왜 저들은 우리를 죽이려는 것일까. 역모를 꾸몄다면 잡아다가 문초를 하고 국문을 해서 죄상을 밝혀야 하는 것 아닌가. 그런데 저들은 죽이기 위해 혈안이 되어 있었다. 만일 포위망을 뚫고 진안현감이나 전라감사를 찾아간다고 해도 저들이 반갑게 오랏줄로 묶어서 끌고 간다는 보장이 없었다. 어쩌면 저승사자처럼 끈질기게 쫓아오는 저 무사들을 감사와 현감이 보냈을 지도 모른다는 생각이 들었다. 믿을 것은 정여립이 말했던 것처럼 우의정 정언신을 비롯한 동인수뇌부들 뿐이었다. 그들은 역모가 거짓으로 꾸며진 것이란 사실을 알고 있을 것 같았다. 그들에게 연락을 해야 한다. 그래야 산다. 이렇게 생각을 하고 있을 때 날이 희뿌옇게 밝아오고 있었다. 변숭복은 산 아래 민가로 내려간 옥남과 춘룡이 늦는다는 생각을 하면서 몸을 일으켰다. 그리고 몇 발짝 걸어가서 아래를 두리번거렸을 때 먹을 것을 구했는지 자루를 어깨에 메고 올라오는 소년들이 보였다. 옥남과 춘룡의 얼굴은 땀이 흘러 번들거리고 자랑스러움과 뿌듯함이 묻어나고 있었다.

"다녀왔습니다."

"수고했다. 군사들이 없었느냐?"

"네. 밤새도록 번을 서고 돌아갔는지 조용했습니다. 산자락에 붙은 밭가에 화전민 가옥이 두 채 있었습니다. 위쪽에 자식들을 분가시킨 노부부가 살고 있었는데 삶은 마와 쌀을 조금 얻어왔습니다."

"의심을 했을 텐데…."

"그건 제가 감영군사들 심부름 왔다고 둘러댔습니다."

춘룡이 이마의 땀을 훔치면서 대답했다. 변숭복은 자루를 받아서 내려놓고 마를 꺼내 정여립에게 건네고 하나씩 베어 물었다. 물도 없이 마를 먹으려니 목이 메었다. 천천히 씹어야 침이 흘러나와서 목이 메지 않는다. 그렇게 하나를 먹고 하나를 더 집으려고 할 때 저쪽 산 능선에서 두런거리는 소리가 들리더니 군사들이 모습을 드러냈다.

"저기다!"

옥남과 춘룡의 뒤를 밟았던 모양이다. 두 소년의 얼굴은 납덩이처럼 핏기가 사라지고 어쩔 줄 몰라 하면서 캑캑거렸다.

"놈들이 왔구나."

정여립이 신음처럼 나지막이 중얼거리면서 칼을 들고 일어섰다. 그리고 옥남과 춘룡을 향해 말했다.

"너희들은 뒤로 빠져서 산을 내려가거라. 물만 건너면 운장산으로 이어지는 산맥이니 죽음을 각오하고 건너야 한다. 그동안 여기는 우리가 막을 것이다."

"아버지. 저희들만 어떻게 가란 말씀이십니까? 여기에 함께 있겠습니다."

"어서 가거라. 시간이 없다."

그래도 두 소년은 발을 떼지 않았다. 보다 못한 변숭복이 칼을 빼 들고 춘룡의 등을 떠밀었다.

"어서 도련님을 모시고 가라. 네 명이 함께 움직이다가는 다 죽는다. 너희들이 피하는 것을 보고 우리는 저쪽으로 도망할 것이다. 어서 가!"

그제야 춘룡은 옥남의 손을 잡아끌었다. 옥남은 눈물을 흘리면서 아버지의 얼굴을 바라본다. 하지만 정여립은 아들의 얼굴을 바라보지 않고 다가오는 적을 향해 눈을 부릅뜨고 있었다. 옥남과 춘룡의 뒤를 밟은 군사들은 십여 명. 맨 앞에는 두 명의 무사가 있었다. 서로 얼굴이 바라보일 정도의 거리였지만 쉽게 나서지를 못하고 나무나 바위에 몸을 숨긴 채 기회를 노렸다. 이 때 진안 현감 민인백은 적의 꼬리를 잡았다는 보고를 받고 산을 오르고 있었다. 하얀 입김을 뿜어내며 험한 산길을 올라 땅바닥에 납작 엎드려 있는 군사들을 발견했을 때 그는 숨이 넘어갈 것처럼 고통스러웠다. 변숭복은 점점 늘어나는 군사들을 보면서 소년들이 사라진 뒤편을 살폈다.
"이제 웬만큼 갔을 것입니다."
"음."
 정여립과 변숭복은 소년들이 사라진 방향과 반대방향으로 달리기 시작했다. 하지만 달린다고는 하나 산세가 험해서 나무를 붙들고 간신히 기어오르고 바위를 넘는 것에 불과했다.
 —탕!—
 천지를 진동하는 총소리가 울리고 변숭복이 그 자리에 주저앉았다. 오른쪽 허벅지에서 피가 흘러내린다.
"괜찮습니다."
"가만 있어보게."
 정여립은 입고 있던 옷을 벗고 북 찢어서 상처를 싸매준다. 그리고 어깨동무를 하듯이 변숭복을 잡고 다시 걷기 시작했다. 이번에는 사방에서 화살이 날아왔다. 나무에 푹 박혀 바르르 떨리는 화살, 바위에 튕겨서 돌가루를 날리는 화살, 눈을 뜰 수 없을 정도였다. 정여립은 더 이상 가다가는 화살에 맞겠다는 생각에 칼을 뽑아들고 몸을 숙였다. 그 때 민인백의 소리가 들렸다.
"이보시오, 대보. 출사하여 임금 앞에서 경서를 강론하던 신하로서 감히 반란을 도모했단 말이오? 임금께서 체포를 명했으니 마땅히 나와서 형벌을 받아야 마땅하거늘 어찌하여 칼을 빼들고 체포에 항거하고 있소?"

 민인백의 말이 신호라도 되는 듯 대여섯 명의 무사들이 칼을 빼들고 기어나갔다.

 "네 이놈, 너희들이 작당하여 나를 죽이려 하는 것을 모를 줄 아느냐? 제 아무리 권력이 좋기로서니 무고한 사람을 이렇게 죽이는 법이 어디 있단 말이냐."

 정여립이 말을 마치기가 무섭게 무사들이 비호처럼 달려들었다. 순식간에 칼바람이 사방에서 일고 사방으로 피가 튀었다. 호랑이처럼 발이 빠르고 용맹하다 하여 변범이라 불리던 변숭복은 두 명을 베고 칼을 맞았다. 변숭복이 쓰러지는 것을 보고 정여립의 눈에서 불이 튀었다.

 "이놈들, 모두 오거라."

 하지만 무사들은 침착하게 정여립을 구석으로 몰아세우더니 일제히 달려들었다. 정여립이 칼을 휘둘러서 한 명을 베고 바위에 몸을 기댔다. 며칠 동안 굶고 고열에 시달려서 칼을 들고 있는 손이 부르르 떨린다. 빙 둘러서 정여립을 노리던 무사들이 한꺼번에 칼을 휘두르며 찔렀다. 몇 차례 칼이 부딪는 소리가 나고 결국 날카로운 칼날이 정여립의 가슴 깊숙이 파고들었다. 무사는 앞으로 넘어지는 정여립의 가슴에 박힌 칼에 힘을 주어 몇 번 난자를 하고 손을 뗐다. 정여립은 오른 손으로 칼을 잡고 앞으로 풀썩 넘어져서 꿈틀거리더니 숨을 거두었다. 잠시 후 민인백이 나뭇가지를 헤치면서 나타났다.

"기어코 자결을 했구나."

현감의 말에 토를 다는 무사들은 아무도 없었다. 뒤쫓아 온 감영 군사들이 적대기를 가져와서 시체를 수습해서 내려갔고 옥남과 춘룡은 물을 건너기 전에 군사들에게 사로잡혔다. 두 소년은 분통함에 눈물을 흘렸다. 군사들에게 매를 맞아가며 진안현으로 끌려가서야 그들은 정여립이 변숭복을 먼저 죽이고 자결했다는 엉뚱한 이야기를 들을 수 있었다. 적당을 발견하였다는 소식에 급히 말을 달려오던 선전관은 중간에서 민인백을 만났고 형세가 다급해진 정여립이 자결했다는 보고를 받았다. 선전관은 현장을 지휘했던 진안현감 민인백의 말을 토대로 장계를 올렸다.

'진안 현감 민인백이 관군을 거느리고 둘러싸서 여립의 무리가 바위 사이에 둘러앉은 것을 보고, 인백이 여립을 생포하고자 왕명을 전한 후, 관군들로 하여금 너무 적에게 가까이 달려들지 않게 하였습니다. 여립은 사태가 돌이킬 수 없음을 알고 칼을 들어 먼저 변범을 치니 곧 죽었나이다. 또 아들 옥남과 박연령의 아들 춘룡을 쳤으나 죽지 않고 땅에 쓰러졌습니다. 여립은 칼자루를 땅에 꽂아 놓고 스스로 칼날에 배를 대고 황소 울음 같은 소리를 하면서 곧 죽었습니다. 관군은 두 시체를 거두고 옥남과 춘룡을 잡아왔음을 아

롭니다.'

 정여립이 저항을 하다가 도망갈 길을 얻지 못하고 자결했다는 소식은 조정에 충격을 주었다. 곧 잡혀 올라올 것을 믿고 있었던 선조는 믿기지 않는 장계에 몇 번이나 그게 정말이냐고 물었고, 동인들은 온몸에서 힘이 빠지는 듯한 허탈감에 할 말을 잃었다. 다만 서인들은 오래도록 가슴 언저리를 짓누르던 체증이 쑥 내려간 것처럼 기뻐하면서 서로를 격려했다. 특히 기쁨을 감추지 못한 사람은 정철과 송익필이었다.
 "구봉, 이제 모든 일이 끝났습니다."
 정철은 며칠 전부터 자기 집 사랑에 머물고 있던 구봉에게 치하를 했다.
 "큰 고비 하나를 넘은 것뿐이네. 이제부터 시작이야."
 "아직도 할 일이 남았습니까?"
 "여립이 죽어서 동인들이 할 말을 잃은 것은 잠깐이야. 시일이 흐르면 언제 그랬냐는 듯 여립을 성토하면서 잔당들만 처리하고 유야무야 없었던 일로 끝낼 것이 분명하네."
 "그럴 수는 없지요."
 "암, 그렇다 마다. 역적 정여립이 죽었으니 그와 내통했던 조정 대신들, 그 주장에 동조했던 놈들, 역적을 천거했던 놈들, 역적을 탄핵하는 우리들을 되레 몰아세웠던 놈들을 한꺼번에 쓸어버려야 할 것이야."

"하지만 임금께서 이 정도 선에서 일을 마무리 지으려고 한다면 달리 방법이 없지 않습니까?"

"방법이 왜 없겠는가. 다 생각이 있네."

정여립이 죽은 지 며칠 후에 옥남과 춘룡은 궁궐 선정전 앞에서 선조가 바라보는 가운데 친국(親鞫)을 당하였다. 그동안 정여립의 생가와 죽도서실에서 압수한 편지, 그리고 대동계의 운영에 관한 자료들을 근거로 열일곱 살의 옥남과 춘룡은 모진 고문을 당했다. 의금부에서 수사한 내용은 역모에 대한 것을 입증하지는 못했지만 대동계에 관여한 사람들은 빠짐없이 담고 있었다. 옥남과 춘룡은 나이가 어렸기 때문에 역모를 인정하든 말든 결과에 영향을 미칠 수 없었다. 옥남의 친국을 통해서 이번 역모 사건의 모주(謀主)는 길삼봉이고, 고부에 사는 한경, 태인에 사는 송간, 남원에 사는 조유직 · 신여성, 황해도에 사는 김세겸 · 박연령 · 이기 · 이광수 · 박익 · 변숭복, 그리고 경상도의 박문장 등 10여 명이 항상 찾아 왔다는 것을 확정지었다. 또한 지함두와 중 의연은 어디서부터 왔는지 알지 못하나 함두는 항상 집안에 있었고, 중 의연은 밤낮으로 같이 거처했으며, 연령은 서울 소식을 탐정하려고 황해도에 갔다는 것으로 대동계에 관여한 주요 인물들에 대한 조사를 마무리 지었다. 이미 체포된 사람도 있고 재빠르게 몸을 숨겨서 아직 잡지 못한 사람도 있었는데 체포령이 내려짐에 따라 각지로 내달리는 말발굽 소리가 요란했다.

10월 27일 의금부가 이렇게 아뢰었다.

"역적을 토벌하는 의리는 지엄한 것입니다. 백관을 나란히 서게 한 가운데 형을 집행하는 것은 온 군중이 죄인을 버린다는 뜻을 보임이니, 지금 적신(賊臣) 정여립에 대한 형을 집행하는 과정에서도 백관을 품계대로 서서 지켜보도록 하는 것이 마땅합니다."

이에 따라 정여립과 변숭복의 시체를 저자거리에 내놓고 사지를 찢는 능지처참형을 가했는데 백관들에게 명하여 둘러서서 보도록 하였다. 한편 정여립의 조카 이진길은 끝까지 역모를 부인하다가 매를 맞고 죽었다. 그가 죽은 것은 정여립의 조카이기 때문이기도 했지만, 그가 정여립에게 보낸 편지 가운데 지금 임금의 혼미함이 날로 심하다는 말이 있었기 때문이다. 만약 이진길이 정말 편지를 보냈다면 임금의 가장 가까운 곳에서 정사를 돌보는 임무를 띠고 있었던 그의 눈에 비친 선조의 모습은 과연 어떠했던 것일까?

정여립이 죽은 후 그동안 수사한 결과를 가지고 역모에 가담한 자들을 체포하여 죽이는 일이 계속 이어졌다. 그런데 정여립과 함께 반역을 계획했다는 길삼봉은 그 행방이 묘연했다. 정말 실체가 있는 인물인지에 대한 논란도 계속되었다. 결국 수염이 하얗고 무성하게 휘날린다는 엉뚱한 말 때문에 진주의 늙은 선비 최영경이 죄를 뒤집어쓰고 맞아죽었다. 이 역시 자기와 뜻이 맞지 않으면 옥사의 틈을 타서 모함하던 자들에 의한 일이었다. 최영경이 죽어 길삼봉에 대한 수사도 끝나고 정여립의 반역사건은 마무리 단계로 접어들고 있었다. 조정이나 지방의 유력한 관리들과 일체의 공모도 없이 오로지 정여립과 미지의 인물이었던 길삼봉이 시중 무뢰배들을 끌어 모아서 역모를 꾀하려 했다는 희한한 사건, 역모 고변은 있었지만 실체가 없는 사건이 바로 정여립의 난이었다. 역모치고는 너무 허술하고 가담한 무리들의 면면을 볼 때 하찮기 그지없었다.

  조정은 정여립이 죽은 후 열흘간 국문을 하였는데 더 이상 파헤칠 건더기가 없었다. 선조는 정여립에 대한 국문을 직접 주관하지 못한 것이 아쉬웠지만 역적이 형벌을 받아 죽었다고 보았다. 그래서 절차를 간략히 한 권정례(權停禮)로 하례(賀禮)를 받고 종묘에 고하였으며 사면령을 반포하고 백관의 품계를 올려 주었다. 또한 옥에 갇혀 있는 잡범 중에서 사형을 받은 자들을 제외하고 그 죄를 사하여주었다. 이것으로 사건은 수습국면으로 접어들고 있는 것처럼 보였다.

  그런데 10월 28일에 이르러 뜻밖의 상소가 올라왔다. 정여립의 처족이었던 김극관·김극인 형제와 친했던 생원 양천회가 올린 것이었다. 양천회는 소쇄원의 주인 양천경의 동생으로 정철과 교분이 두터운 사이다.

"신이 먼 시골의 미천한 사람으로 태학(太學)에 있다가, 마침 나라에 큰 변이 있어 안팎이 진동하는데 조정에서는 역적을 성토하는 의리가 엄하지 못하고 전하께서는 사물을 살피시는 밝음이 미진하기 때문에 분개하고 한탄스런 나머지 팔을 걷고 나가서 말을 하려고 하였습니다. …… 지금 역적이 죽음을 함께 할 수 있는 벗이고 결탁하여 심복이나 형제와 같은 사이로는 이발, 이길, 백유양 등이 있고, 서로 친밀하고 다정한 친척 사이로는 정언지, 정언신 등 많이 있습니다. 이들은 서로 친밀하고 다정한 사이임을 길가는 사람도 다 아는 사실인데, 오히려 조정의 녹을 먹고 대궐에 드나들며 길거리에서 소리치는 등 의기양양한 기세가 평일과 다름이 없습니다. 이를 보고도 어느 한 사람도 소장(疏章)을 올려 스스로 탄핵하는 자가 없으므로, 인심이 저마다 통분(痛憤)하게 여깁니다…."

상소는 동인들을 정확히 겨냥하고 있었다. 거론된 동인의 수뇌부는 저마다 펄쩍 뛰었지만 정여립은 동인으로 여겨지고 있었기 때문에 마땅한 대응방법이 없었다. 이 상소는 송익필의 머리에서 나왔고 정철과 교분이 있는 양천회가 올린 것으로 의심되었다. 그렇다고 해서 양천회를 불러 물어볼 수도 없는 일이었다. 생원 양천회가 우국충정에서 올린 상소라고 하면 그만이었기 때문이다. 아무튼 양천회의 상소로 인해 역모의 주동자와 관련자들이 죽고 정리되어 가는 듯 했던 정국은 급속도로 냉각되고 사태가 엉뚱한 방향으로 진행되기 시작했다. 숨죽이고 있던 서인들은 꺼져가던 불꽃이 되살아나는 기미를 느끼고 필사적으로 들고 일어나서 정여립과 친했던 사람, 천거했던 사람, 뜻을 같이한 정황이 있는 사람들을 공격하고 나섰다.

조헌이 유배에서 풀려나더니 11월 7일 우의정 정언신과 이조참판 정언지가 정여립과 사귐이 두터웠다는 이유로 파직되었다. 그리고 이튿날인 11월 8일에 오랫동안 정사에서 물러나 있던 정철이 우의정으로, 성혼이 이조참판으로 화려하게 복귀했다. 우상 정언신이 맡고 있던 위관의 역할은 고스란히 정철에게로 넘어갔고 정여립이 역모를 꾀했다는 사실을 밝히는 것보다, 누가 정여립과 친분이 있었는지를 두고 조자룡 헌 칼 쓰듯 수많은 선비들의 목이 날아가게 되었다. 조선의 4대 사화로 인한 희생자보다 훨씬 많은 1천여 명의 선비들이 죽은 기축옥사의 제2막이 오른 것이다.

 이 옥사가 얼마나 감정적이고 당파적으로 진행되었는지를 보여주는 많은 사례가 있다. 그 가운데 전라도사 조대중이 맞아죽은 일은 억울하기보다 우스꽝스럽기까지 하다. 전라도사 조대중은 정여립이 죽은 이듬해 3월에 국문을 당했고 그 죄목은 역적이 죽은 것을 슬퍼하여 눈물을 흘리고 상복을 입었다는 것이었다. 이것 때문에 대간들이 탄핵을 하였는데, 사실 조대중은 마침 업무차 담양 객사에 나가 있다가 제삿날을 맞이하여 상복을 입고 다른 이유로 눈물을 흘렸던 것뿐이다. 이는 조대중에게 악심을 품고 누군가 고변한 것이 분명하다. 사건의 발단은 조대중이 전라 도사로서 보성에 순시하러 갔다가 역변을 당하자 데리고 갔던 관기(官妓)를 돌려보내면서 서로 울고 작별한 것에서 비롯된다. 이를 보고 어떤 사람들은 조대중이 정여립을 위하여 상복을 입고 눈물을 흘렸다고들 말하였고 사간원에서는 이것을 탄핵하려는 빌미로 삼았던 것이다. 그 때 황신(黃愼)이 만류하며 나섰다.

 "사실의 진위도 살펴보지 아니하고 미리 탄핵부터 하는 것은 온

당치 못한 일이다. 만약 조대중이 착한 선비라면 반드시 전에 그릇되게 역적과 사귀었던 것을 뉘우쳐 깨달았을 것이고, 그 사람이 간악한 사람이라면 역적과 친했던 형적이 들어날 것을 두려워할 것이니, 역적을 위하여 눈물을 흘렸다는 것은 전혀 사리에 닿지 않는 일이다."

이렇게 하여 논의가 중단되었던 것인데 황신이 갈리고 난 후에 대간이 다시 탄핵하여 동인 계열로 평가받던 조대중을 죽이고 말았다. 또 평소 눈병이 있었던 사람도 역적을 위해 눈물을 흘렸다 해서 죽는 일이 있었으니 형조좌랑 김빙이다. 그는 전주가 고향으로 정여립을 알고 있었지만 친한 사이가 아니었음에도 눈물 때문에 죽음을 당했다. 그는 본래 눈병 때문에 날씨가 춥고 바람이 차가우면 신 눈물이 절로 흘러내렸다. 정여립의 시체를 능지처참할 때 백관이 쭉 늘어서서 참관을 하도록 하였다. 마침 날이 매우 차가웠고 바람이 불었다. 김빙은 흘러내리는 눈물을 걷잡을 수 없어서 수건으로 여러 차례 눈물을 닦았는데 이것이 역적을 동정한 것이라 하여 죽음에 이르고 말았던 것이다.

송간은 급박하게 돌아가는 상황에 어떻게 대처해야 할지 감을 잡을 수가 없었다. 감시의 눈초리가 태인까지 미치는 것 같았고 전주로 통하는 길목은 모두 검문을 하기 때문에 운신하기 어려웠다. 더구나 정여립과 연락이 전혀 닿지 않았다. 날이 갈수록 다른 접장들도 잡혀갔다는 소리가 들려와 조바심만 더해가고 있었다. 송간이 정여립의 죽음을 접한 것은 옥남과 춘룡이 한양으로 압송된 다음날이었다. 그는 사방에 군사들의 말발굽 소리가 요란한 것을 듣고 무슨 일이 터지긴 터졌구나 짐작을 했다. 사람들의 전주 출입이 어려울 때 소식을 전하는 사람들은 보부상이었다. 전주에 물건을 넘기고 돌아온 보부상이 태인을 지나면서 정여립이 죽었다는 소식을 전했고 대동계원의 입을 통해 송간에게 전해졌다.

"세상에 이럴 수가 있습니까? 역모라니요. 죽도선생님을 역모로 몰아 죽일 수가 있단 말입니까?"

대동계에 들어 무예를 연마하던 무사 한 사람이 송간의 마당에 엎드려서 대성통곡을 했다. 송간은 마루에서 내려서지도 못하고 망연자실한 표정으로 먼 하늘을 보면서 눈물을 주르륵 흘렸다. 그 날부터 송간은 식음을 전폐하다시피 하고 방안에 틀어박혀 나오지를 않았다. 부인 박씨가 미음을 쑤어 들여놓아도 손을 대지 않고 그대로 물렸다.

"선생을 지키지 못했는데 무슨 낯으로 음식을 넣을 것이며 하늘을 볼 것인가."

송간은 하루가 다르게 말라갔다. 온 가족이 나서 달래고 설득해도 소용이 없었다. 그대로 송간은 굶어죽을 작정인 것 같았다. 태인에 있는 무사들도 송간을 걱정하기는 마찬가지여서 빨리 피신하라는 권유를 하기도 했다. 그때마다 송간은 손을 내저으며 이렇게 말했다.

"이제 살아도 산 것이 아니요, 죽어도 죽은 것이 아니네. 내 인생의 의미가 없어졌으니 무슨 낙으로 세상을 살아갈 것인가."

날마다 들려오는 소리는 함께 말달리고 활을 쏘았던 대동계 접주들이 잡혀가서 죽었다는 소리뿐이었다. 변숭복은 그래도 정여립과 함께 죽었으니 원이 없을 것 같았다. 고부의 한경과 김제의 최팽정도 잡혀갔고 관군의 추포를 피할 수 있는 방법은 없어 보였다. 송간이 한때 등과하여 권관벼슬을 했던 관계로 추포가 미뤄지고 있는 것이 다행이라면 다행이었다. 죽은 정여립이 한양으로 압송된 후, 송간은 아들 철을 보내서 동후를 불러오도록 했다.

"스승님, 찾으셨습니까?"

동후가 들어왔다. 어깨가 떡 벌어지고 늠름해진 모습에서 장부의 기운이 느껴졌다. 송간은 쑥 들어간 눈을 껌벅이면서 동후에게 앉으라고 손짓했다.

"너도 마음고생 많았지?"

"아닙니다. 스승님이 겪는 심려에 비하면 저는 송구스럽기 짝이 없습니다."

"음, 동후야."

송간은 동후를 부른다. 목소리에 힘이 없었지만 한없이 다정하게 느껴지는 말투다.

"네, 스승님. 하명하십시오."

"네가 수연을 데리고 가줘야겠구나."

"네?"

동후는 눈을 동그랗게 뜨고 스승을 바라본다. 갑자기 수연을 데리고 어디로 가란 말인가.

"이제 곧 우리 집에도 추포의 손길이 미쳐 집안을 풍비박산 낼 것이다. 그렇게 되면 아무도 살아남지 못해. 너에게 큰 짐을 지우는 것인 줄 알지만 너밖에 없구나. 수연과 철을 데리고 멀리 가서 일가를 이루고 살아라."

"스승님."

동후는 방바닥에 머리를 박으며 울부짖는다. 스승이 죽다니, 집안이 온통 뿌리째 뽑혀서 발기발기 찢어진다니, 믿을 수가 없었고 믿고 싶지도 않았다. 송간은 눈물을 흘리는 동후를 일으키고 손을 잡았다.

"꼭 그리해야 된다. 네가 수연과 철을 데리고 가지 않으면 불쌍한 그 애들도…."

송간은 말을 잇지 못하고 입술을 깨물었다. 한참 동안 말을 멈추고 동후의 눈을 바라보더니 간신히 말을 이었다.

"모두 죽는다. 그것이 이 나라의 법도다. 내 이 나라의 장부로 태어나서 한 때 북방에서 말달리며 오랑캐와 싸웠지만 결국 이렇게 끝나게 되어 한스럽구나. 하지만 너는 나처럼 살지 말거라. 가슴속에는 대동(大同)의 꿈을 담되 머릿속에는 실리를 채워서 누구 보다 잘 살아야 한다. 이것이 너에게 해줄 수 있는 말이다."

 말을 마치고 송간은 칼을 내려 동후에게 주었다.

"이 칼을 너와 가족을 지키기 위해서 쓰거라."

 동후의 눈물이 칼 위에 떨어진다. 송간이 동후에게 여러 가지 당부를 하는 동안 송간의 어머니는 안방에서, 아내 박씨와 딸 수연은 부엌에서, 그리고 아들 철은 토방 아래서 이야기를 듣고 말없이 눈물을 흘리고 있었다. 동후는 미리 짐을 꾸려놓은 수연과 철을 데리고 저녁 무렵 집을 나섰다. 그때 어머니와 할머니는 옷고름을 입에 물고 울음을 삼켰고 송간은 방문을 굳게 닫은 채 내다보지 않았다.

 조방장으로 있던 이순신이 정읍현감으로 온 것은 송간이 죽은 지 얼마 되지 않은 12월이었다. 북풍한설이 몰아치던 건원보에서 함께 말달리며 오랑캐를 무찔렀던 유능한 부하. 그의 죽음을 알고 이순신은 한숨을 깊게 내쉬며 탄식했다. 하지만 이순신도 동인으로 분류되었기 때문에 정여립과 연루되지 않을까 조심해야 했고, 이미 세상을 떠난 송간을 위해 해줄 수 있는 일은 아무 것도 없었다.

 정여립의 본가와 생가도 온전하지 못했다. 부인 김씨는 머리를 산발한 채 끌려갔고 집은 허물어져서 흔적도 없이 사라졌다. 그 때까지도 애복은 집안에 갇혀서 한 발짝도 밖으로 나올 수 없었다. 도대체 무슨 일이 어떻게 돌아가는지 알 도리가 없어 답답한 마음뿐이었다. 김씨가 잡혀가고 하루가 지나서 애복에게도 드디어 올 것이 오고야 말았다. 어느 날 집 앞을 지키던 군사들을 헤치고 전라 감영에서 나온 관원들이 호통을 쳤다.

"역적의 첩 애복은 나와서 오라를 받으라."

애복의 얼굴은 하얗게 질렸다. 잡혀가면 살아서 돌아올 수 없는 길, 애복은 정여립의 자취가 남아있는 집을 몇 번이나 돌아보면서 떨어지지 않는 발걸음을 옮겼다. 애복이 정여립의 죽음을 알게 된 것은 한양으로 압송되던 길에서였다. 호송하던 군사들이 정여립이 죽었다는 소식을 전해주었고 아깝게 되었다면서 동정을 했던 것이다. 그날부터 애복은 식음을 전폐하고 아무것도 입에 대지 않았다. 호송군사는 이러다가 국문장에 도착하기도 전에 애복이 죽을까 봐 전전긍긍했는데 다행히 죽지는 않았다. 애복은 아는 것이 없었기에 실토를 할 것이 없었고 정여립이 음모를 꾸미면서 애복을 강제로 취했다는 정상이 참작되어 풀려날 수 있었다. 하지만 애복은 사람들의 눈을 피해 산속으로 들어가 그대로 목숨을 끊고 말았다. 목을 맨 것은 정여립이 열다섯 살 때 손에 쥐어준 자줏빛 댕기였다.

3년 후인 1592년(임진년, 선조25년), 일본이 수백 척의 병선을 동원하여 조선을 침공했다. 기축옥사를 통해 조선의 쓸 만한 선비들은 모두 죽음을 당했고 민심이 극도로 이반되어 조정은 공포의 대상일 뿐 나라를 이끌어가는 원동력을 제공하지 못하고 있었다. 정해년 해적으로 위장한 왜적들은 조선의 방어태세 점검을 끝냈으며 조선통신사를 통해서 조선 침략의 뜻이 없음을 위장했다. 1592년 4월

13일은 남쪽의 벚꽃이 떨어지고 지리산에 철쭉이 한창 붉은 물감을 내뿜고 있던 때였다. 봄바람을 타고 수백 척의 왜적이 부산으로 상륙해서 싸우던 부산첨사 정발이 전사하고 뒤이어 동래부사 송상현도 전사하고 말았다.

개국 이래 2백 년 넘게 태평세월을 구가해오던 조선에 실로 가공할 만한 전쟁이 터진 것이다. 왜적은 특별한 저항 없이 북진을 계속했고 조정에서 내려 보낸 군사들은 패했다. 왜적이 쳐들어왔을 때 선조가 한 일은 아들 광해군을 세자로 세워 적과 싸우게 하고 자신은 4월 29일 도성을 버리고 함경도로 피하기로 결정한 것이었다. 왜적이 쳐들어온 지 보름 만이었다. 임금이 도성을 미련 없이 버리고 제 살길을 찾는 것을 보고, 호위 군사들도 도망을 갔으며 궁문에는 자물쇠도 채우지 않을 정도였다. 4월 30일 새벽에 임금이 인정전으로 나왔는데 백관과 인마들로 대궐 뜰을 가득 채웠다. 하지만 봄비가 내리는 길을 걸어서 홍제원에 이르러 인원을 점검해보니 불과 백여 명도 남아 있지 않았다. 임금이야 어찌되든 모두 도망가 버리고 말았던 것이다. 사정이 이러하니 밥인들 변변할 수가 있으랴. 점심을 벽제관에서 먹을 때 왕과 왕비의 반찬은 겨우 준비되었으나 동궁은 반찬도 없이 밥을 먹어야 했다.

임금이 도망을 하고 있는 동안 진주성에는 홍련이 와 있었다. 지함두는 죽었는지 살았는지 연락이 없고 정여립과 관련된 사람들은 모두 죽었다는 소리만 무성해서 홍련은 전주에 남아 있을 수가 없었다. 만약 지함두가 살았다면 3년 동안 소식이 없을리가 없었기 때문이다. 홍련은 진주로 가서 박문장을 찾았다. 지함두가 말한 대로 그가 맡긴 불망록(不忘錄)을 전하기 위해서였다. 그런데 박문장도 잡혀가서 죽고 없었다. 망연자실 넋을 놓고 있던 홍련을 맞이한 사람은 진주의 관기(官妓) 설향이었다. 홍련은 전주로 돌아갈 엄두를 내지 못한 채 설향과 함께 서로 등을 기대고 살다 임진년 왜란을 맞게 되었던 것이다. 그제야 홍련은 지함두가 맡긴 불망록이 생각났다. 그녀는 설향에게 말해서 불망록을 진주목사 김시민에게 전달했다. 김시민은 불망록을 받아들고 눈물을 흘렸다.

"아직도 조선에는 인재가 많구나. 이들이 진주성에 분명히 있을 것이다."

진주성을 뒤져서 불망록에 기록되어 있는 대동계 무사를 모두 찾으니 서른두 명이었다. 박문장과 함께 경호강변에서 말달리고 활을 쏘았던 무사들이 왜란을 맞이하여 진주성으로 들어와서 함께 싸우고 있었던 것이다. 김시민은 이들을 불러 치하하고 임시로 군관벼슬을 내려 성민들과 함께 성을 방비하도록 했다.

한편 동후는 수연과 철을 데리고 장수 장안산 기슭으로 숨어들어 화전을 붙여먹고 있었다. 그는 수연이 낳은 어린 아이 둘을 키우는 스물두 살의 가장이었다. 왜적이 쳐들어왔다는 소리는 산골 깊은 곳까지 전해졌다. 동후는 철에게 누나를 잘 돌보라는 말을 하고 길을 나설 채비를 하였다. 땅을 파먹고 사는 무지렁이일망정 나라가 풍전등화의 위험에 처해 있는 마당에 제 몸 하나 돌보자고 숨어 있을 수는 없었다. 동후가 칼을 들고 들메끈을 묶을 때 수연이 젖먹이 막내를 안고 서서 말했다.

"부디 몸조심하세요."

동후는 수연에게 대답하지 않고 철을 부른다.

"누나 잘 돌봐야 한다."

"매형, 걱정마시우. 나도 가고 싶은데 한사코 말리니 어쩔 수 없잖수."

"아서라, 씨감자는 남겨둬야 내년 농사를 지을 수 있지."

이제 열네 살이 된 철은 제법 의젓해 보였다. 동후는 아이들을 한 번씩 안아주고 수연이 내민 주먹밥을 건네받았다.

"가보리다."

"부디 몸조심하세요."

수연이 할 수 있는 말은 몸조심하라는 말밖에 없었다. 동후는 잠시 수연의 젖은 눈을 바라보다 어깨에 활을 메고 손에는 칼을 든 채 길을 나섰다. 아이들이 갑자기 와앙 울음을 터뜨렸지만 동후는 뒤를 돌아보지 않았다. 수연은 막내의 등을 토닥이면서 떨어지는 눈물을 닦을 생각도 못하고 가물가물 사라지는 남편의 모습을 하염없이 바라보고 있었다.

왜군의 승장(僧將) 안고꾸지에케이(安國寺惠瓊)가 이끄는 제6군 15,700명이 금산에 집결해서 전주성을 함락시키기 위해 진격해온 것은 유난히 더웠던 7월이다. 왜군들은 전주를 공략하기 위해 병력을 분산시켰다. 한 무리는 무주와 진안을 거쳐 곰티재를 넘어가는 것이고, 또 한 무리는 금산에서 진산을 거쳐 대둔산의 배티재를 넘어가는 것이었다. 배티재는 광주목사 권율이 관군과 인근 백성들로 구성된 1,500여 명으로 지키면서 치열한 전투를 벌였고, 곰티재는 1,000여 명이 고갯마루에서 적을 마주하고 있었다. 곰티재는 3개로 방어선을 구축하였는데 산 아래에 있는 제1방어선은 의병장 황박, 산중턱의 제2방어선은 나주판관 이복남, 산마루의 제3방어선은 김제군수 정담이 맡았다. 동후가 배치된 곳은 황박이 이끄는 의병의 군영이었고 다섯 개의 오를 이끄는 대장을 맡고 있었다. 그러므로 동후의 휘하에는 25명의 의병들이 있는 셈이다. 황박이 이끄는 의병들 가운데는 대동계에서 회합을 했던 무사들이 적지 않았다. 기축옥사로 인해 뿔뿔이 흩어졌던 무사들이 전란을 당하여 다시 뭉쳤던 것이다. 적들이 움직이기 시작했다는 보고를 받은 어젯밤, 동후는 의병들을 모아놓고 이렇게 말했다.

"이 나라가 누구의 나라인가. 임금은 이미 궁을 버리고 도망갔다. 이 나라 조선은 임금의 나라도 아니요 양반의 나라도 아니다. 우리가 여기에 죽기를 각오하고 모인 것은 사랑하는 내 피붙이들을 위함이 아닌가. 옛 성현들도 말하기를 백성이 나라의 기본이요 무거운 존재라고 했다. 천하에 어찌 주인이 따로 있겠는가. 천하는 공물(公物)이니 우리가 바로 이 땅의 주인인 것이다. 주인 된 자로서 승냥

이처럼 침범해오는 왜적을 어찌 두고 볼 수 있단 말인가. 집안을 단속하고 내 땅을 지키는 것은 주인으로서 당연히 해야 할 일이다. 우리 모두 죽기를 각오하고 왜적을 무찌르자."

 동후의 말에 의병들은 모두 칼을 높이 치켜들고 함성을 질렀다. 그들의 가슴속에서 뜨겁게 끓는 피가 솟구쳐 얼굴이 상기되었고 치켜든 팔뚝에는 핏줄이 돋아나 있었다. 이튿날 아침 왜적들이 진안을 거쳐 곰티재로 밀려들기 시작했다.

 "저놈들 새카맣게 밀려오는구면."

 어렸을 적 서당에서 함께 공부하던 방배가 혼잣말처럼 중얼거렸다. 태인에서 무사 서너 명을 데리고 와서 합류한 친구다. 그들은 모두 의병이 되어 칼을 들고 수풀 속에 몸을 숨긴 채 끝없이 밀려오는 왜군을 응시하고 있었다. 맨 앞줄에는 조총을 든 왜군들이 사주 경계를 하면서 올라온다. 이미 곰티재에 방어선이 구축된 것을 아는지라 신중한 모습이었다. 동후는 송간이 준 칼을 조용히 뽑았다. 한 때 스승이 북방에서 오랑캐를 무찌르고 정해년에 왜적을 베던 바로 그 칼이다. 동후는 마치 송간이 옆에 있는 것처럼 편안한 마음을 느끼면서 곧 벌어질 전투에 온 정신을 집중했다. 굳게 다문 입술에서 기필코 적을 쳐부수겠다는 의지가 느껴지고 눈은 별빛처럼 빛나고 있었다.

박이선 장편소설
여립아, 여립아

인쇄 2018년 1월 21일
발행 2018년 1월 25일

지은이 박이선
발행인 서정환
펴낸곳 신아출판사
주소 서울시 종로구 삼일대로 32길 36(익선동 30-6 운현신화타워 빌딩) 305호
전화 (02) 3675-3885, (063) 275-4000 · 0484
팩스 (063) 274-3131
이메일 sina321@hanmail.net essay321@hanmail.net
출판등록 제465-1984-000004호
인쇄·제본 신아출판사

저작권자 ⓒ 2018, 박이선
이 책의 저작권은 저자에게 있습니다. 서면에 의한 저자의 허락없이 내용의 일부를 인용하거나 발췌하는 것을 금합니다.
COPYRIGHT ⓒ 2018, by Park Yison
All rights reserved including the rights of reproduction in whole or in part in any form.
저자와 협의, 인지는 생략합니다.
잘못된 책은 바꿔 드립니다.

ISBN 979-11-5605-499-3 03810
값 13,500원

> 이 도서의 국립중앙도서관 출판예정도서목록(CIP)은 서지정보유통지원시스템 홈페이지 (http://seoji.nl.go.kr)와 국가자료공동목록시스템(http://www.nl.go.kr/kolisnet)에서 이용하실 수 있습니다. (CIP제어번호: CIP2018002402)

Printed in KOREA